講談社文庫

ロスト

呉 勝浩

講談社

CONTENTS

ロスト

LOST

プロローグ

聞き慣れた電子音が耳障りでしょうがない。

とぅるる、とぅるる——。まるで炎天下の渋滞に痺（しび）れを切らしたクラクションのように、たった一つの癇癪（かんしゃく）が瞬（またた）く間に伝播（でんぱ）して不快な音楽となっていく。

「お電話ありがとうございます、健康と美容をサポートするアテナ・ウィルメイドビューティーライフ受付担当、佐々木田（ささきだ）でございます」目の前のブースで応対するベテランオペレーターのトークは滑らかで、かえって神経を逆撫（さかな）でされた。

——その長ったらしい名乗りはなんや。ウィルメイドビューティーライフ？　和訳してみろ。意味わからんわ。それに加えて佐々木田とくる。佐々木でええやないか。

まったくの言いがかりという自覚はあった。クライアントのネーミングセンスをとやかくいっても仕方ないし、ましてオペレーターの名前については論外だ。彼女とて、ふざけて名乗っているわけではない。くどい苗字というなら自分も似たようなものである。

だとしても面白くない——。下荒地(しもあらち)直孝(なおたか)は唇を噛んだ。

午前九時の業務開始からおよそ三十分で、ビルのワンフロアを占める室内の、百台を超す電話機が一斉に埋まった。コールマスターアプリケーションを映すＰＣディスプレイへ目をやると、表示されたオペレーターの状態はすべて「通話中」となっていた。その隣のグラフに「キューイング」の文字。電話をかけたままつながらない「待ち呼」と呼ばれる入電が、画面をはみ出す勢いで並んでいる。

予定されていた最初のＣＭがオンエアしたのだ。長々しい名乗りがズレたハーモニーとなって、株式会社エニウェアコール、大阪(おおさか)Ｃセンター内に響いていた。そして呪文のようなコールバックトーク。「申し訳ございません。ただ今、放送直後のためお電話回線が大変混み合っておりまして、のちほどおかけ直しさせていただいているんです」という百人の大合唱。

フロアの奥の三十センチほど小高くなった放送管理席から、横四列、縦五列に連なる長方形のブースを眺める。衝立(ついたて)を挟んで三対三で向かい合うオペレーターの横顔がモザイク状に視界を満たし、せわしなく動き続ける口元に心がささくれ立った。

七月十三日、日曜日。月に何度かある放送ラッシュの日だ。関西の民放準キー局で複数回流れるＣＭは半額トライアルキットの紹介だから、とんでもない数の入電が予想された。おまけに先月の会議の時にはなかった急遽の追加枠が三本もあるのだからたまらない。

怒濤の一日は、数名の若い、それも互いに仲のいいアルバイトの、申し合わせたかのような欠勤連絡でスタートした。休みの理由をくどくどと言い募る彼女らに「もういい、来んな」と直孝は吐き捨てた。さすがに乱暴すぎだ。後日、社内の意見箱に投書されるかもしれない。

平気で休むくらいなら辞めちまえ——。そうは思うが数ヵ月前、別部署でアルバイトが集団離職し、パワハラがあったなどと労働基準監督署に駆け込んで以来、会社は管理職の言動にナーバスになっている。コンプライアンスの徹底は結構だが、事なかれ主義の甘やかしと感じることも少なくない。

欠勤連絡の直後には先方担当者から「今日こそ本当によろしく頼みますよ、エニウエアさん」という恫喝の電話。外資のクライアントは平気で無茶を言ってくる。九時〜十八時の通しで二百席配置してくれ、アハン。アホか。ウチの部署にゃあパンパンで百二十席しかないんだぞ。どうやってそれを倍近くにしろってんだ。

下請けの正論などミジンコよりも無力だ。二百席想定の目標値が設定され、下回れば改善報告書を提出しろとのこと。どうせ必要になるのがわかりきっているから、昨日のうちに体裁は作ってある。

中途半端に金払いがいいから会社は徹頭徹尾、腰が低い。おかげで現場は胃が痛い。アルバイトには甘くても、社員には容赦ないのが我が社のポリシーなのか。いい加減嫌気もさす。

だが、ぐつぐつと煮えたぎる不愉快の一番の原因は、ドタキャンのギャル三人組でもクレイジークライアントでも会社のダブルスタンダードでもなかった。

村瀬(むらせ)梓(あずさ)だ。

村瀬梓が欠勤している。連絡もなく、もう三日も連続で。繁忙日とわかっているはずの今日こそ出勤するのではないか——。希望はあっけなく砕かれた。それが腹立たしい。

頑張り屋で要領もいい彼女を、何かと取り立ててきた。アルバイトながらオペレーターの面倒を見るトレーナーの地位に就かせ、その見返りとして相応の手当をつけてやった。すべて直孝がセンター長の柳(やなぎ)部長に具申(ぐしん)し実現させてきた。

大阪Cチームはアテナコーポレーション・ジャパンの専属センターだ。化粧品やダイエット食品の取り扱いが主だからアルバイトの大半は女性で、学生から主婦、老後の暇潰しといった層までよりどりみどりで揃っている。

そんな職場で若くて見栄えもいい娘はやっかみの対象になりがちだが、村瀬梓は持ち前の誠実さと仕事ぶりで信頼を得ていた。

それが、ぱったりと音信不通になった。

くそ。うるせえな。

鳴り止まない電話に舌打ちをした。何度か投書をくらった悪癖だ。知ったことか。いつになく自制心が失せていた。

「相変わらず、すごいな」

別席で会議資料を作っていた淵本修が、いつの間にか直孝の側に立っていた。

「健食でこれだと、化粧品は倍を考えとかないとな」

「倍ですめばアーメンやろ」

そうだな、と同僚は薄く笑った。どことなく他人事めいていて、これも面白くなかった。

自分が放送管理をさせられ、淵本がセンター拡大の提案書を任せられている状況に歯痒さがあった。センターの一番高い席に座り百人に向かって指示を飛ばす放送管理も、会社から見ればお山の大将にすぎず、しょせんは工場長だ。クライアントとの折衝や営業をこなさなくては出世の道は開けない。

同期の男は涼しげな顔で、右から左に客を流すベルトコンベアと化した作業部屋を眺めている。その笑みに、ついつい優越感を嗅ぎとってしまう。

「手伝えることがあれば言ってくれ」

「なら代われ」

「便所か？」

「サボタージュや」

淵本が、ふっ、という笑いを返してくる。

さっさと自分の仕事に戻れ――。そう言いかけた時、甲高い声に呼ばれた。

「シモチさん」

奥から新卒入社のＳＶ、小谷さやかが小走りにやってきた。見れば、遠くでオペレーターがまっすぐ右手を挙げている。嫌な予感がした。

「クレームか？」

「みたいです」

小谷の返事に、またか、とうんざりする。社員が接客を代わるクレームなど、そうあるわけではない。せいぜい日に二、三件だ。それがよりによってこのタイミングでお出でなさるとは。

「女？　男？」

「男性です」

またしても舌打ちがもれた。直近のＣＭで紹介されたのは男女兼用のダイエット食品だが、客の大半は女性である。オペレーターの手に余る質問や難癖をつけてくる男性客はイタズラかクレーマーの可能性が高い。

　こうした輩は非通知入電をブロックするようになってから激減している。

　ところが直孝はここ最近の勤務で、覚えているだけでも五、六件を相手にしていた。一日一件以上、漏れなく当たっている勘定だ。直孝だけが社員というわけでもないのに、この打率はいかがなものか。その中でも男性客のクレームにまともなものはなかった。酔っ払いのわかりやすい「絡み系」に始まり、広告の謳い文句にくどくどと苦言を呈する「世直し系」、生意気な若者に中途半端な医学知識をひけらかされる「暇潰し系」などなど。

　どんなものであってもエスカレをした以上、会話内容を報告伝票にし、クライアントに提出しなくてはならないのだから愚痴りたくもなる。

「用件は？」

「とにかく責任者を出せって」

　手にしたマウスを叩きつけたくなるのを堪えた。この悪癖も、会社から何度となく注意されている。

「おれがいこうか？」

　淵本が言う。アテナの意向で男性客のエスカレーションは男性ＳＶがしなくてはならない。今日の配置はＳＶ四名、トレーナーが二名で、そのうち男は直孝と淵本だけだ。

「いや、おれがやる。お前は放送管理を頼む」

席を立つ。淵本に遠慮したのではなく、憤懣をぶつけたいという欲求が勝った。明らかなイタズラであれば少々の暴言は許される。

「ログの提出もあるぞ」

背中に淵本の忠告が飛んできた。センター内は全電話機の全通話が自動録音されており、対応が問題になればクライアントへ音声データを差し出さねばならない。内容次第ではお叱りを受けるはめになる。下荒地ＳＶの応対は弊社のブランドイメージにそぐわない云々。

うるせえ、と内心で吐き、喧騒に包まれたセンターを大股で進む。ブルーベージュのカーペットを踏みつけるたびに、怒りがむくむくと湧いてきた。やっつけてやる、糞クレーマーめ。

目的の席で通話を保留したままのオペレーターがおろおろと直孝を見上げてきた。まだ経験の浅い中年の主婦だった。

「なんて？」

「え？」

「相手はなんて？」

「あ、その、とにかくお前じゃ駄目だから代われって。あの、わたし、ちゃんと――」

続きを手で制した。沸騰した感情が少し冷めた。この調子だと、まともな客が応対の頼りなさにキレた可能性もある。

オペレーターと席を替わり、ヘッドセットを手にして一度、深呼吸をした。イタズラ、クレーマーなら粉砕や――。そう決めて電話に出た。

「大変お待たせ致しました。責任者の下荒地と申します」

〈シモアラチ？　変な名前だな〉

まだだ、と自分に言い聞かせた。個人への中傷はイタクレの定番だが、口が悪いだけの客もいる。

それよりも声が気になった。どこか機械的な加工の響きがある。

「弊社へのご意見がおありと承っておりますが」

〈おたく、会社名は？〉

「アテナコーポレーション・ジャパンと申します」

大阪Cチームはアテナの直轄部署という扱いで、社員か？　と訊かれたら「はい、アテナコーポレーションの従業員でございます」と返す。ところが――。

〈嘘つけ。おたくは株式会社エニウェアコールさんだろ〉

すっと体温が下がった。ヘッドセットをミュートにして小谷に尋ねる。

「ウチの社名を言うたんか？」

「まさか。ね？」

中年の主婦がブリキの玩具のように首を横に振った。客との会話でエニウェアの名を出すのはご法度(はっと)だ。新人研修の時、真っ先に叩き込む基本中の基本である。

〈聞いてる？　エニウェアのシモアラチさん〉

「伺(うかが)っております。お客様、わたしどもはアテナコーポレーションと直接契約を結んだ──」

〈いい、いい。別に下請けどうこうって話をしたいんじゃないから〉

頭の片隅に企業ゴロという言葉が浮かんだ。放送管理席で淵本がモニタリング用のワイヤレスヘッドセットをつけているのが見えた。その顔に緊張の気配が窺(うかが)えた。

「どういったご用件のお電話でしょうか」

〈ムラセアズサを預かっている〉

は？　と、咄嗟(とっさ)に間抜けな声をあげてしまった。

〈これはイタズラじゃない。この電話はムラセアズサの携帯を使っている。調べればすぐにわかる〉

頭が真っ白になった。相手の言葉が入ってこない。

〈繰り返す。ムラセアズサを預かっている。これはイタズラではなく、正真正銘の営利誘拐だ〉

「ちょ、ちょっと――」

〈すぐ警察に通報したほうがいい。でないと、ムラセは死ぬことになるよ〉

直孝の返答を待たず、電話は切れた。

一部

1

緩慢なリズムで、ぴちょん、ぽちょん、と水滴が落下している。六二六、六二七……。安住正彦は朦朧とした意識で、羊を数えるようにカウントを続けた。ひゅーこー、ひゅーこー、という瀕死の音色は、紛れもない自分の吐息だ。

突然、太股に激痛が走った。がおっ、という叫びとともに顎が力んだが、咥えさせられた猿ぐつわに歯が食い込むだけだった。ゴムボールの横から涎が垂れた。痛みはナイフやアイスピックのような突き刺すものではなく鈍器による殴打、おそらくは木槌の類で叩かれたのだろう。

ひゅーこー、ひゅーこー……。ぴちょん、ぽちょん……。一、二……。リセットしたカウントを再開する。そうしていないと意識がとぶ。そのまま永遠に目覚めなくなるのが怖い。何より構えのないまま不意の痛みを与えられると気が狂いそうになる。激痛が訪れる間隔はまちまちで、連続することもあればかなりの時間放置されることもあった。一回前は千五百まで数え、油断した時に腹をやられた。腹筋が陥没したかと思った。それが本当に錯覚かどうかを確かめる術はなかった。

全身が固定されていた。手術台のようなベッドに寝かされ、手足はもちろん、腰、首、頭、何から何まで几帳面に、徹底的で完璧だった。わずかに動かせるのは眼球と、そして肺だけだった。

目を開けると濃い闇を照らす裸電球に網膜を焼かれ、吸い込む息は汚物の臭いに満ちていた。水滴の奏でる単調な音に安心を覚える悪夢のような待遇が丸一日続いていた。あくまで体感だから、まだ半日なのかもしれないし、三十時間を超えているかもしれない。ともかく長い時間が経っていた。

この状態になって二度、排泄している。小便に大便。その度にホースで水をぶっかけられた。用意周到なのか雑なのか。どちらにせよ替えの下着までは気を回してくれてはいまい。これまでの経験からもそれはわかっている。

足音がした。何十回目かの激痛に備えつつ祈る。いつも「儀式」の締め括りは会話の後だ。聞き耳を立て、話しかけてくれと願う。そろそろ本当に逝ってしまいそうだ。

もしかして相手は、この長きにわたる「儀式」に終止符を打つつもりなのだろうか。都合九度目の「儀式」だ。キリがいい気がしなくもない。

——仕方ないか。

最悪の想像を前に、安住はそんなふうに思った。

始まりは十一年前。あの時、最初の「儀式」の時、相手は自分を殺そうとしていたに違いない。いたぶって、いたぶり尽くし、命を奪おうとしていた。それがどうしてこんな、狂った腐れ縁になってしまったのだろう。生かされてきたことが、有難いのか迷惑なのかさえわからない。

足音が近づいてきた。ひゅーこー……。カウントを止め、意識を聴覚に集中する。と、予想もしない陽気なメロディが流れてきた。続いて、アロハ～、という若い女の子たちの声が弾けた。

〈時刻は午後八時になりましたぁ。FMサンライトがお送りします『いとへんのナイトダンサー』。こんばんは、みこりんでえす〉

〈伊東純(いとうじゅん)です〉〈まっつんでーす〉媚(こ)びた響きで自己紹介したのは、去年ブレイクし、爆発的人気を得ているアイドルグループだ。

〈今週は大阪公演ですよ、みなさん〉

〈やたーっ！〉

〈し、か、もお、今回ついに初めてのアレですよお〉

〈おや、アレですか！〉

〈ついにアレですね！〉

「知ってるか？」

トーンの落差に、立場を忘れて笑いそうになった。

「知ってるか？」

底なしに暗い、しわがれ声が繰り返した。六十代にも七十代にも聞こえる。だが相手は、まだ五十過ぎのはずだった。

「知っているなら人差し指を上げろ」

命じられるまま従う。

「有名なのか？」

指で頷（うなず）く。

「お前の事務所に関わりはあるのか？」

指を横に振る。

「会えるか？」

ファンだとでも言うつもりか？　問い質そうにも声が出せない。事実を事実として表現する。

「サインは？」

ＮＯ。

「同じ業界なんだ。どうにでもなるだろう？」

やはり、NO、だ。

川野美維子、伊東純、松田藍紗の三人組アイドルグループ『いとへん』が所属する東京のパッシングプロモーションはガチガチの管理主義で有名だ。その方針は「鎖国」と陰口を叩かれるほど徹底しており、同業者でも安易な接触をすればたちまちクレームが舞い込む。大阪で細々と芸能事務所を営む安住には、お近づきになる機会すらない。

「そんなものか」

失望の響きがあった。それが理解できなかった。国民的アイドルに駆け登った女の子たちと、しわがれ声の中年男の間には月より遠い距離があり、接点など想像もつかない。

男の名は室戸勤という。十一年前の夏、記念すべき一回目の襲撃が初対面だった。

かつて室戸は県議会議員の秘書を務めていた。当時まだ四十代で、将来を期待されていた政治家、真代典久だ。その頃、安住は二十代半ば。怪しげな政治団体の仕事を手伝って小銭をもらい、日々を食いつないでいた。

安住正彦、真代典久、室戸勤。あの夏、縁もゆかりもなかった人間たちが交差し、それぞれの人生が狂った。絡まって弾けた糸は、十年が経った今も迷走を続け、この不自由な時間と暴力に帰結している。

帰結かどうかはまだわからない。To be continued。終わりは、自分か相手の死のほかにあるのだろうか。

身体の中心に重たい衝撃がめり込んだ。油断していた。声にならない悲鳴がボールギャグの隙間からあふれた。心臓を叩かれたのだと遅れて気づいた。視界が歪んだ。涙のせいばかりでなく、意識がとびそうになったからだ。

「また来る」

吐息が耳朶を撫でた。禍々しい呪文のように。

また来る――。繰り返しこの言葉を囁かれ、約束は果たされ続けた。前回は一年と半年も前に。その前は二年、その前は三年と数ヵ月、その前は……。

鼻にガーゼの感触がした。思考が遠のいていく。かすむ視界に室戸の輪郭が浮かぶ。吊るされた電灯の光に照らされ、大きな影の塊が揺れていた。

何か、言葉をかけたかった。だが何を言えばいいのか、何を言いたいのか、それはわからなかった。もう長く、二人の間に会話などという牧歌的なコミュニケーションは存在していない。男は前触れもなく現れ、安住の時間と自由を奪い、痛みを与えて去っていく。また来る、と言い残して。

次はいつになるのだろう……。深い闇の底に落下していく意識で、かろうじてそう思った。一年後？　二年後？　三日後？　十回目の「儀式」があるのかないのかさえ、安住にはわからない。仮に室戸がどこかで野たれ死んで、永遠に約束が果たされなかったとしても、自分の脳裏から「また来る」という響きは消えないだろう。

ブラックアウトの刹那（せつな）、一匹の羽虫が光の中を横切った。蝶か——と反射的に追うがすぐに見失い、あとには、燃えるように光る白熱電球の灯（あか）りが滲（にじ）んだ。

「何があったの？」

北川留依（きたがわるい）のクールな顔立ちが、滑稽（こっけい）なほどに驚いていた。月曜の夜にスーツ姿で別れた男が二日も音信不通で、短パンにアロハシャツという格好で現れたのだ。それもレジャーと正反対の、憔悴（しょうすい）し切った様子で。

「風呂を沸かしてくれ」

それだけ伝え、玄関に倒れ込んだ。

「救急車を呼ぶ？」

「いい。風呂を頼む」

追及の言葉をのみ込んで、留依が小走りに走っていく。彼女が自宅にいてくれてよかった。

「儀式」から解放され意識を取り戻した時、安住は人気のない河川敷に横たわっていた。日付も場所もわからなかった。全身が鈍痛にまみれ、ひどく喉が渇いていた。上着のポケットをまさぐると、電源の切れたスマートフォンと手つかずの財布があった。よろめきながら必死に歩き、自動販売機にたどり着いて水を買った。一瞬で飲み干し、二本目を半分まで流し込んで、ようやく一息ついた。朝靄がけぶっていた。そのまま横になりたい衝動に抗って立ち上がり、大通りを目指した。筋肉が腐ったように重く、まともに歩けなかった。着ていたシャツには血痕がこびりつき、パンツは汚物に染まっている。痛みのおかげで意識だけははっきりしていた。

　通りかかったタクシーに手を挙げるが、この有様のせいか停まってくれず、仕方なく歩いた。よろよろと彷徨ってコンビニを見つけ、訝しがる店員に「酔って喧嘩しちゃってな」とごまかしを並べ、パンツとTシャツを購入した。上着はゴミ箱に放り込んだが、汚れたズボンだけは捨てるわけにもいかず、便所の水道で洗った。七月九日だった。捨て置かれた場所は大和川。大阪府内だったのがせめてもの救いか。

　ようやくタクシーを捕まえて開店直後のスーパーに入った。アロハシャツと短パンを買って臭いズボンとお別れした。東成区にある自宅まで五千円以上かかった。「大丈夫ですか?」と初老の運ちゃんは何度も訊いてきた。変な客乗せちゃったなあ、という後悔よりも本当に心配してくれているようだった。病院、警察。そんな単語をすべて拒否して、迷惑料込みで一万円を支払った。

玄関に留依が戻ってきて肩を貸してくれた。シャワーを浴び湯船に浸かる。傷口に染みたが、それ以上に安堵が満ちた。あまりの気持ち良さに眠ってしまうところだった。

清潔な下着を身につけリビングに向かうと、テーブルにビールと食事が用意してあった。不安げな留依に礼を言ってからアルコールを口に含む。有り合わせの食事だったが、美味(うま)かった。涙が出るほど美味かった。生きている。そう実感した。

頃合いを見計らっていた留依が尋ねてきた。

「病院に行ったほうがいいんじゃない？」

「大丈夫。大丈夫だ」

「また、あいつなの？」

留依にとって「儀式」は三度目だった。最初は「酔っ払って喧嘩」ですませた。二度目の時、留依は安住が犯罪組織と関わってるのではないかと本気で疑い、事情を話してくれないなら別れると迫ってきた。

室戸との十年にわたる付き合いを明かした。忘れた頃にやって来て、安住を痛めつけ、しかし決して殺さずに去っていく。「また来る」と約束して。

「情が移ったのかな。今回は骨が折れるほどにはやられてないようだ」

冗談めかしてみたが、真剣な眼差しは微笑まなかった。

「警察に相談しましょう」

「無駄だ」

何度も話し合ってきたことだった。しかし結論は変わらない。

「次に奴が現れるのが何年先かもわからないんだ。その間、ずっとおれをボディガードするほど警察は暇じゃない」

すでに諦めていた。本気の執念と忍耐、そして周到さを相手に太刀打ちする手段はない。室戸は狂人かもしれないが、一方で計算高くもある。今回だって監禁場所を安住に知られないよう、手間をかけて場所を移動している。警察になんと言う？　いきなり襲われてどこかで監禁されいたぶられ、解放された。まともに答えられるのは一つ——室戸勤という名前だけだ。

「室戸はとっくに指名手配されてるしな」

最初に襲われたのは路上だった。ナイフで突進してきた室戸から必死で逃げて未遂に終わった。間を空けずに二度目の襲撃をくらい、雑居ビルの一室に監禁されたが、近所の住民が通報し警官が踏み込んでくれた。九死に一生だった。室戸は逮捕され、服役した。

しかし出所すると、またもや奴は安住の前に現れた。今度は誰も助けに来てくれなかった。どこに監禁されたのかもわからぬまま死を覚悟した。

ところが当の室戸に命を救われた。ひと思いに安住を殺す以上に自分の復讐心を満足させる方法を、室戸は学習したらしかった。

警察に相談し、被害届も出した。出所した室戸が行方不明になっていたこともあって、警察も安住の訴えを信じてくれたが、そこまでだった。

消えた室戸は捕まらず、不定期な襲撃だけが彼の生存確認の機会となった。

「襲われた場所はわかるんでしょ？　捕まえるきっかけが見つかるかもしれない」

「だとしても無駄だ。捕まえたって、あいつは刑務所から出てきたらどうせおれを探しだす」

留依が唇を嚙んだ。彼女の怒りが嬉しかった。もはや自分では、そういう感情を持てない。

救いは、室戸が留依を始めとする安住の周囲の人間に手を出さないことだろう。なぜかそこには確信があった。あまりに歪な信頼が、奴に対して芽生えてしまっている。

だからもういいのだ。おれだけが数年に一回、インフルエンザにかかるように痛みを受け入れ、二日ばかり入院したと思えば問題ないんだ。馬鹿高い税金みたいなものさ――。

「それより、事務所に行かなくていいのか？」

こんな時にとは思ったが、留依は安住以上にビジネスライクなところがある。安住が社長を務めるショーゲキという芸能事務所の、彼女は副社長だ。

社長の質問に留依は答えなかった。安住への気遣いだけが原因でないとすぐに気づいた。

「何かあったのか？」

わずかな躊躇いを見せながら、留依が答えた。

「アズが昨日、仕事をとばしたのよ」

「え？」

「ゴマオラさんの撮影はチャッピーが代わりに」

企業向けＰＲビデオの代役は誰でも構わないが――。

「連絡は？」

「ない。電話もつながらなくなってて」

「まったく？」

留依が頷く。

「部屋には？」

「行ったけど留守」

「警察には？」

小さく首を横に振る。

急に、自分の身に起きた悲劇がしぼんでいった。

アズが音信不通？

「いきなりとぶような子じゃないだろ」

「そう思う。でも、ウチの子たちは多かれ少なかれ問題を抱えてるから」

それにしたってアズは人一倍責任感の強い子だ。突然の事情が発生したのだとしても、連絡すらないのは解せない。

それもこんな大事な時期に。

「みんなには聞いたのか？」

「誰も心当たりないって。あの子はつるんだりしないから」

しかし嫌われてもいない。面倒見のいい、良すぎるくらいのアズを嫌う者は少ない。野心を剝き出しにするタイプでもないから、妬みや僻みの対象にもなりにくい。

「アズは、もう無理だと思う」

神妙に切り出された留依の言葉に安住は驚いた。

「無理って、どういう意味だ？」

「タレントとしてよ」

「まさか。ようやくチャンスが回ってきたところじゃないか」

「やる気のない人間が成功する世界じゃない」

「仕事が嫌になって消えたというのか？」

「たぶん」

そういう子はこれまで何人もいた。ある日突然、挨拶もなく連絡が途絶えてしまうのだ。

だが――。

「ドタキャンといってもたった一回じゃないか」

「けど――」

「どんな子でも絶対に見捨てないのがウチのポリシーだ」

唇を結び、安住を見つめる瞳は頑（かたく）なだった。

その視線から逃れるように言葉を継ぐ。

「ともかく、少し様子をみよう」

言ってしまえばありふれた出来事だった。こちらがどれほど期待しようと本人の意思ならばどうしようもない。お節介は焼いても無理強（むりじ）いはしない。それも安住のポリシーだ。

しかし、よりによってアズが？

妙な胸騒ぎを覚える一方で、思い当たる節(ふし)もあった。

チャンスが巡ってきたゆえに黙って身を引く――。留依の冷徹な物言いに反発を覚えたものの、それはいかにもアズらしい。

ビールを飲み干し一息つくと、気が抜けていくような無力感に包まれた。

アズこと村瀬梓には、自ら幸せを遠ざけるところがある。

そしてその生き方を、安住は痛いほど理解できるのだった。

2

起きて飯を食い、居間の座椅子に腰かける。パソコンの起動を待つ間、煙草(たばこ)を一本吹かす。灰皿の横には缶ビールが置かれている。鍋島道夫(なべしまみちお)にとって、休日を始める儀式のようなものだった。

インターネットを立ちあげ「お気に入り」に登録してあるサイトに飛んだ。ボートレースのホームページに表示される最新トピックに目を通し、さて、と目当ての選手の出走レースを探す。

玄関を出て少し歩けば住之江(すみのえ)の競艇場がある。去年から場外販売のエリアが拡大し、全国四会場の舟券が買えるようになった。しかし仕事柄、あまり出入りしたい場所ではない。見知った顔に出くわす可能性が高いし、会えば無視できない相手もいる。休日にまで追うや追われるやというのも馬鹿らしい。

自宅に引きこもる理由はほかにもあった。パソコンを使えばリアルタイムにオッズを見ながらレース観戦ができる。ネットバンクに登録しているから投票もできる。鍋島が競艇を始めた学生時代からは考えられない環境の変化だ。

妻の史恵（ふみえ）がいた頃は、よく二人で会場に足を運んだ。穏やかな水面、ほどよい緊張感、暖かな日差し。ビールと一緒に食べるホルモン焼きは絶品だった。史恵は舟券には無関心で、ボートがあげる水しぶきをのんびり眺めていた。夏の住之江にはシティーナイターがある。ライトアップされた水面は、どこか祭りの高揚をもたらしてくれる。

鍋島のギャンブルは大人しいものだった。手広く買うような真似はせず、もっぱら一着二着を当てる二連単オンリーだ。予算は一日一万円以内と決めていて、それもたいてい余らせるのが常だった。競艇は全六艇で行うレースである。競馬の十六頭立てに比べるまでもなく、的中率は高い。身を持ち崩しようもない遊びだった。

最近は少し買い方が変わった。ネットを始め、自宅にいながら全国のレースを観戦できるようになったおかげで好きな選手を追いかけるようになった。彼らのレースを探し、それだけを買う。もとより金儲けのつもりはない。暇潰しなのだ。

「また昼間っから飲んでんの？」

呆れたような声に背を叩かれた。顔を向けると戸口に娘の紅葉が立っていた。

「お前も飲むか？」

「は？　チョーカイ免職になっても知らんよ」

「出掛けるのか？」

返事もなく足音が遠ざかっていく。やれやれ、とビールを飲む。煙草を咥え煙を吐く。

娘の格好が部活の練習といった雰囲気でないのはさすがにわかった。五十も手前の立派なおっさんだが、若い子と接する機会は多い。こう見えてわりと人気もあると秘かに自負している。いいようにあしらわれ、利用されているのもわかっていたが、お互い様だ。「ナベちゃん」と気安く呼んでくる少女たちから思わぬお宝を得ることもある。ドラッグや強制売春、ノミ行為などの情報だ。

大方、難波に買い物かカラオケか、デートか。

最近、紅葉の服装は目に見えて華やかになっていた。どうもティーンアイドルに夢中らしい。女の子グループの歌がよく部屋から流れてくる。名前は忘れた。若者文化に詳しいとはいえ、そこまでは守備範囲外だ。

ゴスロリやギャルとも違う、ファンシーでもない、あれはなんというんやったっけ……。

今度街の女の子に聞いてみよう。きっと快く教えてくれる。「ナベちゃん、なんでそんなこと知りたがんのぉ？」と嬌声を上げながら。娘ともあれくらい気安く会話ができればいいのに。

かつて防犯課と呼ばれていた頃から、鍋島は生活安全課一筋の刑事だった。階級は巡査部長だ。出世とは縁のない一兵卒だが、仕事にも身分にも給与にも、特に不満はない。住まいは鍋島の生家で、楽ではないが苦しくもない生活だ。十年もすれば定年だが、貯金も退職金もある。紅葉を大学に行かせ、結婚を見届けるくらいは大丈夫だろう。

ただ、将来のことを思うと、ぼんやりとした虚しさに襲われる時があった。

ビール。煙草。マウスを操作し、熱心に追いかけている選手を見つける。永田という、まだ若いB1クラスのレーサーだ。思い切りの良いスタートと第一コーナーの切れ味が抜群で、外枠からマクリが決まった時などは年甲斐もなく拳を握ってしまう。逆目に出ればあっけないモロさもあったが、そこもまた魅力だと思っていた。今季は絶好調が続いていて、前回の福岡シリーズでも優勝している。ついでに男前だ。向こう見ずなやんちゃ坊主の面影が好ましい。

史恵も、きっとファンになっただろう。

永田は今日から始まる尼崎シリーズに出場する。全六日間。五日目までの成績で最終レースの優出が決まる。最終レースはＧⅡ戦だ。これに勝てば、いよいよ永田もトップレーサーの仲間入りとなる。

午前十時過ぎ、第一レースが始まった。券は買っていない。一日一万の予算はすべて永田に使うつもりだ。

尼崎なら行こうと思えば行けるな、と思った。もしも彼が優出したら、たまった有給を使って久し振りに会場へ行ってみようか。馬鹿げた思いつきは案外魅力的だった。

そこに、史恵もいるかもしれない。

いるわけがない。いたからってどうなる？

買ってもいないレースが始まり、鍋島は惰性で画面を眺めた。

永田が出走する第三レースがやってきた。競艇は圧倒的に一枠が有利だ。そして一着に限っていえば、ほぼ第一コーナーで決する。スタートからわずか数十秒、刹那の勝負である。

本番前の展示が行われる。ボートの調子を客に披露する模擬レースは枠番通りの並びでスタートした。鍋島の目は三枠、赤の永田だけを追った。

スタートはまずまずの出来に見えた。しかしその後の周回では今一つ乗れていない感じがした。シリーズごとに選手に割り当てられるボートとエンジンはくじ引き抽選で、整備は選手本人が行う。これも競艇の胆で、整備の下手な選手は絶対トップに立てない。そして運のない選手も。

初日だからコンディションが合っていないのかもしれない。データによると、永田のエンジンは前シリーズでもろくな成績を残していなかった。

それでも鍋島は永田に投票した。それ以外の選択肢はないのだ。

出走表を吟味して二着を選ぶ。B2からA1まであるランクで、永田より上はいない。一枠はB2。年齢を見る限りデビュー間もない新人レーサーだろう。上手くスピードに乗ってマクレば永田にも勝機はありそうだ。二着には四枠のB1選手を選んだ。派手さはないが連絡みが計算できる古参の男だ。3―4のオッズは九倍。ガチガチの本命でもなければ大穴でもない無難な数字。二千円購入する。

デートだとしたら――出走を待つ間、娘のことを考えた。

どんな男だろうか。父親が警官だと知って敬遠する者もいるんじゃないか。ツマラナイ野郎を遠ざける抑止力になれば幸いだが、少し気の毒にも思った。

遊び歩く女になってほしいわけではない。しかし温室育ちもかわいそうだ。不良のレッテルを貼られがちな街の女の子を、鍋島は嫌いでなかった。たしかに思慮が足りなかったり享楽的で刹那的なところもあるが、彼女たちは人間味にあふれている。無菌室では得られないパワーを感じる。

紅葉は高校二年生だ。彼氏の一人くらいいて不思議はない。それが普通だ。キスくらい……。その先は、さすがに考えたくないけれど。

ファンファーレが鳴り、実況がレース開始を告げる。本番でも枠番通りに艇が並んだ。内枠二艇がほぼ横付きに。少し離れた後方に三枠、永田。その横に四枠。五枠、六枠のダッシュ勢はだいぶ後方だ。大時計の秒針が回る。各艇がエンジンを吹かしスタートする。じっと画面に見入った。赤の永田を中心に凝視する。一枠のスタートは普通か。二枠は遅れている。四枠も少し遅いか。五、六のダッシュ勢は？　永田は？あ、いけない。コーナーに突っ込んだ一枠に被せていった永田の艇が大きく外に流れた。その隙間に四枠が、これ幸いと艇を滑り込ませる。一枠は踏ん張ってそのまま抜け出した。1―4。三着には五枠が喰らい付いている。永田はかろうじてドベを避けるのが精一杯といったところだ。

第二コーナーを回って、着順は決定した。残り二周は見るまでもない。1―4は三番人気。三連単でも十倍そこそこの順当な結果だった。永田の敗因はボートの出来と、一枠のスタートを見誤ったことだろう。マクラずに差しにいくべきだった。一枠は固い走りだったから、一着は難しかったかもしれないが、五着と二着では獲得ポイントが違う。

前途多難やな——ため息をついて煙草を引き抜いた時、携帯が鳴った。

「はい、鍋島」

〈ナベ、今どこや？〉

名乗りもせず相手は言った。誰かは声でわかった。浪速（なにわ）署の生安課長だ。

「自宅ですよ。のんびりしてます」

〈悪いが、出てこれるか？〉

緊急召集？　殺人などを扱う強行犯係ならともかく、風俗営業の取り締まりや青少年保護などを業務とする生活安全課で緊急の呼び出しとは珍しい。

「何があったんです？　おれはもう一杯ひっかけちまってますよ」

〈泥酔（でいすい）してなきゃいい。住所を言うからすぐに向かってくれ。そこに麻生（あそう）くんがおる。彼の指示に従え〉

面識はないが名前は知っている。たしか府警本部捜査一課、それも特殊犯係の主任刑事だったはずだ。

「おれでええんですか？　そっちの畑はズブ素ですよ」

〈つべこべ言うな。——２２５号や〉

「え？」

そんな符丁（ふちょう）は聞いたことがない。一瞬首を捻（ひね）るが、すぐに謎々の答えが閃（ひらめ）いた。

刑法二二五条。記された罪状は、営利誘拐。

誘拐事案発生か――。ごくり、と唾を飲んでから考える。人手がいるのはわかるが、しかし生安の自分に声がかかるのは解せない。それも休暇中だ。

「何が起こってるんです？」

怒鳴られるかと思ったが、課長は苛立（いらだ）たしげに答えてくれた。

〈相手さんの要望や。輸送に百人。人を用意しろってな〉

はあ？　唖然（あぜん）とする鍋島をよそに、課長は早口で住所を告げた。慌ててメモをする。それから束の間、やはり呆然とした。課長の言葉を翻訳するとこうなる。犯人は、身代金の輸送に百人の捜査員を要求している――。

そんな話は聞いたこともない。

――かつがれてる？　まさか。

エイプリルフールでもなければ誕生日でもない。何の変哲もない日曜日だ。日付は七月十三日。永田の巻き返しを見るのを諦め、パソコンの電源を落とす。現実感がないまま立ち上がる。時刻は十一時を回ったところだった。

3

午前十時、大阪市中央区、本町セントラルタワー十階。エニウェアコール大阪Cチームの応接室に二人組の刑事がやってきた。若い官僚風の男が麻生と名乗り、柔道耳の中年を三溝と紹介した。

「エニウェアコール大阪Cチーム主任の淵本と申します」

如才なく名刺を差し出す同僚に直孝も倣った。我ながらぎこちない動きだった。きっと刑事は、同じ主任の肩書でも自分を淵本の部下と見るだろう。

「音声を聞かせてもらえますか?」

麻生という刑事はさっぱりとした風貌と物言いで、嫌味なくらいエリート然としていた。似たような空気を持った淵本が「こちらへ」とパソコンの前に二人を案内する。

応接室はガラス張りで業務フロアと区切られた、主にクライアントの見学に使われる小部屋だ。オペレーターのトーク品質をチェックするモニタリング室の役目もあって、業務フロアのPCとローカルネットワークで繋がる端末が二台置かれていた。その一台の前に麻生と三溝を座らせ、淵本が軽快にタイピングする。

「すべての通話が聞けるのですか？」

「そうです。保管は三ヵ月。視聴権限は管理者以上に限られます」

SVと補佐、つまり社員のみとなるのだが、建前通りの運用では煩雑な仕事を捌けない。実際は多くのアルバイトスタッフが、管理者の指示で日常的にこのシステムを利用している。

ガラスの向こうで「処理をあけてください！」とオペレーターを受電に促す小谷の叫び声が聞こえた。予期せぬ事態で、突如放送管理に抜擢された後輩の必死さを、直孝は他人事のように眺めた。

〈シモアラチ？　変な名前だな〉

名を呼ばれ、びくっ、と身体が揺れた。機械で加工したような不自然な声が〈嘘つけ〉と過去の自分を責め立てている。〈おたくは株式会社エニウェアコールさんだろ〉ムラセは死ぬことになるよ――。そこで通話は終わった。

「お話をされていたのは？」

「あ、わたしです」

慌てて手を挙げた後、自分の挙動不審さに顔が赤らんだ。

「下荒地さんですね」

「はい」

当たり前やないか――。とっさにそんなことを思うが、麻生の刺すような視線は無駄口の隙を与えてくれない。

「通話が終わった後、どうされたか教えてください」

「えっと、まずは着信番号にかけ直して、けど話し中になってて、それで警察に連絡しようとなって、すぐに一一〇番して、それからウチの社長と部長に電話を」

しかし社長は出なかった。センター責任者でもある柳部長は事情を聞いて、京都の自宅からこちらへ向かっている。

「イタズラとは思わなかったのですか？」

「いや、それは……」

言われてみればその可能性はある。というか、そのほうが現実的だ。しかし――。考えがまとまる前に淵本が答えた。

「村瀬梓はウチの従業員です。アルバイトでしたが一般よりも重用していたんです。勤務態度もとても良好でした」

それが？　と麻生の目が問いかける。

「その彼女が、ここ三日ほど連続で無断欠勤していたんです。正確には七月十一日金曜日からです。携帯に連絡しても電源が切られていてつながらなくて、何かあったのではと心配していました」

「なるほど。通報は賢明な判断でした。実は——」と麻生が続ける。「我々にも同じ時刻、同様の電話があったんです。『ムラセアズサを誘拐した。身代金の輸送に刑事を百人用意しろ』」

信憑性を確かめる間もなくエニウェアから通報があり、駆けつけたのだという。

「村瀬さんの住所はわかりますか？」

これです、と淵本が村瀬梓のプロフィールをまとめた紙を麻生に差し出す。

「緊急連絡先とありますが」

両親などの連絡先を記入するルールだが、わざわざ確かめることもしないので出鱈目な記載も珍しくない。だが、梓が記入した番号は嘘でもなければ近親者のものでもなかった。

淵本が答える。

「ショーゲキという芸能プロダクションにつながりました」

「芸能プロ？　村瀬さんはタレントか何かをされてたんですか？」

「詳しくは存じません。先方に問い合わせたところ、あちらでも連絡が取れなくなっていたようです」

「不審な電話の後にも、かけてみましたか？」

「先程してみましたが、取ってもらえませんでした」

　頷き、麻生は唇に手を当てた。目は村瀬梓のプロフィールに向いている。

「写真などは？」

「履歴書のものが残っているはずですが、今日は日曜なので総務は閉まっています。わたしたちでは開けることができません」

　部長が来れば探せると思います、と淵本は付け足す。

「犯人からその後は？」

「まだ何も。現場の人間にはそれらしい入電があればすぐに知らせるよう指示しています」

「的確なご対応に感謝します」

　刑事の目は直孝へは向かなかった。

「しかし前代未聞ですな」

　むっつりとした柔道耳の三溝が、いかにもお似合いなダミ声で割って入ってきた。

「これが本当に営利誘拐とすれば、村瀬さんの実家に連絡するのが普通でしょう。それを職場に伝えてくるとは、ずいぶん面倒なことをする。おたくら、アルバイトのために身代金を用意するわけにもいかんやろ？」

返答に窮した。たしかにその通りだが、しかし見過ごすわけにもいくまい。

「親御さんの連絡先はわからないんですね？」

麻生の質問に、はい、と淵本が返す。

「わかりました。それはこちらで調べましょう」

「まあ、たんなるイタズラの可能性もありますからな」

三溝がもらした直後、とぅるる、と電話が鳴った。内線電話である。

「はい、下荒地」

〈小谷です。かかってきました〉

震えた声で新米が報告した。どくん、と心臓が鳴った。

「おれが代わる」

〈それが、もう切れて……〉

「なんやと？　なんで早く言わない！」

〈だって……〉

「だってもクソもあるか。何しとんねん、お前はっ」

肩に手を置かれた。代われ、と淵本が合図する。刑事の目を思い出し、渋々従う。

「淵本だ。着信は何番ブース？　内線は？　わかった。ありがとう」

電話を切り、パソコンへ向かう淵本に麻生が声をかける。

「リアルタイムで録音されているんですか？」

「はい。すぐに聞けます」

冷静だ。激昂して突っ立ったままの状態で、直孝は成り行きを眺めるほかなかった。

〈お電話ありがとうございます。健康と美容をサポートするアテナ・ウィルメイドビューティー……〉

〈七月十一日。午後一時ごろ。この番号。おれの名はピュワイト〉

通話は一方的に切断された。時間にして十秒足らず。小谷が気づかないのも無理なかった。

「――なんの日付ですか？」

麻生の質問に、答えられる者はいない。

「この番号、というのに心当たりが？」

「FDやと思います。ウチのフリーダイヤルは何種類かありますから……」

半信半疑で答えながら、直孝は首を傾げた。FDは商品やコマーシャルの形態によって複数あるが、それを誘拐犯が気にするだろうか。わざわざ電話してきて告げる必要はあるか？

「ちょっとお待ちください」

断わるやいなや、淵本の手が動き出した。通話録音システムに日時を指定し、画面にずらっと指定範囲のログリストが表示された。それをしばらく眺めた彼はやがて「ありました」と言った。

「あった、とは？」

「村瀬さんの携帯番号からかかってきた通話です」

七月十一日、十三時二十分頃のログは以下の通り。

〈お電話ありがとうございます。健康と――〉

〈もしもーし。少し話をするね。靫（うつぼ）公園にある銅像の茂みに封筒が落ちてる。中に面白いものがあるよ〉

〈お客様、失礼ですが――〉

〈これできっと、君たちは信じる〉

機械を通した、ピュワイトと名乗る人物の声に違いなかった。

「なるほど」

麻生が呟いた。何が「なるほど」なのかはわからなかった。わかるのは靭公園がビルのそばにある、テニスコートも備えた場所というくらいだ。

「三溝さん」

はい、と柔道耳が部屋を飛び出していった。

「淵本さん。ここ一週間で同じ着信番号から電話があったか調べられますか？」

すでに淵本の手は動いていた。

「――ありませんね。村瀬さんの番号からの入電はありません」

「わかりました。どうやらただのイタズラではないようです」

そう断ずる具体的な根拠を見つけられない直孝の視線に、麻生が答えた。

「コールセンターの知識を持った者の仕業であるのは間違いないでしょう。そして計画的です。イタズラにしては手が込んでる」

ようやく気づいた。ピュワイトを名乗る人物はコールセンターの録音システムを利用し、二日前にイタズラ電話を装って指示を吹き込んでいたのだ。

「さて、何が出るのか……」

麻生が呟くと同時に電話が鳴った。直孝の社用携帯だった。

「はい、下荒地です」

〈どうなっとる？〉

部長の柳だ。

「ただのイタズラではないようでして……」

〈現場は？〉

「現場？」

〈現場や、アホ。誰が管理しとる？〉

「小谷ですが」

〈小谷？　大丈夫なんか、おい〉

何を言われてるのか判然としなかった。

〈今日の現場責任者はお前やろう。アテナからは最大の努力をしろと言われとるんやぞ〉

「しかし……」

今、それどころでは――。

〈お前、責任取れんのか？　さっさと現場に戻れ！〉

「は、はい」

返事はしたが頭は回らなかった。梓が誘拐されたかもしれないのに、現場に戻れ？

アテナに怒られるから？　正気か。

〈もういい。淵本に代われ〉

「淵本です。――はい、はい。わかってます。大丈夫です。はい」

何が「はい」なのだ。ふつふつと脳天から湯気が上りそうになった時、もう一つ電話が鳴った。今度は麻生だ。二人が、顔も見えない相手と会話を始め、直孝は木偶のようにその間で突っ立っていた。

「シモチ。現場を頼む」

携帯を差し出してくる淵本に言い返す。「本気で言うてんのか？」

「部長命令だ。それに一理ある」

「てめえ、おれを締め出す気か」

「落ち着け。今、お前は現場に必要だよ。村瀬さんの件を社外に出すわけにはいかないだろ。クライアントにだって、マスコミにだって」

「それは、そうやけど――」

「この先、向こうのフロアでは一騒動起こる。オペレーターの管理をする人間がいるよ。情報の流出を防がなきゃならない」

淵本の言い分は真っ当だった。オペレーターの全員が十八時まで勤務するわけではなく、途中で早上がりする者も多い。逆にやって来る人間もいる。もしも村瀬梓の件がオペレーターに知れたら、口づてに事件が広まる可能性がある。それが梓の危険につながる可能性も。

「休憩シフトを変更しよう。通しのオペレーターはできるだけ後ろのほうに。早上がりの人間には休憩なしを打診してくれ」

囲い込みだ。できるだけフロアから人間を外に出さないように。

それから——と、淵本は続ける。

「小谷たちにはお前から事情を話しておいてくれ。ありのまま言う必要はない。悪質なイタズラに警察の力を借りてるとでも言えばいいだろう」

頼むよ、と同僚は締め括った。わかった、と返すほかなかった。淵本の指示は正しい。よくよく考えるとクライアントへの定時報告だって小谷に任せることはできない。絶対に怪しまれる。外資の経済至上主義者は、フロアに警察がいるというだけで横槍を入れてくるだろう。

「三溝からの報告です」

二人同時に麻生を見る。

「指示された場所にあった封筒の中に警察宛の手紙と、村瀬さんの免許証がありました。それから写真です」

「写真？」

「はい。ポラロイドだそうです。ご覧になってください」

麻生が自分のスマートフォンを差し出してきた。画面に女が映っている。暗い床に横向きに横たわっている。異様にコントラストが強い画像だった。黒っぽい服は完全に潰れ、肢体(したい)ははっきりしない。逆に、ただでさえも白い肌が真っ白にとんでいた。後ろ手に縛られているらしき両手がかろうじて見える。左頬が向いた口元はガムテープで覆われていた。つぶらな瞳は、眠ったように閉じられている。

直孝は声もなくその写真に見入った。頭は真っ白だった。

「村瀬梓さんですか？」

そうです——。震える声で答えたのは淵本だった。

4

〈安住正彦さんですね？〉

注文したばかりのカフェオレを飲み干したタイミングで電話を受けたのは、午前十一時過ぎ。場所は難波にあるオープンカフェの一角で、安住はそこに一人で座っていた。日曜日の難波は、真夏日にもかかわらず道行く人であふれていた。男も女も肌を露出した開放的な格好で雑踏を行き交っている。流れる汗に辟易(へきえき)しながらも楽しげで、自分とは縁のない風景に見えた。

「そうですが、そちらは？」

〈大阪府警捜査一課の麻生と申します〉

「刑事さん？　警察から電話をもらう覚えなんてないですが。どういったご用件です？」

〈あなたが社長を務めてらっしゃる芸能事務所に村瀬梓さんという女性が在籍していますね？〉

「ええ。アズがどうかしたんですか」

〈最近、お会いになられましたか〉

「いや、彼女、一週間ほど前から連絡がとれなくなってて困ってるんです。何かあったんですか」

鼓動が早まるのを抑えられなかった。無理に抑える必要はないとすぐに思い直した。

〈彼女がアルバイトをしているエニウェアコールという会社をご存じですか〉

「詳しくは知らないですけど、この間、アズの件で電話をもらったとこですよね」

梓がコールセンターでアルバイトをしていると、その時に初めて知った。電話を受けたのは留依で、安住自身はエニウェアという会社についてはなんの知識もない。

「それが？」

〈実はそのエニウェアに今朝がた、村瀬さんについて連絡があったんです。安住さ

ん、今からこちらに来ていただけませんか〉

「今からですか？　それはちょっと……。内容を教えてください」

〈電話で話せることではないんです。緊急事態とご理解ください〉

「——わたしは無理ですが、ウチの副社長で北川という者を行かせます。彼女のほうがアズにも詳しいし、わたしとほとんど同じ権限を与えてますから、お話はできると思います」

〈では連絡先をお願いできますか〉

　留依の携帯番号を伝えてから提案する。「よければわたしから彼女に伝えますよ。そのほうがたぶん早い」

　行き先の住所を聞き、最後に問うた。

「それは、アズからの電話だったんですか？」

〈いえ。匿名の、別の人間からです〉

　ごくり、と唾を飲む。

〈安住さん。ご面倒とは思いますが、今日はできるだけ連絡がとれる状態にしておいてください。あなたにまた、相談をしなくてはいけないことになるかもしれません〉

「わかりました。わたしが無理な時は、北川にすべて任せます」

　電話を切って、すぐに留依にかける。

「今どこだ」

〈本町にいる〉

予定通りだった。モーターショーとイベントのコンパニオン仕事、それにＰＲビデオの撮影があったが、イベントは女の子だけで行かせた。モーターショーと収録は付き添いが必要だったから、二人しかいない社員は朝イチでそちらへ向かわせている。事務所は朝からずっともぬけの殻だ。

「セントラルタワーの十階だそうだ。場所はわかるか」

〈ええ。時間を空けて行ったほうがいい？〉

「ああ。頼む」

さすがの留依にも緊張の気配があった。

〈そっちはどうなの？〉

「もうすぐ来ると思う。どうなるかはわからない」

安住が待っているのは、かつてショーゲキに出資してくれた知り合いだ。彼に金を無心するのは本意でないが、どうしようもなかった。

ピュワイトと名乗る犯人から安住は、梓の身代金として一億の現金を求められているのだ。

自宅で寝ていた安住の携帯が鳴ったのは午前六時だった。薄いカーテンから差し込むほのかな朝日を浴びながら、寝惚けたまま電話をとった。所属タレントからの連絡と思った。急な体調不良で仕事をキャンセルしたい――そんな電話だろうと。

相手は不穏な声の持ち主だった。後から思うとそれは、ボイスチェンジャーか何かを通していたに違いない。

〈安住さん？　早く事務所に行かないと駄目だよ。ムラセアズサが心配ならね〉

それだけだった。それだけで、安住の眠気は吹っ飛んだ。

大急ぎで支度をした。隣で寝ていた留依も目を覚まし、二人でマンションを出た。留依に長々と化粧をする習慣がなくて幸いだった。

大阪市中央区谷町九丁目にある雑居ビルの三階にショーゲキの事務所はある。ものの三十分で駆けつけたが、梓の姿はどこにもなかった。代わりに扉の前に分厚い封筒が置いてあった。表に『有限会社ショーゲキ　安住正彦様』と印字されていた。恐る恐る中を開ける。手紙と、そしてプリペイド携帯が入っていた。

手紙は簡潔だった。

『警察に連絡したら村瀬梓は戻って来ない』

そう記された一文目に続いて、いくつかの指示が羅列されていた。最後に「ピュワイト」という署名と、その横に梓の免許証の写真がコピーされていた。

留依は警察に相談すべきだと主張したが、安住は拒否した。手紙の中でピュワイトと名乗る犯人が『警察には自分が連絡する』と明記していたのも大きい。しかしそれよりも、梓を守るためならどんなことでもするという決心が安住を動かした。

手紙には、ピュワイトの指示に絶対服従すること、勝手なことをすれば最悪の事態になること、これらを守れば村瀬梓は戻ってくることに加え、主に以下の三点が記されていた。

この手紙や指示について、警察に一切を明かさないこと。

常にこの封筒と手紙、同封のプリペイド携帯を持ち、連絡がとれる状態でいること。

正午までに現金で一億を用意すること。そして、その身代金についての不可解な注意書き——。

ついさっきまで悪質なイタズラの可能性も考えていたが、その望みは消えた。ピュワイトは宣言通り警察に連絡をしていた。イタズラではないのだ。

「よお」

目の前に現れた男は、瘦せぎすの身体にTシャツ、ジーパンというラフな格好だった。黒い短髪に、薄いブルーのサングラスをしていた。ネックレスの類は身につけていない。ぱっと見、散歩に出てきた休日の中年だ。しかし、靴だけはずっしりと重量を感じさせる。鉄板を仕込んだ安全靴を履く（は）のが彼の習慣だった。

「お久し振りです」

店員に「モカ」と声をかけた後、彼はうすら笑いを浮かべ口を開いた。

「折り入って相談って、だいたいろくな話がねえんだよな」

遠山郁（とおやまいく）は表向き、生活雑貨をネットで販売するITベンチャーのオーナーだ。実態はネズミ講もどきのネットワーク商法なのだが、その会社自体は合法である。

付き合いは高校時代に遡（さかのぼ）る。つい数年前まで安住は遠山の右腕を自負しており、長く一緒に仕事をしてきた。その多くが、非合法すれすれのものだった。

「デフレだ不況だって、おれもつまんねえ泣き事に振り回されてきたからよ。まさかお前まで、おれを困らせるつもりじゃねえだろうな」

顔は笑っているが目はどうか。遠山がサングラスをするのはただのファッションではない。片目が義眼なのだ。美しすぎる真っ青な石は、見る者を震えさせる。

「郁さん。申し訳ないですが、仰（おつしや）る通りなんです」

ふん、と鼻で笑われた。

「お前はそういう奴じゃないって思ってたけどな。ちゃんと筋は通す男だってさ。お前、おれになんて言ったか覚えてる？」

ショーゲキの前身だったプロダクションを遠山に任されたのは八年前だ。芸能プロを名乗ってはいたが、実情はそんな生温（なまぬる）いものではなかった。地方から出てきた女の子やキャバクラで働く娘に声をかけ、タレントとしてデビューさせる。深夜のローカル番組やVシネに出演させキャリアを積ませ、いい頃合いでAV女優に転身させる。『あのアイドルがAVへ！』という煽（あお）り文句の完成だ。

ろくでもない仕事だったが、続いたのは遠山への義理と、彼が最低限のモラルを持っていたからだ。決して無理強いはしなかった。最終的にAVに出演し、これだけの金を渡すと予（あらかじ）め説明していた。オープンにすることで逆に信頼を得た。何よりこの男には、男女を問わず心をとろけさせる不思議な魅力があった。遠山が約束を破ることはなく、その代わり、裏切りには容赦ない報復があった。

遠山のもとを離れると決めた時、安住もそれなりの覚悟をした。半死半生ですめば御の字とさえ思った。アンダーグラウンドとも深く広いつながりを持つ遠山だから、安住一人をどうにかするのはわけがない。

しかし決心を告げた時、遠山はほとんど何も言わずに独立を認めてくれた。条件はたった二つ。新しい安住の会社に出資させること。そしてそれをまっとうに返済すること。

こうしてショーゲキが立ち上がった。約束通り遠山は多額の金を貸してくれ、経営には一切口出しをしなかった。弱小芸能プロの売り上げは微々たるものだったが、培ってきた人脈で食いつなぎ、北川留依という有能なパートナーの力を得て経営は軌道に乗った。どうにか借金を完済したのが二年前。遠山を訪ねた安住はその時、こう言った。

——これでおれも郁さんから卒業です。

遠山はそれを聞いても、ただ薄く笑っているだけだった。

「あの時、おれは嬉しかったんだぜ。ただのヤンチャ坊主で、おれの後ろをウロウロ付いてきてただけのお前がさ、面と向かって卒業だとかぬかすわけじゃない。偉くなったもんだな、って、親戚のおじさんの気分だったんだ、ホント」

汗が背中に滲んだ。暑さのせいでなく胆が冷えていた。

「嬉しかったし、さみしかったよ。あー、こいつもおれから去っていく。そう思うと人間、やっぱ少しは感傷的になったりするんだな、おれみたいな男でもさ。特にお前とはずっと、一緒にやってきたからさ」

「すみません」と頭を下げた。

「やめろ、みっともねえ。これ以上、おれを失望させるな」

柔らかな声に、刺すような鋭さが潜んでいた。慌てて顔を上げ真っ直ぐに遠山を見る。正面突破しか、この男には通じない。

「で。幾ら必要なの？」

安住はテーブルにセカンドバッグを置いた。

「通帳に会社とマンションの権利書。おれの全財産です」

ざっと二千万円くらいの価値はあるはずだ。遠山は顔色を変えることなくバッグを摑む。

「──九千万用意してもらえませんか」

「いつまでに？」

「今すぐにでも」

くくっ、と遠山が笑った。

「ちょっと見ないうちに言うことがでかくなったなあ。先物にでも手え出したんか？それとももっとヤバい話？」

「郁さん。理由は話せないんです。ただ、絶対に返します。どんなことをしても返します。だから、どうか力を貸してください」

再び頭を下げる。それしかしようがなかった。銀行も閉まっている日曜日に安住が集められた現金は、自宅と事務所の金庫の中身を合わせた一千万ほど。どう頑張っても一億には届かない。

「無茶言うぜ。おれはビル・ゲイツでもなけりゃアラブの石油王でもねえんだぞ」

楽しげな遠山をじっと見つめた。無茶は承知だった。額も額だし、時間もない。だからこそ頼れるのはこの男しかいないのだ。

「――おれが高額の生命保険に入ってるのは、郁さんも知ってますよね？」

遠山の笑みが固まった。安住と室戸の「儀式」は遠山も承知している。安住が、もしも、に備えていることも。

「おれをどうしてくれてもかまいません。お願いします」

しばらく見つめ合った。値踏みされている気分だった。頼むからおれの本気を読みとってくれ、と祈った。

やがて遠山が携帯を取り出した。

「おう、おれだ。ちょっと金庫覗(のぞ)いてくれ。――違(ち)げえよ。そっちじゃなく、仏壇のほう」

仏壇とは遠山が昔から使う符丁で、税務申告をしていない隠し金を指している。

「幾らある？　ふーん。あと、どれだけ用意できる？　大至急で。ああ、そう。わかった。それ、全部持ち出すから用意しといて。あ？　誰に言ってんの？　黙って言う通りにしろ、バカ」

電話を切ってニヤリと笑う。

「最近の若い奴は口うるさくていけねえな」

「郁さん……」

「来いよ。メソメソは好きじゃねえ」

5

本町セントラルタワー九階、トレーニングルームと札のかけられた一室に、鍋島は足を踏み入れた。広い室内の隅には折り畳みの長机と積み重なった椅子、それからホワイトボードが置かれていた。正面のプロジェクターが幕のように垂れ下がっている。すでに部屋には幾人もの刑事たちが押しかけていて、暑苦しいことこの上なかった。そしてガヤガヤとうるさかった。誰もが異例の事態に浮足立っているふうだった。その中に、知った顔を見つけて近寄った。

「おう、ナベ。お前もか」

同期で、今は府警本部捜査一課に所属する喜多周吉（きたしゅうきち）が破顔した。

鍋島は「お疲れさん」と声をかけてから続けた。「非番に呼び出しや。何がどうなっとんのかてんでわからん」

「おれもや。いくら誘拐事案いうても天下の捜一強行犯係に、よくも声をかけてきたもんやで」

殺人などの重大事件を扱う強行犯係を警察の一軍と主張してはばからない男だ。友人の暴言に慣れ切っている鍋島は苦笑で返した。

「百人の輸送てのはほんまなんか？」

「せやろな。でなけりゃこんな小綺麗な場所に汗臭い野郎どもを鮨詰めにする理由なんかありゃあせん。それも畑違いの連中を」

たしかに集まったメンバーの毛色はまちまちだった。刑事特有の雰囲気を隠さない者、まんま暴力団の構成員かという者、中には色白の頼りなさそうな若者もいる。

「寄せ集めやけど、しゃあないやろ」

暇人の佃煮（つくだに）や、と皮肉を飛ばす喜多の見方はもっともだった。事件がこの先どう転ぶかわからない以上、機動隊や交番勤務の地域課連中は持ち場待機をせざるを得ない。結果的に百人の輸送班は手の空いている者に限られる。

誘拐事案に、警察は過敏に反応する。絶対に阻止しなければならないのは、それが現在進行形の犯罪であること、即ち警察力によって解決可能な事案であることが大きい。公式には未だ、犯人の思い通りになった事件は存在しない。被害者の殺害にいたったケースはあれども、身代金搾取（さくしゅ）の成功例はないのである。逆に言えばそれが成された時、警察は長きにわたる神話の破棄（はき）を迫られ、どこかのお偉いさんがその地位と将来を失う。何より、誘拐事件はマスコミ受けがいい。阻止できれば警察万歳、失敗すれば針のむしろだ。

「それにしたって、言われるまま百人っちゅうのはサービスしすぎちゃうか?」

鍋島の疑問に本部勤務の友人が耳打ちしてくる。

「高野刑事部長様の勅命や。奴さん、アンチが多いから手柄を挙げたくてしゃあないんやろ。それに万が一っちゅうこともあるしな」

「万が一って?」

「被害者が有名人とかな。それがこっちの準備不足で死亡となれば、面目の丸潰れではすまん」

嬉しそうに言う。府警本部で現場と上層部が仲違いしているという噂は本当らしい。

「麻生って主任はどんな男や。できるんか?」

「そりゃあ特殊犯係の主任がボンクラってことはない。野郎は警察庁からの出戻り組で、アメリカに研修にも行っとったらしい」

その経歴を聞く限りでは、さぞかし優秀な成績で警察学校を卒業したに違いない。

「プロっちゅうことか」

「まあ、そうなんちゃうか」

「人間的にはどうなんや」

「知らん。歳も違うし関わりもない。野郎はボスの『お気に』なんや。高野部長と同じ大学、同じサークルの出身らしい。手厚いサポートも、後輩に花を持たせたろっちゅうご配慮かもな」

言葉の端々に棘があった。若い主任刑事は、叩き上げのベテランにとって愉快な存在ではないようだ。

「まあ、兵隊は黙って命令に従うまでよ」

そんなタマかいな、と思っていると後方の扉が開いた。ごつごつとした男が大股に群衆を分け入ってくる。古代エジプトの海がそうだったように、人波が左右に割れた。

軍曹のお出ましや、と喜多が囁く。言われなくても知っていた。大阪府下では知らぬ者のいない武闘派刑事の代名詞のような男だ。柔道でオリンピックの強化選手だったこともあるらしい。

「捜査一課特殊犯係の三溝や。よく集まってくれた。休暇中の者もおったやろうけど、ひとまずそれはお預けや。全部忘れて捜査に尽力してもらいたい。もう聞いていると思うが、誘拐事案が発生した。大阪府警の総力をあげた捜査になるから、そのつもりでおってくれ」

続いて三溝は事件の概要を簡潔に説明した。村瀬梓という女性が誘拐された模様。

エニウェアコールへ犯人からの連絡は二回。公園で見つかった封筒に被害者の写真と幾つかの指示。身代金は一億。輸送に百人の捜査員を用意すること。

後半の段でどよめきが起こった。百人による輸送というのも初めて聞くが、身代金一億とは豪勢だ。

「被害者はどんな人物なんですか？」

質問が飛ぶ。それだけの額を要求してくる以上、大手企業の家族、もしくは政治家の娘といった憶測は当然だ。そうなれば事件の注目度は高まる。喜多の「万が一」が当たるのか？

軍曹の目配せで部下の一人がプロジェクターを操作した。まず映ったのは免許証の顔写真だった。かわいらしい福耳に目を引かれる。すっきりとした顔立ちの清楚な美人という印象。それからもう一枚。こちらはポラロイドか。黒っぽい服に身を包んだ女性が床に横たわっていて、耳は長い黒髪に隠れている。拘束され、眠らされているようだ。

「歳は二十三。住まいは此花区。部屋の名義は本人。同居人なし。今のところ、これといった背景はわかってない。関係者によると被害者はタレントをしてたらしい。ここでアルバイトをしてたくらいやから、食えてたわけではないんやろう」

「家族には？」

「連絡先を調べとるとこや」

友人の予想はハズレのようだ。有力者の大っぴらには明かせない愛人の娘というセンはあるが。

捜査員たちの質問に切れ目はなかった。「犯人の電話はどこから？」

いわゆる逆探知という技術は交換機のデジタル化で劇的な進歩を遂げている。今時、被害者宅の電話機に特殊な機械をセットして通話を長引かせるなどという時代劇がないことくらいは鍋島も知っていた。

「電話会社の協力は取りつけたが……」

三溝の歯切れは悪かった。発着信の時点で自動的に記録され、携帯電話であっても基地局からおおよその場所が特定できるのだ。何が問題なのか。

「ピュワイトと名乗るホシは被害者の携帯電話でアテナコーポレーションのフリーダイヤルにかけてきとる。詳しくは端折るが、ＩＮＳ回線と言って、同じ電話番号で同時着信する電話機は約百台。どの電話機に着信するかはわからん」

「着信側の状況は関係ないでしょう？　被害者の携帯を使ってるならその番号が発信した瞬間に基地局を割り出すプログラムを組めばいいのでは？」

いかにも理系の顔つきをした若い刑事が発言し、軍曹の目が吊りあがる。

「誰に言うとんねん。そんなもん、とっくに要請しとる。だがピンポイントで割り出せるわけやない。今わかっとる範囲では最初の電話が市内中央区。府警への電話もここからや。次が浪速区。微弱電波の追跡もできんそうや。電源を落として移動してるんやろう」

当然、該当地域の交番には知らされているだろうし、すでに機動捜査隊も動いているのかもしれない。しかし浪速区という大阪の盛り場で、はたして犯人を特定できるのか。移動しているのであればなおさらだ。二度目の電話からとっくに一時間が経過している。

「犯人は被害者を連れ回しているわけではないんですね？」

「予断は危険だが、まあ、そうやろう」

「複数犯ちゅう見方でよろしいんですな？」

普通に考えれば人質を放置して出歩くとは思えない。監禁の状態にもよるが心理的に難しいだろう。連絡役と人質の監視役に分かれていると考えるのが自然だ。

「その可能性が高い。つまり、や。連絡役を無闇に捕まえたら人質の命が危なくなるかもしれんちゅうことや。その辺りの捜査はこっちでやっとる。お前らにはお前らの仕事があるから、今は余計な詮索はせんでくれ」

三溝は質問を打ち切った。とりあえずの説明が終わり、事態の進展を待って待機かと思いきや続きがあった。

「皆、携帯を出してくれ」

首を捻りながら指示に従う。

「今からSNSのアカウントを作ってもらう。それぞれにIDを振るから、用紙に名前と所属を記入せえ」

すぐに紙が回され、しばらくすると鍋島のもとにも届いた。1～100までの番号。その横に小さな紙が張り付けてあり、自分の番号のそれをちぎり取る。横長の紙には「66@66――」から始まるアドレスが記されていた。有名なソーシャル・ネットワーキング・サービスのアカウントだった。

「数字以下のアルファベットは一緒や。アカウントを作ったら、すぐにグループ登録をしてくれ。わからん者は挙手しろ」

何人か、年配の刑事がさっそく手を挙げた。喜多もだった。

「情けないのう。教えたるわ」

「わかんのか?」

「生安なめんなよ」

露骨に「くだらねえ」という顔をする喜多に鍋島はレクチャーを始めた。「66@66osakapolice」のアカウントを作成し、ほかの番号全部が含まれたグループ登録をする。これで、それぞれの発着メッセージが共有される状態となった。

「最後にゼロゼロ番を登録してくれ。これは我々、おれや麻生主任のアカウントや。ふざけたやり取りはするなよ。用途は受信のみ。業務報告も含めて、お前らからの発信は原則禁止や」

「これも犯人の指示なんですか？」

不満げな質問に「せや」と三溝が返す。

「最後にみんな『AZ@101osakapolice』をグループ登録してくれ」

ＡＺ——それが村瀬梓の名を連想させることに鍋島は気づいた。

「これは村瀬さん——、つまりピュワイトのアカウントや。今後、奴は被害者の携帯を使ってＳＮＳ上から我々に指示を出すとのことや」

そう告げる三溝の表情は憮然(ぶぜん)としていた。

6

正午。会社の代表電話が鳴った。相手はアテナの現場担当者だ。

〈コール数一三〇〇に対して受注件数が七〇〇ねえ……。どうも、いつもながら、なかなか芳(かんば)しくありませんなあ〉

下請けの首をじりじり絞めるのが生甲斐であるかのようなねっとりした口調を聞く

たび、直孝は男のニヤけたおちょぼ口を思い出してしまう。

「申し訳ありません。午前の一発目は上々だったのですが、二発目が思いの外早くオンエアしてしまいまして。受電と発信のバランスが難しくなったことが要因と考えております」

〈そんなね、シモチさん、それってね、わかりきったことじゃない。もう何度も何度も、同じようなことがあったんだからさ。初めてじゃないんだから。それくらい、事前に想定して保険を打っておいてもらうのが普通でしょ〉

申し訳ありません、という台詞を繰り返す。

〈いつになったら成長してくれるんですかねえ、エニウェアさんは。現場担当としても、これ以上は庇い切れないって、わかってるんですかねえ〉

庇う気なんかないくせに、と無言で思う。同時に、本音じゃ切るつもりもないんやろ、とも。この担当は、わざと下請けに無理や難癖を押しつけて、それを仕事としているところがあった。このやり取りはもはやルーティン、茶番にすぎない。

〈午後はどうするおつもりなんです？〉

「オンエアのタイミングを見逃さないように係をつけました。発信中のオペレーターが即座に受付に戻れるよう体制を強化致します。取りこぼしのないよう、細心の注意を払います」

〈ちょっと待って。それって、当然のことでしょ？　というか、午前はやってなかったの？〉

やっていなかった。二発目のＣＭに気づかず、絶対的に受付人数が足りなかった。

コールセンターのもっとも重要な指標は、入電に対し起票した件数——受注率である。本日アテナから言い渡されている目標値は七〇％。予測呼量を考えれば事実上不可能な数値だが、目標に近づける工夫をしないわけにはいかない。

お試しキットの瞬間入電数は平均四〇〇〜六〇〇コール。オペレーター総数百人だと少なくとも三〇〇コールがはみ出してしまう。この分を受注にするための方法がコールバック、スナッチなどと呼ばれるやり方だ。「電話が込み合っているので後ほどおかけ直しさせていただいております」というトークで了解をもらい、通常七〜八分かかる受電時間を短縮して回転率を上げる。

電話がつながらずに購入をやめてしまう客と、何度もかけてくる客が一番まずい。前者は受注率ゼロだし、後者も三回かけられると受注率は三三％となる。自動音声案内のシステムを使うところもあるが、アテナは採用していない。マンパワーがすべてなのだ。

呼量が集中するタイミングで最大人数を受電対応させるのがセオリーだが、ＰＴと呼ばれるＣＭ形式の場合、一定時間枠の中のどこでオンエアされるかが事前にわからない。管理者は目の前の仕事をこなしながらセンター内に吊るされたテレビへ気を払い、ＣＭチャンスとなれば状況に応じた指示を飛ばさねばならない。

二発目に関してはこれが見事に失敗していた。オンエアを見逃し、半数以上のオペレーターが一発目の客へ発信していた。しかも二発目は化粧品の紹介で、瞬間コールは五〇〇。ライブ対応した人数は五十人に満たず、数値が壊滅的にならないほうがおかしかった。

管理していたのは小谷だ。初体験で、サポートもない状態では仕方ないが、クライアントに通じる話ではない。そもそもアテナは、小谷をまだ管理責任者と認めていないのだ。

「申し訳ありません。午後は徹底して管理致します」

〈それぱっかだね、シモチさんは。いいよね、謝ってればすんじゃうんだから。わたしはそうはいかないんだからさ。ほんと、ほんとにちゃんとやってもらわないと、困るんだからね〉

はい、はい、と繰り返す自分がひどくつまらない人間に思えた。

〈無理なら無理で、もう管理を淵本さんに代わってもらえない？〉

喉元まで出かかった暴言を必死でのみ込み「必ず午後で取り返します」と答える。

怒りに震える身体をなだめながら受話器を下ろした。頭に血が昇ったまま深呼吸をする。到底、すぐに冷めるはずもなかった。

シモチさん、と小谷がやって来た。

「すいませんでした」

頭を下げる後輩を怒鳴りたかった。オンエアに注意するなんて初歩の初歩やないか！ てめえ、まだオシメしてんのか、バカヤロウ！

「いい。もういい」

手で振り払う。小谷は何か言いたげだったが、黙って持ち場に帰っていった。

彼女にも言い分はあるだろう。突然現場管理を任され、見よう見真似の右往左往だったのだ。パニックに陥っても不思議はない。わたしは悪くない――。その通りだが、今の直孝に優しく慰めてやる余裕はなかった。

応接室に目をやると、ガラス窓の向こうで麻生と淵本、それに柳部長が何やら討論していた。柳がゴルフ焼けしたこげ茶色の顔を横にしている。村瀬梓の身代金を出せるか、とでも訊かれているのだろうか。

内線が鳴った。相手が淵本であるのは向こうの様子からわかった。

「なんや」

〈刑事さんが電話機を絞れないかと言ってる〉

はあ？ と返す。

「どういうことや」

〈犯人から電話があった時、即時対応するのに着信電話機が少ないほうが都合がいいらしい〉

「どうやって？」

〈上手い方法があるかない。

〈回線を絞るのはどうだ〉

フリーダイヤルごとの開局回線数は変更することができる。その数だけ同時着信するわけで、現在はＦＤにつき百五十本の設定になっていた。百人が受けると五十人が呼び出し音のまま待たされ、それより後は通話中でつながらなくなる。

「一本に絞れってのか？　あり得んやろ」

〈一本でなくとも、もっと少なくできないか？　たとえば三十。それなら着信電話機も三十にできる〉

「全部コールバックにして、ほかのメンバーは発信させせんのか？　無茶や。数値がぐだぐだになるぞ。それに回線数はアテナにも見られとる」

ＮＴＴのカスタマコントロールページはＩＤとＰＡＳＳがあれば誰でも閲覧可能だ。アテナの担当も見ているし、操作もできる。

〈回線数はそのままで、電話機だけ絞るのはどうだ？〉

電話機は特定のＩＤでログインをしない限り着信はしないから、着信電話機の限定はできるが、しかし――。

「待ち呼を一二〇つけろってのか？　正気の沙汰やない」

呼び出し音に焦れた客が電話を切ってしまう結末がありありと浮かんだ。

「さっき、アテナの担当にお灸を据えられたとこや。やるならあいつに許可をとってくれ」

〈それはできない〉

「ならどうにもできん。これ以上、数値が落ち込めばおれの首がとんじまう」

〈……駄目か？〉

駄目？　何が？

〈いや、いい。すまなかった〉

内線は切れた。

胸の内にモヤモヤとした霧が生じた。淵本だって無理なのはわかっていたはずだ。誘拐犯から電話がかかってくる状況の説明を抜きに、絶対に、そんなことはできない。アテナはもちろん、柳だって認めないだろう。会社を預かる身として当然の判断だ。

おれだって……と直孝は思った。

アテナの担当が自分よりも淵本を信頼しているのは知っている。管理能力に大きな差はないし、むしろ判断や行動のスピードでは負けていない自信がある。それでもやはり、淵本の理路整然とした語り口、適度に分をわきまえた話術のほうがウケがいい。同じような結果でも淵本ならば『よくこの数値で持ちこたえた』、直孝ならば『もっと頑張れたでしょ？』。自分の立場は「怒られ役」だ。大げさではなく、今日の数値次第で現場責任者の資格を剝奪（はくだつ）される恐れがある。

だから淵本の無茶な提案は受け入れられない。普通に考えて、それは当たり前だ。

しかし……。

なんだ、このモヤモヤは。

「CM入りました！」

オンエアチェックをしていた女性社員が叫ぶ。

「全員受付に戻してコールバック。かけ直しは二時間以内」

直孝の指示に、小谷やトレーナーたちがオペレーターへ声をかけて回る。

霧が晴れない。

現場管理はスポーツのようなところがある。その時々の状況を把握し、先を見越して適切な判断を下していく。集中していると時間を忘れる。

だが直孝は、どこか意識が別のところに向いている感覚を拭えなかった。

――駄目か？

淵本の問いかけが耳に残っている。

フロアに設置されたテレビ画面に料金表示がされる。それにバッテンがついて半額に。今すぐお電話を！　という煽り。さあ、来るぞ。努力もせずに痩せたがってる連中が、受話器を片手に走りだそうとしているぞ。百人のオペレーターが、それを迎え撃つ。束の間の静けさは合戦の直前を思わせる。かつて、竹刀を手にして敵と向かい合っていた頃の緊張感を思い出す。今できる最大の準備は整えた。この瞬間、ある種の高揚と快感がたしかにある。コールセンターの仕事で直孝が、唯一心から好きな時間だ。

なのにやはり、一番芯の部分が、首を傾げている。

「シモチさん！」

小谷が走って来た。フライング気味の入電がそこここで響き始めた最中だった。

「なんや」

「かかってきました」

「え？」

次の瞬間、フロアは水鳥が一斉に羽ばたいたような着信音の渦に包まれた。

7

京セラドームの前で留依と落ち合った。正午が間近に迫っていた。留依が運転してきたプリウスの中で、警察から説明された事件の状況を聞く。

「手紙の通り、犯人の要求は現金で一億円」

刑事は留依に、梓の家族と連絡が取れないか再三尋ねてきた。しかし留依の返答は「知らない」。嘘偽りのない回答である。

「それから話せる範囲であの子について伝えた。決して裕福な家庭じゃないってことも」

大げさにいうと、村瀬梓は天涯孤独の身だ。一家離散。まだ二十代の彼女は、たった一人で生活を営んでいる。

「それ以上は？」

「まさか。必要ないことまで話すわけないでしょ」

棘のある口ぶりだった。尋ね方も悪かったが、留依は留依で神経質になっている。

「金の話は？」

ため息交じりに、ええ、と言う。

「アズが働いてたエニウェアっていう会社の部長に打診してた。でも、とても無理だって撥ねつけられてた。稟議を通さないで現金は動かせないとかなんとか。それは言い訳だろうけど、でも当然といえば当然ね」

それはそうだろう。いくら従業員とはいえ、アルバイトにすぎない人間の身代金を払えというのは酷だ。それも一億という大金を。

「少しでもって刑事が粘ったら、『警察は幾ら出してくれるんです？』って。わたし、ああいう人はそんなに嫌いじゃない」

わずかに留依の表情がゆるんだ。薄っぺらい綺麗事を好かない性格なのだ。

その後、刑事は留依に同じ質問をした。留依から電話がかかってきたのは三十分程前だ。九条にある遠山郁の事務所を出てすぐだった。

「それで？」

「どうにかなるかもしれないから、一度社長に会ってくると言って出てきた」

「怪しんでなかったか？」

「それは少しは、そうでしょうね。ウチだって立場はエニウェアと変わらない。会社の規模でいえばウチの方が下だし」

「だからこそ柔軟に対応できるってことにしといてくれ」

留依は不満げに安住を見てくる。

「それにウチはタレント業だからな。保険なんかも普通の会社と違う」

「嘘はつきたくない」

「嘘じゃないだろ。大手はそうなんだから」

事実、身体を張った商売には様々な保険が存在する。しかし掛け金も高額で、ショーゲキのような弱小事務所には縁がない。

「お金は用意できたの？」

黙ってボストンバッグを叩く。遠山の協力で都合一億の現金が詰まっていた。

「重たいぞ。記念に持ってみるといい」

「嫌でも持つことになるじゃない」

それから深いため息をついた。

「やっぱり、警察に全部話すべきよ」

取り乱した様子はない。冷静な思考の末、留依に当たり前のことを言っている。

「どうせすぐバレる」

「いいさ。アズが無事に戻ってきた後なら」

「誘拐犯を信じるの？」

「信じる以外にないだろ」

「あいつとは違うのよ」

室戸勤。

きっと安住の感覚は狂っているのだろう。自分でもそう思う。室戸との奇妙な関係が、犯罪者を信頼する抵抗を麻痺させているのかもしれない。だが――。

「アズを見殺しにするわけにはいかない。わかってくれ。これはおれの生き方の問題なんだ」

留依は黙り、唇を嚙んだ。その目に、かすかな憐れみを感じた。

「……そろそろ行かなくちゃ」

「全部終わったらアズとモツ鍋でも食いに行こう」

ゲテモノは嫌い、という言葉に背中を押され安住は車を降りた。

「留依。すまない」

「とっくに諦めてる。――何かあったらメールする」

去っていくプリウスを見送ると、途端に手持無沙汰になった。手紙の指示にこの先はない。後は事態の進展を待つばかりだ。

どっと疲れが襲ってきた。早朝の電話から向こう、張りつめていた緊張がゆるんだ。同時に、やっと冷静に事件を考える余裕が生まれた。

異様だ、と思った。

刑事ドラマや推理小説で見聞きした知識しかないが、どう考えても普通の誘拐事件ではないだろう。犯人が自ら警察に連絡をしたという点、その連絡に職場を利用したという点、何より一番肝心の身代金の用意について、あまりに無計画ではないか。

エニウェアは身代金の立替えを拒んだ。留依の言う通り、その判断は当然だ。ならば安住がそうしないという保証はどこにもない。というよりも、この短時間で、しかも日曜日に、駆け出しのタレントのために現金で一億を揃える確率のほうがはるかに小さい。そう考えると狙われたのが梓だった理由もわからない。有名人というわけでもなく、家族は連絡すらとれないのだ。

誰もが梓を見捨てた時、ピュワイトはどうするつもりだったのだろう。

ただの愉快犯なのだろうか。しかしそれにしては手が込んでいる気もした。

――おれのことを知っている奴か？

自然とそこに行き着いた。まさか遠山の存在まで計算していたとは思わないが、安住に詳しい人間なら彼が村瀬梓を見捨てないと判断できたかもしれない。一億は無理でも、相当な金額を用意するだろうと。

だとすれば、かなり容疑者は絞られる。別に聖人で売っている人間ではなく、むしろ怪しげな芸能事務所の社長で、過去にはいかがわしい商売にも手を出している。警察の世話になったのも一度や二度ではない。

安住の秘めた内面を知る人間――それはほとんど一人しかいない。

北川留依だ。

あり得ない、とすぐにこの思いつきを投げ捨てる。しかしどう考えてもピュワイトの計画は、安住の人間性に期待している部分が大きいように思われた。留依の進言に従って、すべてを警察に打ち明ける可能性だってあるのだ。

何か、すっきりしない気分だった。

遠山のもとで働いていた安住は、これまで様々な犯罪者と付き合ってきた。できる知能犯は抜群に頭がいい。彼らは無駄を嫌う。それが失敗の元であると骨身で知っているからだ。そして幸運を期待しない。

こうした経験に基づけば、ピュワイトは低俗な部類に入りそうだった。ちょっとした思いつきで、なんとなく上手くいくだろうと楽観しているチンピラのレベルだ。そうは思うが、しっくりこない。理由はやはり、金についてだった。

ピュワイトが安住に寄越した手紙に示された注意書き。用意した身代金のほとんどが、アズとともに戻ってくるという文言。

営利誘拐なのに金を返す――？　意味がわからない。

ぼんやりと歩いていた安住の前を、三人組の少女が通り過ぎた。団扇(うちわ)を手に華やいだ声をあげながら歩いていく。そんな一団が目の前にぽつぽついることに気づいた。男性のグループもいた。振り返ると京セラドームが鎮座していた。いつ見てもマズそうなパンケーキにしか見えない。

ライブがあるのだろうか。人はまばらだから、開演までにはまだ時間があるようだ。

自然とアズのことを思った。容姿もいい。根性もある。独特の感覚を持っていて、タレントとしての才能もあった。しかし、売れっ子にはほど遠い。

それは安住のせいでもある。ショーゲキにスターを育てる力はないし、そんな大層な人材を抱えるつもりもない。芽の出そうな子がいれば大手に紹介し、引き抜きを斡旋する。わずかな移籍金も大切な収入だった。

アズにもそんな話はきていた。在籍二年目で、今はマニアックなイベントで歌ったりカタログのモデルをしたり、たまにケーブル局の番組に出演する程度だが、彼女に目をつけてくれた大手芸能プロへの移籍話が具体化していたのだ。タレントの卵にすれば喉から手が出るようなチャンスである。問題は留依の反対と、アズ自身の気持ちがはっきりしないことだった。

テレビに出たがらなかった。映画やドラマにも消極的で、やるなら舞台がいいというが、それも前のめりではない。アイドルというイメージに拘っているふうでもなく、才能はあるが何をしたいのか、今一つ摑めない子だった。

振り返ると、誰の紹介もなく初めて事務所にやって来た時の彼女はどこか脅えているように見えた。自信家が集まりがちな業界では珍しいと感じたのを覚えている。

今月中にも移籍先に面談の打診をしようと話していたタイミングで連絡がとれなくなったのを、梓の意思表示と受け取ってしまったのが悔やまれた。あの時、すぐに警察に相談していれば……。

最後に梓に会ったのは先週の夕方だ。所用を終え事務所に戻ると、梓はたった一人、窓辺に座ってゴミゴミした街並みをぼんやり眺めていた。

大した用事がなくても、梓は事務所に顔を出し、進んで雑務をこなしてくれた。対価を求めるわけでもなく「これも勉強です」と明るく笑っていた。

しかしその時の梓の背中には、いつもの快活な働き者の明るさはなかった。強いていえば、妙な色気が漂っていた。彼女は鼻歌を歌っていた。歌詞のあるポップスではない、物哀しげなメロディだった。しばらく安住は、それに耳を傾けた。

「きれいな曲だな」そう話しかけると、梓は驚いたように振り返った。「聴いてたんですか?」白い肌が赤面していた。

「アズは、歌をうたいたいのか?」いつもの調子で探りを入れた。返答までの刹那、梓の表情は複雑に揺らいだ。苦さと甘さが入り混じった顔に見えた。

「……思い出の曲なんです。絶対に、忘れちゃいけない、大切な」

社員の一人が帰ってきたため、話はそこで終わった。

いつか腹を割って話したいと思っていた。できるなら、彼女が抱えた暗い過去についても。

アズ、戻って来い。

お前は幸せにならなくちゃ駄目なんだ。

その時、ピュワイトから渡されたプリペイド携帯が初めて震えた。ディスプレイには非通知の表示。時刻は午後零時二十分。

8

トレーニングルームの奥に立つ三溝の短軀といかり肩は、さしずめ番犬だった。その足元に積み上げられた札束の山を見て、おおっ、というざわめきが起こった。

「こりゃあ眼福やな」

ふざけたように囁く喜多の声に興奮が感じられた。鍋島にしても同じだ。写メでも撮って、紅葉に見せてやりたいとすら思った。

「こんな大金、どっから出てきたんかな。まさかこの会社じゃあるまい」

喜多の疑問に囁き返す。「大阪府警っちゅうのはどうや?」

「やったら明日からストライキや。おれらのボーナスかてケチっとるくせしてからに」

　喜多との漫談を打ち切ったのは、三溝の大声だった。

「ええか？　時間がない。説明は一度だけや。注意してよう聞いてくれ」

百人の男どもがいっせいに黙った。軍曹の号令には浮ついた空気を一瞬で消す力があり、一億の山が物珍しい見世物から、任務の重大さを表す不吉なものに変わった。

「これからこの金をそれぞれ一束ずつ渡していく。渡されたらすぐにナンバーを控えろ」

　再び、ざわ、っとどよめく。一億を百人で割る？　一人、百万？

「犯人の指示ですか？」

「質問はなしや。時間がない言うたやろ。さっさと取りに来んか！」

言われるがまま列ができた。金と一緒に白い封筒を渡される。エニウェアコールの社封筒だ。それに札のナンバーを控える紙が添えられていた。

「書き終えたもんは用紙を持って来い。急げ。正確に、急げ」

　無茶を言いなさる――そう思いながらも従う。一人百枚なら重労働でもない。三十分もあれば作業は終わるだろう。

「手を止めずに聞け。もちろんこれも犯人の指示や。一人百万。どういうつもりか知らんが、全員に持たせるようにとのことや」

いよいよおかしな話になってきたな、と鍋島は思った。百人の輸送役もそうだが、それぞれに百万ずつというのはもっと解せない。

「犯人の意図はなんでしょうか？」

事務員風の男が手を動かしながら声を張る。

「まだわからんが、考えられるんは攪乱や。おそらく犯人はお前らをバラバラに動かすつもりやろう」

ごく自然な推理だった。散り散りになった百人の輸送を完璧にフォローするのは至難だ。人員には限りがある。千人集めても一人につき十人。それだって容易ではない。

「他府県に行かされるもんもおるかもしれん。今、近畿方面に協力を要請しとるとこや」

近畿に収まるかもわからない。攪乱であればダミーも存在するに違いなく、日本全国に飛ばされたその中に「当たり」があるということか。なるほど、賢いと言えなくもない。

だが。

たった百万？

これだけの大騒ぎにしておいて、百万ぽっちの金が目的なのか？

犯人が複数なら余計に取り分は減る。二人で五十万。働け、と言いたくなる額ではないか。それとも複数の輸送役を襲うつもりなのだろうか？　十人襲って一千万。だったら最初から輸送者を十人にして、一人を狙うほうがどれだけ効率的か。

「犯人が何を考えとるんか、今んとこ予断はなしや。お前らは言われた通りに指示に従って動いてくれ。ええな？　くれぐれも勝手な真似はするな」

最後はヒステリックな命令だった。きっと三溝も、犯人の意図がわからずに苛立っているのだ。

「けったいな話やな」

隣でペンを走らせている喜多が呟いた。「誘拐の価格破壊や。薄利多売っちゅうやつやで」

「デフレの世相を反映か？」

「おうよ。けど、勘違い野郎にお灸を据えるんがおれらの仕事や。おれが『当たり』やったら野郎の鼻を潰したるわ」

「勝手したらドヤされるぞ」

「なあに、逮捕したら本部長賞で金一封や」

ダミーなら徒労か、と思った。どっちが幸運なのだろうか。巻き込まれた現時点で、不運なのは間違いなかったが。

ナンバーの控えが終わり、鍋島もリストの紙を提出した。時計を見ると午後一時前だった。

「もし北海道に行けと言われたらどないします？」

パンチパーマの、どうみても事務方には見えない風貌の男だった。

「その時は伊丹に行け。飛行機や」

「ビジネスでもええんでっか？」

「鏡見てからぬかさんかい。貴様のどこがビジネスマンや」

笑いが起きた。言われたパンチパーマはひょうきんに肩を竦めている。

「海外とかは、ないですわな」

喜多だった。

「あったらどうするつもりや？」

「いやあ、わし、いっぺんマカオに行ってみたいんですわ」

アホばっかやなと三溝も笑った。束の間、弛緩した空気が流れた。嵐の前の静けさ。そんなふうだった。

「警部補」

鍋島が手を挙げた。

「なんや。軽口ならもういらんぞ」

「いや、ちゃいますねん。ちょっと質問してええですか？」

無言で顎をしゃくってくる。

「わしら、どこに行かされるかもわからんのですね？」

軍曹は、やはり無言で先を促した。

「そんで一人、百万を持っとる。この中の誰かが、まあ、きっと犯人と接触することになるんでしょう」

皆が鍋島の発言に注目していた。冗談の雰囲気はなくなり、真剣な目が集まっている。もう間もなく訪れる現実のこととして、自分たちの状況を思い描いているに違いなかった。

「けど、なんや、ちょっとおかしいですな」

「この三十年、まっとうな犯罪者なんておれは会うたことないぞ」

笑いは起こらなかった。

「そらそうです。犯罪なんて、それも誘拐なんて、まともな奴のやることちゃいますわ。ですが、どうも腑に落ちひんのです」

「貴様、何が言いたいんや」

「いや、わしも誘拐なんて初めてでようわからんのですけど……。この犯人、儲ける気があるんでしょうか？」

すっと三溝の顔から表情が消えた。怒鳴られる——そう覚悟した時だった。

ぴゅるりん。

刑事たちが音の出処を探して互いを見合った。すると、また、ぴゅるりん。

「あ、おれです！」

「こっちも」

方々から声があがる。ぴゅるりん、ぴゅるりん、と間の抜けた着信音が続いた。

「落ちつけ！　犯人からや。文面を見て、それに従え！」

ぴゅるりん、はとどまることなく鳴り続けた。もう一つ、もう一つ。ぴゅるりん、ぴゅるりん。次々と、ぴゅるりん、ぴゅるりん、ぴゅるりん、ぴゅるりん、ぴゅるりん……。

　ＡＺからの指令。鍋島はふと、自分が得体の知れない祭りの只中に放り込まれた恐怖を覚えた。

　やがて自分の携帯が、ぴゅるりん、と鳴いた。

　急ぎ、届いたメッセージを読む。

　——何じゃこりゃ？

『愛知県、オアシス21、ヒーローショー終了まで』

二部

1

麻生善治(よしはる)は悪を憎んだことがなかった。同じように正義を信じたこともない。犯罪者への憎悪も、被害者への憐憫(れんびん)も、等しく彼の中には生まれなかった。それは生来の気質なのだろうと本人は考えていた。格好つけのニヒリストや、訳知り顔の相対主義者のつもりはない。ただ、「わからない」のだ。

誰かのために本気で涙する感情。誰かを心の底から憎む感情。たとえば人を殺す——その行為のリスクを忘れさせる激情が、麻生の中にはない。

営利目的ならば理解できた。強盗や、保険金殺人などだ。愚かな奴だと犯人を評価もできる。ツイてなかったな、と被害者を憐れむことも。

しかし、怨恨(えんこん)は駄目だった。事象としては理解できても、動機や情状についてはさっぱりピンとこない。

自分が捜査一課でも知能犯を扱う特殊犯係——大阪府警ではＭＡＡＴとも呼ばれる

――に配属されたのはせめてもの救いだった。本当は二課がよかった。もしくは検事を目指し、特捜部に入るべきだった。贈収賄（ぞうしゅうわい）や汚職には、利害という物差ししか存在しないからだ。

昔から冷めているとさんざん言われてきたし、自覚もしていた。

子供の頃、何気なく虫をちぎっていた時期がある。田舎の小学校からの帰り道、バッタを見つけては半分に折り、トンボの羽をむしった。ほとんど躊躇（ちゅうちょ）は生じなかった。それが気色悪い行いだと知ったのは、中学に入ってからだ。

熱心だったわけでなく、興奮を覚えたわけでもない。父親が大事にしていた懐中時計をバラバラに分解してみた時と同じで、目の前の生き物の身体の造りを知りたかったからそうしたまでだ。おかしなことは何もないと思っていた。だから友人たちの激しい嫌悪に、むしろ麻生が驚いた。

おれはまともではないのかもしれない――その可能性を認めなくてはならなかった。

刑事になった当初は、極限の悲惨を目の当たりにすればこんな自分でも感情を揺さぶられる時があるのかもしれない、という密かな期待を持っていたが、ずいぶん前に諦めた。

どれほど凄惨（せいさん）な現場でも、泣き崩れる被害者家族を目にしても、幼女を犯し、殺し、腐った遺体を家族に送りつけた犯人の薄笑いを見ても、麻生の心は冷めたまま「ああ、そうか」と思うだけだった。被害者に同情し、加害者に憤慨する同僚たちを斜に見ながらたどり着いた結論はこうだ。おれはやはり、まともではない。

ほんのわずかなボタンの掛け違いで、簡単に、自分は向こう側にいってしまう。刑事という職業を選んだのは、あるいは自分を無理やり「まとも」であり続けさせるための処世術なのかもしれなかった。

その考えは合理的だと麻生は思っていた。そして刑事でいる限り、それは仕事であって、サラリーマンなのであり、ならば出世を目指す。これも合理だった。

階級は警部だ。三十半ばという年齢は、いわゆる準キャリアとしては遅くない。今の刑事部長の覚えもいい。実際、上からすれば麻生は便利だろう。感情もなく、黙々と指示に従う。仕事ぶりはそつがなく、正確、迅速だ——と、客観的にそう思う。感情を解さない合理の男であればこそ、どんな現場でも最善の選択を導き出し、迷わず実行できるのだ。これまでに大きな失敗は一度もなく、これからもしない自信がある。二十数年後、それなりの地位で退官し、それなりの会社に再就職する。ほとんど既定路線だった。

もしもこの先、自分が躓くとすれば、きっと理外の何かに足をとられた時であろう。

今、麻生の目はエニウェアコールの応接室に持ち込んだノートパソコンに向き、ピュワイトが百人の輸送役に送った指示を見つめている。

『香川県、ゆめタウン、四時まで』

『千葉県、中山競馬場、最終レース出走まで』

『広島県、広島市文化交流会館、開演まで』

『京都府、清水寺、午後二時半まで』

ドアが開き、三溝がやってきた。九階から階段を駆け上がってきたのか、息が荒い。

「輸送班、全員出発しました」

「ご苦労様です」

この強面で筋肉質の、いかにも刑事然とした年上の部下を麻生は嫌いではなかった。大阪府警刑事部捜査一課強行犯係にその人ありと謳われた男が、麻生の着任に合わせて特殊犯係に異動したのは刑事部長の厚意で、意図を忖度すればこうだ。――君に捜査一課の猛者どもを束ねるのは荷が重い。

その通りだと思う。麻生にとって彼らのプライドだとか意地の張り合いだとかは昇任試験の難問のようなもので、たとえ理屈を頭でわかっていても、扱いこなすのは骨が折れる。

親分肌の三溝は、麻生に欠けている空白を埋める優秀なピースなのだ。

「方面本部はなんと？」

尋ねてくる三溝の息はすでに整っていた。五十も半ばだが、体力では逆立ちしても敵いそうにない。

「まだ各都道府県警に協力を要請している段階ですが、まさか断ってはこないでしょう」

「そらそうですな」

「ピュワイトから輸送役に届く指令は方面本部でも閲覧し、その都度指示を出すとのことです」

「統轄はどなたが？」

「渡邊管理官です」

「い、狐殿ですか」

「府警に捜査本部が設置されているところです。高野刑事部長が直々に指揮をとられると」

「部長が？　狐殿とは反りが合わないはずですが……」ボヤいてから「こちらにはお偉いさんが来るんですか？」

「いえ。ここはわたしと三溝さんの仕切りです」

「それは何よりです。ただでさえ訳のわからん状況ですからな。使えん頭でっかちが増えても迷惑なだけ。船頭多くして何とやら、です」

その使えない船頭の一人に自分も数えられているのだろうかと思ったが、特に感情は波立たなかった。

事件がただのイタズラでないと判断した時点で、麻生は高野刑事部長に一報を入れていた。所属する一課の課長を飛び越したのは、その前に高野から伝言をもらっていたからだ。

——面白い事件なら、すぐおれに知らせろ。

麻生は命令に従った。一億という大金、そして百人の輸送役を求めてきた犯人への対応は課長クラスの決裁に収まらないという判断だった。

高野は大阪府警刑事部長の権力をふるい、百人を集めた。万全を期すべし——というのは建前で、力の誇示が目的だろう。大見得を切っては責任を部下に丸投げする高野のやり方は方々で顰蹙を買っていて、現場と軋轢を生んでいる。どこかで一発逆転を狙っていることくらい麻生にもわかっていた。感情は解さずとも、政治なら理解できる。

現在、エニウェアコールには麻生と三溝のほか、特殊犯係の捜査員が三名常駐していた。一人はエニウェアの柳部長に付き添って総務室にある村瀬梓の履歴書を探している。もう一人がCチーム内で淵本や下荒地という社員の側に立っている。そして最後の一人がこの応接室の電話番だ。

「しかし、どうにも解せませんな」

三溝が顔をしかめていた。まるで憤怒の仁王像だ。粗野な見てくれと振る舞いのせいか根っからの武闘派と思われがちだが、三溝は決して腕力馬鹿ではない。

「奴ら、どうやって金をせしめるつもりなんでしょうな」

「まだわかりませんが、今のところゲームはピュワイトの思い通りに進んでいるようですね」

ふん、と不満げな響き。後手に回っていることだけでなく、ゲームという言い方に不快感を持ったようだ。しかしやはり、麻生は何も感じなかった。

一時間ほど前にかかってきた三度目の電話で、応対したオペレーターにピュワイトはこう命じた。

〈シモアラチを出せ。二十秒以内に代わらないと、切る。他の奴が出ても切る〉

当然、捜査経験などない下荒地は戸惑い、こちらに助けを求める視線を送ってきたが、麻生はそのまま彼に出るよう指示した。淵本の手で、通話はリアルモニタリングできた。

〈下荒地です〉

〈やあ、元気？　忙しいとこ悪いね。あまり長く話すつもりはない。さっさと終わらせるさ〉

〈こちらに警察の方がいらしています。代わりますが〉

代わらせてくれ、という本音が丸出しの言い方だった。

ピュワイトは可笑しそうに、

〈いいんだ。あんたでいい。代わったら切るよ。どうせ刑事もこの通話は聞いてるんだろ？　構わないよ。時間がない。端的に質問に答えて〉

〈あの、わたしでは……〉

〈金は用意できた？　一億〉

〈いち、おく？〉

〈おい、小学生でもわかる日本語だよ、シモチさん。答えは？　ＹＥＳ？　ＮＯ？〉

助けを求める泣きそうな顔に、麻生はオーケーマークを返した。

〈だ、大丈夫。用意、できてるみたいです〉

〈あとで嘘だってわかったらタダじゃおかないよ。村瀬殺して、バラバラにして、新聞社やテレビ局に送りつけてやる。大阪府警の不手際のせいだって手紙と一緒に〉

もう一度、汗だくの引きつった顔がこちらを向く。頷いてやる。

〈大丈夫です。大丈夫な、はずです〉

〈輸送の百人は？〉

これにもオーケーマーク。

〈ほんとに？　百人全部？　すごいね。日本は素晴らしい国だ〉

興奮気味にピュワイトは続けた。

〈じゃあ、彼らに百万ずつ、エニウェアの社封筒に入れた身代金を持たせて待機。またね、シモちゃん〉

すぐさま中継局の割り出し結果を問い合わせた。西区周辺からだった。機動捜査隊を手配するが、とっくに犯人は消えていた。

そして約一時間後、SNSから輸送班に指示が届いたのだ。いっせいに送られてきたメッセージを犯人がリアルタイムで打ち込んだはずはなく、予約送信のプログラムを使ったものと推測された。だが、実際に百ヵ所の目的地を決めるのはそれなりの手間がかかったはずで、ピュワイトが労力をかけてこのゲームをプレイしているのは明らかだった。

「民間人を交渉役に選んだ理由はなんでしょうな」

「駆け引きをしたくないのでしょう。げんに今回、引き延ばしができませんでした」

わざわざコールセンターを窓口に選んだ理由でもあるのだろう。

通常であれば「金の準備に手間取っている」というのが常套句だ。事実、村瀬の家族に連絡が取れていないのだから本当にそうなった可能性は高い。それも一億という大金である。輸送役にしても、百人も急には集まらないなどと言って会話を長引かせる。逆探知だけのためではなく、多く話せばそれだけ犯人の情報を得ることができる。妥協点を探ることも。

今後も、おそらくはあの不運な会社員が交渉役に指名されるのだろう。センター内の部下には下荒地へ、基本的な応対マニュアルを言い含めるよう命じていた。

「いいようにやられてますな。人質の安否確認すらできていないのはまずい」

それは次の電話で絶対に譲れない項目だったが、しかし犯人が簡単に承諾するか、麻生は懐疑的だった。そもそも、もう一度電話がかかってくるかがわからない。

ピュワイトのやり方は予想を超えていると認めざるを得なかった。自ら警察を呼んでおきながら、窓口にほとんど無関係なコールセンターの人間を選ぶとは麻生も考えていなかった。これが村瀬梓の家族なら、真っ先に安否確認をしてくれ、できるだけ会話を続けてくれ、と事前にレクチャーを施していただろう。しかし現実には、交渉にもならない一方的な情報の搾取をされた。

自分は、判断を誤ったのだろうか？

金はまだ揃っていないと下荒地に言わせるべきだったのか。捜査員の誰かを代わりに出すべきだったろうか。

状況を振り返る一瞬ののち、やむを得なかったという結論を弾きだす。初めの入電でピュワイトと下荒地は会話をしており、声は覚えられてしまっている。それに――。

「まあ、だが、仕方ないでしょうな。この犯人は、どこか被害者の生命に頓着してない節がある。下手な駆け引きは命取りな気がします」

麻生の頭の中を読んだかのように三溝が言った。

「今は無能を装って、チャンスがきたら一気にケリをつけましょう」

パシっと手の平に拳を打ちつける。刑事魂とやらに火がついたのか、それとも指揮官を鼓舞するのも仕事と思っているのか。

「それより、金の話ですがね。下で輸送役の一人が面白いことを言ってました。この犯人は儲ける気があるのか、と」

「一人百万だからですね？」

「ええ。たしかに営利誘拐の報酬としては格安です。いくら何でも割に合わんでしょう」

「複数の輸送役を狙うつもりでしょうか」

「リスクと手間がかかりすぎやしませんか？　それに、だとしたらいよいよ犯人はグループの可能性が高くなる。頑張っても一人数百万ってとこでしょ」

それは麻生も感じていた。不合理だった。

散らばった捜査員は、近畿に限らず日本全国に向かわされている。

「近畿が三十人。中部、関東が二十人ずつ。中国、四国に十人ずつ。九州にも十人。

よくもまあ、満遍(まんべん)なく配置したもんです」

それぞれに目的地と到着期限が設けられていた。各都道府県警には目的地周辺の警備を要請している。だが犯人の指示がそこで終わる可能性は低い。第二、第三の移動があり得る。

「一番ありそうなのは人数の多い地域で、複数人を襲うやり方ですかね」

三溝の意見はまっとうだった。しかし、麻生は違うことを考えていた。

「少し、気になることがあります。先程の電話の件です。何か、違和感があります」

「違和感なら全部にありますよ。声から、態度から、やり方まで」

そうだが、そうではない……。もっと違う印象だった。

——印象で悩んでもしょうがない。まだ圧倒的に情報が足りない。

麻生がそう判断した時、電話機が鳴り、番をしている捜査員が受話器を上げた。

「主任、渡邊管理官です」

お気の毒に、という三溝の顔に見送られながら電話に出る。

〈麻生くん、君、捜査員を出発させたんだって?〉

ハイトーンの声はのっけから責め口調だった。

「ピュワイトから指示された時刻までに、目的地に到着するにはすぐにでも出発しなくては間に合いません」

〈誰の判断でその決定をしたの？〉

「わたしです」

受話器の向こうでこれみよがしな深いため息が聞こえた。

〈あのね、君、捜査員百人の移動費用が幾らになるかわかってるの？〉

新幹線を使う者もいるから往復の平均は最低でも二万ほどか。

〈二百万だよ、二百万〉

「飛行機の使用は許可してません」

当たり前だ、馬鹿！　キンキンとした怒鳴り声が耳を打つ。

〈君は血税をなんだと思ってるんだ！　まずは状況の把握。それから犯人との交渉。常識だろうがっ〉

「犯人は交渉役に民間人を指定してきました。高度なやり取りは不可能な状況でした」

〈そこを何とかするのが君の仕事じゃないかっ。アメリカで何を学んできたの？　地下鉄の乗り方とホットドッグの食べ方か？〉

黙って続きを待つ。こうなったら言い返しても無駄だ。無駄なことは、しても仕方がない。

〈君ね、これがもし、狂言だったらどうする？　被害者は外国にバカンスだったら？

身代金が戻ってきたって、茶番に使った経費は返ってこないんだよ〉

狐殿、と現場で陰口を叩かれる男の小言は有名だが、麻生に対してはことさら厳しい。ようは煙たがられているのだ。

「高野刑事部長から、万全を期して捜査にあたるよう命じられております」

ふふ、と受話器の向こうが笑った。

〈その高野さんが、ご立腹なんだよ！〉

え？　という声をかろうじて飲み込む。

〈本部長が直々に雷を落としていたぞ。大阪府警は犯人の言いなりか！　とね〉

体温が下がるのを感じた。本部長と言えば文字通り大阪府警のトップだ。階級も、最高クラスの者しか就けない。

意気揚々、陣頭指揮に乗り出した高野が速やかに方向転換をしたのは想像に難くなかった。――現場の勇み足でして……。

すでに捜査の舵（かじ）も放棄していると考えたほうが良さそうだ。渡邊の抜擢から考えても、後釜は麻生が報告を飛び越した捜査一課課長、千田（せんだ）か。

そういうこともある――と麻生は思った。

「方面本部の協力はいかがですか？」

〈え？　何？　反省の言葉もないのか、君は〉

「いえ。事件の解決が全ての解決になると考えております」

〈ああ言えばこう言う、だな。しくじったら、君の首は寒くなると覚悟したまえよ〉

「各都道府県警の状況はいかがですか？」

沈黙の後、ようやく上司は答えた。一言〈滞りない〉と。

〈走り出しちまったもんはしょうがない。いいか？　走り出させたのは君だからね。忘れるなよ〉

中身のない会話が終わった。受話器を戻しながら、たしかに今このタイミングで、村瀬梓が元気に出勤してきたら、それはそれでやっかいだな、と思った。

2

午後一時三十分。わずかに弛緩した空気がセンターに流れた。合計八本のCMの五発目の処理に目途がつき、束の間、オペレーターたちは激務から解放されている。

「お手洗いに行ってもいいですかあ？」

一人が声を発すると、続けざまに何人かが「わたしも」と便乗した。

「早めにお願いね」

小谷が許可し、数人がセンターから出て行く。直孝の隣に立つ刑事の目が険しくなった。

「ビルの外には出ないようにお願いしますよ」

「手洗いは五分以内というルールは普段から厳しく伝えてあります」

同年代と思しき刑事に、直孝はぶっきらぼうに答えた。

「携帯は？」

「私物は全部、あそこに」

ガラス壁の向こう、入り口を入ってすぐに設置してあるロッカーを指差す。センター に入室するには荷物をすべてロッカーに入れ、PASSで扉をくぐる必要がある。

「休憩以外は持ち出し禁止。もちろん、センターへの持ち込みはご法度です」

「個人情報の関係ですか？」

刑事が気にしているのは個人情報でなく誘拐情報の持ち出しだろう。

「ウチは特に外資の直轄部署ですから、いろいろうるさいんです。本当はここに刑事さんがいること自体、バレたら始末書もんです」

そんな部外者の男に、いくつかの視線が向けられているのを直孝は気にしていた。オペレーターがこそこそと、隣同士で私語を交わしている。センター内の異変に気づいているのだ。注意したいがそうもいかない。ただでさえ今日は繁忙日で、オペレーターにすれば「出勤してやっている」という意識が少なからずあるし、実際かなりの重労働をし終えたところだった。

加えてまだ休憩を与えていない。「休憩なしなんて、ないわ」「厄日（やくび）やな」などと露骨に言う者もいた。その度に小谷やほかの社員が「もうちょっとだけ我慢して。ね？」とご機嫌をとって回っている。小谷たちの懸命の説得で昼上がりのオペレーターは延長を承諾してくれたが、三時には七人が帰路につく。ロング勤務の人間にも、休憩は三時以降にとお願いしていた。

「三時までに、どうにかなりますか？」

「向こう次第でしょう」

当たり前すぎる返答にうんざりした。三時までに解決しなかったら、もはや情報の統制は難しくなるんじゃないか。正確にはわかっていなくても、彼女たちは何かが起こっていると敏感に察知している。犯人の電話を受けた者もいる。どこからどう話が漏れるか知れない。

事件が長引きそうな気配は直孝に、会社や警察の事情とは違う、個人的な憂鬱（ゆううつ）をもたらした。

――おれはまた、あの犯人と話をせないかんのか……。

ズシリと胃が重くなった。ピュワイトと名乗る人物との二度目の会話が耳にこびりついていた。相手は飄々（ひょうひょう）とした調子で、しかし有無を言わせず直孝を恫喝した。「切るよ」と言われるたびに、背筋が冷たくなった。とんでもないミスをしたのじゃないか——という寒気は、客との対応で幾度も経験している。ついうっかり、失礼な言葉を口走ってしまったり、間違いを言ってしまったりした時だ。責任者を名乗る以上、許されない過失は、クライアントからの叱責(しっせき)よりも自尊心を傷つけられる。

——無茶言うな。

直孝は膝に置いた手を固く握った。

——こんなん、想定外やろ。

隣に立つ無表情の刑事から交渉の注意点を指南されたばかりだが、その口ぶりにはこれまでの応対に失望する雰囲気があった。

安否確認をしてほしい、できれば本人を電話口に出すようにしてほしい、できるだけ話を長引かせてほしい、一つでも情報を引き出してほしい、相手の人となりを探ってほしい……。

これまではあまりに突然でなんの準備もなかったから、接客のプロとして恥ずかしいほどにうろたえてしまった。むしろ、早くもう一度奴と話がしたい。失態を取り返したい。

同時に、恐怖があった。

——村瀬殺して、バラバラにして、新聞社やテレビ局に送りつけてやる。大阪府警の不手際のせいだって手紙と一緒に。

思い出すだけで吐きそうになる。

「シモチ」

顔を上げると淵本がいた。いつピュワイトから連絡があってもいいように放送管理は淵本が代わり、直孝はセンターの隅で刑事に付き添われ、裁判を待つ被告人のような有様だった。

「それに刑事さん」

淵本は弱り切った顔を刑事に向けた。

「アルバイトの休憩をいい加減回さないといけません。何人かずつ、どうにかなりませんか？」

「申し訳ないですが、それはできません。従業員の方が薄々状況に勘づいていることはわかっています。今ここで外に出すわけにはいかないんです。ご理解ください」

「説明して、外部に漏らさないようお願いしてみてはどうです？」

刑事は首を横に振る。「事情の説明はできません。人命に関わる話です」

黙るほかなかった。人命。またもや直孝の肩が重たくなった。

「数字はどうなんや？」

気を紛らわせたくて淵本に尋ねた。

「上々だ。呼量も午前ほど伸びてないし、延長を引き受けてくれた分、頭数もいるからな。アテナの担当もご満悦だったよ」

くそ、聞くんじゃなかった。こうして淵本の株は上がり、おれは無能の烙印を押される。

「刑事さん」淵本が粘りを見せた。「本当にどうにかなりませんか？　お昼ご飯もなしでもう四時間です。下手すると、強制的な休憩の返上は労働基準法違反だと言い出されてしまいます」

「大げさやないですか？」

「とんでもない。最近は皆、そういう言葉はよく知ってるんです」

「とにかく三時まで、どうにか堪えてください。従業員の方も、皆さんも」

暖簾に腕押しとはこのことだ。淵本が力なくため息をつき、直孝もそれに倣った。休憩を許されたところで、自分は決して心休まらないだろうと思いながら。

3

午後一時四十分。鍋島は新大阪駅にいた。

ピュワイトから指令が届き、本町のビルを飛び出したのが一時過ぎ。百人の背広がいっせいにビルを駆け出していく姿は滑稽（こっけい）だった。まるで去年テレビで見た大阪マラソンのスタートだ。

地下鉄へ走り、御堂筋（みどうすじ）線で北上した。同じ車両に三十人程の同僚がいた。隣の車両にも同じくらいいるだろうか。多くが近畿圏を飛び出す連中である。緊張の面持ちの片隅に、ほんのり高揚感を漂わせている。まるで運動会だ。それも障害物競走か。

「お前、どこや？」

喜多が小声で尋ねてきた。

「名古屋（なごや）」

「味噌カツか。うな重食う財布はないもんな」

大きなお世話や、と返す。

「お前は？」

「千葉。中山やて」

「ほう。よかったのう。マカオほどやないにしても、ギャンブラーの聖地やないか」

「ふん。実は馬券も買うとる」

くっ、と思わず笑う。

「期せずして会場で応援できるわけか。役得やな」

「アホ。今から千葉やぞ？　早くても到着は四時や。最終レースはギリギリ。おれが買ったメインレースはそのいっこ前」

「電光掲示板で結果を見るくらいはできるやろ」

「外れてたらこの金全部、最終にぶち込んだろうかな」と、札束で膨らんだ背広を叩く。

　ふと、面白いな、と思った。

　競馬ではさすがに無理があるが、競艇のように選択肢が少なく勝率に明確な偏(かたよ)りのある競技なら……。

　鍋島の思いつきはこうだ。

　誘拐犯は身代金を競艇のあるレースに賭けるように指示をする。注目度の低い一般戦で、それもガチガチの本命が一枠をとっているような鉄板レースだ。販売終了ギリギリに、一番勝ちの薄そうな六枠に全額を投入せよと命じる。すると当然、ほかの舟のオッズは跳ね上がる。犯人は一枠単勝を買って金を得る。これならば金の受け渡しという誘拐事件の最難関を突破できるのではないか？

　もっとも、どれだけ本命であっても首尾よく一枠が勝つ確率は七〇％といったところだ。控除もあるし、配当もせいぜい十倍くらいだろう。犯人が利益を得ようとすれば、やはりそれなりの金をつぎ込まねばならず、すると逆に配当は下がる。一億突っ込めば本命単勝でも二十倍くらいにはなるかもしれないが、鍋島も正確にはわからなかった。

どちらにしてもずいぶん荒っぽく、馬鹿げた着想だった。

「ようは百万、持って帰ればいいんやろ？　増やした分をポッケに入れても問題ないわな」

「お前が言うと冗談に聞こえん」

喜多は良い奴だが金の話だけはしたくない。鍋島をはるかに凌ぐギャンブル狂で、よくない借金もあると聞こえてくる。仕事柄、ギャンブルで身を持ち崩す人間なら多く見てきた。喜多には、そいつらと同じ匂いがある。

やがて新大阪に着き、新幹線の発券所へ駆ける。喜多と切符を購入し、西へ向かう組と別れた。上り方面のホームへと走る。一本でも乗り遅れたらジ・エンドだ。

「くそ、中年を走らせやがって」

悪態をつけるだけ喜多のほうが体力がある。鍋島は息も絶え絶えだった。「のぞみ」に滑り込みで乗車し、ようやく一息ついた。

「その、ヒーローショーちゅうのは何時に終わるんや？」

「三時や」

携帯のインターネットで調べ、主催者に電話確認してあった。会場のオアシス21はテレビ塔のそば、名古屋駅からタクシーで十分かそこら。こちらも滑り込みになりそうだった。

「しかしわからんな。どうやっておれらが目的地にいるのを確認するつもりなんやろ」

並びのシートでペットボトルのお茶を飲みながら喜多がもらした。さすがに一課の刑事だ。ふざけたことばかり考えてるわけではない。

「さあな。現地でプラカード持っててくれたら助かるけど」

「それに指定の場所が曖昧や。日曜の中山競馬なんてどんだけ人がおると思っとんねん。ざっくり中山いうて、そんなもん、カミさんかて探せるかよ」

「カミさん作ってから言えや」

やかましい、と小突かれた。

友人は続ける。

「大方、またぞろどっかに引っ張り回されるんやろうな」

「百人ともか？　そんだけ場所を見つけるんも一仕事やぞ」

「なあ。そんでたかだか数百万の収入じゃあ、やってられんで」

手間に見合わない利益だ。

「思うんやけど、どっかでおれらは一ヵ所に集められるんちゃうかな」

なるほど、と思った。バラバラにしておいて、集合させる。

「全員はないにしても、関東の連中、西日本の連中って具合にな。そしたら金も増える」

「けど、なんややこしいだけで、あんまりメリットないな」

「アホなんやろ。でなきゃこんなことせん」

たしかに、と頷いた時「のぞみ」は京都駅で停車した。幾人かの同僚が家族連れや観光客のごった返すホームを走っていく。心の中で「お疲れさん」と声をかける。ここを出ると、次に停まるのは名古屋だ。鍋島が、同じような憐れみを受ける番になる。

目をつむっている友人の横で、鍋島は先ほどの推理を検討した。いったんバラしてまた集める。

理由は捜査の攪乱——以外にないだろう。しかしもし犯人が輸送役を集めれば、それがすなわち「当たり」だと満天下に知らせるようなものだ。仮に更なるダミーがあろうとも、警察からすればやりやすい。輸送役は一般人ではなく警官だ。集めた金を持つ人間が本部に知らせないわけがなく、それはピュワイトもわかっているはずだ。

喜多の言う通り、アホなのか？　策を弄しているつもりで、まったく無意味なことをしているようにも思える。それとも——こちらが予想しない、何か別の思惑があるのか？

ふと、鍋島は応援するボートレーサーのことを思った。

永田を好きになったのはちょうど去年の今頃だ。きっかけとなったレースで若者は六枠スタートで飛び出し、針の穴を通すようなマクリ差しを決めた。目が覚めるとはあのことだ。買った舟券はゴミになったが、鍋島は興奮した。大方の予想を裏切り万舟券を演出した彼に魅せられた。

まさか、そんなドンデン返しがあるんやろうか――。

そろそろ永田の二走目が始まる時刻だった。

4

ピュワイトの命じた目的地に一番乗りした刑事から電話があったのは午後二時ジャスト。期限の時刻ぴったりの到着だった。場所は万博記念公園の太陽の塔である。百人の輸送班で唯一、大阪府内の指定場所だった。それを麻生が知ったのは本部に連絡があってから十分後、本部付きの部下からだった。

〈何もないそうです〉

「何もない、とは？」

〈行楽シーズンの日曜日ですから来場客はかなりいるそうですが、特にピュワイトと

〉

思われる人物も、次の行き先を指示するものも、何も見当たらないそうです〉

犯人がのこのこ出向いて来るとは思っていなかった。すでに最寄りの警察署の見張りがついていることは、ピュワイトとて承知のはずだ。それは想定内だが、次の指示がないのはおかしい。行かせっぱなしで犯人に益するとは思えない。

そもそも、時間と場所を決め移動させ、しかし犯人はその到着をどうやって確認するつもりなのか――。

麻生がそう思った直後、事態が動いた。

〈あ。犯人からです〉

電話口の向こうで部下がもらし、すぐに、ぴゅるりん、とノートパソコンが鳴いた。携帯を耳にしたまま画面に飛び付く。

『全員に告ぐ。指定時刻までに現地にて写メをＵＰ。場所、顔、エニウェアの封筒を必ず映すこと』

なるほど、こういう方法か。まるでリアルタイムの問答のように答えが返ってきたことに気持ち悪さを覚えながら命じる。

「従うように指示を」

〈すいません、自分では無理です。今、渡邊管理官が〉

もどかしい。これだけ大掛かりな展開で麻生ごときが指揮をとらせてもらえるはずもないが、半歩遅れが苛立たしい。

「課長は？」

〈いますが〉

「代わってください」

〈しかし――〉

「早く」

少しして〈なんや？〉と捜査一課課長、千田の不機嫌な声がした。

「麻生です。わたしを本部に戻してください」

〈はあ？　犯人の指示はそっちでも確認できるやろ。必要ない〉

「わたしは本部にいるべきです。ピュワイトと直接やり取りをしているのはわたしだけです。そちらにいる方が有益です」

〈直接？　寝言か？　一般人に交渉を任せて、いいようにやられただけやろが〉

「状況的に不可避でした」

〈結果がすべてや！〉

ぐっ、と言葉を飲み込む。千田も、管理官の渡邊も、刑事部長の高野とは距離を置いている。

「それでも、ピュワイトに一番近いのはわたしです」

〈通話の音声ならこっちでも聞いてる。お前は黙ってそこで番してろ〉

「三溝警部補で充分です」

〈なら三溝をこっちに寄越せ。それで充分や〉

麻生は食い下がるのをやめる。無駄だ。

「状況の連絡だけは密に願います。犯人から連絡があった時、間違いが生じる恐れがあります」

〈二度目の間違いはアウトやからのう〉

かすかな嘲笑の響き。それは無視できた。

「お願いします」

〈初めから密にしとる。思い上がるな〉

切電。

「UPされたようですな」

三溝の声で我に返りノートパソコンの前に戻ると、パンチパーマの捜査員がエニウエアの社封筒を片手に憮然とした表情を浮かべていた。バックには太陽の塔の支柱が映っている。

「ひでえ悪人面や。思わず逮捕しちまいそうになりますな」

「犯人もうかつには近寄れないかもしれませんね」

三溝はニヤリとしたが、麻生は自分の言葉が面白くもなんともなかった。もしかしたらピュワイトは、こうして写真をUPさせることで捜査員の面通しをしているのではないかと、本気で思っていたからだ。見た目で判断するとは幼稚だが、与しやすそうな人間を選び、照準を絞るつもりなのかもしれない。

「次の到着予定は？」

電話番の部下が「二時半、和歌山と京都が三名、奈良で二名。三時に三重、名古屋……」読みあげを制し、時計を見る。二時二〇分。それから続々と捜査員の写真がUPされていった。しかし、ピュワイトから次の指示はない。初めのパンチパーマはずっと太陽の塔で待ちぼうけである。

「巌流島作戦ですかな」

焦らしということだろう。だとしたら甘い。どれだけ焦らされようと、最低でも日付が変わるまで捜査の切り上げはあり得ない。切り上げたとして、金を奪う隙を作るほど愚かではない。

三時。ぴゅるりん、ぴゅるりん、という音とともに捜査員の顔がUPされていく。ここまでで三十名ほど。三時半には半数が、四時にはほぼ全員の到着が完了する。

犯人の意図がわからなかった。初めの到着からすでに一時間が経っている。次の指示はまだない。ならばなぜ、時間を指定した？　まったく無意味ではないか。百人の内、何人かがダミーなのは間違いない。だとすれば本命の到着を待っているのか？それは四時着の人間の中にいるのか？

その時、ぴゅるりん、と鳴った。

『5番、10番、54番、71番、92番、アウト。残り95人』

「なんやと？」

三溝が目をひんむいた。麻生はすぐに本部の部下に電話を入れる。

「どうしました？」

〈間に合いませんでした〉

二人は交通機関の遅れと渋滞、一人は道に迷い、あとの二人は写メのUPが遅れた。操作に手間取ったのと、場所を特定するアングルを見つけられなかったという。

アホどもが、と三溝が吐き捨てる。

「どうするつもりです？」

本部の部下は焦りを隠せない早口で答えた。〈とにかく目的地に行かせて、写メもUPして、待機させるみたいです〉

すごすご帰還させるわけにもいくまい。とりあえず犯人に懸命の努力をアピールか。

だが——と、またもや疑問を抱かずにいられなかった。

五名がアウトで、残り九十五人。この五名が文字通り脱落ならば、身代金は九千五百万に目減りする。なのにピュワイトが送ってきた文面から、まるでアウトの発生を面白がっているような気配を感じるのは、自分の思い込みなのか？

とぅるるる。内線に飛びつく。淵本の声が告げる。

〈かかってきました！〉

麻生は応接室を飛び出した。

5

直孝の背筋に冷たい汗が流れた。

「ご、ご用件は？」

〈シモちゃん、元気？〉

声が震えているのがわかった。隣で刑事が、ワイヤレスのモニタリングヘッドセットをつけて固唾（かたず）を飲んでいる。手にはペンと筆談用のメモ用紙。

〈もう何人か、アウトしてる。本当に警察は人質の命を守る気があるの？〉

刑事の手が動き、それを直孝は読み上げた。

「……もちろんです。人質の、安否が、一番で、もちろん、指示の通りに、動いて、あの、写メ？　写メもちゃんと、ＵＰしております」

写メ？　ＵＰ？　ともかく断片を必死につないで文章にした。

〈ははあ。隣に刑事がいるんだ？　それで台詞を書いてるってわけ？　まあ、いいけど。で、シモちゃんはどう思うの？　警察は真剣に村瀬梓を守ろうとしてる？〉

「もちろん、もちろんです」

〈シモちゃんは？〉

「え？」

〈シモちゃんの心の声を聞かせてよ〉

からかうような響きに言葉が詰まる。会話を聞いている刑事の手も止まる。

〈早く答えて。あと五秒で切る。一、二……〉

「待って！　待ってください！」

〈さあーん、よーーーん〉

乱暴に、紙に文字が書かれた。隣の刑事でなく、見上げると麻生という責任者だった。殴り書きの文字は『ワタシ、心パイ』。

〈ごーー……〉

「わたしも！　わたしも、村瀬さんを心配してます」

〈ほんと？　なんか言わされてるだけっぽいなあ〉

「そんなことありません！　わたしは……村瀬さんのことが好きでした」

するとと相手は束の間沈黙した。それから弾けたように笑った。

〈あはは。シェイクスピアみたいな刑事がいるんだね。オッケー。シモちゃんの告白に免じて、今回の失態は水に流すよ。でも次はどうかな。一人遅れるたびにシモちゃんの恥ずかしい台詞を集めようか。それとも村瀬梓の身体を切り刻もうか〉

「やめろ！」

思わず叫んでしまった。麻生の顔が歪んだ。しかし不自然な声の主はかまわず続ける。

〈まずは、かわいい耳を。刑事に言っておけ。時間を守らないと、最後はクビだと〉

電話が切られ、とたんに喧騒が直孝の耳を打った。本日七本目のＣＭが入ったところだった。周りのオペレーターが、直孝を囲むただならぬ雰囲気に眉をひそめながら「ただ今、お電話回線が込み合っており――」とお決まりのコールバックトークを唱えている。

「お疲れ様でした」

麻生にそっと肩を叩かれ、自分の身体がガチガチに強張っていることに気づいた。汗がとめどなく噴き出した。喉が渇いていた。胃が、つったように痛い。

「こちらへ」

担がれるように応接室に運ばれ、ソファに倒れ込む。刑事たちは忙しげに動き回っていた。淵本も呼ばれた。通話録音がどうした、という会話が聞こえる。電話連絡をする誰かが目に入る。遠くで「直受けに戻してください！」という小谷の叫び声がする。

「下荒地さん」

それが自分のことだと判断するのに時間がかかった。

「大丈夫ですか？」見下ろす麻生と目が合った。

「大丈夫なわけないやろ！」

反射的に叫んで、両手で顔を覆う。ガチガチと奥歯がリズムを刻んだ。

「落ち着いてください。あなたは充分に役目を果たされた。大丈夫です」

大丈夫？　何言うとる。あいつは、梓を切り刻むと言うたんやぞ？　耳を……。

自分のそれを触る。呼吸が乱れていた。

「あんたら、なんで遅れたんや？　どういうことや！」

訳もわからず怒鳴った。遅れる、の意味すら直孝はわかっていない。

「とにかく一度、深呼吸を」

「どうぞ」

柔道耳がペットボトルの水を差し出してきた。それを口に含み、喉に流す。逆流しそうになって、強く腹に力を入れた。

「刑事さん。これ以上、シモチには無理です。あとはわたしが代われませんか？」

そばに立つ淵本が麻生に申し出た。

「代われるのならわたしが代わりたい。お気持ちはわかりますが、犯人の指示である以上、どうにもなりません。今、窓口を代えれば交渉は決裂してしまうかもしれない」

耳……。再びその単語が、直孝の脳裏をよぎった。そして、最後はクビだ、と。

「下荒地さん。あなたには事件の状況を知っておいてもらわなくてはならない。これから説明します」

「わたしもいいですか？」

淵本が頑とした態度で麻生に願う。

「ご承知とは思いますが、他言は厳禁です。ゆくゆくは裁判で証言してもらうことになるかもしれません」

「結構です」

淵本は譲らなかった。そんなやり取りを眺めながら、直孝は梓の耳と首を思い浮かべていた。

横に広がったかわいらしい耳だ。大きな耳たぶと相まって、蝶の羽を思わせる。白く透き通った少し長い首も、彼女の特徴だった。

あの耳を……。

「その前に休憩をどうするか決めさせてください。これ以上抑えるのは無理です」

予定の三時は回っている。たまたま放送があって応対に追われているからごまかせているが、三十分もすればそれも終わる。帰る者もいる。

「淵本さん。それはできません。皆さんを外には出せません」

「だったら状況を説明するしかないです。弊社としてできる限りの協力はしてます。そちらも譲歩してください」

麻生が黙った。しかし淵本を見つめる表情には戸惑いの欠片も感じられない。二人の対峙が、直孝には馬鹿らしかった。

「淵本。小谷に人数分、メシを買ってこさせろ。ここで食べさせればいい」

「センター内で？　そんなこと――」

「社則で禁止か？　クソ喰らえや。今そんな場合か！」

やけになって直孝は吐き捨てた。そして社内携帯を取り出し突きつける。「刑事さんから、ウチの柳にお願いしてもらえますね？」

麻生の返事は早かった。

「もちろんです。買い物にはこちらの人間を行かせましょう」

柳は初め渋っている様子だったが、すぐに折れた。帰宅組は刑事が送り届けることになった。車中で厳重な口止めがされるのだろう。

「後で問題になるかもしれないぞ」

「後で？　問題なら今起こっとる」

淵本は不安げな顔のまま「そうだな」と呟いた。

もう、どうにでもなれ——。直孝は投げやりな気分だった。現実味がまるでなかった。梓の顔を思い出そうとしたが、ピントが外れたように像を結ばなかった。羽のような耳だけが、妙にくっきりと浮かんだ。

「それでは、状況を説明します」

麻生の声は、やはりどこか遠くに聞こえた。ふと、梓はもう戻って来ないような気がした。

6

愛知県名古屋市東区東桜一丁目、午後三時。「水の宇宙船」と呼ばれる奇怪な展望台の足元に、地下街に続く大きな階段があった。そこを必死に駆け下りる鍋島の足腰は悲鳴を上げていた。筋肉痛だけならいいが、腰の激痛は気力でカバーできるものではない。もう少しだけもってくれと祈りながら、吹き抜けになった地下の広場に辿り着くと、ガヤガヤとした騒がしさに安心した。人だかりはほとんどが子連れの親子だ。正面のステージで六色のヒーローたちが今まさに最後の決めポーズをとっている。拍手が鳴り響く。

「すみません。写真を、写真をお願いできませんか？」

手近の父親に頭を下げる。四十くらいの男性は最初、鍋島を怪訝そうに見た。息をきらし、ヒーローショーの写真を願うスーツ姿の中年である。警戒しないわけがない。

「娘に、自慢したいんですわ」

相手の顔がほころんだ。抱いていた幼児を下ろし、差し出した携帯電話を受け取ってくれた。

「あの、看板と、この封筒が入るようにお願いできますか？」

その要望にまた顔を曇らせつつ、彼がシャッターを切った。今さら断るのも忍びないと思ってくれたらしい。

「ありがとう。実は大阪から出張で来てるんやけど、間に合うか間に合わんか、娘と賭けをしてるんです」

言いながら手を動かす。写真をＳＮＳ上にＵＰする。三時五分。これくらいはセーフにしてくれよ。

「どうにかギリギリ、わたしの勝ちですわ」

「楽しそうでいいですね。こっちは子供のお守を押しつけられて、嫁はのんびり買い物ですよ」

「わたしからすれば羨ましい。——ところで、最近のヒーローは六人もいるんですか?」

そのようです、と困り顔で肩をすくめられた。鍋島が子供の頃、ヒーローといえばバイクに乗ってたった一人で悪と戦っていたものだ。現代の正義の味方はずいぶん恵まれている。

ショーが終わり、見物客がはけていく。写真をとってくれた父親も鍋島に目礼して去っていく。抱き抱えられた幼児がこちらに手を振ってきた。笑みを作って鍋島も返した。

ふうと息をつき、SNSのサイトを確認する。新しい指示はなかった。見ればタイムラインに同じ境遇の男たちの顔写真が並んでいる。どいつもこいつも行楽とはかけ離れたいかつい表情で、そして汗だくなのが写真越しにもわかった。自分だって人のことは言えない。エニウェアの社封筒を掲げて写る姿は、海外の映画でお馴染みの容疑者のそれだった。

近くのベンチに腰を下ろす。辺りを見ると何人か、それらしい風体の人間がいた。最寄りの警察署の刑事に違いない。遠巻きに鍋島の姿を確認している。ご苦労なこった、と心の中で同情した。相手もそう思ってくれているはずだ。

緊張がゆるむと、先ほどの親子のことを思った。

――女の子かな。

二歳くらいだろうか。見た目では性別がわからない歳だ。どちらにせよ、かわいらしい子供に成長する気がした。きっと母親似だ。

紅葉も、母親似だ。史恵の、慎ましく愛らしい相貌をしっかり受け継いでいる。

史恵とは見合い結婚だった。三十過ぎの頃、面倒見のいい上司の薦(すす)めで出会い、お互い特に不満もなく、一年ほどの付き合いでゴールした。ごくごく自然な成り行きに思えた。ドラマチックな出来事もなければ、冷淡さとも違う、収まるべくして収まった二人という印象だった。まるで他人事だが、鍋島にはそう思えた。むしろ自分は史恵を愛していたという実感がある。その一年後、紅葉が生まれた。名前は史恵がつけた。秋に生まれたから紅葉だ。まったくありきたりだったが、鍋島にはそれがぴったりしている気がした。幸せだった。刑事という仕事にしては平穏な生活だった。十年経っても表向き、やはりドラマチックな出来事など起こらなかった。

あの日、史恵が帰って来なかった夜までは。

ぴゅるりん。

物思いを断ち切る不吉な音に、鍋島の身体が揺れた。急いでメッセージを開く。

『5番、10番、54番、71番、92番、アウト。残り95人』

もう一度、番号を確認した。66番を探し、安堵する。安堵してから、本当に？　と思った。自分がまだ、ピュワイトの駒でいることが幸運なのか、わからなかった。

7

『1番、6番、24番、42番、64番、81番、アウト。残り89人』

四時の期限に六人が脱落した。まるで命のカウントダウンだと麻生は思った。輸送役がアウトするごとに、村瀬梓の死が迫っているかのようだった。まさしくゲームだ。被害者の生命に頓着していないという感触は的外れではないのかもしれない。

「何がしたいんや？」

苛立った軍曹の声に心の中で頷く。そう。何がしたいのか、わからない。もしピュワイトが多くの輸送役をばら撒くことで捜査の攪乱を狙っているのなら、アウトを出すのは逆効果でしかない。時間に間に合っていようが間に合ってなかろうが、次の指示を出せばいい。そうすれば遅れた者だって大慌てで次の指定場所に向かうのだ。そか。

の移動に合わせて警察は人を動かさざるを得ず、まさに混乱を生む絶好の手ではない
本部は現状を十一人のアウトではなく、八十九人に絞られた、と考えているだろう。それは麻生も同じである。

犯人を過大評価するのは危険だ。特にピュワイトは愉快犯の疑いも濃いから、いちいち理屈で行動を評価しても仕方ないのかもしれない。だが――。

「主任、ありました」

エニウェアの部長が探してくれた村瀬梓の履歴書を見る。現住所は大阪市此花区、採用時の年齢は二十二歳。顔写真はピュワイトの手紙にあったものと同一人物と思われる。資格は普通免許のみ。応募動機欄には『人と対話する仕事に興味があった』と、角張った文字で記されている。

注目に値するのは略歴くらいだった。最終学歴が鳥取県の高校となっている。そして、前職として『社会福祉法人コミュニケア』とある。履歴書を信じるならば、村瀬は高校卒業と同時に大阪に出て就職し、三年で辞めている。

「村瀬さんの前の職場について、何か聞いていませんか」

下荒地に尋ねる。憔悴し切っている会社員は、虚ろな目で麻生を見て、首を横に振った。

「プライベートを話す関係じゃないです。彼女はお喋りでもなかった」

タレント業をしていることさえ知らなかったのだから当然かもしれない。本部には村瀬が所属していた芸能プロの副社長がいる。同じようなやり取りがされているはずだ。

「交友関係についても、まったくわかりませんか」

「ここで、特に親しかった同僚などは？」

「わかりません」

下荒地は力なくかぶりを振った。

「だから駄目なんや、お前は」

突然、柳という部長が声を荒らげた。

「オペレーターとのコミュニケーションも管理者の職務やと、口を酸っぱく言うてきたやないか。仲の良い人間くらいわからんでどうすんねん」

上司の叱責を下荒地は冷笑で受けた。

「なんや、その態度は」

「部長さん。彼は今、極度の緊張状態にあります。そういったお話は後にしてあげてください」

柳の怒りが仲裁した麻生に向いた。

「警察もいい加減どうにかしてもらわんと困りますよ。村瀬くんはウチの従業員でしたが、ずっと無断欠勤で本来なら契約解除の状態や。これ以上、面倒見る義理はありません」

「もっともです。しかし人命に関わる事態である以上、ご協力を請わないわけにいきません」

「協力はしとる。ウチの業務に支障が出るようでは困ると言うてるんです。センター内に部外者を入れるわ、飲み食いするわ、滅茶苦茶や。この上、ウチに責任まで押しつけられたらかないません」

「責任を押しつけるなど有り得ません。むしろ御社の献身的な協力は称賛に値します」

「刑事さんに称賛されても仕方ないんや。マスコミに面白可笑しく取り沙汰されたら、この損害はどこに請求したらよろしいんですかね？」

犯人を訴えればいい――そんな正論は飲み込む。

「事件の解決が優先です。首尾よく収まれば、御社の評判は上がりこそすれ、下がるはずもない。そうでしょう？」

「……その時は記者会見でもやりますか」

皮肉めいた言い回しに本音が見え隠れしていた。卑劣な誘拐犯に立ち向かったコールセンターの長としてフラッシュを浴びる妄想でも芽生えたか。

好きにしたらいい。自分には関係のない話だ。

「——ごちゃごちゃごちゃごちゃ」

振り返ると、下荒地が震えながら口を動かしていた。

「シモチ、お前今、なんて言うた？」

「うるさいと言うてるんですよ。会社や評判て。あんた、邪魔するならさっさと帰れや」

柳の小麦色の顔が真っ赤に染まっていく。

「お、お前、誰にそんな口を——」

「部長さん」

「下荒地さんも」

三溝もなだめに加わるが、下荒地は止まらなかった。

「業務に支障やと？　どこにどう支障が出てるんか、言うてみろや！　淵本も小谷も、ちゃんとやっとるやないですか」

「知ったふうなことぬかすな！　会社っちゅうのは、そういうもんちゃうねんぞ」

「何が会社や。勝手にふんぞり返っとけ」

「お二人とも、これくらいで」

三溝が腹から声を出して制した。

「部長さん。とりあえずどこかで待機しておいてください。またお力を拝借するかもしれませんので」

泰然とした軍曹の物腰にさすがの柳も反論はせず、部下を見やりながら応接室をあとにした。

「下荒地さん。あなたも熱くなってはいけない」

三溝が下荒地の顔を覗き込んで諭す。

「一時の感情を吐き出してもろくなことはない。わたしも今までいろんな事件を扱ってきたからわかるんです。どんな悲惨な事件も、それで何もかも終わりというわけやない。事件の後も、あなたの人生は続くんです」

下荒地の目が三溝を見つめた。

「いいですね？　やけになったら駄目や」

力なく、下荒地は頷いた。

「さ、顔でも洗ってくるといい」

電話番に付き添われ下荒地が出ていくと、三溝は深く息を吐いた。

「疲れますな」

「見事ですね」

「わたしではなかなか、ああはいかない。同じ台詞でも説得力が違います」

「年の功でしょう。それに主任は、ちいとばかし男前すぎる」

嫌味には感じなかった。やはり三溝は、自分に足りない領域を埋める優秀なパーツだ。

「ただ、彼を外に出したのは軽率です。ピュワイトから連絡があるかもしれない」

「前回は指定時刻の直後だったでしょう。今回はもうないと思いますよ」

「思い込みは危険です」

仰る通りですな、と三溝は頭を掻く。

「しかし今の状態では逆に危険だと判断しました。勝手をして申し訳ない」

「いえ。たしかに、それこそ仰る通りです」

三溝は苦笑のままだった。ころころと意見を変える上司に呆れているのかもしれないが、今回は三溝が正しかった。それだけのことだ。

「それにしても、脅し文句すら言ってこんとは、いったいピュワイトの野郎は何を考えているんでしょうな」

アウトにペナルティがなくなれば、緊張感が失われる可能性がある。それともピュワイトは、刑事が間に合わないことを望んでいるのだろうか？

ぴゅるりん。

届いたメールで、麻生の推理は覆された。

『次はクビ』

素っ気ない文面に添付された画像は、切り離された、かわいらしい耳の肉片を映していた。

8

鏡に映った自分の顔に驚く。げっそりと頬がこけ、目も充血している。まだ身体が震えていた。事件のせいだけではなく、柳に向かって吐いてしまった暴言を思い返し、胃が熱かった。

——クビか。

解雇まではいかなくても、降格は免れまい。頭の固い上司の中で、柳は懐（ふところ）も深く融通もきくほうだ。人間的にも魅力がある。しかし上下の礼節にはうるさい。高校、大学とラグビーをしてきた男は、根っからの体育会系だった。

直孝は小学校からずっと剣道をやってきた。弱小校のお遊びだったから柳ほど先輩後輩の絆（きずな）を重んじるメンタリティはないが、馴染みはある。

それにしてもまさか、この歳になって武道が必ずしも強靭な精神形成に寄与しないと知らされるとは。

自分は明らかに冷静さを欠いている。混乱の極みで、やみくもに竹刀を振り回している。原因は脅えだ。恐怖に負けた人間から先に負け急ぐのは常である。

二度、顔を洗った。呼吸を整え、試合か——と思った。

これは試合なのだ。犯人と、おれとの。

弱小のお遊びであっても、負けるのが嫌だった。足りないセンスと努力を、本番の一戦では気力で覆してきた。負けたくない。ただその一念で強豪校の相手を倒したこともある。幸運もあったにせよ、それを招き寄せたのは意地だったに違いない。

第一試合、第二試合、第三試合と、ここまですべて訳もわからぬまま一本負けしている。団体戦ならとっくに終了だ。

おれはもう負けているのか？　——違う。

この試合は途中で終わらない。最後の最後まで、負け続けなければ、勝ちもある。

三度、水をかぶった。

冷静になれ。相手の呼吸を読め。相手が何を望み、何を望んでいないのか。自分には何ができて、何ができないのか。冷静に、戦況を把握しろ。そして最善で、渾身の一振りを打て。

今は梓のことも考えるな。会社のことも。柳にあれだけ言ったのだ。柔道耳の刑事が言うようにこの先人生が続くとしても、エニウェアでの将来に期待など持てない。ならばせめて、一太刀は敵に傷を負わせたい。

「大丈夫ですか？」

廊下にいた刑事が顔を覗かせ尋ねてきた。

「ええ。やれます」

次、犯人から電話があったなら、一太刀。鏡を挟んで見つめ合う自分自身に言い聞かせ、踵（きびす）を返した。


応接室の様子に、事態が動いたのだとわかった。麻生が緊迫した表情でノートパソコンに食い入り、三溝は慌ただしくペンを走らせている。

「何かあったんですか？」

麻生はこちらを見ることなく口を動かした。

「次の指示がきました。しかし——」澄（す）ました顔に困惑が浮かんだ。「何がしたいんだ？」

肩越しにパソコンを覗き込む。一瞬、麻生はそれを制止するそぶりを見せたが、すぐに引っ込めた。直孝に情報を隠すのは得策でないと判断したのだろう。

ディスプレイには輸送役を指定する数字が並んでいた。それから幾つかの地名が見て取れる。

『イオンシネマ福岡』『ムーヴィックス倉敷（くらしき）』『新宿（しんじゅく）ピカデリー』……。

「これ、なんです？」

「輸送班の行き先です。全国六十七ヵ所。十八時半の開演までに劇場内に」

「開演？　映画の？」

「いえ。コンサートです」

再び疑問が口をつく。

「コンサートって、映画館でしょ、これ」

「ええ。ライブビューイングですよ」

ああ、と納得した。コンサートを劇場でリアルタイムに流すイベントだ。

「今夜『いとへん』というアイドルグループのライブビューイングがあるようなんです」

その会場に刑事を行かせる？

「実際のライブ会場は大阪。京セラドームです」

状況が飲み込めず、ついさっきの一太刀の決意が揺らぎそうになった。

9

午後五時前、鍋島は再び走ることになった。携帯に届いた指示の一覧にざっと目を通すと、次なる目的地はすべて劇場だった。全国各地、津々浦々（つつうらうら）のシアターが列挙されている。

『66番、梅田ブルク7』

初め、なぜ？　と思った。自分のいる名古屋にも二ヵ所、劇場名がある。なのになぜ、大阪に戻れと？　理由はすぐにわかった。タイムリミットギリギリの場所を指定しているのだ。人質のものと思われる耳の画像を見たばかりだ。考える時間も惜しい。とにかく走って地上に出て、タクシーに飛び乗る。夕刻が迫り、道は混んでいた。途中で車を降り、また走る。名古屋駅の新幹線乗り場へ。切符を購入し、ホームへ。全身がガタガタだった。肺はパンク寸前だ。新幹線のシートに腰かけ、ようやく落ち着いてピュワイトの指示を見直した。

全部で六十七ヵ所。関東から九州まで、満遍なく散らばっている。輸送役の残りが八十九人だから単純に二十二人が重複する――かと思ったがそうではないらしい。指示が与えられていない輸送役が二十二人いた。喜多の番号もその中にあった。

どうやら名古屋から大阪に行かされる自分と同じように、中部の者は関東に、関東の者は中部に、九州の者は中国地方にと、たらい回しにされているようだ。真っ正直に従わず、近場の劇場に行かせればいいとも思ったが、すでに顔写真をUPしていることに気づく。周到だと感じた。

しかし、劇場とは……。

今度は何をさせられる？　またもやピンポン玉のようにどこかへ飛ばされるのか。疲れ切った身体がようやく正常運転に戻ったところで、新大阪に着いた。飛び出して駆ける。梅田ブルクまでは地下鉄に乗り、更に走って三十分かかる。どう考えてもぎりぎりアウトだ。再び、あの耳が脳裏をかすめた。

――畜生のすることや。

初めて明確な怒りが生じた。あれよあれよと巻き込まれた理不尽な障害物競走は、疑いもなく犯罪だった。許せない。二十歳そこそこの女性の耳を切り落とすという所業は、万死に値する。

地下鉄に運ばれながら、深呼吸をする。感情的になったらミスをする。今はともかく言われるまま劇場に行くんや。

梅田で下車し、目的地へ向かう。その途中、ぴゅるりん、と携帯が鳴った。急いで画面を確認する。はあ？　と本日、何度目かも忘れた、間抜けな心の声がもれた。

二十二人の待ちぼうけ組に送られた指示はこうだった。

『その場に身代金を置いて撤収』

喜多の顔が浮かんだ。

10

「ふざけてる」

三溝の声が怒っていた。

「本部は何をしとるんですか？　こんな指示、従えるはずがない」

「従いはしないでしょう。あくまで、フリです」

輸送役は場所を離れ、監視は続ける。当然の措置だ。

「犯人が来るとお考えですか？」

「いや――」

そう言った時、電話番のベルが鳴った。

「本部からです」

受話器を引っ手繰る。

「麻生だ」

〈主任。現れました〉

「なんだと？」

〈東京です。輸送役が置いたエニウェアの封筒を、若い男が拾って逃走中〉

まさか、と思った。

「追跡は？」

〈もちろん、追ってます。けれど人が多くて……〉

「課長に代わってください」

すぐに返事があった。〈何や？　今、忙しい〉

「身柄を押さえてください」

〈はあ？〉千田はあからさまに不機嫌だった。〈寝惚（ねぼ）けてんのか？　人質の安否がわかっていないんやぞ。泳がせて仲間と合流するのを待つのが常道や〉

「そいつはダミーです」

〈――なぜ、そう言える？〉

なぜ？　理由。論理的、証拠。

「ともかく、押さえるべきです」

〈ふざけるな〉

「――安住さんの許可は取ったんですか？」

身代金を提供している芸能プロの社長の名が口をついて出た。

〈副社長さんが認めとる〉

「安住さんとは連絡が取れていないんですね？　なら――」

勝手なことはできまい。

〈全権を副社長さんに任せると、彼は言うてたんやろ？〉

そうだ。安住がそう言っていたと本部に伝えたのは自分だ。それでも――。

「ガラを押さえるべきです。そうすれば犯人からもう一度コンタクトがある。それを誘発すべきです」

〈今度は生首の写メが見たいか？〉

麻生は答えられなかった。

〈お前は黙って――、え？　なんやと？〉

「どうしたんです？」

返事はなかった。歯ぎしりをする。心の内で、冷静になれ、と言い聞かせる。

やがて部下の声がした。

〈京都でも、封筒が奪われました〉

「え？」

〈あと、千葉、静岡、あ、今、太陽の塔でも……〉

なんだ？　何が起こってる？

〈封筒が、盗まれて、犯人逃走中。追跡中〉

「押さえろ。ガラを押さえるんだ」

〈しかし〉

「君から具申しろ。急げ」

〈しかし――〉

無駄だ。無駄だが、見過ごせる無駄なのか？

〈すいません、一度、切ります〉

有無を言わせずに通話が途切れた。

「主任？」

三溝と、そして下荒地が不安げな顔をよこした。

「犯人が現れました。撤収組が置いた封筒が盗まれて、現在、見張りの警官が追跡中」

間髪をいれず「何人です？」と三溝の問いかけ。

「刑事が？　犯人が？」

「もちろん、犯人ですよ」

落ちつけ。もう一度、自分に命じる。

「今、聞いたのは五人です。しかし他の場所でも同じようになっているかもしれない」

「おれたちは蚊帳の外、ですか」

プライドなどどうでもいい。だが、捜査の混乱が腹立たしい。

「ダミーでしょうな」

三溝が断言した。麻生もそう思った。ダミーだ。間違いない。そこには確信がある。

しかしそれを論理的に整理する前に「主任！」と電話番の部下が叫ぶ。彼の手にはスマートフォンが握られていた。

「これを」

突き付けられたディスプレイに映っているのは中山競馬のコミュニティサイト画面だった。その中に写真付きの書き込みがあった。

『スペシャルイベント。この封筒の百万円、拾った方に全額差し上げます！』

写真は到着時にUPされたもの。捜査一課の刑事、たしか名は、喜多といった。

「太陽の塔についても探してみてくれ」

すぐに、同じような文言がコミュニティサイトに見つかった。

「ここだけじゃないです。いろんな掲示板や、SNSなんかで、情報が拡散してます。あ、これ――」

『大阪のアイドル、アズちゃん、誘拐なう』

「くそったれ！」

三溝がテーブルに拳を落とした。投稿記事には、ご丁寧に拘束された村瀬梓の写真まで添付されていた。

「本部に――」

言いかけた時、ぴゅるりん、と鳴った。確認するまでもなく、AZからのメッセージだ。

『全員に告ぐ。劇場の座席番号と百万の封筒を写し、十九時までにUPし、劇場を立ち去ること』

「『いとへん』のファンサイトだ」

麻生は叫び、自分のノートパソコンを操作した。予想通りだった。ここでも、百万円のプレゼントキャンペーンが謳われている。

『開演後、詳細お知らせします！　早い者勝ちだYO』

すうーっと血の気が引くのがわかった。このふざけた祭りに乗っかる馬鹿どもが必ずいる。もし、その中に本当の犯人がいるとして、それを見極めることはできるのか？　いや――そもそも本当に犯人は、百万を取りに来るのか？

ついさっき、置き引きはダミーだと判断したばかりだ。ここまでのピュワイトの手口と、杜撰すぎる身代金搾取の方法が整合しなかったからだ。

それが今、別の考えに囚われそうになっている。

――こいつは、本当にイカれてるんじゃないのか？

思考がまとまらなかった。こんなことは初めてだ。

「主任。本部に連絡を」

三溝に促され、ああ、と立ち上がった時、今度は、とぅるる、という呼び出し音が鳴った。喚き出した内線電話に真っ先に動いたのは下荒地だった。

「はい、下荒地。――わかった。すぐ行く」

こちらを向いた会社員の顔は蒼白だった。

「奴からです」

午後六時十分。

11

〈耳は見た？〉

「耳？」

　腹に力を込めて臨んだ第四試合、初手からぶつけられた謎かけのような言葉に、直孝は体勢を崩す感覚を味わった。

　相手はすぐに攻撃の角度を変えてきた。

〈送ったメッセージを確認するよ。時刻までに写メをＵＰしてすぐ刑事は劇場を出ること。いいね？〉

「待ってください。仰ってる意味がわかりません」

〈シモちゃんはわからなくていい。さあ、刑事さん、早く捜査員に指示しなくちゃ、ヒーロー気取りが調子にのってスタンドプレイしたら取り返しがつかないよ〉

　ピュワイトは直孝を飛び越してモニタリングしている刑事に話しかけている。試合（しあ）っているつもりだった自分は、間抜けな交換機にすぎないのか。

〈いいね？　七時までに身代金を座席に置いて写メをＵＰ。そしたらすぐに君たちは撤収〉

「待ってください」

〈チケットが完売とか言い訳は一切なしね。国家権力でもなんでも大いに使って、絶対中に入ること。ライブが終了したらもう一度、メッセージを送る。それまで観客に手を出すのは禁止。『いとへん』の初めての全国ライブ中継だ。邪魔は許さないよ〉

「待ってくれ！」

〈何かあればネットに情報が流れる。そしたらゲームオーバーだ。前にも言った通り、君らの不手際を書き添えて、村瀬梓の肉片がマスコミに送られる。面倒だからそういうことはさせないでね〉

「おい――」

と声を出したところで肩に手を置かれた。麻生が首を横にする。喋るな、と。

〈すべてが首尾よく終わったら、村瀬梓の監禁場所を教えてあげる。疑うかもしれないけど、これは絶対に守られる約束だ。予定時刻は二十二時。耳は氷漬けにしてるから、まだくっつくかもしれないね〉

「切ったのか？」

肩に置かれた手に力がこもった。しかし、無視した。

「切ったのか、村瀬さんの耳を」

〈知らなかったの？　悪いのは警察。ルールを守らなかったから。ルールを守らない

とペナルティ。幼稚園児だって知ってるジョーシキでしょ〉

下荒地さん——となだめる声。それも無視する。肩に置かれた手を振り払う。

「梓を出せ」

〈あれ？　急に強気だね、シモちゃん〉

「村瀬さんの無事が確認できてないのに、お前の指示に従う必要はない。村瀬さんを出せ。今すぐ」

〈彼女を電話には出せない。信じる信じないは君らの勝手。これはこのゲームの前提条件。受け入れられないなら、降りたらいい。以上〉

「ふざけるな」

〈おい、シモチ。調子のんなよ。お前の態度でこっちの気が変わって、村瀬の鼻がなくなるかもしれないってわかってんのか？〉

再び肩に手が。やはり、それを拒否して言った。

「もう、梓は死んでるんやろ？」

返事はなかった。無言が流れた。周囲のオペレーターがぎょっとした顔で自分を見ているのを、意識の隅で感じた。

「下荒地さん。やめてください」

麻生が耳元に囁いてくる。切迫した響きだった。全部、無視だ。

「どうなんや？　答えろ、クソ野郎」

〈……恐ろしいこと言うね。キレちゃったの、シモちゃん〉

「答えないなら認めたってことでええか？　そしたら金に手をつけた奴、全員、逮捕や。お前にはビタ一文やらん」

〈シモちゃんの金じゃないでしょ。あんたにそんな権限ないし、何熱くなってんのさ〉

「ええから答えろや。梓の無事を確認させる気があるのか、ないのか。ＹＥＳ？　ＮＯ？」

　返事が途切れた。

「五秒や。ごー、よん、さん――」

〈もういいや。刑事に代わってよ〉

「断る。おれがお前の相手や」

「下荒地さん！　代わってください」

〈シモちゃん、大丈夫？　人質の従業員を見捨てた上司ってことで売り出すつもり？〉

「好きにせえやっ！　にー、いち――」

「下荒地さん！」

直孝は耳に当てたヘッドセットを押さえ、身体を硬くした。絶対に譲らない。とにかくそれだけを念じた。

ぜろ——と言うより先に返答があった。

〈わかった。負けたよ。あんた、ぶっ飛んでるな〉

「……村瀬さんの声を聞かせてください」

〈今すぐは無理。それはわかって。今、おれはそこにいない〉

「じゃあ、すぐに手配してください。期限は一時間。村瀬さんの無事が確認できたら、刑事さんを劇場から外に出します」

〈——いや、予定通り七時。近くだから間に合うと思う〉

「その時刻に電話をくれますね?」

〈オーケー。急ぐよ〉

「お願いします」

電話が切れ、直孝は立ち上がった。

「淵本、六時あがりの人間は皆、帰宅や。おれは残って連絡を待つ」

「下荒地さん」

麻生と向かい合った。

「別に構わんでしょ。どうせすぐ、マスコミだって嗅ぎつけるんや」

「そうではありません」

「じゃあなんです？」

「いえ。助かりました」

言って麻生は出口へ走っていった。その背中を見送りながら思う。おれは一太刀を浴びせられたんやろか——。

達成感は微塵もなかった。

12

梅田のファッションビルに着き、映画館のロビーを目指した。係員に名乗ると「警察の方ですか？」と相手は困惑気味に訊いてきた。本部から連絡が回っているらしい。

スクリーンは一つ上の階だ。「座席はL15です」

「もう始まってるんですか？」

「少し押してます」

「おおきに」

ドアをくぐると劇場内はムンムンと熱気に包まれていた。見渡す限り、ほとんどの席が埋まっている。L15は劇場後方、中央寄りの席だった。席を挟んだ若い男たちの怪訝そうな視線を浴びながらエニウェアの封筒を座席に置いて写メを撮る。その時、電話が鳴った。

「はい、鍋島」

〈金の上に座って待機。指示があるまで動くな〉

了解、と答えるや電話は切れた。皆にかけて回っているのだろう。座席に座ると息つく間もなく最前列の人間が立ち上がり、こちらを向いた。

「みなさーん。ぼくらは『いとへん』ファンクラブ大阪支部の者でーす。本日は『いとへん』のライブビューイングにご来場下さりありがとうございまーす！　ファンクラブから皆様にお願いがありますので少しだけ聞いてください。本日は劇場の許可をもらいましてスタンディングOKとなってます。また、声かけや合唱もOKです。よければみなさんも立って踊って、歌って、大いにはしゃいじゃいましょう」

一礼に拍手がわいた。特に驚きの様子はなく、客の大半はこの試みを事前に承知していたようだ。

そうこうしてるうちに照明が落ちた。わーっ、と歓声があがった。劇場内に電子的なメロディが流れる。おおっというどよめき。予告通り、前方の一団が立ち上がった。つられて多くの者がそれに倣った。鍋島の両隣りも腰を上げた。

印象的なイントロが大音量で響いた。テレビのＣＭか何かで聴いた気がする。それとも仕事で出入りしたクラブやキャバクラのＢＧＭとしてかかっていたのだろうか。前の席の女の子連れが立ち上がり、スクリーンは見えにくかった。それでも状況はわかった。イントロに合わせて、ボルテージが上がっていく。スクリーンにはまだ闇に沈むステージしか映っていない。メロディがリフレインしている。初めシンプルだったメロディに様々な装飾が加わる。観客席から「じゅん！」という雄叫び。

と、すべての音が吸い込まれるように消え入って、一瞬、場内が静まり返った。そして、光と音がいっせいに弾けた。大歓声が続く。スクリーンのステージに飛び出した三人の女の子たち。その歌声がこだまし、小気味よいビートに連なる音楽とダンスが披露される。歓声がそれを後押しする。祭りだ、と鍋島は思った。ハレと呼ぶに相応しい解放感が爆発していた。

おれは、ここで何をしとるんや？　状況を見失いそうになった。

その時、スクリーンが客席を映した。ライブが行われている京セラドームのアリーナ席だ。流れるようなカメラワークが、興奮し、感激に満ちた顔から顔へ滑っていく。

え？

思わず鍋島は立ち上がった。

刹那の映像に、紅葉の顔を見た気がしたのだ。そしてその隣に——。

どん、と身体が揺れた。隣で踊っていた青年にもたれかかる。少し遅れて、自分が突き飛ばされたのだとわかった。ぶつかった青年のあからさまに迷惑そうな顔に「すまん」と詫びながら体勢を戻す。薄暗い視界に、そそくさと劇場出口に向かう背中を見た。尻に敷いていたエニウェアの封筒がなくなっていた。

13

千載一遇のチャンスが巡ってきた。下荒地の暴挙が思わぬギフトをもたらした。それはピュワイトに人質の安否確認を了承させたことだけではなかった。

犯人にとっても予想外だっただろう交渉人の反抗で、二人の通話は長引いた。そしてその間、村瀬梓が契約する携帯電話は中継局を跨いだのだ。豊崎局から兎我野局へ。一つの中継局がカバーするエリアは半径三キロほどだが、局を跨ぐ地点となればかなり絞り込める。

大阪、梅田近辺にピュワイトはいる。

本部は色めき立ち、捜査員たちが出動の準備をしているに違いない。麻生は直接の指揮をとれないまでも、その動きに寄与した格好だった。一歩間違えれば大失態だが、針の穴さえ通ってしまえばそれは手柄へと引っくり返る。

「奴は連絡してきますかね？」

問う三溝の顔に緊張感があった。ピュワイトが口から出まかせを言っていた可能性があると思い出させるような口調だった。

「これも攪乱だと？　リスクが高すぎるでしょう。自分の位置を知らせているのですから」

仮に村瀬梓のもとへ向かうというのが嘘でも、中継基地から割り出した位置情報は偽りようがない。

「何か、しっくりきませんな」

「そうですか？」

「尻尾（しっぽ）の出し方が、どうも」

「下荒地の行動はピュワイトの想定外だったはずです。あの会話はイレギュラーだった」

「彼の気迫に押されて、ついに馬脚を現したってことですか」

「ミスをするのは、そういう時でしょう？」

この局面で二の足を踏むのは臆病ではないのか。軍曹と渾名される三溝の煮え切らない態度に納得がいかなかった。それでも麻生は先輩刑事の意見を検討する。

「これがピュワイトの罠だとして、奴に何か利益がありますか？」

「それなんです。それが、まるでない。自分の場所を教えただけだ」

「だからミスなのでは？　金を受け取れなくなるのでは犯行の意味がなくなる。だから譲歩した。その結果、ミスをした」

「その通りなのでしょうが……。いや、気にせんでください。どのみち奴のガラを押さえるのは絶対に必要です。そこに異論はありません」

　ならば、どこに――？

「犯人の過大評価ではないですか？」

「かもしれません。どうも、摑みどころのない野郎ですから」

　すっと頭が冷めていく。たしかにピュワイトは摑みどころのない犯罪者だ。金銭を目的にした営利誘拐犯としては無駄が多すぎる。ゆえに愉快犯という可能性が濃厚と思えるのだが……。

「愉快犯なら、人質の安否確認を了承したのが解せないんですよ」

　三溝の呟きは、根本的な矛盾を示唆するものだった。

　――この犯人は、儲ける気があるのか？

ないならば、なぜ、交渉らしい交渉をしたのだ？

　携帯電話が鳴った。本部の部下からだった。

〈梅田近辺に捜査員を集め、ローラー作戦の態勢を整えました〉

総勢五百名に及ぶ刑事が、大阪の心臓といえる都市を取り囲んでいる。

〈それと、各地で起こった身代金の持ち逃げ犯のガラを押さえる指示が出ました。全部で十一名。すでに七人を取り押さえています。ほかも追尾できていますから時間の問題です〉

「その中に、ピュワイトの仲間はいましたか？」

〈今のところ全員が掲示板などを見て面白半分にやってきた者のようです。現在、最寄り署で取り調べ中です〉

ダミーだ。予想はしていたが、実際に明らかになると別の風景が見える気がした。

〈一人だけ、取り逃がしが発生してます〉

「どこです？」

〈中山競馬場です〉

会話の内容を告げると、馬鹿野郎が、と三溝が吐く。

「まあ、でも、その一人が犯人グループとは考え難いでしょうな。結局、本命は劇場だったとなるんでしょうが……」

歯切れが悪い。そう。劇場だろうが競馬場だろうが、同じだ。一人あたり、たった百万。リスクを背負う額ではない。結局、問題はどこまでも同じところに行き着く。

儲ける気があるのか？　ないなら愉快犯？　愉快犯ならば、村瀬の生存を証明する必要があるのか？

「ここで今、考えても仕方ないでしょうな」

しかし麻生は、一度芽生えた疑惑を締め出すことができなかった。何か、自分は大きな思い違いをしているのではないか？　今、すべきことがほかにあるのではないか？　三溝の言う通り、今ここで考えても仕方ない。答えはピュワイトと村瀬梓を押さえてから解明すればいい。

しかし――。

「時間ですな」

七時。やがて電話が鳴った。

14

主だった放送が終わり、センター内は閑散としていた。六時帰宅のオペレーターがいなくなり、ブースには二十人ほどのメンバーが残っている。電話が鳴らなくなるわけではない。日中の放送を見た者がかけてきたり、注文済み客からの問い合わせだったり。電話が鳴るたびに、直孝はオペレーターの後ろに張りつき、すぐにでも交代できる準備をした。

今のところ、ピュワイトから連絡はない。

そろそろマスコミが動き始めるだろうか。帰宅した従業員たちが箝口令(かんこうれい)をどこまで守るか定かではない。そちらの対応は柳部長が受け持つと淵本から知らされた。

「お前は帰らんのか？」

「帰れると思うのか？」

「帰ったらええやろ。定時はすぎとるんや」

「残念だが残業だ。会議資料がまったく手つかずだからな」

そんなのもあったな、と思い出して少し可笑しかった。

「アテナからは？」

「何も。数値は下回ったが、まあ、こんなもんでしょう、ってさ」

「よかったやないか。会議資料に加えて、改善報告書じゃ今夜は帰れん」

「久しぶりの夜勤も悪くないと思ってたけどな」

エニウェアコールは二十四時間センターだ。アテナもわずかだが深夜放送をしている。しかし呼量は昼間の比ではなく、深夜の従業員は十名ほど。管理者は若手社員が持ち回りで一人だ。手伝うと言えば喜ばれるだろう。

「小谷を帰らせてやれ。あいつ、河内長野(かわちながの)のほうだろ」

片道一時間を超える上、明日も彼女は朝から勤務だ。

「言ったよ。でも、目途が立つまではテコでも動かない感じだった」

強情な奴だ。

「伝票の後始末に人手はいる。明日、振り休にしてやってもいいしな」

「部長がオーケーするか？」

「するさ。柳部長なら」

そうやな、と思った。決して悪い上司ではない。

「全部終わったら、一緒に謝りに行こう」

直孝の暴言について部長から聞いたらしい。相当、腸が煮えくり返っている様子だったとか。

「なんで一緒に謝る必要がある？　アホしたのはおれや」

「おれでもきっと、同じことを言っただろうからな」

お前やったらもっと上手く言いくるめたやろ――。そう思ったが、悪い気はしなかった。

六時四十五分。

「なんで、村瀬さんだったんだろうな」

淵本が呟いた。直孝のそばを離れるつもりはないらしい。

「知らん。運が悪かったんやろ」

「気の毒にな」

耳の件は黙っていた。それを口にすると直孝自身が平静を保てなくなりそうだ。

電話が鳴った。移動する。すぐに普通の客と知れた。

六時五十分。

小谷が近寄ってきた。

「ご飯を買ってきましょうか？」

そう言えば何も食べていない。「ピザでもとるか？」と淵本が陽気に提案した。

「いくらなんでも部長が許しませんよ」

「調子に乗りすぎかな」

「部長、コレステロールにはうるさいですよ」

二人が直孝の緊張をほぐそうとしているのがわかった。ほっといてくれという気持ちと、気遣いへの嬉しさが入り混じった。思えば二人も、直孝とは違う意味で戦っていたのだ。それは会社の業務を回すという、いつもと変わらない戦いだったが、おかげで直孝は交渉役に専念できた。

「小谷。お前、今日一日でだいぶ成長したんやないか？」

「と思います。だってシモチさん、いっつも忙しい時にいなくなるんですもん」

冗談めかした言葉に引っかかりを覚えた。

「そう言えばそうだったな。全部、CMのタイミングだった」

淵本も同じ考えにたどり着いたようだった。

「――テレビを見ていたのかな？」

閑散時に電話をしてくるほうが電話はつながりやすい。あえて犯人がCMの時間を選んだのは、こちらに余裕を与えないためか。

犯人はコールセンターの録音機能を利用し、梓の免許証を入れた封筒を靭公園に取りに行かせた。そしてモニタリング機能も承知していた。加えて、今日が八本のCMが入る繁忙日であることも、奴は知っていたのだろうか？

「時間だ」

淵本の声で我に返る。

七時。約束の時刻だった。

センター内は静まり返っている。どの電話機も沈黙している。淵本と小谷の顔に緊張があった。無駄口は消え、重苦しい空気が張り詰めた。横にいる刑事が腕時計をしきりと気にしていた。

直孝は呼吸を整える。第五試合が迫っている。四戦目は、きっと引き分けだった。決してピュワイトの思い通りではなく、しかし直孝の勝ちでもない。そんな気がしていた。実戦に臨んだ者だけが得る体感だった。

時間が流れる。一秒、また一秒と過ぎていく。心の中で直孝は竹刀を手に、畳の上にいた。正座し、始まりの合図を待つ。対面に相手の姿はまだ見えない。

その時――。

真っ直ぐに、向かってくる二つの足音。麻生と三溝だった。七時十五分。

「下荒地さん」

こんなに色白だったか、という顔色で麻生が言った。

「村瀬さんが見つかりました。北区にあるマンションの一室です」

「え？」

一瞬、心が跳ね、それから脱力しそうになった。畳の上で正座していた自分が立ち上がろうとして足が痺れ、すてん、と転ぶ。そんなイメージだった。

「落ち着いて聞いてください」

照れ笑いも許さない調子で麻生は続けた。

「村瀬さんは亡くなっていました」

「え？」

しん、とすべての音が消え失せた。

「すでに、殺害されていたのです」

小谷が聞き取れない嗚咽を洩らした。淵本がよろけ、デスクにもたれかかった。直孝はただ、直立していた。

「残念です」

その時、電話が鳴った。振り返ると、ベテランオペレーターがこちらを気にしながらいくぶんたどたどしいトークで、しかし通常の案内をしていた。

膝から床に崩れた。一人きりの畳の上で、無様に横たわっている自分が浮かんだ。

15

暗闇に浮かぶ背中を追って、鍋島は走り出した。その瞬間、ついに腰が悲鳴をあげ、ズキッ、と痛みを感じた。しかし踏み出した勢いのまま、足を止めはしなかった。リズムに合わせ小躍りする観客たちの迷惑気な視線を浴びつつ、その身体を押しのける。音楽と声援と光の渦となった劇場の通路へ飛び出る。見ると、ちょうどドアが閉まった。自分を突き飛ばし、エニウェアコールの社封筒に入った百万円をかっぱらった人物が、その向こうへ遠ざかっているのだ。無我夢中で駆けた。両開きのドアを打ち破るように開け、入り口で番をしている女性スタッフに尋ねた。

「今、出てった客は？」

突然の詰問（きつもん）に目を丸くしてから「降りていかれましたが」

「男やったね？」

「あ、はい」

礼を言う余裕もなく、鍋島はエスカレーターを駆け下りた。ロビーで視線を巡らせる。作品の上映時間を待つ客たちの中に、問題の男はいなかった。

「ここを今、男が出ていったやろ？」

今度は売店のスタッフに詰め寄った。

「どっちへ行った？」

「あの、すみません、ちょっと、見てませんでした」

くそ、っと心の中で吐き、身を翻してエレベーターへ向かう。三基ある並びの一つが降下していた。一階までの直通エレベーターだった。急いで隣を呼び出す。それを待つ数十秒が取り返しのつかないロスに感じた。やってきた箱に乗り込むと、自分が汗だくでいることに気づいた。昼から走ってばかりだ。呼吸を整える。すると少しだけ落ち着きを取り戻した。冷静になった頭で愕然（がくぜん）とした。

身代金を盗られた。体当たりをくらい、体勢を崩し、なす術もなく奪われた。犯人の顔すら、鍋島は見ていない。それがどれほどの失態か、深く考えなくてもわかった。足元から身体の重みが消えていくような感覚に襲われた。

あまりに無様な失態の理由は、封筒を尻に敷いておけという指示を無視し、立ち上がってしまったからだ。もしも忠実に命令を守っていたなら、金を盗られはしなかっただろう。肘掛もある座席から刑事をどかすのは一仕事だ。通路は狭く、両隣りの客も立って踊っていた状況で、易々とやられたりするものか。

だがあの時、鍋島は座っていなかった。スクリーンに娘が映った気がして、ほとんど反射的に腰が浮いた。職務中であることも忘れ、隙だらけの木偶になっていた。言い訳のしようもないミスだった。それを理解して、全身から血の気が引いた。

四階で止まった。中年の奥様の二人連れが乗り込んでくる。めいめい甲高い声でお喋りに興じている。苛立たしかった。

三階でまたもエレベーターは止まり、鍋島はたまらず飛び出した。首尾よく目の前に下りエスカレーターがあった。人目も気にせず走った。

一階に着いた。辺りを見渡すが目的の男の姿はない。洒落(しゃれ)た服屋がぐるりと店舗を構えていて、顔を上げると吹き抜けになった上階を見ることができた。直通だから降りたのは一階か、地下だ。一階で降りたとして、その後どこに向かったかはわからない。上に戻るという攪乱もあるだろうし、便所で変装する可能性もあった。ショッピングに興じる人々の中に紛れていたとして、見分けることができるのか。暗闇で、ほんのわずか背中を見たくらいなのだ。

「鍋島さん」

驚いて振り返る。声の主は刑事だった。松本という体格のいい若者は機動捜査隊の所属で、顔馴染みだった。

「大丈夫ですか？」

「何がや？」

「いや、すごい汗です」

鍋島の狼狽ぶりに相手のほうが戸惑っていた。

「見張りか？」

「ええ。自分と五人が回されてました。鍋島さん、もしかしてホシを追ってきたんですか？」

逃がしたホシと言われなかっただけよかった——どうでもいいことを考えてしまう。

答えられない鍋島に松本が早口で耳打ちする。

「それなら大丈夫です。ちゃんとマークしてます。奴は一階で降りてビルを出ました。今から追いますけど、どうしますか？」

当然、鍋島は「連れてってくれ」と頼んだ。

車を運転しながら、後輩は状況を説明した。

「自分らは二つ目の行き先がわかった時点で配置に着いてました。ロビーにも客のふりした捜査員が一人いて、そいつはそのまま会場に入りました」

「おれの近くにいたのか？」

「いえ。席は一番後ろです」

全体を見渡せるようにだ。

「劇場の協力をもらって管理室にも人を置きました。防犯カメラでロビーをチェックするためです」

開演直後に慌てて劇場から出てくる客が怪しいのは、刑事でなくともわかっただろう。

「それを無線で聞いて、一人が追いました。加えて今、防犯カメラの映像を見直してた捜査員から、奴の手にエニウェアの封筒が握られていたと報告があったんです。本部から、慎重にやれ、という指示がきてます」

「どうして？」

「本ボシかもしれません」

あの男が？　鍋島に体当たりをして金を奪っていった輩が、ピュワイト？　よりによって、おれが「当たり」やったんか……。

「おれが勝手に立ったせいや……」

「立ったのは犯人の指示でしょ？」

え？　と、鍋島は素っ頓狂な声をあげた。

「劇場の捜査員に、金を置いて会場を出るように指示があったじゃないですか」

そうじゃない。その後に本部から直接、待機の命令があったのだ。だが犯人から七時までに劇場を出ろと指示があったのもまた事実だ。ならば、このミスは不問なのか？

その可能性が高い気がした。そう思おうと努めた。すると身体の強張りが解けた。助手席のシートに深く腰掛ける。この安堵を、隣の後輩に悟られないよう注意した。

「奴は車なのか？」

「ええ。タクシーを拾って中津方面に向かっているようです」

「なんで奴が本ボシと言えるんや？」

「犯人の現在地が梅田近辺らしいです。本部からも捜査員が駆けつけてるとこです」

そうか、と鍋島は目をつむった。おそらくはエニウェアコールにかかってきた電話から居場所を導き出したのだ。二番目の目的地の中で大阪は鍋島のいた劇場だけで、それも梅田界隈とくれば誰が考えても奴が本命と思うだろう。

どちらでもいい。自分の役目は終わったのだ。

金を奪われたのが失態でない以上、わざわざ同乗せず映画館に残れば良かったとすら鍋島は思った。本ボシと確定したわけではないのだから、奴の逮捕は多くの捜査員に任せ、鍋島は保険で劇場にいるほうが理にかなっている。

「おれらが一番乗りですよ」

松本の興奮は鍋島に届かなかった。

その時、無線から切迫した声が聞こえた。

〈マル被、豊崎四丁目交差点付近にてタクシーを下車。走って逃走。こちらも降りて追います〉

町工場やアパートが並ぶ一画で、先行してホシを追跡していた刑事と合流した。エントランスが見える位置に停められた車に近寄る。

「ついさっき、マル被はこのマンションの中に入っていった。ほかに出入りはない」

「階は?」

「マンションは八階建て。エレベーターが止まったのは七階や」

「その後、階段で移動してる可能性もあるっちゅうわけか」

松本と仲間のやり取りを、鍋島は傍(はた)から眺めていた。

辺りは薄暗くなっていたが、真夏日の余熱は残ったままだった。風呂で汗を流して、冷えたビールが飲みたい。ブリの刺身でもつまみながら、永田のレースを肴にして。

鍋島がそんなことを考えていた時、悲鳴が聞こえた。それは注意していなければ聞き逃すほどの音量で、しかしたしかに誰かが叫んだ声に違いなかった。にわかに緊張が走った。

「なんや？」

「わからん。でも、このマンションからちゃうか」

若い二人が同じ方向を見た。マンションの七階。鍋島もそれに倣った。

「どうする？」

「――お前は本部に連絡してここに残れ。おれと鍋島さんで見てくる」

松本が目で「いいですね？」と問うてきた。正直、おいおい、と思ったが断る理由がなかった。悲鳴を放ってはおけないし、現着した本部の捜査員に鍋島では正確な状況説明ができそうにない。

「行きましょう」

松本と並んでマンションに入る。オートロックもない築数十年と思しき古めかしい建物は、人も住める雑居ビルと呼ぶ方が相応しいかもしれない。入り口を真っ直ぐ進み、右手に折れるとダイアル式の郵便受けが並んでいた。エレベーターは一基しかない。

「おれは階段で、各階の様子を確かめながら行きます」

ありがたい。さすがに階段をいけと言われたらうんざりだった。七階に止まったままのエレベーターを呼ぶ。一人用かという狭さだった。身体を動かすたびに腰が痛んだ。

七階でエレベーターを降りる。通路を挟んで両側に部屋が並ぶ造りだった。エントランスの郵便受けに名札は一つもなかった。まともな近所付き合いが存在する建物でないことは、薄暗い廊下の殺伐とした様子からも察せられた。何より悲鳴があったはずなのに、住人の一人とて顔を覗かせていない。

鍋島は足音を忍ばせながらゆっくり廊下を進んだ。耳をそばだてる。物音一つしなかった。時刻は七時前だ。夕飯時であるにもかかわらず、この静けさはなんなのか。洞窟に迷い込んだ気分になった。

水商売の若者やチンピラを日々相手にしている鍋島だから、この雰囲気自体は慣れたものだ。ここは十三や北新地にも近い。住人のタイプもおおよそ察しがつく。なのに妙な胸騒ぎが消えない。居心地の悪さに、ムシ暑さよりも肌寒さを感じた。

通路のドン詰まり、西側の角部屋に着いた時、部屋の中から、ううう……という呻き声が聞こえた。

——松本を呼ぶか？

犯人は武器を持っている可能性が高く、勇み足は最悪の結果を招きかねない。そんな常識的な思考は「ああっ！」という男の悲鳴で完全に飛んだ。瞬間、脳裏に浮かんだのは村瀬梓の耳だった。

すっかり失念していた自分を恥じた。金を盗られたとか失態だとか、そんなのはどうでもいい。大切なのは二十歳そこそこの女の子が誘拐され、身体を切られた事実と、命も危ういこの状況なのだ。

躊躇はなくなり、ノブを握った。ゆっくりと回す。鍵はかかっていなかった。ふっと短く息を吐き腹を括る。犯人を摑んだら、死んでも離さない。そう念じ、勢いよくドアを開け部屋の中に踏み込んだ。

「警察や！」

ありったけの声で叫んだ。狭い玄関口から踏みしめるように奥へ。室内の電気はついていない。暗く細い廊下を進む。右手にキッチンがあり、やたらとでかい冷蔵庫が闇に浮かんでいた。廊下の先に薄い仕切りカーテンが垂れ下がっている。カーテンをかわす刹那、室内が異様な寒さに満ちていることに気づいた。まるで真冬の温度だ。

八畳ほどのひと間が目の前に開けた。フローリングの床は剝き出しで、ベッドもなければテレビもない。ただ一つだけ、あるべきでない場所に、あるべきでない物があった。

バスタブだ。白く滑らかな素材でできたバスタブが、部屋の中央に置かれていた。バナナを横に倒したような艶（なま）めかしい曲線のその中に、吸い込まれるように目が向かった。

敷き詰められているのはドライアイスだろう。幾つものパックが隙間なく、なみなみと湯船のように重なっている。

そして――。

女が、裸の女がその中で目をつむり、横たわっていた。

黒い髪、白い肌、細い顎。右耳が欠損。写真でだけ知る女性。

村瀬梓。

蒼白の身体に生命がないことは、医者の所見を待つまでもなく明らかだった。

そればかりではない。ドライアイスの袋の隙間から覗く手足は、その場所にあるにもかかわらず、なんとも不自然なバランスだった。まるで、出来損ないの福笑いのように。

――なんてこった……。

腹の底から込み上げる怖気（おぞけ）を必死に堪えた。

バスタブの中の女は、バラバラにされているのだ。

ううう……。

ようやく、鍋島はその存在に気づく。部屋の隅で、まるで土下座でもするように突っ伏している中年の男だ。ううう……ああっ！　男は嗚咽を洩らし、拳を床に叩きつけ、鍋島を見もしない。その傍に見覚えのある封筒があった。エニウェアコールの社封筒だ。

「お前がやったんか？」

男は、ううう、と泣き続けた。

「おい！　貴様がやったんか！」

乱暴に男を起こし、胸ぐらを掴む。涙と鼻水と涎（よだれ）にまみれた顔が暗がりに見えた。歳は四十くらい。少し染めた短髪、角ばった顎に無精髭（ぶしょうひげ）を生やしている。

「なんとか言わんかっ」

「アズが、アズが……」

「お前がやったんやな？　名前は？」

答えは返ってこなかった。ただただ、壊れたように涙を流すばかりだ。

男の羽織る背広の胸ポケットに膨らみを見てとり、鍋島は手を突っ込んだ。財布から免許証を取り出し、男の名を知る。

「お前が、ピュワイトか？」

鍋島から解放され、再び床に倒れ込んだ安住正彦は、やはり質問に答えなかった。

「鍋島さん！」

ドカドカと松本がやってきて、おわっ、と叫んで止まった。

「これ――」

「村瀬さんや」

しばし呆然とする後輩につられ、鍋島ももう一度バスタブの中を見た。その時、

「どうしても、幸せになれないのか……」そんな安住の呟きが聞こえた。

村瀬梓を収めた「棺（ひつぎ）」は月明りに照らされ、白い靄が真夜中の蜃気楼（しんきろう）のように立ち昇っていた。

三部

1

何を、どこで、どう間違ったのか、振り返ってみてもよくわからなかった。

三重県に住む安住の両親はまともだった。自動車メーカーの工員をしていた父親と、弁当屋でパートをしていた母親は恋愛結婚だったらしい。兄は父親譲りの機械好きで、板金屋（ばんきんや）を興（おこ）す夢のため工業高校に進んだ。裕福ではなかったが、これといった不和もなく、せいぜい取るに足らない口喧嘩があるくらいだった。

安住だけが、気がつけば道を外れていた。

小学校の頃から腕っ節に自信があり、中学に入ると仲間の揉め事に勇んで首を突っ込むようになった。悪い先輩に煙草や酒を教えてもらった。無免許でバイクを転がしたり、マリファナで遊んだこともある。理由は上手く説明できないが、いつの間にかそのような人間になっていた。そうとしか言いようがない。

高校二年の時、二つ上の遠山郁と出会った。すでに高校を中退していた遠山は地元の有名人で、噂はよく耳にしていた。曰く「なんでもアリの遠山」。きっかけは忘れたが、なぜか安住は遠山に気に入られ、何かとかまってもらうようになった。誰もが恐れ慄く男に勝手な親近感を抱き、その振る舞いに魅かれていった。べったりくっついて歩くようになるまで時間はかからなかった。

ほどなく遠山は大阪に出て、卒業とともに安住もあとを追った。知り合った当初から暴力団と関係を持っていた遠山は、大阪の盛り場でクラブ経営をするかたわら、とある組織に出入りしていた。関西を代表する暴力団の傘下にある右翼団体だった。右翼という言葉が何を意味するのかさえ知らなかった安住だが、なんとなく遠山に合っているように思った。巨大なものを敵にする。そんなイメージだった。

遠山の紹介で安住もその団体に所属し、さまざまなことをさせられた。嫌がらせと言いがかりと恐喝のオンパレードだ。警察沙汰も日常茶飯事だった。街宣車で街を走るのは馬鹿らしかったが、企業を相手にあの手この手を駆使し、偉そうな重役を震え上がらせるのは楽しかった。幾ばくかの成果が上がると、単純に嬉しい。勝った負けたに一喜一憂していた。

真代典久と関わるまでの安住は、無邪気だった。

もう一度、自分が何をどこで、どう間違えたのか、考えてみた。母親の財布から金をくすねた時だろうか？　兄のスクーターを無断で乗り回し大破させた時だろうか？

遠山郁の冷酷で近寄り難い笑みに、胸の躍る高揚を感じてしまった時なのか？　それとも――。

　きっと、そのすべてが積み重なった結果として、自分は今ここにいるのだろうな――。

　大阪府警曾根崎警察署の取調室のパイプ椅子に、安住は座っていた。


「眠れたか？」

　御堂と名乗った同年代の刑事は開口一番、そう尋ねてきた。見事な禿頭に、ほんのりと無精髭を生やした強面は、大阪府警捜査一課所属の巡査部長だという。

　まあ、とだけ安住は答えた。実際はほとんど眠っていない。御堂が優秀な刑事なら、安住の肌や目から、それは容易に察することができるはずだ。

　昨晩、安住は豊崎四丁目のマンションから警察車両で病院に連れていかれ、促されるまま簡単な診察を受けた。まともな受け答えをした記憶はない。病室のベッドで眠れぬまま朝を迎え、昼前に車でここに運び込まれた。かつて慣れ親しんだ警察署も取調室も、まるで張りぼてに映った。現実に、自分の認識が追いついていない感覚だった。

「……おれは、逮捕されたんですか？」

「逮捕される覚えがあるのか？」

安住は答えなかった。御堂はじろりとこちらを見据えてきたが、やがて仕方なしといったふうに口を開いた。

「いちおうは重要参考人扱いや。病院でそういう説明もしたはずやけどな」

機械的に「そうですか」と返してから尋ねる。

「犯人は、まだ捕まってないんですか？」

「どの犯人のことや」

「アズを——、村瀬さんを誘拐して、殺した犯人です」

マンションで見た梓の死に顔が浮かんだ。歪に突き出た手足を思い出した。叫びそうになる衝動を歯を食いしばって堪えた。

御堂は、黙って安住の顔を睨みつけてきた。その視線は遠山の下で働いていた当時、何度となく浴びせられた疑いの目だ。

結局、御堂は安住の質問に答えなかった。

「昨日どこで何をしてたか、詳しく聞かせてもらおうか」

安住は早朝の電話で起こされてからの経緯を語った。ピュワイトの手紙、そこに書かれた指示、プリペイド携帯。御堂は聞き役に徹しながら、その鋭い目だけは片時も安住から離さなかった。

「事務所の仕事は北川に任せて、すぐにおれは金策に走りました。現金で一千万は用意できましたが、残りはどうにもなりませんでした。それで知人に連絡をして、なんとかあてをつけたんです」

「残りの九千万やな。しかしとんでもない大金や。その知人てのは何モンなんや？」

「ＩＴ関連の実業家です」

「名前は？」

「――迷惑がかかるので、それは言えません」

観察するような沈黙があった。

「金は、おれの生命保険を担保にしたんです」

「生命保険？」

「調べてくれたらわかります。一億くらい貰えるやつです。受取人は北川にしています」

ふん、と鼻を鳴らし、無言で先を促してくる。

「京セラドームの前で北川と落ち合って、金を預けました。それでとりあえず指示は終わりだったので、ぶらぶらとその辺を歩いていたんです。そしたら少しして、ピュワイトから渡されていたプリペイド携帯が震えました――」

※

七月十三日、午後零時二十分。プリペイド携帯から聞こえる声は、朝の電話の主に違いなかった。機械で加工された耳障りな声色である。

〈金は？〉

開口一番、ピュワイトはそう訊いてきた。

「用意した。ウチの副社長に持たせてセントラルタワーに運んでる」

〈たしかに一億か？〉

「ああ、ちゃんと揃えた」

ひゅう。機械を通した口笛はエラー音のようだった。

〈やるじゃない。全額集めるとは思ってなかった〉

「金なんてどうでもいい。こっちは言われた通りにやったんだ。そっちもアズを必ず無事に返してくれ」

〈もちろんだ。キド・プロ・クオさ〉

「なんだって？」

〈物々交換だよ。世の中、億万長者だろうが死刑囚だろうが、この原則は不変だ。不

変の理をねじ曲げる気はさらさらない〉

「講釈はいい。それよりアズと話をさせてくれ」

〈それはできない〉

「おい。物々交換ならそっちのブツが本物か、確かめさせてもらうのが筋だろう」

〈安住さん。これは信用取引だよ。あんたが一方的にこっちを信用するっていうね〉

「そんな馬鹿げた話があるか。梓を出せ」

〈いいか？　おれはどっちでもいい。あんたが警察に洗いざらいゲロしても、別にいいんだ。そしたら金は諦めて、村瀬梓をバラバラに切り刻むさ。あんたの事務所に送りつけるのはどこがいい？　目か？　内臓か？〉

「やめろ！」

叫んでから後悔した。ピュワイトがどういう人間かもわからぬまま、感情に任せて先走ってしまった。「やめてくれ。頼む。お願いだ」

〈くく。情けない声を出すなよ。嬉しくて窒息しそうになる〉

歪んだサディズムの響きだった。まともな交渉はこのやり取りで諦めた。

〈さーて。村瀬に会いたいなら、おれの指示を完璧にクリアしろ。一度でもミスったらゲームオーバーだから必死になれよ〉

「わかった。言う通りにする。何をすればいい？」

〈天王寺へ向かえ。近鉄阿部野橋の駅地下に『タセット』という喫茶店がある。三時までそこで連絡を待て。席は奥のほう。入り口側を正面にして座れ。顔を隠せる帽子とサングラスをどこかで買って、それをつけてから入れ。お前の携帯は電源を切っておくんだ。プリペイドをずっと握り締めておいたほうがいいぞ。ツーコール以内に出なかったらジ・エンドだからな〉

通話が切られた。腕時計を見る。阿部野橋までなら充分に間に合う。安住は地下鉄ドーム前千代崎駅に走った。

目的の場所には一時前に着いた。店を確認してから、帽子とサングラスを購入した。身に着けると、いかにも怪しげな中年男が完成した。

広い店内には客がひしめいており、指定の条件に合う場所に空きはなかった。全身から血の気が引きそうになった時、ちょうどキャップ帽の若い男が立ち上がって、安住は飛びつくようにそのイスに座った。注文したアイスカフェオレをすぐに飲み干し、お代わりを頼む。あとはじっとプリペイド携帯を握りしめた。ひたすら待った。喧騒も、クーラーの効きすぎた室温も気にならなかった。ただ時が来るのを待った。

三時。しかしプリペイドは震えない。

事態が急変したのか？　最善の想像は警察による事件の解決だ。最悪は考えたくもなかった。

どちらにせよ大きな動きがあれば留依から連絡があるはずだ——いや、自分の携帯はピュワイトの指示で電源を落としている。留依とも警察とも、遠山とも、連絡は取れない。胸騒ぎを取り除くすべはない。

留依はセントラルタワーで金を刑事に渡し、その足で捜査本部がある建物へ向かったらしい。ちょうどピュワイトから連絡があった直後、輸送役の刑事が出発したと、最後のショートメールが教えてくれていた。

留依から続報が届いているかもしれない。数秒だけ、自分の携帯をオンにしてみようか……。

誘惑は甘かったが、それが招く悲劇を想像すると実行には移せなかった。ツーコール以内という命令がもたらす緊張状態のまま、プリペイドとのにらめっこを続けるほかなかった。

と、ようやくそれが震えた。

「安住だ」

〈口元を隠して声を落とせ。周りに聞かれないように注意しろ〉

言われるままに従う。

〈店の雰囲気はどう？　客は多い？　その店のお薦めはロールケーキなんだ。クリームが濃厚で生地はしっとりしてる。頼んだらどうだ？〉

気楽な調子に、とっさに答えることができなかった。

「悪いが、食欲はない」

〈そんなんじゃ駄目だ。飯はちゃんと食べないとな〉

なんの話をしているのだ？

〈黙ってないで何か喋れよ〉

「——梓は、どうしてる？」

〈質問じゃない。お前の話をしろ〉

安住は混乱した。こいつは、本当にネジが飛んでいるのか？

「こんな状態で話せと言われても無理だ」

〈じゃあ、数を数えろ〉

「数？」

〈そうだ。いーち、にー、さーん——、って〉

「頼むから、ふざけるのはよしてくれ」

〈駄目だ。これは命令だ。特別サービスで四だけでいい。声に出して『よーん』と言え。聞こえたか？　今、おれが言ったみたいな感じで言うんだ。腹から声を張ってな〉

「本気か？　注目されるぞ」

〈早くしろ〉

「……よーん！」

周囲の視線が集まるのがわかった。皆一様にぎょっとした表情をしている。

〈悪くない。ちゃんと真似できてた〉

安住は歯を食いしばった。

〈おい、喋れって〉

「……いったい何がしたいんだ？」

〈質問はなしだって言ったろ。お前の話をしろ〉

「おれの話なんてない」

〈じゃあ、村瀬の話だ。彼女はどうだ？　アイドルとして将来はあったか？〉

「もちろん、ある。これから伸びていく可能性がいくらでもある」

〈そうか。本人のやる気はどうだった？〉

返答に窮した。安住自身、そこは懐疑的に思っていたからだ。

嘘でもいいから答えろと自分を叱咤する。

「やる気もあった。まだ模索段階かもしれないが、人を喜ばせるのが好きな子なんだ。自分を犠牲にしてでも、誰かを幸せにしてやろうという――」

〈おっと時間だ。梅田、第一ビルの地下、『モアレ』という店に五時までに来い〉

唐突に会話を切り上げ、ピュワイトは電話を切った。

わけがわからなかった。まるで安住が身代金の輸送をしているみたいではないか。残念ながら手持ちは五万にも満たない。が、文句を言うべき相手は電波の向こうに消えた。安住にできるのは馬車馬のように走り回ることだけ。すぐに『タセット』を出て地下鉄御堂筋線へ。午後三時半。


四時過ぎに『モアレ』についた。『タセット』と同じような喫茶店だが席数はもっと少ない。休日だというのにスーツ姿のビジネスマンが多かった。腰を落ち着け、カフェオレを頼む。今日だけでもう三杯か四杯目だ。新聞や雑誌をめくる気にもなれず、結局、プリペイドを握り締めたまま時が過ぎるのを待ち続けた。留依からのショートメールを確認したい衝動を押し殺した。どちらにせよ、ピュワイトが自分に連絡をしてくる限りゲームは終わっていない。

ふと、これはなんのためのゲームなのかと思った。ピュワイトは本当に金が目的でこんな事件を起こしているのか。しかし金が目的でないとして、ならば何が目的なのか。それはまったくわからなかった。

午後五時、プリペイドが震えた。すぐに通話ボタンを押した。

「安住だ」

〈声を落とせよ。『タセット』よりも静かだろうから〉

わかった、と口元を隠しながら小声で答える。

〈いよいよレースは最終コーナーを曲がった。これから仕上げだ。あんたの仕事ももう終わる〉

「梓を返してくれるんだな？」

〈返すよ。だが、ここからが本当に勝負どころだ。失敗したら、グッドバイ、だ〉

「何をしたらいい？」

〈説明は一度だけだ。集中して聞けよ〉

言われる通り、安住は聴覚に全神経を注いだ——。

※

御堂は腕を組んで、じっと安住の話を聞いていた。その顔には同情の欠片もない。冷静で、冷徹という印象だった。

「ピュワイトから急いで豊崎のマンションに行くように言われました。ダイアル式の郵便受けの７０６号室の番号を教えられて、そこにスマートフォンがあるからプリペイドと交換しろというんです」

「マンションに着いた時刻はわかるか？」

「五時半頃だったと思います」

「よく覚えてるな」

「スマートフォンを見たんです。ピュワイトから、ＳＮＳを開くように言われていました。66番の場所に、六時半までに行けと。梅田の映画館でした」

「『いとへん』のライブビューイングやな？」

「そうです。チケットを買って席で待ちました。七時までに66番の男はいなくなるから、封筒を持ってマンションに戻るよう指示されたんです。ＵＰされた画像はＬ15の席でした」

中央の席にいた安住は立ち上がり、後方に移動した。そうこうしてる間に灯りが落ち、ライブが始まった。Ｌ15の席を見ると壮年の男が座っていた。どう見てもアイドルのライブを楽しみにしているふうではなかった。

しかし、男は動かなかった。安住は焦った。何か手違いが生じているのではないかと疑った。どうあれ、自分は彼が持っている封筒を手にしなくてはならない。

「その時、刑事が立ち上がったんです」

ここしかない、と安住は乱暴に客を掻き分けた。そして刑事を突き飛ばし、封筒を奪って劇場を出た。

「タクシーで豊崎のマンションに戻って、７０６号室に向かいました」

「そこに村瀬さんがいたわけだ」

　頷く。脳裏にドライアイスに包まれ、永遠の眠りにつく梓が浮かんだ。

「……ピュワイトの野郎は、初めから梓を返すつもりなんかなかったんだ。金なんかどうでもよくて、ただ、彼女を殺して馬鹿騒ぎをしたいだけだった。最低のクズだ」

　御堂は黙っていた。

「刑事さん。早く奴を捕まえてください。そのためならおれはなんでも話します。できることは全部協力します。もう、アズにしてやれることはそれくらいしかありません」

「なかなか感心な心意気や。そしたら一個ずつ、あんたの話でおかしな点を潰していこうか」

　その言い方に安住への気遣いはなかった。

「おれは全部、ありのままに話しました」

「じゃあまず、あんたの会社の前に置かれていた手紙とやらを見せてくれるか？」

「あれはマンションの郵便受けに入れました」

「７０６号室の郵便受けか？」

「そうです。そこにプリペイドと一緒に入れるように言われたんです」

「手紙を持っていったのもピュワイトの指示やったんか？」

「はい。必ず持参するようにと書いてあって」

「コピーは？」

「それは……、そこまで頭が回りませんでした」

「手書きやったか？　それともワード？」

「ワードでした。左隅に梓の運転免許の写真が印刷されていて、ただの悪戯ではないと思ったんです」

「正確に、そこにあった指示を挙げてみてくれ」

梓を誘拐したこと。警察への連絡は認めない。それは自分がする。刑事から電話があっても初めて聞いたふりをしろ。身代金は一億。正午までに用意すること。同封のプリペイド携帯とこの手紙を肌身離さず持て。以上の指示を守らない場合、村瀬梓の命はない。

「身代金は半分以上が戻ってくるから、とりあえず額だけ一億用意しろとも書いてありました」

「なるほど」

何が「なるほど」なのか。

「それを信じてあんたは、自分の金だけでなく会社の運転資金、おまけに借金の九千万で一億を用意したわけやな」

「別に信じたわけじゃない。ただ、言う通りにするほかなかっただけです」

「そんな大金、逆立ちしても無理と泣きつくのが普通やないか？　なのにあんたは事務所に所属する、いちタレントのために金を集めた。会社どころか自分の命を担保にしてまでな。村瀬さんは、あんたにとってそこまでする価値のある女性やったっちゅうわけや」

「――何が言いたいんです？」

「事実の確認をしとるだけや。実際、金はほとんど無事に戻ってきた。よかったやないか」

不穏な空気を嗅ぎ取った。梓が死んでいたマンションにいた自分を、警察が参考人として引っ張るのは理解できた。現行犯逮捕でもおかしくない状況なのもわかっている。それは仕方ないが、網にかかった獲物を品定めするような御堂の態度が気に食わない。

変わらぬ調子で御堂が口を開く。

「プリペイド携帯の番号を覚えてるか？」

「奴からは常に非通知でかかってきました」

「そうでなく、あんたが持たされたプリペイド自体の番号や」

「それはわかりませんでした。調べようとも思わなかったし、ロックがかかっていました。四ケタのPASSです」

「着信しかできんかったわけか。残念やな。その番号さえわかれば履歴を調べて、話の信憑性を確かめることができたのに」

言い回しが癪に障った。

「はっきり言ってください。おれを疑ってるんですか？」

「焦るな。一個ずつや」

男の、まったく揺るがない眼光に初めて恐怖を覚えた。

「あんたの行動を整理するとこうなる。まず午前六時過ぎに東成区の自宅マンションを出て、中央区の事務所に向かった。難波で知人と落ち合ったのが午前十一時過ぎ。京セラドームで北川さんに一億を渡し、十二時二十分に犯人からの電話があった。それから阿倍野へ。次は梅田。豊崎のマンションへ行き、六時半に『ブルク7』。七時に再び豊崎のマンションへ向かって、村瀬さんの遺体の前に蹲っているところを刑事に取り押さえられた。――何か間違いがあるか？」

安住は黙って首を横に振った。

「ところで、犯人はどうして村瀬さんの家族でなく、職場に電話をしてきたんやろな」

「――梓には、家族と呼べる人間はいないんですよ」

「ほう。どういうことや」

「それは、そちらで調べてください」

協力を惜しむつもりはないが、彼女の過去をいたずらに明かす気にはなれなかった。

「そうするとしよう」御堂は気にもとめない様子で続ける。「――エニウェアコールという受電委託会社にピュワイトからかかってきた電話は都合五回や。九時半、十一時過ぎ、正午過ぎ、三時頃、六時過ぎ。電話会社に残ってる履歴によると、発信元はすべて村瀬さんが契約しているスマートフォンや。基地局情報でおおよその位置もわかっとる」

そこで御堂は一度、言葉を切った。じっと冷たい視線を投げてくる。

「……なんですか？」

「この先をおれに言わせる前に、話しておくことはないか？」

恫喝のような響きに背筋が冷えた。それを隠して投げ返す。

「ないです。続けてください」

「なら言おう。犯人が電話をかけてきた場所はそれぞれ、中央区、浪速区、西区、阿倍野区、そして北区や」

明かされた内容を吟味し、今度こそぞっとした。

時間も場所も、安住の動きとぴったり重なっていた。

「阿倍野と梅田は、ピュワイトの指示に従っただけだ！」

「中央区と難波、それに京セラドームのある西区は？　ピュワイトさんはわざわざ金も持っていないあんたの行き先に出向いてたっていうんか？」

そうに違いない。考えてみれば事務所に呼び出したのはピュワイトなのだから、シヨーゲキで待っていれば安住がやって来ることは明らかだ。あとは移動する安住を追えばいい。

「犯人が被害者の雇い主を尾行か。聞いたこともないな」

「知るか。だが、そうとしか思えない」

「まあ、いい。犯人から電話があった時刻、あんたがどこにいたかはわかっとるんや。喫茶店には防犯カメラもあるやろう。調べるさ」

好きにしろ、と吐き捨てようとして、あっ、と心が叫ぶ。阿倍野の『タセット』が思い出された。なぜ、ピュワイトが執拗に「よーん」と言わせようとしたのか。

「――犯人は、三時の電話で数字を読み上げたか？」

「……なぜそう思う？」

御堂の口調が鋭さを増した。それで充分だった。間違いない。ピュワイトは「よーん」と言っている。

「……おれは、嵌められてる」

「嵌められてる？　おかしなことを言うやないか。なあ、安住さん。根本的なことを訊くが、あんた、なんで警察にすべてを打ち明けなかった？」

「なんでって……そんなことをしたら梓が無事にすまないと思ったからに決まってる」

「どうもそこが腑に落ちない。犯人自身が警察に誘拐を告げてるんや。おれたちが動いたところで、あんたのせいとはならん。黙って言う通りにするのは無意味や」

「アズの命が優先だったんだ。金が奪われたって、彼女が戻ってくればおれはそれでよかった」

本当はもう一つ、警察への不信もあった。昔から散々やり合ってきた経験から、彼らの目的と手段が、時に被害者の意志を顧みないと肌身で知っている。

「金さえ渡せばアズは返ってくると思った。だからおれはピュワイトの言う通りにしようと決めたんだ」

「それもおかしい。今度は犯人のほうが」

「なんだと？」

「なぜ、犯人はあんたから直接金を受け取ろうとしなかったんや」

「え？」

「あんたが警察に打ち明けていないなら、黙ってあんたから金をもらえばええやないか。そうせんかったんは、なんでやと思う？」

「……おれを信用してなかったんだろ」

「あんたの後ろを付け回していたのに？」

命令のまま動いている姿を見ていたはずなのに。

「あんたは輸送役の刑事を突き飛ばし、金を奪って逃げた。犯人の命令のまま、忠実な操り人形になっていた。犯人の予定通りにな。なのに村瀬さんは殺された。そして金はほとんど戻ってきた。な？　おかしいやろ？　これじゃあ犯人がどうやって金を手に入れるつもりやったんか、さっぱりわからん」

「……おれに訊くな。ピュワイトに訊け」

「質問を変えよう。身代金が無事に戻ってきて、一、一番得をするのは、は、誰や、と、と思う？」

「……貴様」

怒りが込み上げてきた。

「冗談じゃねえ！　こっちは被害者だぞ。物の言い方に気をつけろ！」

安住の怒号を、御堂は涼しい顔で受け流した。そして唐突にこう言った。

「あんた、七月七日の夜、正確には午後二時以降、どこにおった？」

「あ？　七月七日だと？」

「そう。ちょうど先週の月曜や」

「なんで、そんなことを」

「必要だからさ。どうせ調べればわかる。話してくれ」

「……その日は、知り合いに会ってた」

「それを証明できる第三者はいるか？」

いるはずがない。

「おらんのか？　そうか」

またもや御堂は黙った。行き場のない苛立ちが腹の底に溜まっていく。

「汚ねえ猿芝居はやめろ。何が言いたいんだ！」

「村瀬梓のことや。村瀬さんが最後に姿を確認されているのは七月七日。その日、昼の一時にエニウェアコールを退社した彼女は、昼休みの同僚数名とカフェで飯を食っとる。海老のクリームパスタやったらしい。同僚たちの証言によると村瀬さんは普段、九時から六時までの勤務やったが、この日は人と会う用事があるとかで早上がりを申請してたそうや」

「人と会う用事？」

「なんせ七夕の夜やからな。同僚たちは恋人でもおるんかと問い詰めたが笑ってかわされたそうや。一時間ほどで店を出て別れ、それ以降、連絡がつかんくなった」

「それはウチも同じだ。翌日の撮影には代役を手配した」

「そういうことは頻繁にあったんか？」

「アズに限ってドタキャンなんて一度もない。この業界でスケジュールを破るのはご法度だ」

「するとあの日、普通でない事情が彼女に発生してたっちゅうわけやな。代役を手配したのはあんたか？」

「……タレントの管理は北川に任せてる。おれは後で知らされたんだ」

そうか、という相槌は乾いていた。頷く安住の手の平に、じとっと汗が滲んだ。

御堂が話を再開する。

「村瀬さんが職場に着てきた服は自宅から見つかっとる。荒らされた形跡はなし。いったん帰って、着替えてから出掛けたんやろう」

以降の足取りは確認できていない。

「遺体は殺害後、冷凍されていたようで腐敗は防がれていたが、だいたいの死亡推定時刻を割り出すことはできた。三日から一週間程度。そして胃の内容物には海老のクリームパスタ。少なくとも八日には携帯の電源が切られている。意味がわかるか？」

まさか——。

「彼女が死んだのは一週間前、七月七日の夜である可能性が高い」

衝撃的だった。梓の命を救うため、それだけを念じて動き回っていた自分の行動が、まったくの徒労だったと告げられたのだ。

梓は誘拐がわかった時点でとっくに死んでいた。それも一週間も前に。ピュワイトは殺した女を人質にして金をせしめようとしていたというのか。狂ってる……。

「さあ、それを踏まえて、もう一度訊くぞ。あんた、その日、どこで何してた？」

「え？」

「七月七日や」

梓が殺されたと思しき日。

「会社にいた。夕方までいつも通り仕事をして六時前に事務所を出た。ウチの人間に聞いてくれれば、誰かしら覚えているはずだ」

「その後は？」

その後……。

「答えられんのか？　なら、おれの想像を言おう。あんたはその夜、村瀬さんと会っていた。そしてなんらかのトラブルで、彼女を殺してしまった。追い詰められたあんたが絞り出した解決策が、この誘拐劇や」

ぽかん、と安住は呆けた。

「おれが、梓を殺して、誘拐しただって？」

「誘拐は狂言というのが正しい。準備に一週間を費やし、あんたは昨日、それを決行した」

御堂の身体が安住に迫るように前のめりになった。

「村瀬梓は誘拐されてから殺されたんではなく、殺されてから誘拐されたんや。あんたの計略でな」

「ふざけるな！」

「ふざけちゃいない」

静かに、だが怒鳴り声以上の迫力で詰め寄ってくる。

「あんたは村瀬さん殺しを架空の誘拐犯、ピュワイトになすりつけようと考えた。警察に連絡しなかったのは自作自演だから。一億もの大金を用意したのは戻ってくるとわかっていたから。営利誘拐の犯人が金の搾取に執着していなかったのは、本当の目的が殺人の隠蔽やったから」

「……馬鹿げてる」

「そう。馬鹿げてる。せやから、あんたはここにいる」

安住はうなだれた。頭を抱え、必死にこの騙し絵のような迷宮の出口を探した。

「——室戸勤」

「なんやと？」

「七月七日の夜、おれが会っていた男の名だ」

「何者や？」

「政治家の秘書をしてた男だ。おれはこの十年、奴にずっと付きまとわれてきた。警察に被害届も出してるし、室戸は一度、逮捕もされてる。調べてくれたらおれの話が本当だとわかる」

「七月七日に、そいつと会ってたんか？」

「そうだ」

「場所は？」

「――わからない」

「わからん？」

「おれはあの夜、事務所を出て駐車場に向かう途中であいつに拉致されて暴行を受けていたんだ。解放されたのは、九日の朝だ」

御堂が腕を組み、パイプ椅子に背中を預けた。

「そいつは今、どこにいる？」

「知るか。どこからともなく現れて、おれを痛めつけて去っていくんだ」

しばしの沈黙の後、御堂が冷たく言い放った。

「なあ、安住さん。その話、おれが信じると思うか？」

思わない。安住だって、御堂の立場なら決して信じないだろう。

「――北川に連絡させてくれ」

「あかん。証拠隠滅の可能性があるからな」

ふと、ピュワイトはただ狂っているだけでなく、残忍で、おそろしいほど狡猾（こうかつ）な狂人なのかもしれないと思った。

そしてはっきりと、奴の手によって今、自分が殺人犯になりつつあるのを自覚した。


夕方、御堂が取調室に戻ってきた。

取り調べはいったん休憩となっていたが、安住はこの狭い部屋の中に居座ることを強く望んだ。かれこれ四時間、見張りの記録係と二人きり、ひたすら無言で過ごした。文句の一つも言わず、ただただ待ち続けた。御堂が持ち帰ってくるであろう情報を、一秒でも早く知りたかった。

「いろいろわかったが、とりあえず大切なことだけ話そう」

御堂は座りもせず、安住を見下ろす格好で続けた。

「村瀬さんの死因は窒息死の可能性が高い。端的にいうと、首を絞められたらしい」

具体的な殺害方法を告げられ、さすがに気が滅入った。せめてもの救いはそのデスマスクが、まるで眠っているかのように乱れていなかったことか。

だが次の言葉で、すべてが台無しになった。

「彼女の身体は全部で七つにバラされてた。両手、両足。胴体は鳩尾（みぞおち）のとこから半分に。そして首。ついでに耳で、八つか。切り刻まれたのはすべて死後と見られとる」

吐き気がして口元を押さえた。しかし御堂は、淡々と事実を並べていく。

「あんたが豊崎のマンションで手にしたスマートフォンは村瀬梓のものやった。ピュワイトを名乗る犯人が警察とエニウェアコールにかけてきとった電話機や。マンションの郵便受けからはプリペイド携帯も手紙も見つかっていない。指紋はあんたのものだけ」

すう――っと体温が下がっていく。

「阿部野橋の喫茶店の防犯カメラに、身柄拘束時のあんたの風体によく似た男が映っていたのも確認が取れた」

「『よーん』と叫んだ男を覚えている奴もか？」

「それはまだや。昨日勤務のウェイトレスからは話が聞けてない」

ふん、と安住は虚勢を張った。

「プリペイドと手紙はピュワイトが回収したに決まってる。そのためにおれはマンシヨンに二回行かされた」

「二回行ったことを証明できるか？」

「二回ともタクシーに乗った。運転手を探してくれ」

「なるほど。なかなか上手く考えたもんやな」

歯を食いしばる。明らかに御堂は安住を相手にしていない。そもそもプリペイドと手紙を郵便受けに入れたという証言自体を疑っている。

「プリペイドと手紙は、留依も見てる」

「留依？」

「北川だ。ショーゲキの副社長だ」

「ああ、そうやな。彼女もそう言うてる。事務所の扉の前に置いてあった封筒に入っていたとな。ただ、初めにかかってきた朝六時の電話は覚えていない」

「……通話記録は？」

「村瀬さんの携帯からあんたの電話に。だが、中継局は東成区。わかるか？　あんたがあんたの部屋で、自分の携帯にかけた可能性が否定できん」

返す言葉が見つからない。

「手紙もプリペイドも、あんたが事前に用意したものである可能性は残る」

「じゃあ、それはどこに消えた？」

「自分の胸に訊くほうが早いんちゃうか？」

「……おれにはアズを殺す動機がない」

「男と女が一組いれば動機なんて腐るほど生まれるもんや。七夕の夜に会う予定だった『誰か』があんたでないとは限らんしな」

「ふざけるなっ。あり得ない」

「証明できるか？」

「また証明か。てめえのお袋と関係がないことだって証明なんかできるもんか」

「怖いこと言うなよ。それと豊崎の部屋やけど、名義は村瀬梓になっとった」

「梓の？」

「事件の四日前、水曜日や。契約にきたのは男やったそうや」

「まさかおれだってんじゃねえだろうな。だとしたらドッペルゲンガーだ」

「それはまだ確認できていない。男はヒワと名乗り、不動産屋を介さずに直接オーナーの所にやって来たらしい。不自然な長髪に色つきの眼鏡、マスクもしとったそうや。最近はＰＭ２・５なんかのせいで、年がら年中マスクをしてる連中がごろごろいるから、別に怪しくは思わんかったそうや。中肉中背で、歳は四十から五十代くらい」

　老け顔の安住なら、ほぼすべての条件をクリアできそうだった。

「ヒワは大家に即日入居可の物件を探してると言った。まあ、ああいうマンションや。金さえ払ってくれりゃあ明日からでも好きにしてくれと大家は答えたそうや。男は村瀬さんがタレントだと告げ、保証人は彼女が所属する芸能プロがなると言うた」

「なん、だと?」

「ショーゲキさ。あんたの会社や」

「そんなこと、おれは知らない」

「あんたが知らんでも大家は知っとる。社印を押した書類もある」

馬鹿な。そんな、馬鹿な……。

「男は契約金と三ヵ月分の家賃を前払いして、鍵を受け取り去ったそうや」

安住は小刻みに顔を横に振った。

「安住。契約してる弁護士はいるか?」

へらず口も打ち止めだった。

2

曾根崎警察署の廊下でようやく千田を捕まえた。その傍らには府警の広報官が寄り添っていた。

「課長。お話があります」

麻生を見て、千田はあからさまに不快げな表情を作った。

「後にせえ。マスコミどもを待たせとる」

「お時間は取らせません。安住正彦の聴取に同席を許可してください」

大黒様のようなふくよかな顔が渋面に変わった。

「取り調べは強行犯でやっとる。お前からも話を聞くことになるやろから、それまで大人しく待っとけ」

「わたしは話をしたいのではなく、安住から話を聞きたいんです」

「好奇心旺盛な奴やのう。けど、仕事は遊びやない」

「当然です。わたしはわたしの仕事として、安住が本当にピュワイトなのか見極めなくてはなりません」

「逮捕状の請求準備を進めとるとこやぞ？　奴が本ボシや」

「それをわたしはまだ確認していません」

「おれの判断に、いちいちお前の確認が必要なのか？」

「初動に関わった人間として筋を通したいだけです」

「お前が関わったんは誘拐事件や。それも狂言の。知らんのか？　お前が右往左往してた一週間も前に、村瀬梓はホトケになっとったんや」

「聞いています。一週間前というのは、ついさっき」

感情が発声にこもってしまった。安住の連行、そして村瀬梓の死亡が確認された時点で、事件は特殊犯係から取り上げられた。仕切りは千田の息がかかった強行犯係で、麻生には一切の情報が流れてこない。村瀬の死亡推定時刻にしても、三溝の人脈を使って手に入れたものである。

「あのなあ、麻生。誘拐の時間は終わったんや。本件はすでに殺人事件に切り替わっとる。お前の出る幕やない」

「わたしだって一課の刑事です。取り調べに参加する資格はあります」

特殊犯係が事後捜査には関わらないという通例は百も承知で願う麻生に対し、千田はため息と苦笑を交え、優しく肩に手を置いてきた。

「こんなとこで油を売っとってええんか？　お前にはほかにやらにゃいかんことがあるやろう？　勇み足で使っちまった無駄な経費の始末書を作るっちゅう大事なお仕事がな。それが終わって、もしまだ暇やったら――、便所でも掃除しとけ」

去っていく背中は満足気だった。突っ立って、麻生はそれを見送った。怒りはなかった。高野が株を下げた今、府警内の政治力学は千田の味方だ。おまけに双方とも、初動捜査の責任を麻生に押しつけたがっている点では一致している。

高野からは電話の一本、伝言の一つもない。

そんなものだと理解しながらも足取りは重たかった。

曾根崎警察署を出るとクラクションが鳴った。グレイのレクサスの運転席から三溝が身を乗り出し、軽く手を挙げた。

「いかがでしたか？」

「何も。何もありませんでした」

そうですか、と御堂筋へ車を進めながら三溝は柔道耳を乱暴に捻った。

「しかし、せこい真似しやがる。おれは強行犯の頃から千田の野郎は好かなかったんですよ。捜査勘はいいくせに、あいつはそれを政治にばかり使うからタチが悪い」

麻生は聞き流した。千田個人への感情は、自分の中に存在しない。

「まあ、野郎の言い分にも一理はある。悔しいですがね。事件が殺人となりゃあ誘拐のほうはオツマミです。コロシを隠蔽するための狂言だったんですからな」

けど――と三溝は続ける。

「頭にくるのは、その推理を本部に進言したのは主任でしょう。なのに蚊帳の外に放り出すなんてあんまりだ」

刑事特有の感覚だと思った。警察は必ずしも正義感だけでできている組織ではなく、内部では常に熾烈な競争意識がせめぎ合っている。事件が大きければ大きいほど「おれが解決した」という勲章を誰もが欲する。金一封や出世のためだけではない。

むしろそんなものとは無縁な叩き上げの刑事ほど手柄に固執する。彼らが存在証明を果たす、ほとんど唯一の晴れ舞台だからだ。

麻生にとって事件は、解決さえすればいい。誰がＭＶＰだろうが興味はない。いつもなら瞬く間に頭を切り替え、千田の言う通り、いかに上手く始末書を仕上げるかに腐心しているだろう。

「取り調べにあたっているのはどなたですか？」

「御堂一っちゅう、坊さんみたいな禿頭の男ですよ」

「優秀なんですか？」

「まあ、ちょっとしたもんです。おれもよく知ってますけど、とにかく揺れない、阿修羅像みたいな男ですよ。そして喰らいついたらとことんいく。ついたあだ名が『御堂筋』」

「どういう含意ですか？」

「ガンイ？」

「呼び名の意味です」

「ああ。ほら、御堂筋って、下り一方通行でしょ」

まさに今、その御堂筋に合流したところだった。

「ミスジが担当なら、間違いはないと思いますがね。それにしたって面白くないですな。別に横からかっさらおうってんじゃなく、ちょっと同席させてくれってだけの話や。それもこっちは事件発覚から捜査にあたってる人間なんですからね」

　はたして三溝が古巣の強行犯係よりも麻生の立場に重きを置いているかは定かでないが、事件への興味を失っていないことだけは間違いなさそうだった。

「三溝さん。本当にこの事件は安住の狂言だと思いますか？」

「状況的にはそうなりますな。そもそも誘拐事件の時から様子がおかしかった。営利のくせに金を得る算段がいかにも雑に思えましたからね。やたらと劇場的だったのも、人質を殺しているという結末に合わせた演出と考えれば納得できなくもない」

「異常性格の印象づけですね？」

「ええ。安住の計画の胆は、七月七日に村瀬を殺しちまった事実から、どうやっておれたちの目を逸らすかです。普通に考えて、相当頭のイカれた野郎でない限り、死んでる人間を人質に身代金を要求するなんて事件は起こさんでしょう。だからこそ百人の輸送役を用意させたり、ＳＮＳで自ら世間に公表したり、一般人を煽ったり遺体を切り刻んだりして、愉快犯という犯人像を仕立て上げた。――これは全部、主任が捜査会議で発言された推理ですがね」

　麻生は答えなかった。安住が拘束された直後の会議で、村瀬の死亡が当日ではないと聞き、真っ先に浮かんだシナリオだ。それは勘ではなく合理の帰結だった。あまりに遊戯的で無目的に見えたピュワイトの意図が、村瀬の事前の死によって輪郭を得た気がしたのだ。

口元に手を当て、自分の考えを確認する。振り返ってみても、この筋読みに疑いはない。しかし――。

なんとも言えない違和感が、肚の底で蠢いている。上手く言葉に置き換えられない、不合理であやふやな収まりの悪さだった。

「納得がいかないんで？」

「――いえ。たんに、事件を取り上げられたやっかみなのかもしれません」

ふっと三溝は笑った。まるで麻生が自分の同類であることが嬉しいかのように。

「ちょいと動いてみますか」

「独自捜査ですか？　まさか。無意味です」

「そんな大層な話ちゃいます。まあ、いわば陣中見舞いってとこで」

ニヤニヤと笑って柔道耳を捻る。何を企んでいるのか知らないが、ため息がもれそうになった。

「三溝さんに迷惑をかけるつもりはありません」

「まあ、まあ。ミスジの奴にも探りを入れておきます。上手くいきゃあ、近いうちに一席設けてみせますよ」

自信たっぷりに宣言する三溝の横で、麻生は不思議な気持ちになっていた。部下の勇み足に呆れながら、それを咎める言葉が出てこない。

一番の懸念は、下戸の麻生に酒の絡む会談は苦痛でしかないということだった。

3

七月十四日、月曜日。鍋島は昼前に自宅を出た。

休日出勤をした輸送役のほとんどが今日、振り休を与えられている。にもかかわらず、大阪府警庁舎に出向かなくてはならないことに、少しばかり恨みがましい気持ちになった。腰の痛みは消えてくれたが、全身が筋肉痛だ。おまけに興奮で眠れなかった。

昨夜、706号室で被害者と被疑者の双方を発見した鍋島は、遅れてやって来た松本に現場を引き継ぎ、府警の捜査官に簡単な事情説明を終えた時点でお役御免となった。しかしながら、百人の輸送班の中で「当たり」だった自分は、唯一被疑者と直接コンタクトしている上、成り行きだが身柄確保も行っている。あらためて詳細な報告を求められるのは当然だった。

「すいませんね、お休みのところ。すぐ終わらせますんで、ま、どうぞ」

愛想の良い捜査一課の刑事に出迎えられた。被疑者の男は曾根崎警察署に留置されているが、聴取は府警で行われた。玄関にたむろしていた記者やカメラマンの数がマスコミの攻勢の凄まじさを物語っていた。

「ワイドショウは見ました？」

角刈りに、ずんぐりとした体軀の捜査官が問うてくる。松本と同じくらいの歳だろうか。

「テレビはどこも、このニュースで持ち切りやったね」

「無名とはいえ芸能人が誘拐されて殺されて、インターネットで公開されたんですからね。おまけにバラバラ殺人とくれば、静かにしてろってのは無理でしょう」

「余計な気苦労は御免なんやけどな」

「大丈夫っすよ。鍋島さんたち輸送班の名前については、箝口令を敷いてますから」

そんなものは紙の堤防にすぎないとお互い知った上でのやり取りだった。早晩、鍋島のところにも鼻の利く記者がやって来るだろう。

「万が一、記者が来ても知らぬ存ぜぬでお願いします」

「ああ。刑事部長に訊いてくれと言うよ」

角刈りの口角が上がった。

所属する浪速警察署生活安全課課長に緊急召集の命を受けてからの行動を時系列に

沿って話した。ほとんどが確認作業にすぎない。目的地では各都道府県警の刑事たちが監視していたのだから、自分の行動は筒抜けだ。嘘をつく隙などないし、必要もない。

「午後六時半『ブルク7』のL15の席に着いた」

「周囲に変わった様子などは？」

「たぶん、何も。時間がぎりぎりやったから、ゆっくり観察する余裕はなかったけどな」

「それで、被疑者の男に突き飛ばされたんですね？」

鍋島は頷いた。

「どんな感じで押されたんですか？」

「実はよく覚えとらんねん。何せ一日中走り回って疲れ切ってたし。たしか、犯人から劇場を出ろというメッセージが届いてて、それに従おうとした直後やったと思うんやけど」

ん？　と角刈りの表情が変わった。内心、ドキリとする。

「輸送役には、指示があるまで動くなという連絡が回っていたはずですが」

「そうやねんけど、うっかりな」

用意していた台詞を続ける。「もう時間やって、とっさに立ち上がってもうて。見張ってた彼はなんて言うてるの？」

「ライブが始まってどいつもこいつも立ち上がってたから、ほとんどわからんかったそうっす。犯人の男が慌てた様子で劇場を出て行くのに気づくのがやっとで」

角刈りは正直に答えてくれているようだった。別に鍋島は被疑者ではない。金は奪われたが、最終的に犯人逮捕に役立ったのだからお咎めはないだろう。

「結果オーライっちゅうことで、そこは上手く報告してもらえんかな」

「了解しました。しかし鍋島さんもツイてなかったですね。百分の一の災難でしょ」

「ほんまに。休日に走らされて突き飛ばされて、踏んだり蹴ったりやで」

苦笑が返ってきた。その表情のまま、角刈りは身体を前に倒した。ここからが本番であると簡単に見抜ける動作だった。

「鍋島さんを突き飛ばした男なんですがね。７０６号室にいた男で間違いないですか？」

「そう思う。ただ、劇場は暗かったし、突然の出来事やったから人相までは見てないんや。人を掻き分けて遠ざかって行く背中だけで。服の感じは、マンションの男と似てたと思うけど」

「これはどうです？」

写真を差し出してくる。防犯カメラの映像を起こしたものだとわかった。喫茶店と思われる店内に、帽子とサングラスをした男が訪れた場面か。

「色はないんですが」

「カーキの薄いジャケットやったっけ。そうや、と言われりゃ、そうか、って感じやな」

「けっこう重要な点なんですけどね」

「わかっとるよ。せやからこっちも慎重になってるんや。背とか体型は、こんなふうやった」

「――ま、しっかり追尾できてますし、鍋島さんが持ってた封筒も現場で見つかってますから同一人物で間違いないはずですけどね」

公判まで見据えた聴取なのは明らかだった。

「証言しろってんならいくらでもするよ」

「そう言ってもらえたら充分です」

写真を眺めながら、ふと鍋島は尋ねた。

「ところで、この男、何者なん?」

「テレビでやってませんでした? とっくに実名報道されてますよ。被害者の事務所の社長ですから、隠そうたって隠しようがない」

被害者の名前を公表すれば自動的にわかってしまうわけだ。そして村瀬梓の名は、犯人によって明かされている。

「安住正彦。ショーゲキっていう芸能プロの社長です」

「ショーゲキ？」

「社員が二名、契約してるタレントも二十名そこそこの零細企業ですよ」

「ショーゲキの安住……」

「知ってるんですか？」

「ん？　ああ、まあ。おれは生安やから、そういうのは耳に入ってくるんや」

「良くない噂とかあったんですか」

「いやいや。詳しく知ってるわけちゃうから」

そうですか、と角刈りは残念そうだった。上司を喜ばせるネタへの期待と落胆が手に取るようにわかった。若いな、と思った。

「こいつはゲロしてるの？」

「ちょうど取り調べが始まった頃ちゃいますかね。どうも、狂言誘拐のセンが濃いって話です」

「どういうこと？」

「村瀬梓が殺されたのは一週間くらい前のようなんです。その犯人が安住で、殺人を隠すために狂言を仕組んだんやないかって」

一瞬その構図がわからず、鍋島は思考を走らせた。やがて殺人を架空の誘拐犯になすりつける計略だと理解できた。

「やとしたら、おれから封筒を奪ったのはなんでや？　そんな危険な真似せんでもええやろ」

「確実に誘拐犯がいるって示すためちゃいます？　ネットで踊らされた一般人はほとんど捕まってますから、一人は逃げ切る奴がいないと駄目やったんでしょう」

なるほど、と思わなくもなかった。誘拐の目的が金でないとなれば真の狙いについて考えさせてしまう。すでに村瀬が殺害されている事実と併せ、殺人の隠蔽という本当の意図に気づかれる可能性は高い。村瀬を殺害し、その遺体で営利誘拐を企んだピュワイトなる真犯人の事実化が安住には必要だった。警察に架空の犯人を追わせるため危険な橋を渡った――か。

「やっかいなのが、一般人の置引で一人だけ捕まっていない奴がいるんすよ」

「まさかそいつが真犯人ってことはないやろ」

「封筒がガメられたのは千葉ですからね。ただ、ないとは思いますけど、可能性だけで言えばあり得ちゃうんで」

安住が自白しない限り、弁護士がそこを突いてくるのは間違いない。

「千葉のどこでやられたんや？」

「中山競馬場っす。木の葉を隠すなら森の中、ですよ。どいつもこいつも怪しいっていやあ怪しいですから、見つけ出すのは骨でしょうね」

聴取が終わり、さてどうしようかと考えた。身体の疲れは抜けていないが、頭は妙に冴えていた。このまま家に帰れば、きっといらぬことばかり考えてしまうだろう。梅田まで出てボートピアにでも行こうか。永田は昨日、二走目でも三着と出遅れている。今日のレースでポイントを稼がなくては優出に黄色信号が灯る。しかし、人混みの中に佇（たたず）む気分でもなかった。

ぼんやりと思案を巡らせていると、廊下の向こうに三人組の男女がやって来るのが見えた。鍋島は立ち止まった。背広の刑事と制服の婦警に挟まれた長身の女性が、促されて一室へ消える。その横顔が、記憶を揺すぶった。

――奇妙な縁や……。

女性を、鍋島は知っている。彼女が、ショーゲキの副社長なのも。

北川留依。

かつて鍋島は、北川を取り調べたことがあった。

4

澤野田靖史(さわのだやすし)は覗き込むように安住を見つめてきた。笑うと愛嬌があるのだが、尖った目玉を剝き出しに睨(にら)みつけてくる癖があり、毎回思わず腰を引いてしまう。十年以上の付き合いになる弁護士との、久方ぶりの再会だった。

「ちゃんと食うとんのか？　体力はしっかりしとかんと、どえらいチョンボしてまうで」

「食べようとは思うんですが……。どうしてもアズが浮かんでしまって」

バスタブでドライアイスに埋まった梓の白い肌と、その顔が頭から離れなかった。この二日は眠りも浅い。意識が遠のいたと思ったそばから、すぐに跳ね起きる。呼吸を整え、梓の姿を締め出して、再び目をつむる。その繰り返しだった。

帰宅の要望は検査という名目で握り潰され、病室の前には見張りの刑事が一日中立ち続けている。

二日目の取り調べで、御堂は再三自白を求め、そのたびに安住は声を荒らげなくてはならなかった。

「遠山くんがえらい心配しとる」

「郁さんのことは話してません。いずれわかってしまうでしょうが、あくまで善意の第三者ですから」

「そうは言うても君、彼んとこから億近く持ってってたやろ。あれ、帳簿にはない金や。突つかれたら埃しか出んわな。いずれ本人に頭下げんと君、悲惨やで」

台詞とはちぐはぐに口元が笑っている。この男が世にいう悪徳弁護士なのは承知しているが、それは利益の追求というよりも彼の性格に因っているのかもしれない。人の不幸が三度の飯より好物なのだ。

「さて。まずは正直に白状してほしいんやけど、君、やったんか?」

ストレートな質問は、二人きりの面会だからこそだった。

「冗談じゃない。梓を殺すなんて、おれがするはずない」

「みんな初めはそう言いなさるんや。それが十日も取調官に詰められたらコロリと白が黒に、呆気なく引っくり返んねん。わしはそんな根性なしをぎょうさん見てきたで」

「おれはやってない。絶対に」

「遠山くんにもそう報告してええか」

「もちろんです」

「ほうか。ならせいぜい突っ張ることや。これでもし自白でもしようもんなら、刑務所の中でも枕は高くはできひんぞ」

唾を飲み込む。自分を欺いた者を、遠山は決して許さない。

「そしたらさっそく、まずは退院さすよう動いてみるわ。ただ、簡単にはいかへん。こんだけ騒がれて、ポリさんも本気や。狂言で百人の捜査員を駆けずり回らせて、他府県にも世話かけさせたんやからメンツ丸潰れやで」

きしし、と笑う。

「君はVIP待遇や。取り調べも半端ないやろう。恫喝、カマかけ、取り引き、なんでも使こて自白させようとしてくるで。痛くもない腹を引っ掻いてきたりな。どうや。ここ最近で後ろ暗いこととかないか？」

「――思い当たりません」

「領収書チョロまかしたり、それくらいあるやろ？」

「目立つ額じゃあやってませんよ」

「ほんまか？　アホやな。そんなんでよく芸能プロなんかやっとるの。今度いろいろ教えたるわ」

しかしな――と、真面目な顔で目を剝く。

「その目立つ額じゃないチョロまかしかて、君の首を絞めるんには充分や。脱税やいうてな、営業停止にするて脅しかけてきよんねん。あとは、嫁さんやな」

「留依とは結婚してませんよ」

「関係あるかい。愛人なら余計にタチ悪いわ。根掘り葉掘り調べ上げて、人質にされるぞ」

「人質？」

「そうや。北川くんも昔はいろいろあったんやろ？　そんなんマスコミにリークして、週刊誌なんかにあることないこと書かせるっちゅう手もあるんや。そうやって、粘れば粘るだけ身内に迷惑がかかると君に思わせるわけや」

「――黙秘するのはどうですか？」

「あかん。黙秘は日本じゃ『暗黙の了承』扱いや。それからな、曖昧な返事はしたらあかんぞ。ええ、とか、はい、とか、まあ、とか、そういうんは危険や。会話を字面にしたら、思わぬ罠が仕掛けられとる場合があるからな。ともかく状況は君にすこぶる不利や。わしかて、君がやったと言われても少しも驚かん」

あらためて気が滅入る。もしも警察が本気で罠を仕掛けてきたら、それを回避する自信などない。

「対策は一つ。事実を過不足なく、しっかりと伝えるんや。何べん同じ質問をされても、その時その時、一つ一つの質問を初めてされたもんと思てきちんと対応せえ。ええか？　絶対に心を折ったらあかんぞ。誰に迷惑がかかろうが知ったこっちゃない。

会社が潰れようが、タレントたちが路頭に迷おうが、家族が後ろ指差されようが、北川くんが誹謗中傷に塗れようが、全部、関係あらへん。そう思うんや。己の身の潔白だけを主張し続けるんやで」

間違って逮捕、そして起訴でもされようものなら——。

「有罪率九九・九パーセントのステキな司法制度が君を待っとる」

そして遠山郁の報復も。


二日ぶりに見た留依の顔からは何も読み取れなかった。いつも通りの落ち着いた佇まいだった。憔悴が欠片も窺えないことに、安堵と苦笑が浮かんだ。

弁護士とは違い、面会には立ち会いが条件だった。それも三十分だけという太っ腹だ。

「思ったより元気そうね」

「三日も入院すればな。変わりはないか？」

「毎日毎日、マスコミが押し寄せてる。ウチの子たちの取材なら大歓迎なのにね」

「お前はどうだ？　余計なことを聞かれてないか？」

「時間の問題だろうけど、どうでもいい。それより女の子たちが可哀想」

まともな仕事にならない状況のようだった。来るのは暴露取材の依頼と、話題の芸能事務所を売りにしたAV出演だ。

「全部、断れ。話をする必要もない」

「当然。でもいったん、閉めなくちゃならないかも」

二人の社員も不安を隠せない様子らしい。ただでも流動的な業界だ。いつ辞めると言い出すか知れない。

「女の子たちには、別の事務所を紹介してやらないとな。大阪じゃないほうがいいだろ。名古屋と九州にいいところがある。話だけでもしてみてくれ」

「もうしてる。けど簡単にはいかない。引っ越すのも大変だし、向こうだってわざわざ厄介を抱えたくはないだろうし。これを機に活動を諦める子もいると思う」

その判断は善し悪しだ。二十名近いショーゲキのタレントの中で、贔屓目抜きでモノになりそうなのはせいぜい三人ほど。その内の一人が梓だった。

「そうなったら、次の仕事を探してやってくれるか?」

「ええ。いつも通りね」

タレントを諦める子たちのアフターケアに対する安住の強いこだわりを留依は熟知している。

「迷惑かけるな」

「迷惑? 本当にそう思ってるの?」

留依の剣幕に、安住は黙った。

「あなたが何も悪さをしていないなら謝る必要なんてない。だから簡単に謝らないで」

「……もちろんだ。謝ったのは、警察に相談しろというお前の忠告を無視したことについてだ」

「それはその通り。ここを出たら、絶対においしいものを食べさせてもらう」

胸が熱くなった。留依は安住を信じている。根拠があるとは思えない。だからこそ嬉しかった。

「金はどうした？」

「被害は百万円。借りてた分は利息もつけて戻しておいた」

「そうか。少しだけ肩の荷が下りたよ」

「あなたは嵌められたのよね？　さっき澤野田さんにそう言われた」

「ああ。間違いない。ピュワイトは初めからおれに梓を殺した罪をなすりつけるつもりだったんだ。七夕のアリバイがないのが一番のネックになってる」

「室戸に襲われた夜ね？　そんなのわたしだってそうよ。あなたを待って、ずっと部屋に独りだったんだから」

留依は留依で不安な夜を過ごしていたのだ。

「ねえ。これは、どこまで考えていた計画なんだと思う？」

「どこまで？」

「だってわたしの助言を聞いて、あなたが警察に相談する可能性もあったでしょ。お金を集められない可能性も。たまたまあなたはその全部をクリアした。決して褒めるつもりはないけど」

それは安住も思っていた。誘拐事件の最中にも同じことを思った。犯人は、安住をよく知る人物じゃないのか——と。

「警察にタレ込んだとしても、結果は変わらなかったと思う。結局、アズが見つかったマンションの保証人がショーゲキだったことで、おれは追い詰められたはずだ」

「つまり、どんな場合でも、あなたが疑われたのね？」

「たぶん」

その後の展開に多少の違いはあれど、おそらくは似たり寄ったりだっただろう。

「それが何か気になるのか？」

今となってはどうでもいい問題に思えた。とっくに安住は、ピュワイトの優れた駒として働いてしまったのだから。

「あなたの居場所を奴は知っていた。おそらく部屋からつけていたのよね？」

「それしか考えられないからな」

少なくとも難波での待ち合わせはピュワイトの指示ではなく、安住の意志と都合だ。

留依は黙って、何かを思案している。安住は焦れた。面会には時間制限がある。

「いったい、それがどうしたんだ？」

「たぶん、あなたの考えは合ってる。たしかにそれしか考えられない。あとはプリペイドか手紙にGPSが仕込まれていたくらい」

考えてもいなかった。クレバーな女だと感心しつつ、ブツが奪われた今、そこをあれこれ考えたところで仕方ない気もした。

「どっちにしろ奴にはおれの居場所を知る方法があったってことだろ？」

「ええ。でも七月七日の夜に、あなたの居場所を特定できたとは思えない」

え？　と安住は間抜けな声をあげた。

「梓が殺害されたのはその日の夜なのよね？　なら、その夜のあなたの行動を確認することはできなかったはず」

「……そうだな。そもそもおれを嵌める必要がまだない」

「そう。それが必要になるのは犯人が梓を殺してから。つまり、七月八日以降よ」

「それが？」

安住にはまだ、留依の言わんとすることがわからなかった。

「いい？　あなたはあの夜、先に帰ると言って事務所を出た。けど、その後にどこかでご飯を食べたかもしれない。誰かにばったり会ったかもしれない。そうなってたら、犯人の計画は成立していない」

どうにかその論旨についていく。肝心の殺害日にアリバイがあれば、少なくとも殺人犯にならずにすむと理解できた。

「重要なのはここから。あなたはその夜、室戸に拉致されて、監禁されてた」

「事務所近くの駐車場で襲われたんだ」

「そして解放されたのは九日の朝。これは証人がいるはず。コンビニの店員にタクシーの運転手」

「アロハと短パンを買ったスーパーの店員もな」

「それを刑事には？」

「言った。だが、どうかな。偽装だと疑われたらどうしようもない」

「そうね。でもそれは、ピュワイトもそうだったんじゃない？」

「え？」

そろそろ時間だ、という監視役の声も上の空で続きを促す。

「あなたに七月七日のアリバイがないのはピュワイトにとって絶対に必要な情報だったはず。でも、それを知ることができた人間がいる？」

警察はおろか、病院にすら安住は行っていない。ゆえにその証明に苦しんでいるのだが、ではピュワイトはどうだったか。

知るはずがない。安住が室戸に拉致監禁されていた事実など、どうやって知ることができるというのだ。

「それを知っていたのはたった一人。室戸よ」

「――それから、おれだ」

馬鹿、と小さく吐いて立ち上がる留依を見ながら、自分と室戸の他にもう一人、あの夜のアリバイを知っている人間が頭にチラついた。

もちろん、留依だ。

午後からの取り調べで、安住は澤野田の助言にできる限り従った。

「『よーん』とあんたが叫んでたのを、ウェイトレスが覚えてたよ」

「犯人に言わされた台詞です」

「それを証明してくれないか？」

「ほかの数字をおれは言ってません。三も二も一も。調べてみてください」

「言ったのは覚えていても、言ってないのは覚えようがないやろ」

「なら、三や二や一をおれが言った証明をしてください」

御堂は腕を組み、揺るがない眼差しを向けてくる。負けるつもりはないが、どこまで自分が耐えられるかはわからなかった。

「村瀬さんについてやけど」

御堂が方向を変えてくる。

「大阪に出てきてからのことが少しだけわかった。彼女、あんたの事務所に所属する前、『社会福祉法人コミュニケア』っちゅうとこで働いていたらしい。知っとるか？」

「──犯罪被害者の支援をしている団体だと聞いた気がします」

「そう。奇遇やな」

それ以上、御堂は何も言わない。しかし安住にはその言葉の意味がわかった。

「村瀬さんに、特別な思い入れがあったんやろ？」

「所属タレントとして才能があると感じていた点で、ほかの子よりも目をかけていたのは事実です」

「そういうんと違う、もっと個人的な思い入れや」

「男女の関係という意味なら、まったくありません」

ここで、御堂の表情がふっと和らいだ。

「ロボットみたいな返答ばかりせんでくれ。おれはあんたがどんな人間か、それを知りたいんや」

右から左に聞き流す。心を開いたふりをするのが常套手段なのは昔の経験で心得ている。

「事件に関係のない話をするつもりはありません」

緩めたままの表情で、坊主頭は続けた。

「鳥取での彼女についてはまだわかっていない。今、履歴書の最終学歴に記載されていた学校に問い合わせてるとこや。あんたは何か知らんのか？」

「事件に関係あるんですか？」

「村瀬さんがどうして殺されたのか。もしもあんたが犯人でないなら、その理由が別にあるはずやろう」

「おれには彼女が殺される理由なんて、まったく思いつきません。自分自身も含めて」

ふん、と御堂は鼻を鳴らした。

少しは手強いと思ってくれただろうか。手強いと思わせるほうが得なのかはよくわからないが。

安住は留依が披露した推理を御堂にぶつけたが、反応は冷淡だった。

「頼むから、もう少しマシな言い訳を考えてくれ」

「マシも何もあるもんか。こっちは真剣に考えて、一番あり得る可能性を話してるんだ」

「ご苦労さんやな。じゃあ訊くが、あんたの話は全部、室戸勤という男の存在が前提になってるよな。彼が七月七日にあんたを監禁し、暴行したって主張は。ところがあんたは、その室戸さんがどこにいらっしゃるかも知らなけりゃ、自分が監禁されてた場所すらわからんと仰ってる。そんな話、どうやって信じろってんだ？」

御堂のため息は演技に見えなかった。

「まったく証明できない主張を根拠に、殺人の罪を室戸さんに押しつけようってのは、いくらなんでも乱暴やろ。裁判員に、おれはイカれた男に嵌められたんですって叫ぶつもりか？　そいつはどこかに消えて、いなくなっちまったんですけど、わたしは無実なんですと。悪いけどおれなら、イカれた男の存在よりも、あんたがイカれてると疑うやろう」

いちいちその通りだった。わかってはいるのだ。アリバイ証明に室戸を持ち出す限り、このジレンマからは抜け出せない。しかしそれ以外に方法はないのだ。なぜならそれが真実だから。

「……せめて、マンションの大家に室戸の写真を見せてみてくれないか」

「ヒワも室戸やっちゅうんか」

「奴がピュワイトなら、その可能性が高い」

「室戸さんの写真は？」

「探せばどこかにある。――十年前のやつが」

もう一度、御堂は息を吐く。心底、呆れた音色で。

「なあ、安住。そろそろぶっちゃけないか。こんなやり取りを何万年繰り返しても状況は良くならんぞ。あんた、七月七日の夜、本当は何してた？」

「くそっ。宇宙人に連れ去られたとでも言わせてえのか」

「真面目に答えてくれ」

「事務所で契約してる駐車場に向かう途中、後ろから襲われた。たぶんスタンガンを当てられて意識を失ったんだと思う」

「駐車場の中で襲われるべきやったな。それなら防犯カメラに映ったかもしれん」

支肉をやり過ごして続ける。

「気がついた時は手足を拘束されて身動きがとれなかった。場所はわからない。頭も固定されてて、見えるのは暗がりだけだった。天井に裸電球が吊るされていて、やたら眩しかった。それから暴行を受けた。解放されたのは七月九日の朝だ」

「誓って、真実か？」

「あんたのお袋に誓ってもいい」

御堂は鼻で笑い、表情を緩めた。しかしすぐに、ぞっとするような相貌に変わった。

「正直、あんたは今崖の縁につま先だけで立ってるようなもんや。ほんの一押しで、あんたの意志や言葉とは関係なく、真っ逆さまや」

「脅しならもっと上等な文句を使え」

「脅しでなく事実や。上は一日も早くあんたを逮捕して、さっさと起訴したいと思うとる。おれも同じじゃ。こんなつまらん仕事は終わりにしたい」

「本音が出たじゃねえか。国民の権利をないがしろにする国家権力の素顔だな」

「最低限のルールを破る人間の権利なんざ、馬が唱える念仏より価値がない」

「記者会見でそう言ってみろ。人権活動家の友達が増えるぜ」

「なら、横暴な国家権力の手先として忠告する。ふざけたごまかしばかり並べてたら、あんた、後悔するぞ」

その迫力に、安住の気勢は削がれた。

「やるとなったら、おれたちはやる。地の果てだろうが海の底だろうが、どこまでも行って証拠を積み上げてやる。そうとなったら、追い詰められるのはあんただけやない。意味はわかるな?」

「——勝手にしろ」

「本当にそう思うてるんか?」

握った拳に力がこもった。

「もう一度だけ訊く。あんた、七日の夜、どこで何してた？」

目をつむった。留依の顔が浮かんだ。ほかのタレントたちの顔も。とっくに縁の切れている三重の家族も。それから遠山郁。最後に、梓のデスマスクがよぎった。

目を開けて、御堂に告げる。

「――室戸勤に監禁され、暴行されていた。解放されたのは九日の早朝だ」

御堂はじっと安住から視線を外さなかった。安住も、真っ向から見つめ返した。

「覚悟はできてるんやな？」

「ああ」

「――そうか。わかった」

御堂は立ち上がり、捨て台詞のように言う。

「近日中に、真代雄之にあんたの話を聞きにいく予定や」

心が揺れた。小さく、息をのみ込む。

「会ったことがあるか？」

「――いや」

そうか、と御堂は答えた。

「ついでに室戸勤を探してくれると助かるんだがな」

動揺を隠すための軽口を、御堂はきれいに無視した。

真代雄之。一度も会ったことのない、声も聞いたことのない男。そして自分が、おそらくはその人生を狂わせた青年。雄之は、かつて安住が嵌めた政治家、真代典久の遺児だった。

翌日、澤野田の口から驚くべき情報が伝えられた。安住の帰宅が認められたのである。

5

七月十七日木曜日。安住解放のニュースを三溝から知らされ、麻生はしばし呆気にとられた。身柄拘束からたった四日。手緩い、と率直に感じた。

逮捕すらされていない安住を検査入院という名目で拘束しているやり方自体が褒められたものではないが、だったら逮捕してしまえばいい。

幾多の批判はあれど、現行法では逮捕後四十八時間、そして送検後、最大二十一泊の留置が認められている。それだけの時間があれば落とせると考えそうなものだ。その選択を先延ばしにした本部の判断は、事件の注目度からしても不可解なものだった。

マスコミ対応をどうするつもりなのか。カメラに向かって好き勝手に喋る自由を許された安住が、警察の強権的な取り調べを悪しざまに糾弾するのは目に見えている。世論が味方につけばいざ逮捕、裁判となった時、有利に進める材料にされかねない。むしろそういった行動を牽制するための英断なのか。それとも……。

すぐに「考えても仕方ない」と切り捨てた。

自分は自分のすべきことをすればいい。

だが、本当にこれは自分のすべきことなのだろうか。

そんな疑問を抱いたまま、麻生は三溝の誘いにのって本町のカフェレストランに陣取っていた。昼時を過ぎても店は大いに繁盛していた。やがて一人の青年が入り口をくぐるのが見えた。

「ああ、ここです」

洒落た雰囲気をぶち壊すダミ声に反応し、陣中見舞いの相手、下荒地直孝がこちらを向いた。

「お仕事のほうはいかがですか？」

「騒がしいですよ。ハイエナみたいな連中にまとわりつかれて、嫌んなる」

無精髭が目立っていた。目のくまも濃い。一目見て、痩せたのがわかった。

「あることないこと訊いてくる。職場にも電話がかかってくる。ああいうの取り締まってくれないんですか？　それとも、あなたたちが情報を流してるとか？」

疑心暗鬼な質問に、麻生は事務的に返す。

「それはあり得ません。エニウェアさんは被害者であり、捜査にご協力いただいた第三者です。マスコミがあまりひどいようなら警察に相談されるといい。紹介しますよ」

「そしたら今度は後ろめたいところがあるんじゃないかって書かれるんでしょ？」

諦めの嘲笑で吐き捨てる。「村瀬さんがおれとデキてたっていう中傷までありますす。笑えますよ」

「そんな事実はないんですね？」

「あると思いますか？」

「男女のことは不得意なので」

「おれもですよ」

どこまでも投げやりだった。

「何か頼んでください。貴重な休憩時間をいただいているんだ。奢りますよ」

三溝の言葉に、ブレンドを、とだけ下荒地は返した。

「食欲がないんですか」

「ダイエット中です。いつテレビに映ってもいいように」

本当にそう思っているなら髭だって剃っているだろう。憔悴は深刻なようだったが、麻生は自分が気遣ったところで無駄と判断し本題に入った。

「村瀬さんについてお話を伺いたいのです」

「ほかの刑事さんに何度も話しましたよ。ウチの社員も、アルバイトも、村瀬さんの名前すら知らなかった役員たちだって」

「あなたのお話が聞きたいんです」

繰り返す麻生に下荒地は、勝手にどうぞというように肩をすくめた。

「刑事の聴取で、村瀬さんが被害に遭うような原因がわかりましたか？」

「そんなの、おれよりあなたたちのほうがよく知ってるでしょ」

正規の捜査でないとは、まさか言えない。

「職場内での噂話の類はどうです？　そういうところに、案外重要な事実が隠れている場合があります」

「そういうもんですか。だったら別の人に訊くべきですね。みんな、おれを避けてるから」

「なぜです？」

「知りませんよ。腫れ物に触るみたいってやつです。おれが事件に関わってると囁く奴らだっている始末です」

「根も葉もない言いがかりですね」

「狭い職場ですよ。おれが村瀬さんに好意を抱いていて、フラれたからわざと交渉を決裂させたとかね」

「村瀬さんは犯人とあなたのやり取りの一週間も前に殺害されていました」

「ウチのおばちゃん連中に、刑事さんからそう言ってやってください」

愚痴は流して続ける。「村瀬さんに最近、男性の影があったというのは？」

「らしいですね。おれは知りません。村瀬さんとは職場だけの関係です。愛想は良かったけど、自分のことを話したがらない人でした。タレントをしてたのも、おれは知らなかった」

事件当日に話していた通りだった。

「七月七日、村瀬さんは早退を申し出ていますね」

「あれは事前に言われていました。十日くらい前やったかな。七日は忙しくもなかったし、彼女はめったにそういうことを言ってこないから了承したんです」

「理由を聞いていますか？」

力なく首を横に振られた。

三溝の情報によると、七月七日に村瀬と昼食をともにした三人の同僚はその席で、彼女の恋愛事情を面白半分に聞き出そうとしている。はぐらかされはしたが、年代もバラバラの女性たちの印象は一致していた。村瀬には恋人がいる。

候補としてぶつけた名前の中には下荒地も入っていたが、村瀬はきっぱり否定したらしい。

それは言わずに麻生は続ける。

「社内に、心当たりは？」

「さあ」

「淵本さんなどはどうです？　村瀬さんはあの通り、美しい方でしたから職場でも人気はあったのでしょう？」

「そりゃあアルバイトも社員も、男なら一度は彼女に好意を寄せるでしょうね。でも淵本はないと思いますよ。奴には高校の時から付き合ってた嫁さんがいます。愛妻家なのも、奴が職場で人気な理由です」

「なるほど。ほかには？」

「相手にされてた奴はいないでしょう。一度は好意を寄せると言うたけど、長続きはしないと思うな。隙がないっつうか。彼女、みんなに分け隔てなく親切に振る舞うんですけど、脈ありって勘違いはさせないところがありました」

「アイドルがファンに接するみたいな感じですかな」

三溝が嘴(くちばし)を挟んだ。

「刑事さん、上手いこと言いますね」

どこか自嘲的な笑みを下荒地は浮かべた。

「村瀬さんがなんであんな目に遭ったのか、おれに訊かれてもわかるわけない。今となってはもう、わかりたくもないな」

腑抜けたように言ってから吐き捨てる。

「それに、犯人はもう捕まってるんでしょ？」

「まだ逮捕ではありませんし、単独犯と決まったわけでもありません。もしも村瀬さんに親しい人間がいたのなら、その人物は未だに名乗り出ていません。事件はこれだけ世間に広まっているのに」

「そいつが怪しいんですか？」

麻生の説明に下荒地が興味を示してきた。

「それはわかりません。ただ、細かな点も押さえておく必要があるんです」

しばし彼は宙を見つめ、考えを巡らせているようだった。麻生は黙ってそれがまとまるのを待った。

「……村瀬さんは、ウチで普通のアルバイト以上の仕事をしてました。トレーナーというんですが、オペレーターのトークとか業務知識の指導をしてたんです」

　頷いて先を促す。

「その関係でクライアントとも接点はありました。新商品やキャンペーンが始まる前に、先方が我々にレクチャーをするんですが、彼女が同席することも多かった。何せ見栄えがいいですからね。部長からも積極的に参加させるようにって言われてて」

「それで？」

「それで、と言われると困るんやけど……。その、親しい人、ですか。もしかして、そういう関係の人かもしれないって」

「エニウェアさんのクライアント？」

「いや、全然、確信があるわけじゃないです。むしろ、ありそうもない。顔を合わせてたってゆうても何ヵ月に一度とかだし、連絡先を交換する暇もないやろうし……」

「何か、気になってることがあるんですか？」

　身を乗り出し尋ねたのは三溝だった。

「気になってるってほどちゃいますけど……」

「どんなつまらんことでもいいんです。それは無駄かもしれんが、もしかしたら村瀬さんの命を奪った鬼畜を追い詰める鍵になるかもしれん。話すだけならタダです」

　しばし黙りこんだ男は、やがて口を開いた。

「犯人の奴、ウチがエニウェアだと知っていました」

ん？　と麻生は指を唇に運んだ。

「普通、窓口業務でエニウェアの名は出しません。アテナのコールセンターがエニウェアだと知っているのは、業界関係者かアルバイトスタッフに限られます」

「一般人が調べるのは難しいんですか？」

「調べられないことはないでしょうけど……。それと、犯人からの電話のタイミングが、最後の電話以外、全部ＣＭのタイミングやったでしょ？」

不意をつかれた気分になった。そんなことはまったく意識していなかった。

「あの日はクライアントのＣＭが大量に流れる日やったんです。それも民放準キー局です。おまけに追加枠まであって、だから現場はてんてこ舞いやったんです」

「そこに誘拐事件が割り込んできたわけですね。さぞかし、よりによってと思われたでしょう」

「ええ。よりによって、です。でも今考えると、それも策略だったのかもしれないな」

犯人はわざと慌ただしい中で電話をかけてきた。窓口となったコールセンターから余裕を奪うために。

「でも、あの日、ウチが繁忙日やったのを一般の人が知ることはできません」

麻生は唇を指でなぞりつつ尋ねた。

「——犯人は、エニウェアの関係者だと？」

「いやあ……。さっきも言いましたけど、村瀬さんと特別親しい人がウチにいるとは思えません。それに当の村瀬さんが、繁忙日ってのを知ってたはずですから」そこまで言って、下荒地は目を伏せた。「まあ、もう、おれはどっちでもいいんですけどね」

「下荒地さん」

三溝が強い語気で下荒地に向かった。

「あの日、わたしが言った言葉を覚えてますか？　どんな悲惨な事件が起こっても、あなたの人生は続く。やけになっちゃいけない」

その時と同じように、下荒地は三溝を見つめた。

「まずは飯を食って、よく寝るんです」

ええ、と疲れた表情のまま答える。

去っていくその背中を見送りながら、近い将来、彼は会社を辞めるのではないかと思った。

「なかなか面白い話が聞けましたな」

ハンドルを握る三溝に向かって頷く。下荒地の証言は、麻生を始めとする警察関係者にとって盲点ともいえる事実を含んでいた。

「しかし彼も気の毒だ。きっと毎晩自分を責めているんでしょう。もっと上手くできたんじゃないか、もっと役に立てたんちゃうかとね」

「結末は変わりませんでした」

「簡単に割り切れるもんじゃないですよ。彼も村瀬に好意を抱いていた一人でしょうから」

麻生は答えなかった。だとしても、何をしてやれるわけでもない。

話題を変える。

「安住が解放された理由はなんだと思いますか？」

「大方、安住と村瀬さんの関係が掘り下げられなかったんでしょう。殺害場所もわからんでは長居させるのは難しい」

大阪府内のホテルにも聞き込みが行われているが、二人が利用したという情報はない。豊崎のマンションは村瀬死亡の後に契約されており、殺害場所としては論外だった。

「村瀬さんの遺体は、事件発覚まで冷凍庫の中に保管されていたそうですな」

７０６号室にあった大型の冷凍庫からは村瀬の血痕や体毛が発見されている。殺害現場としてはともかく、遺体を切り刻んだのはこのマンションという見方が大勢だが、これも有力な証拠はない。ブルーシートなどを敷いて実行すれば証拠が残らないこともあるだろう。

バスタブと同様、冷凍庫を注文し受け取ったのも、サングラスとマスクをした長髪の中年男だった。

「いったん解放して、泳がせるつもりですよ」

二十四時間の行動確認体制を敷き、安住を見張る。そして彼が証拠隠滅か、協力者と接触するのを待つ。解決は急がなくてはならないが、これだけ注目を集めている事件が証拠不十分で不起訴、あるいは裁判に負けようものなら本部長の首だって危うくなる。安住は容易に口を割らない——。それが御堂と本部の見解なのだ。だからこそ、博打に出た。

「本部も必死ですよ。次は逮捕や。そうなればもう後には引けん。その前にわたしらも動けるだけ動いておきましょう」

麻生は、なぜ自分が三溝の誘いに抗わないのかあらためて考えてみたが、合理でそれを説明するのは難しかった。

淀川を越えた大阪市内の北、十三にある居酒屋の個室に到着した待ち人のしかめっ面は、彼が詐欺の被害者であることを表していた。

「同席者なんて、聞いてません」

御堂一は戸口に立ったまま麻生を、次に三溝を睨みつけた。

「別にええやろ。ヤクザや共産党員ってわけやない」

「おれは失礼しますよ」

「おいおい、何とんがってんだ。この人の存在のほうがおれと飲むより重要なんか」

坊主頭の御堂が、踵を返しかけた格好で止まった。その中途半端な姿勢のまま、憎らしげに三溝を見る。

「ミスジよお。おれに世話してもらった思い出を数えてみろよ。あれやこれや、ここで挙げていこうか。お前、眠れなくなるぜ」

「……わかりましたよ」

ため息交じりに襖を閉め、対面にどかっと腰を降ろす。なかなか堂に入った物腰だった。

「けどね、おれはあくまでミゾさんと酒を飲みに来たんです。そこはちゃんとしてもらわんと、かなわんですよ」

「恩を売っても迷惑かけるつもりはねえよ」

もう一度、深いため息をつく後輩を涼しい顔でいなし、三溝は店員を呼んで注文を飛ばした。

「ネギ焼きが美味い。豚バラの屋根にネギの雪が降り積もるっちゅう塩梅（あんばい）でな」

「似合わんたとえはやめてください。調子が狂っちまう」

ほどなく瓶ビールが五本運ばれてきた。じっくり話し込めるようにまとめて頼んだその中に、たった一つだけジンジャーエールが混ざっていた。

「なんなんすか、それは」

麻生に対し、あからさまな非難の目が向けられた。

「他意はありません。気にせず好きに飲んでください」

「おれと一緒の酒は飲めないってことすか？　そっちは仕事モードでこっちはへべれけってわけにはいかんですよ」

「アホ。尋問でもあるまいし、つまらんことでガタガタぬかすな」

ほら、と三溝が酌を買って出る。大先輩の酒を断れないのも彼らの流儀だ。

「こっからは手酌でええな。とりあえず乾杯や」

憮然としたままの御堂と三溝、そしてジンジャーエールのコップを掲げた麻生の三人で、冴えない儀式が行われた。

「ほんとはよ、交通課のきれいどころでも連れてきてやりたかったんや。お前、いつまで独りでいる気や？」

「それこそ大きなお世話です。おれは好き勝手にやっていたいんですよ」

「サツ官がそれではあかん。身を固めろ。三年以内や」

「三年前も同じこと言うてましたよ」

「あれは時効でいい。今度は執行猶予なしや。それともまさかお前、おれの娘が成人するのを待ってるんちゃうやろな？」

「徴兵制に、おれは反対です」

軍曹には三人の娘がいるらしい。伴侶は元看護師で、事件の捜査で知り合ったのだとか。もちろん、麻生は顔も知らない。

やがて料理が運ばれてきた。六人は座れるテーブルが一杯に埋まる。御堂はよく食べた。麻生も三溝お薦めのネギ焼きをつまんでみたが、脂っこすぎて一口でやめた。

「安住はどんな感じなんや？」

注文の品が出揃ったところで三溝が切り出した。

「どうもこうもありません。あれだけのことをしでかしたんだ。意地でも認めないつもりでしょう」

「動機は？　どう読んでる？」

「愛憎のもつれってセンが一番ありそうです。安住には北川留依という女がいます。ショーゲキの副社長です」

「ああ。金を持ってきた時に会うた。いい女やったな」

麻生も覚えていた。手足が長く、知的な相貌が印象に残っている。

「彼女、元はショーゲキに所属してたタレントらしいです。社長の安住とデキて裏方に回ったんだとか。安住は前科アリってわけです」

「本人がそう言うてんのか？」

「北川のほうです。安住は事件に関係ない話は一切しません。先日、弁護士が面会にやってきたんですが、いらんこと吹き込まれたんでしょう。澤野田靖史て知ってますか」

「覚えがないの。有名なんか」

「その筋じゃあ知れた男らしいです。黒社会の守り人って売り文句だそうで」

「そんな黒い奴がなんで安住の弁護に出張ってくるんや？」

「安住も黒いからですよ」

御堂はビールを飲み干し、座り直した。

「安住正彦は昔、おれらのお得意様やったんです。ムショには行ってないですが、微罪で何度もパクられてます。あいつは二十代前半の頃、山虎志会の舎弟をしてたんですよ」

山虎志会とは「日本国の真なる独立」を掲げる右翼団体だ。それは建前で、実質は関西にある暴力団の傘下に属するゴロであった。

「目をつけた企業や政治家にあの手この手で嫌がらせをして、金や利権を貪(むさぼ)ってる連中です。安住はそこで四年ほど飯を食ってます。その時、安住を山虎志会に紹介したのが遠山郁なんです」

「遠山か」

唸ってから、三溝がこちらを向いた。

「今はすっかりナリを潜めてますがね、野郎とはおれも一度面突き合わせてるんです。山虎志を辞めて実業家を気取っちゃあいるが、完全に黒社会の住人や。詐欺に売春の斡旋(あっせん)、闇金。数えればキリがない。コロシの容疑にあがったこともありましてね。教唆(きょうさ)でしたが、結局、証拠不十分でお咎めなしですよ」

苦々しい思い出をかき消すように瓶ごとビールをラッパ飲みする。

「澤野田は遠山のお抱えなんです。安住と遠山は同郷やし、古い付き合いなんでしょう」

「するとあの、九千万の出処も予想がつくな」

「ええ。十中八九、遠山銀行です」

羽振りのいい野郎やからな、と三溝が同意する。警察庁から出戻り二年目の麻生には、知らないことばかりだった。

「そうなると安住の心証は最悪やな。あの状況に加えて遠山の息がかかった男となれば、ハトもカラスにしか見えん」

「まあ、そうですね」

歯切れが悪い御堂に、三溝が眉を寄せた。

「何か引っかかってんのか？」

「決め手に欠けるって感じですよ。ＳＮＳも掲示板の書き込みも、すべて村瀬さんの携帯で行われてますから足はたどれません。エニウェアにかかってきた電話の声紋分析の結果もいま一つでした」

「ボイスチェンジャー越しやから仕方ないやろ」

「それはそうですけど、喋り方が、どうも安住と一致しない。専門家に鑑定を依頼してますが、大方、同一人物である可能性を否定はできないってな具合と思いますね」

「クソの役にも立たん玉虫色か」

「もう一つ。豊崎のマンションを借りた男が誰かわかってません」

「ヒワと名乗った野郎やな。安住とちゃうんか」

「大家には安住の写真だけでなく、取り調べの時に録音した声も聞かせてみたんですがね。こっちも玉虫色の答えが返ってきましたよ」

八十歳を超える老人の耳、そして相手はマスクをしていたのだから無理もない。

「あの洒落たデザインのバスタブを輸入雑貨の店に注文してきたのも、７０６号室でそいつを受け取ったのも、マスクに眼鏡をかけた中肉中背の中年です。配達の兄ちゃんがいうには、男の長髪はカツラっぽかったらしい」

「安住とも、そうでないとも言えんわけか」

御堂が頷いた。部屋の賃貸契約書の保証人欄にはショーゲキの社印があったが、それだって偽物でないとは言い切れない。

「何より、村瀬さんが殺害された場所がわかってません。安住の自宅でも、ショーゲキの事務所でもないようです」

最重要ポイントだ。どれだけ状況証拠が集まっても、それが不明のままでは公判の維持は怪しくなる。鑑識の現場検証を安住はあっさり認めたらしい。大丈夫だという自信があったのだろう。

「村瀬さんの部屋も違います」

「遺体をバラした場所でもない、か？」

御堂は頷いてから加えた。「遺体を七つにバラすのは大仕事です。素人がどう頑張ったって証拠は残る。それがあの部屋からは何も見つかってません。見つかっていないといえば、切り落とされた耳の行方もわかってませんが」

「耳くらいなら切り刻んで便所に流せるか」

「安住が持ってりゃ一発やったんですけどね」

麻生の指が唇へ向かった。何か、引っかかるものがあった。

「安住と村瀬さんの関係を匂わせるブツも出てません。安住だけでなく、村瀬さんには男女問わず親しくしていた人物は浮かんでいないんです」

「携帯やパソコンは？」

「特に気になるものはなしです。七月七日、村瀬さんがどこで何をしていたのかもわかっていない。わかったのは、彼女はあまり人付き合いに積極的なタイプやなかったってことくらいです」

あるのは早退を願っていた事実と、恋人がいたらしいという同僚の印象だけ。決め手に欠けるというのはもっともだった。

「それで泳がせることにしたわけか」

御堂はむっつりとして答えない。

「当然、取調官の感触も考慮された上での判断やろ？　自信があるなら逮捕すりゃあよかった。お前なら真っ向勝負で落とせたはずや。こんな搦手(からめて)、『御堂筋』の名がすたるぜ」

挑発に、しばし御堂は言い淀んだ。腕を組み、宙を見つめ、苦虫を嚙みつぶしたような表情で口を開く。

「――安住は十一年前、山虎志会の仕事で尼崎に住んでた兵庫(ひょうご)県議員にコナをかけてるんです。名前は真代典久。それがきっかけで、真代は自殺しています」

「――それで？」

三溝が発したのは、どんな関係が？という問いかけだった。

「村瀬さんが殺害されたとみられる七月七日夜から九日の早朝まで、安住は自分がある男に監禁され暴行を受けていたと主張しています。相手は室戸勤。真代の秘書をしていた男です」

「監禁の証拠でもあんのか？」

「北川留依が、九日の朝に傷だらけの安住が帰ってきたと証言してます。その日、安住が寄ったコンビニとスーパーの店員、タクシーの運転手もいちおう奴の主張を裏付けてる。けど、安住は警察どころか病院にも行ってません」

「話にならんな。仮に北川が嘘をついていないのだとして、安住の怪我が村瀬梓との格闘によるものっちゅう可能性もあるやろ」

村瀬と揉めて殺害にいたったというストーリーにぴったり当てはまる推理だった。

「遺体に目立った外傷はありませんけどね。――まあでも、おれたちもそれは考えました。ただ、室戸が安住をこれまで何度も襲っていたのは事実のようなんです」

安住は室戸からの暴行を警察に訴えている。一度は現行犯で、室戸は逮捕されてもいる。そして服役し、出所後、行方をくらませた。

七月七日のアリバイが、犯行現場に次ぐ事件の重要ポイントであるのは間違いない。安住が村瀬を殺害していなければ狂言誘拐の理由がなくなるからだ。それに対する安住の、あまりにも奇妙な主張が御堂を困惑させているようだった。

「全部、作り話ちゃうんか？　そもそも現行犯の時以外、安住が室戸に襲われたって証拠はないんやろ？　実は別の誰かにやられたのを、室戸のせいにしてたっちゅうんはどうや。あいつらの住んでる世界じゃ、あって不思議はないやろ」

自分を襲った真犯人を庇うという出鱈目も、闇社会ではあり得るケースだ。

「その構図は今回の狂言誘拐と同じですね」

麻生の初めての発言に三溝が同意した。

「たしかに。架空の人物に罪をなすりつけるっちゅうアイディアは、安住の実体験がヒントやったのかもしれませんな」

御堂は鋭い視線だけで応じた。

「合理で考えるなら、村瀬梓を殺害した犯人が安住正彦である確率は一〇〇パーセントに限りなく近いように見えます。けれど御堂さん。あなたはそう思ってらっしゃらないのではないですか？」

やはり御堂は無言のままだった。自らビールをつぎ、一気に飲み干す。

「おい、なんとか言わんか」

「おれは先輩と飲みにきたんです。そう言うたでしょ?」

「ガキか、てめえは。おれらは別にそっちの仕事に茶々入れたいんちゃうぞ。たんに自分が関わった仕事の白黒を知りたいだけや。お前は、そんな刑事としての筋に唾吐く気いか?」

じっ、と御堂は麻生を見据えてきた。低くかがませた禿頭の下から刺してくる睨みは、なるほど迫力がある。並みの犯罪者なら、この眼差しだけで追い詰められた気分になるだろう。

「特殊犯係から報告書がまだ届いてないらしいですね。出戻りの主任さんがサボタージュしとるって噂になってますよ」

口調も取り調べを思わせた。

「サボタージュする意味がありません。わたしはまだ、事件がどのような性格だったのか見定められてないだけです」

「狂言誘拐の報告書にそんなもんいらんでしょ。それともほかに理由があるんですか」

「ほかの理由? 想像もできませんが」

「たとえば、狂言誘拐に使った経費の責任を取らされるのが嫌だ、ってのはどうです」

おい、と三溝が声をあげた。構わず御堂は続ける。

「あんたがこの事件に固執するのもそれが原因やないですか。ただの狂言じゃあ都合が悪い。なんとか格好だけでもつくようにできないものか。どうです？」

「被害者が一週間も前に死亡してた時点で、それは徒労です」

「違うでしょ。もしもピュワイトが本当に存在して、輸送役を走り回らせた指示が逮捕に役立ったとなれば体裁が整うんじゃないですか、って話ですよ」

「コラ。おれらが事件を曲げようとしてるっちゅうんか？」

「おれらやなく、この人が、です。主任さんにそういう打算はないですかって質問してるだけです」

二人の口論を眺めながら、妙に納得している自分がいた。なるほど。このまま安住が犯人として逮捕されれば、誘拐自体はまったくの茶番だったことになる。だが逆に、ピュワイトという真犯人が存在するのだとすれば、誘拐事件は別の意味を持ち得る。

金銭目的ではない。それはほぼ、あり得ない。ならば、何が目的だった？

麻生は自分が、事件の最中に感じた違和感を思い出した。

ピュワイトの三度目の電話だ。一億の身代金と百人の輸送役が準備できたと知った時の、奴の反応を聞いて麻生は思った。

——こいつは金よりも、百人の輸送役が集まったことを喜んでいないか？　だとしたらどうなるだろう。仮に金はどうでもよくて、百人集めることのほうが重要だったとすれば……。

誘拐が安住の狂言なら、金は自分が用意しているのだから驚きもあるまい。不確かな輸送役の人数が気になるのもわかる。だがそもそも、なぜ百人だった？　なぜ、一億だった？

一千万を一人では駄目だったのか？　十人では？　愉快犯を装うためだけに、安住は借金をしてまで大金をかき集めたのか？　その不自然さが、自分に嫌疑を向けさせるとは考えなかったのか？

「——真犯人がいるとして」

麻生はゆっくりと、自分の考えを確かめながら言葉を継いだ。

「そいつもきっと、安住に罪をなすりつけようとしたのでしょう。村瀬梓殺しの罪を」

三溝が唸った。

「安住がピュワイトに、ではなく、ピュワイトが安住に、っちゅうわけですか」

「ええ。しかし行きずりの犯行とは思い難い。真犯人は村瀬さんの職場を知り、安住の連絡先を知っていた。ショーゲキの社印も用意できた。コールセンターにも精通していた」

　しかし——。

「エニウェアで村瀬さんはタレント活動を隠していました。ショーゲキは彼女がコールセンターで働いていると知らなかった。けれどピュワイトはコールセンターの内実に詳しく、村瀬さんがショーゲキに所属していたのを承知していた。条件に当てはまるのは今のところ、村瀬梓本人だけです」

　つまり——。

「ピュワイトは村瀬梓と相当親しい人物であると考えられます」

　ならば——。

「七夕の夜、彼女がその親しい誰かと会うつもりだったのだとしたら」

　束の間、沈黙が漂った。

　昼間に聞いた下荒地の話が筋読みを後押ししていた。犯人は下請けコールセンターの社名を知り、そして事件は繁忙日に起こった。ピュワイトの電話は多くの一般客から注文が殺到するタイミングでかかっていた。それを事前に把握できたのはエニウェア、クライアント、広告代理店にテレビ局関係者のみ。その中に犯人がいない場合、奴は村瀬から直接その情報を聞いていた可能性が高い。仲の良い人物になら職場の話もするだろう。今度の日曜日は忙しいのだ、と。

犯人がコールセンターに詳しかった理由も自ずと理解できそうだった。普通のアルバイトよりも重用されていた彼女はセンターの仕組みに精通していた。録音システムやモニタリング機能などの存在を、ピュワイトは村瀬本人から仕入れていたのではないか。

なぜ身代金よりも百人が重要だったかという疑問の答えにはならないが、少なくとも現場を肌で体験した麻生はこの仮説に説得力を感じた。

しかし――。

「その親しい誰かが、安住という可能性もある」

御堂の指摘は正しい。現段階では、それは誰でもあり得る。下荒地や淵本、北川留依、柳部長ですら。安住でないという論理的証明にはならない。

「おれは、捜査本部の意向に沿って取り調べをするだけです」

断言する御堂に三溝が食ってかかった。

「確信もなくか？　安住が犯人ちゃうかもしれんて、そう思いながら？」

御堂は黙った。彼の中の言葉にできないモヤモヤが、麻生は少しわかる気がした。

「なあ、ミスジよ。刑事として、個人的な好き嫌いやしがらみはうっちゃって、ここは一つおれらと共同戦線を張らんか」

「冗談でしょ。強行犯におれの居場所がなくなっちまう」

「結果さえ出せば誰も文句なんぞ言うもんか」

「先輩たちは捜査権もないのにどうするつもりですか」

「捜査権ならあります」

麻生の言葉に睨みが返ってくる。

「誘拐事件は終わったんですよ。今は殺人事件や」

「偽計業務妨害。ピュワイトの狂言によって警察は人件費に交通費など、数百万の損失を被った。わたしには、その捜査をする義務がある」

咄嗟に口にした思いつきに、御堂はあんぐりと口を開けた。

「──正気で言うてるんですか？」

「もちろん、建前です」

「建前だろうが寝言だろうが、あんたが動いて嬉しい奴なんて一人もいやしませんよ。誰も協力なんかしない」

「わかりました。ですが、わたしたちが調べたことをあなたにお伝えするのは構わないでしょう？　その結果が安住正彦の逮捕だったとしたら、それはそれで結構です」

御堂はじっと、麻生を見つめてきた。

店を出て御堂と別れると、三溝が声をかけてきた。

「酒が飲めんちゅうのは不便ですな。今後は、宗教上の理由、とでも仰ったらどうです」

「余計に敬遠されてしまいます」

そらそうか、と三溝は笑った。

「で、明日からどうします？　ミスジたちと同じことしても勝てませんよ。数も違うし、こっちは正式な捜査やない。目立てば叩かれるのは目に見えてます」

刑事部長の覚えがいいという特権はもはや足枷でしかない。そうでなくとも、これだけの事件に波風を立てようとして歓迎されるはずもない。

「主任の言う通り、ピュワイトが存在するなら村瀬さんの知り合いってセンが濃い。けど闇雲に動いても仕方ないでしょう」

「違う切り口が必要ということですね？」

「そうです。わたしらはあの時、現場の最前線にいた。ピュワイトと電気信号を介して向かい合ってた。その強みを活かすんです」

ニヤリ、と三溝は悪戯っ子のように笑う。その顔に、ふと気になって尋ねた。

「三溝さんは、安住が犯人でないという確信をお持ちなんですか？」

「まさか。奴が黒っぽいのは一目瞭然です」

ならば、なぜ？

「おれは主任の部下ですからね。上司のやりたいようにやらせてやるのが仕事でしょう」

なるほど、合理だ——と麻生は思った。

6

マスカラと付けまつげとどぎついチークで、風邪気味のパンダみたいになった少女が眉を寄せていた。机に肘をのせ、両手で頬を挟んでいる。浪速署生活安全課の応接スペースに、鍋島は呼び出されたばかりだった。

「ニャーくん、またパチンコにカムバックしたんよ。マアヤンのお給料もとってくんよ。ひどくない？」

「ニャーくんはいくつや？」

「十七」

「十八歳未満のギャンブルは違法やぞ」

「だから逮捕してよ。このままじゃマアヤン、お金全部むしられてスカンピンになっちゃう」

どういう語彙なのか。鍋島は苦笑をもらす。

「そういうんは現行犯でなくちゃあかん。ニャーくんは、見た目はどうなんや」

「チョー親父顔」

「じゃあ、難しいかもな。店かていちいち身分証の確認なんかせんやろ」

「だからナベちゃんに頼んでんの。ねえ、ニャーくん捕まえてよ」

「君からマアヤンにニャーくんと別れるように言うたらどうや」

「ダメだよ。ニャーくん、ケサちゃんとダチだもん。あたしがケサちゃんに叱られるじゃん」

ニャーにマアにケサちゃんか。まったく、本名が予測できない。

「ケサちゃんはどうなんや。彼も一時、お馬さんにはまって大変やったろ」

「大丈夫。あれからは全然。やっぱ、ナベちゃんのおかげだわ」

少女は自分のことを「リンゴ」と呼ぶ。これも本名とは無関係だ。リンゴはアメリカ村のガールズバーで働いている。歳は十九。ろくでもない男に引っかかる常習で、彼氏に言われるままボッタクリ店で働いていた時に知り合った。当時十六歳。以来、何かというと鍋島のもとを訪ね、愚痴をこぼして帰っていく。

今の彼氏、自称ＤＪのケサちゃんとも金のことで揉めた。揉めて、殴られ、鍋島に泣きついてきた。微妙に管轄から外れるものの、放っておくこともできずに彼と会談を持った。刑事の突然の訪問に萎縮したＤＪが素直に反省の弁を述べたのが三ヵ月ほど前の話だ。

ちなみにマアヤンも同じバーで働いていて、こちらは二十歳のシングルマザーだとか。

「あんまりひどいようならマアヤンを連れてきいや。ゆっくり話聞いたるから」

「簡単に言うけどさ、ハードル高いんだよ。ケーサツって」

「君は自分ちみたいに寛いどるけどな」

「あたしはだって、ナベ組やもん」

「あのなあ、変なこと吹いたらあかんぞ。ワシは君のポケモンちゃうねんからな」

「ポケモンて、古いわ。今は妖怪ウォッチやで。メッチャヤもすごい好きなんやって」

「メッチャヤて誰やねん」

「マアヤンの息子に決まってるやん」

知らんがな。

「あーあ。ケーサツって、事件が起きひんと役に立たんてほんまやねんな」

「ワシらがおるから、犯罪が起きひんねやないか。抑止効果ってやつや」

「そういうの、キベンって言うんやで」

どこでそんな言葉を覚えるのか。鍋島は呆れた。

「そういやキミカがさ、今度ＡＶ出るかもって」

「なんでや？　君みたいにタチ悪い男に捕まったんか」

違うよ、とリンゴが膨れた。

「ケサちゃん、根はいい奴。アホなだけ」

そっちかい、と再び呆れる。まあ、アホだとわかってるだけリンゴも成長したようだ。

「キミカ、所属事務所が潰れちゃうかもしれないってナーバスんなってんの」

キミカはリンゴの連れで、何度か一緒に遊びに来たことがある。リストカットの悪癖を持ち、夏でも長袖を着ていた。

「メンタル弱すぎんの。あたしは止めてるんだけどね」

微妙な問題だった。キミカは成人している。アダルトビデオの出演は違法ではない。無理やりならともかく、自分の意志ならば止めることはできない。

「キミカはなんて言うてるんや」

「減るもんじゃないし、いいじゃんて。キミカ、不安なんだよ。稼げるのは今だけって思い込んでるから」

「君はどう説得してるんや」

「減るよ、って」

その言葉にドキリとした。

「リスカもね、キミカは減るもんじゃないって言うんよ。でもさ、あたしはそれ、減ると思うんよ」

「まさか血が減るとか言うつもりやないやろな」

「馬鹿にしてんの、ナベちゃん」

リンゴは美人ではないかもしれないが愛嬌がある。頭も良くないかもしれないが、勘はいい。

「キミカの事務所って、どこや」

「ショーゲキってとこ」

時期が時期だから察しはついていた。またもや、奇縁、と感じずにいられない。

「ほんならキミカにおれから少し話しよか」

「なんなん？　だったらマアヤンにも会ったげてや」

キミカが先や、と無理やり納得させた。


昼過ぎ、尼崎ボートレースの結果を携帯で確認するため席を立った。職場で堂々と舟券を買う根性はないが、今日の結果次第では永田にも優出の可能性が残るのだ。

ついでに便所にでも行こうかと部屋を出る直前、生安課長に呼び止められた鍋島は、少しばかり動揺した。

「お呼びですか」

「おう、ナベ。お前に本部の一課から応援の要請があったで」

「一課、ですか」

「そう。例の誘拐事件の捜査を手伝ってくれってな」

はあ、と気のない返事を装いながら、内心では再び「奇縁」の二文字が浮かんでいた。

「被害者の村瀬梓について、お前、ちょっと調べてみてくれんか」

「村瀬さんですか。けど、そんな重要な仕事とっくに向こうでやってるでしょ」

「そらそうや。お前に頼みたいんは補足捜査やろ。難波、心斎橋ならお前、ドブ板の隅まで知り尽くしとるからな。村瀬さんを見かけた奴、飲んだことのある奴、噂話でもなんでもええ。この週末で動いてくれ。ん？　なんや不満か？」

「いや、不満ちゃいますけど、けったいやと思うて。それ、正式な依頼なんですか？」

「いらん詮索すな。何かわかったら、ここに直接報告せえ」

メモには携帯のナンバーが記されていた。

「ええ加減なことしたらどやされるで。こっわいオッサンの番号やからな」

数字の下に殴り書きで「ミツミゾ」と書かれていた。

定時に仕事を終え、浪速署を出た。誘拐事件から向こう、課長の配慮もあって鍋島の勤務は優遇されている。

その見返りがこのメモとは、痛し痒しである。課長がかつて三溝軍曹の部下だったのは有名な話だ。相当、かわいがられたと聞いている。階級や役職で先輩刑事を飛び越した今でも、頭が上がらないのだとか。

たんなる奇縁と思っていたものが、仕事となると急に気が重くなった。都合良くキミカと会う段取りを組んでいたからラッキーだと言い聞かせながら歩を進めた。

心斎橋のビルの地下に『グアチャロ』というクラブはあった。出向くのは数年ぶりだ。店はまだ営業前で、中には準備に勤しむ店員が一人だけだ。

「あ、まだっすよ」

お決まりの台詞を承知の顔で受け止め、鍋島はでかいニット帽をかぶった若者に近づいていく。

「それ、暑ないんか？」

「――刑事さんすか？」

勘のいい男だ。

「浪速署の生安や。よろしくな」

「よろしくって、開店前ですよ。悪いけど何も出せませんから」

「タカりに来たように見えるか？」

男は黙った。刑事というだけでビビるタイプではなさそうだ。

「店長か？」

「まあ」

「若いな。昨日までは未成年か？」

「おれになんか用なんすか」

「令状は？　てか」

「そこまでは言いませんけど、開店前の客は困ります。オーナーがうるさいんすよ。前の店長が好き勝手やってパクられたからって」

「それ、パクったのおれや」

顔色が変わった。危機センサーの感度も良好のようだ。

「……ご用件は？」

「近くを通ったから覗いてみただけや。変わらんな、ここは。狭くて落ち着く。この辺の景気はどうや？」

「風営法がマシになりゃあ、そこそこでしょうけどね」

二〇一〇年、風俗営業法二条三号に基づき大阪で敢行された一斉摘発は二十店舗以上、六十人ほどの逮捕者を出す一大キャンペーンとなった。大阪のみならず全国のダンスクラブ業界に衝撃を与えたこの騒動に鍋島も参加したが、正直、なんだかな、と感じていた。必ずしも違法店舗を悪と思えなかったのは、法律自体に現実と乖離した面が多分にあったからだ。

「国会で揉めとるみたいやな。そこそこの落とし所を見つけてくれたらええんやけど」

「刑事さんにそう言ってもらえると少しは希望が持てますね」

「まあ、その代わり、悪さしてたら容赦せんけどな」

すぐに緩みが消えた。

「ほんと、手短にしてもらえないすか。おれも仕事中なんで」

「崎中(さきなか)のおっさんに連絡してくれんか。生安の鍋島が久し振りに顔見たい言うてるて」

「勘弁してくださいよ。どんだけおれ、叱られるか」

「忙しいなら無理にとは言わんよ。今度正式に呼び出すだけやし」

彼の判断は早かった。携帯で連絡し、こちらを向く。

「すぐ来るそうです」

「おおきに」

二十分ほどして階段を降りてくる人影があった。『グアチャロ』のオーナー崎中は、なよなよとした仕草で鍋島の隣に腰かける。

「何よ、いったい。タダ酒飲みに来たの？」

薄い髪を七三に分けた撫肩の男に、かつてゲイバーで売れっ子だった面影はまるでないが、口調は立派なオネエだ。

「物騒な話なら早くすましてよね。もうすぐ開店なんだからさ」

「終わるまで居座られたら迷惑か？」

「イジメないでよ。ウチは昔も今も品行方正がモットーよ」

ここのほかにも宗右衛門町と北新地にゲイバーを持っている商売上手だ。品行方正というのはその通りで、だからこそ鍋島は連絡先も知らなかった。

「あの時だってアタシは寝耳に水だったのよ。ペコちゃんが勝手にやってたんだから」

ペコというのが鍋島が捕まえた元店長だった。言葉巧みに客の女を落とし、売春をさせていたクズである。

「あの時の反省をいかして、お店には顔を出すようにしてんのよ」

「結構だ。おれもあんたに何度も会いたいとは思わんから嬉しいよ」

失礼ね、と膨れる顔に妙な色っぽさがあって困る。

た。

「で。なんなの？」

「昔ここで働いてた北川留依を覚えとるか」

「やだ。あんた、またあの話をムシ返すつもり？」

ペコが行っていた売春の斡旋は実質、北川留依の指揮だったのではないか。当時から鍋島はそれを疑っていた。しかしペコは留依に心酔しており一切口を割らなかった。

「ちゃう、ちゃう。ただ、ちょっと気になってな」

「あのねえ。こんなことアタシが言うのも野暮だけど、ルイは悪い子じゃないのよ。ただ、ちょっとリアリストすぎただけ」

「あの時もそんなふうに言うてたな。いまいち意味がわからんかった」

「アタシだってわかるもんですか。そんな気がするの。女の勘ね」

「女の勘、ね」

しなを作る崎中に訊く。

「ペコと彼女はどうなったんや」

「あの事件で切れたわよ。ペコも純情でかわいそうだったけど、ルイが相手じゃね」

「いい女やったもんな」

「それだけじゃなく、あの子はアタシたちとは違ったの。その日暮らしの夜のチョウチョじゃなかったわけ」

ふーん、と鍋島は曖昧に返事をした。北川留依と会ったのは取り調べの数回だけだ。プライベートな会話は一切なかった。

「その後はまったく知らんのか」

「ここを辞めるってなって、口利いてあげたわ。芸能プロよ」

ショーゲキだ。実は鍋島は、ここまではすでに知っていた。当時、北川のことがどうにも気になり調べたのだ。

「あのルックスだから、モデルでもやっていけると思ったの。ガッツもあったしね」

「その芸能プロは、信頼できるとこやったんか」

「——そういうことね」

急にそっぽを向かれてしまった。

「そういうって、どういうことや?」

「ニュースくらいアタシだって見るんだから」

安住正彦の捜査だと気づいたらしい。だが、それも想定内だ。

「おれは生安やで。殺人なんて、恐れ多くて影も踏めん」

「どうだか」

「なあ。ショーゲキは本当にまともなとこやったんか? それくらい教えてくれてもええやろ」

ビール頂戴、と崎中はニット帽に命じ、ぐいっと呷った。その飲みっぷりに嫉妬を覚える。

「刑事には余計なことは言わない。それがモットーよ」

モットーだらけのオネエだ。

「午後五時をもって、おれは一般人や」

「じゃあ一杯飲みなさいよ」

仕方ない、と心の中で言い訳をしてビールをオーダーした。

「あそこは大丈夫よ。バックがしっかりしてるし、ちゃんとしてた」

「バックって？」

「怖い人よ。ペコを黙らせたのもその人」

名前を言うつもりはないらしい。

「北川留依ともつながっとったんか？」

「つながってたのは社長さん。でもね、彼は本当にちゃんとしてた。品行方正かは知らないけど、女の子のことを真剣に大切にしてた。それは間違いない」

「なんでわかるんや」

「いろいろあったからよ」

「そこをかいつまんで聞かせてくれ。奢るから」

当然じゃない、と言ってから続ける。

「アタシと知り合った頃はね、彼もひどいことしてたのよ。その時も芸能事務所って看板だったけど、ほとんどの子がAV行き。でも彼はそれをやめた。バックの怖い人に直談判して、自分のまっとうな事務所をたてたの。留依以外にもアタシ、何人か紹介したわ。芽が出なくて辞めた子からも、彼を悪く言う話は聞いたことない。しつこいくらい世話を焼いてくる、まるで口うるさい父親だって笑いながら、でもみんな感謝してた」

またもや、ふーん、と鍋島は生返事をした。

「だからね、あの人が自分とこのタレントを殺すなんて、あり得ないの。絶対に」

なぜか、その根拠の乏しい意見に鍋島は納得していた。安住と過ごした時間は一時間足らず。会話らしい会話も交わしていないのに。

「アタシに言えるのはそれだけよ」

口を付け損ねたビールを眺めながら、鍋島は北川留依を思い返した。頭のいい女だった。取り調べでも絶対にボロを出さなかった。女がペコと組んで売春を斡旋していたのは間違いない。むしろペコを操っていたのはまだ二十歳を過ぎたばかりの彼女ではないのか。鍋島はそう確信していたが、尻尾を摑ませてもらえなかった。当時、鍋島は思ったものだ。売春グループの元締めが北川留依だとして、なぜこの子はこんなあくどい商売を始めたのだろう——と。

取調室で向かい合った北川留依の瞳は澄んでいた。一滴のシミも見出せなかった。罪悪感は欠片もなく、むしろ鍋島のほうが彼女から責められているようにさえ感じた。その視線は、ずっと心の片隅にこびりついている。

鍋島は北川留依について少しだけ調べた。奈良の役場に勤める父親は娘の状況を知っており、一言、「そうですか」と言った。冷淡極まりない響きだった。母親は早くに他界しており、父親と後妻の間には娘がいた。十歳離れた妹だ。北川は高校を中退し、家出同然で実家から消えた。

鮮明に覚えているのは、被害者であるはずの女の子たちが皆、北川留依を庇ったことだ。ルイさんは関係ない。ルイさんは優しくしてくれた、感謝している——。

奇縁やな……。再びそう思った。百分の一の関門をくぐって、鍋島は安住正彦と遭遇した。そしてその傍には、あの時すれ違った北川留依がいた。

「ねえ。もう帰ってよ。それとも二人で飲み直しに行く？」

お誘いを丁重に断り、鍋島は店を出た。

帰りがけ、携帯が鳴った。喜多だ。

「お前からかけてくるなんて珍しいやないか」

〈こないだ久しぶりに顔見たら、ちょっと話し足りない気がしてな〉

「ほう。奢ってくれるんか」

〈アホか。割り勘で一杯やろうや。——お前、事件の聴取で府警に来たやろ？〉

「初めて取り調べの気分を味わったわ」

〈おれもや。後ろ暗いモン同士、ちょいと情報交換しようやないか〉

「おれは品行方正がモットーなんやけどな」

〈おれかてそうや。今からどうや？〉

了承し、場所を決めた。電話を切ってふと思う。誘拐事件の輸送役で本当の意味で百万の入った封筒を奪われたのはたった二人、一人は自分だ。

最終的に置引犯である安住は捕まったが、あれが失態だという意識は鍋島から消えていない。そしてもう一人が、喜多なのだ。

これも奇縁、か……。心斎橋筋商店街を抜け、四ツ橋の駅に向かう道すがら、鍋島は言いようのない不安に襲われた。辺りには暗がりが、幕のように下り始めていた。

谷町筋沿いにあるビルの三階、馴染みのチェーン店の座敷に座る友人の顔は一杯や二杯で染まったとは思えないほど朱色がかっていた。

「遅かったのう。ま、乾杯くらいしようや」

今日は呆れてばかりだと思いながらジョッキをぶつけた。

「何時からおった？」

「六時や」

「誘拐事件の捜査中やろう。いい身分やないか」

「おれは外されとる。懲罰配置や」

そうか、と返す。

「けど、それくらいですんでよかったとも言えるんちゃうか」

「すめばな。事件がちゃんと終わればいいが、どうもキナ臭い」

「どういうこっちゃ」

喜多は苦々しい顔をした。

「安住が認めてない。全否認や。するとやっかいな話でな、おれが取り逃がした置引が真犯人でないと言えなくなっちまってる」

「まさか。千葉やろ？　村瀬さんの遺体があったんは大阪や。それにほかの置引犯は全部、無関係っちゅう話やないか」

「おれのが『当たり』やった可能性は否定できん」

ここにも百分の一のババを引いた男がいた。

「生殺しや。捜査もできんと、毎日じりじりしとる」

友人の焦燥が手に取るようにわかった。同じ想いは鍋島にもあって、昼に課長に呼び出された時も一瞬、そのことが頭にチラついた。

「おれかて、安住に封筒を盗られた」

「お前は取り返して、むしろ手柄になったやないか」

安住を逃がしたのは結果的に、村瀬の居場所を突き止める結果につながった。身柄確保をした鍋島の評価もちょっとしたもので、たしかに手柄と言えなくはない。

鍋島は自分の想いを飲み込むようにジョッキを傾けてから喜多と向き合った。

「それならお前かて、封筒を盗られたんはミスちゃうんやな」

「盗られた奴ならほかにもぎょうさんおる。けど、逃がしたんはおれだけや」

それが疑問だった。喜多である。府警の捜査一課強行犯係で勇猛を馳せる男が、なぜ一般人の置引なんぞを取り逃がしたのか。

「状況はどないやったんや」

「――勇み足やってん」

喜多が言うには、置引犯は金髪の若者だったという。初め封筒のそばでキョロキョロと周囲を窺い、金を奪って走り出した。友人は思わず、「待て！」と叫んでしまった。そして追いかけっこになった。

「しばらく走ってな。男は近くのビルに逃げ込んだんや。一階の便所で向き合うて、追い詰めたと思た。相手は身体も細かったし、正直、なめとった。摑みかかろうとして、ブン投げられた」

「お前がか？」

喜多は柔道の腕前も相当である。

「せやから油断や。一瞬、火花が散ったで。かろうじて受け身はとれたが、コンクリに叩きつけられたんやからたまらん」

その隙に、男は窓から逃げたらしい。

「追っかけてたんはお前だけちゃうやろ。それでもあかんかったんか？」

「近くに駅があったからな。どこぞに消えられたらお手上げや」

鍋島の眉が寄った。

「あ？　文句でもあるんか？」

「いや」

「──文句ならあるわな。大失態や。情けない同期で申し訳ないわ」

こんな弱音を吐く男ではない。だいぶこたえているようだった。

「安住はクロちゃうんか？」

「今んとこ限りなくクロに近いグレーや。奴が村瀬さんを殺ったっちゅう証拠が、まるで見つかってない」

「豊崎のマンションには？　あそこに安住の指紋やら髪の毛やらはなかったんか」

「ない。もちろん少しはあるが、それもわずかや。あの夜、あいつが初めてあの場所に行ったとしても不自然でないくらいのな」

　胸にざわつきを覚えた。安住が犯人ではない。それをどこか受け入れている自分がいた。ろくに面識もない男だ。状況的には犯人と考えておかしくない男でもある。なのに鍋島は、今の今まで、彼が犯人だと信じ切れていなかったのをはっきり自覚した。

　北川留依のせいだろうか。鍋島は北川を信じている。あの頭の良い女が、こんな馬鹿げた犯罪を犯す男と連れ添うはずがない、と。

　何一つ根拠のない、ただの勘――でもない。

　あの夜について思い返す。ちぐはぐだ。文字で報告書を読めばそうでもないかもしれないが、実際に体験した者からすれば安住の行動は滅茶苦茶だ。劇場の座席に座る刑事を押しのけ封筒を奪う？　抵抗されて捕まれば一巻の終わりなのに。

　どうしてその後、被害者のいるマンションに向かったのだ？　そして安住はあの時こうもらした。村瀬梓の遺体の前で「どうしても、幸せになれないのか……」と。

　今になって思う。あの台詞は、いったいなんだったのだ？

「……実は、おれのとこに応援の要請があったんや」

「ピュワイト事件のか？」

「ああ。村瀬さんの鑑を洗ってくれってな」

「捜査本部から？　そんな話、聞いてないぞ」

「お前が知らんだけちゃうのか」

「おれかて一課は長い。干されてても情報くらい集めとる」

怒気を含んだ声だった。そうやな、と相槌を打ってから答える。

「おれの直轄は軍曹や」

「軍曹？　そらおかしいで。軍曹のいる特殊犯係はピュワイト事件から外されとる」

「え？」

「例の主任が千田課長に嫌われとってな。手柄は全部、強行犯係でもらうつもりなんや」

すると鍋島に回ってきたのは、三溝が個人的に行っている非正規の捜査なのか。

「鍋島。滅多なことはせんほうがいいぞ。本部は安住を解放して泳がせる気や。軍曹が何を考えとんのか知らんが、邪魔したらお前まで火の粉を浴びるで」

鍋島は言葉を失った。――奇縁どころか厄災やないか。

家路の途中、すっかり忘れていた尼崎ボートレースの結果を検索した。永田は優出を逃していた。

7

シャワーを浴びて戻って来た留依がベッドに潜り込んできた。白く薄い肌には儚げな危うさが漂っている。飲み屋を営む知人に紹介されて初めて会った時、この娘は売れると思った。しかし長続きするかは疑問だった。留依の美しさは、手を伸ばしても届かない内面への距離がもたらしているように感じられた。

モデルとして二年ほど活動した頃、突然、留依は辞めると言い出した。ようやく名も売れ始めてきたのになぜ？と問う安住に留依は答えた。

――この仕事にわたしの幸せはないんです。

気の迷いには見えなかった。自分の言葉に確信を持っている者の態度だった。翻意させるという名目で個人的に会い始め、互いの想いを話し込むようになった。安住が押し切る形で関係を持ったのは半年後くらいだったろうか。

下心だけで会い続けたわけではなかった。もちろん、タレントとして惜しい気持ちばかりでもない。途中から完全に、それは忘れた。

今思うと、安住は留依の幸せが知りたかったのだろう。その立ち居振る舞いから、およそ欲望らしいものを見出せない彼女の、本当の幸せとはなんなのかを。

未だ、それはよくわからない。

「お前ももうすぐ三十か。道理でおれも歳をとるわけだ」

「プロポーズでもしてくるのかと思ったら、自分の話？」

言葉に棘はなかった。むしろ久しぶりに留依を貪りながら、しかし満足に抱くことができなかった中年への労り（いたわ）が感じられた。

本能に身をゆだねようとしてみても、梓の顔がちらついてしまう。

「人間、四十も近づくと慎重になるんだよ」

留依との結婚は何度も考えた。いつしてもいいし、いつでもしたいと思っていた。二の足を踏んできたのは室戸の存在があったからだ。自分はいつ、奴に殺されても不思議でない。そんな男が留依を幸せにできるのか。せいぜい高額の生命保険をかけて万が一に備えるしかできないのではないか。繰り返してきた自問の答えが、予想もしない形で現実になったのは皮肉だった。

「まさか獄中婚に憧れているわけじゃないだろ」

「会えないのは嫌ね。ハネムーンにも行きたいし」

いつも通りの受け答えに苦笑がもれた。留依の髪を撫でる。少なくともこの瞬間、安住は幸福を感じた。

「でもあなたはやってない。だから心配はない」

「世の中、冤罪(えんざい)ってのはいくらでもあるらしい。澤野田さんが嬉しそうに言ってたよ。彼の夢は、無実で牢屋にブチ込まれた人間の弁護を引き受けて、そいつを死刑台に立たせることかもな」

「ずいぶん無能な弁護士ね」

「無能どころか変態だ。だが、その夢が叶いそうもないくらい彼はキレる。何せ郁さんのお抱えだからな。その彼が言うんだ。おれは黄色信号だと」

「走れば渡れるじゃない」

思わず笑ってしまう。「トンチじゃない。本気だ」

「でも、解放された」

「罠だそうだ。外に出れば、漏れなく刑事が後ろをついてくる」

「容疑者なんだから仕方ないでしょ」

「ドラフト一位だよ。なのにあっさり自由にしたのは、おれに動いてほしいかららしい」

「動くって?」

「さあな。とにかく警察の呼び出しには従って、取り調べは今まで通り。あとは家でじっとしてろとさ」

「あいつの話は刑事にしたの？」

「した。けど、そもそも警察は室戸の存在を疑ってる。おれだって無理もないと思ってる」

「あいつを探せない？　探偵でも雇って」

面白い女だ。安住以上に、安住を守る方法を考えている。

「探偵で見つけられるなら警察が見つけてる。もう何年も、奴は逃げ切ってる」

「――遠山さんにお願いしてみたら？」

これまでも何度か検討した最終手段だった。逃亡犯である室戸が生活を営むにはアンダーグラウンドとの関わりが避けられない。偽の住民票、免許証……。どこかで食い扶持を稼がなくてはならないし、寝ぐらもいる。遠山が本気になれば、足をたどれるかもしれない。

だが、やはりそれは最終手段なのだ。遠山に借りをつくる後ろめたさだけではなく、安住の覚悟の問題だ。

遠山に頼めば、彼は室戸を殺す。

「今さら、手遅れだ」

独白めいた呟きは揺れていた。

遠山に頭を下げる。力を借りる。それを躊躇する理由があるだろうか。このまま室戸が見つからなければ殺人の罪で刑務所に送られるかもしれない。それを回避するために、あらゆる手段を講じるのは普通の感覚に思えた。身代金の立替を頼む以上に、まっとうな選択だろう。だが……。

迷いは留依の言葉に断ち切られた。

「これからどうするの？」

「やることはある。事務所のこともあるし、何より毎日、マスコミを無視するっていう大切な仕事をしなくちゃならない」

冗談は取り合ってもらえなかった。

「会社のことはわたしがやる。今、あなたが出ていっても逆効果よ」

「そうだな。パソコンも持ってかれちまったし、テレビでも見てるさ」

自分の言葉に引っかかった。

テレビ？　違う。――ラジオだ。

あの時、「儀式」の最中、室戸は突然ラジオをつけた。奴とは来世まで結びつきそうもないアイドルグループの番組、『いとへんのナイトダンサー』を。

ピュワイトが輸送役を集めたのは彼女たちのライブビューイングを上映していた劇場だった。

　これは偶然なのか？　百個のサイコロが同時に一の目を出すくらい低い確率に思えた。それとも室戸は心底、『いとへん』のサインをほしがっていたのか？　まさか。

「何を考えてるの？」

「偶然の確率についてだ。考えれば考えるほど、わけがわからなくなるな。世界ってやつは、ずいぶん出鱈目にできてるみたいだ」

「だから哲学なんてものでご飯が食べられるのよ。一方であなたは、こんな目にあってる」

　こんな目、か。

　複雑な感情が胸を満たしていく。世界は出鱈目かもしれないが、自分が陥っている状況は決して偶然ではない気がした。

「なあ。留依」安住は彼女を見つめた。「犯人は七月七日におれのアリバイがないとわかっていた人物だと言ってたろ？　そしてそれを知っていたのは室戸だけ。だから室戸が犯人。な？」

「ええ。乱暴に言うとそうなる」

「でも、冷静に考えたらおかしい。室戸にはアリバイがある。おれを監禁して暴行してたという立派なアリバイがな」

「それはどうとでもなる。途中でいなくなることもできたはずだし、あなたは意識を失って監禁場所に運ばれたんだから、目を覚ました日にちはわからない。それが八日でも、九日の深夜でも」

あるいは——と、留依は淡々と可能性を告げる。

「梓は、あなたのすぐそばにいたのかもしれない」

言葉を失ってしまった。自分が監禁されていた場所に梓もいて、そして殺されたのだとしたら……。おぞましい想像を振り払い無理やり軽口を飛ばす。

「お前、推理小説でも書いてみたらどうだ？」

考えてみる、と留依は平淡に言った。冗談を口にする時も、留依は決して笑わない。それが苦でないのは慣れよりも相性だろう。

それにしても、と安住は思う。留依の言う通り、七日の夜に拉致されてからの記憶は曖昧だった。外が見えたわけでもないから意識を取り戻した時刻は不明だ。室戸の存在をずっと身近に感じてたわけでもないし、あの状況では梓が同じ空間にいても気づかないだろう。

だが、それでも室戸が梓を殺したピュワイトだとは思えなかった。机上の論理ではあり得ても、感覚が拒否している。

「室戸はおれを暴行する理由はあるが、アズを殺す理由はない」

「……あなたを苦しめるためじゃない？」

「だったら狙われたのはお前だよ、留依」

留依は表情を変えないまま言う。「わたしを喜ばせてもしょうがないのよ」

「普通はビビるもんだろ」

やはり表情は変わらなかった。胆が据わっているというよりも自分を突き放しているふうなのが留依らしかった。それが時に、安住を不安にさせる。

梓にも、同じような雰囲気があった。思えばタレントとして、成功に執着していなかったところも留依と似ている。

似ているといえばもう一つ。二人とも、仕事を突然とばすことは決してなかった。ねえ――、と留依が安住に抱きついてきた。そして安住を見つめる。

「警察に、病院の話はしたの？」

「病院？　室戸に襲われた時、病院に行かなかったことをか？」

留依は答えないまま、強い眼差しでこちらを覗き込んできた。

彼女の意図がわからず、安住は困惑した。

もしかしたら無実を証明する手立てを思いついたのかと期待を覚えた時、

「――わたしの勘違いね」

留依はそうもらし、安住の胸に顔を埋めてしまった。

「留依」

安住は彼女の髪にふれながら、ほとんど無意識で口を動かした。

「アズと連絡がつかなくなった時、どうして警察に相談しなかったんだ?」

留依は答えなかった。答えないまま、目を逸らした。目を逸らしたまま、身体を起こした。

「おかしい?」

留依の冷めた声が質問を返してくる。

思わぬ反応に戸惑いながら、安住は続けた。

「理由もなくドタキャンする子じゃないんだ。理由があったとしても連絡がないのは異常だろ」

「どんなことにも初めてはあるし、大げさに騒ぐべきかわからなかったのよ。あなたがいなくなった時だって、わたしは放置したでしょ?」

「おれとアズは違う」

留依の口元がわずかにゆるんだ。呆れたように。

安住自身、梓の音信不通を一週間もほったらかしにしてしまった。それは留依の言葉によって、梓がタレントを辞めたがっていると思い込んでいたからだ。

御堂によれば七夕の夜、梓は誰かと会う予定があったという。

「留依――」

自分の声が緊張しているのがわかった。

「お前、もしかしてアズの居場所を知っていたんじゃないのか？」

だから警察に相談せずとも平気でいられた。一週間の音信不通をやり過ごせた。

留依は答えなかった。安住に背を向け、黙りこくっていた。答えてほしかった。明確で、納得のいく答えを。

やがてため息交じりに、彼女はもらした。「そんなの、知るわけないじゃない」と。

「チャッピーに訊いてもいいか？」

「……何を？」

「アズの代役を務めるのが、いつ決まったのか」

白く薄い背中を見つめても、彼女の内面は遠い。

「好きにしたら？」

留依はベッドを降りた。


それから数日、安住は留依に宣言した通り、そして澤野田の言いつけを守り、自宅に引きこもった。マスコミが飽きるほど訪ねてきたが、すべて居留守を使った。携帯も登録のない番号は無視した。解放後の土日は、警察からも連絡はなかった。月曜日は迎えの車に乗って昼から取り調べが行われた。しつこく七月七日のアリバイを確認され、安住は同じ答えを返し続けた。

七月二十三日、水曜日。この日も安住は曾根崎警察署のお馴染みの部屋に座っていた。こちらもすっかりお馴染みになった御堂の顔は、ずいぶんと荒んでいた。寝不足なのだろうし、心労がたまっているに違いない。安住が頑なに否認を続けているせいだが、これればかりはどうしようもない。

少しばかり気の毒に思ったが、それは男の発した言葉で吹っ飛んだ。

「昨日、真代雄之から話を聞いてきたよ」

御堂は開口一番にそう言い、安住の心臓は跳ねた。

「……そうですか」

「面白くない話か？」

「別に。でも、楽しいってわけじゃない」

「自分が不幸にした人間やもんな」

安住は黙った。

「憎まれ口を叩く気にもなれんのか」

ずきっと胸が痛む。

「あんた、ずいぶんエグいことしたんやな」

それから御堂は、安住の過去を話し出した。十一年前、安住が二十六歳の頃の出来事だ。

所属していた右翼団体の命令で、兵庫県議だった真代典久に接触した。尼崎出身の男は当時、市長選挙への出馬を宣言し、選挙活動の真っ只中だった。県議時代から革新派を謳っていた典久は既得権益に群がるステイクホルダーたちにすれば面白い存在ではなかった。選挙妨害チームのリーダーを任された安住は典久を調べ、方々で得た情報から若き情熱家の圧倒的な人気と、アメフトで培った負けん気の強さを知った。生半可な嫌がらせではビクともすまい。山虎志会、それに遠山からもターゲットへの直接的な暴力行為は禁止されていた。

そこで安住は違う角度から攻めた。街宣車を使うなどという表立ったやり方ではなく、狙ったのは、家族だった。

典久には中学生の息子と大学生の娘がいた。父親の選挙活動を手伝っていたこの娘を、安住は徹底的に調べた。地元の有力者だった真代家の長女は評判のいい女だった。秀才肌で、一歩後ろから父親を支える奥ゆかしい性格。趣味は旅行。選挙前に運転免許を取得していた。

公示日から一週間ほどした頃、工作のチャンスが訪れた。その夜、選挙事務所から自宅に帰る娘は、一人で買ったばかりのミニバンを運転していた。そして人を撥ねた。

慌てて被害者に駆け寄る女に、偶然を装って安住が声をかけた。

――真代さんのお嬢さんじゃないですか？

娘はがくがくと震えていた。

――ああ、まずいなあ、意識がない。でも息はある。ここはわたしが上手くやっておくから、すぐ帰ったほうがいい。

でも……と戸惑う彼女に重ねた。

――いいから。今お父さんが大切な時期なのはわかっているでしょう？ わたしも真代さんを応援しているんです。いいですね？ このことは誰にも話しちゃ駄目ですよ。大変なことになってしまう。

車に轢(ひ)かれたのは安住が用意した当たり屋だった。

翌日、娘の携帯に電話をした。

――命に別状はありませんでした。ただ、ちょっと面倒な筋の男らしくて、慰謝料を要求してきています。

二百万という額は、彼女が内緒で用意できる範囲と計算していた。

――それを今から言う住所に、あなたが届けてください。それで全部解決します。大丈夫。途中までわたしもついて行きます。信じてください。

娘は安住の指示に従った。それが地元の暴力団の親分の家とも知らずに玄関で金を手渡した。衝突事故も、金の受け渡しも、すべて隠しカメラで撮影していた。もちろん安住は一切写っていない。

　そこから典久との交渉になった。まずは交通事故について。救急車を呼んだのは安住だから形の上では轢き逃げだ。そして金銭の授受。娘は父親の選挙スタッフである。公職選挙法の連座制を持ち出すまでもなく、地元ヤクザに現金を手渡している写真は強烈だった。

　証拠の映像を処分する条件は、出馬取り消し。

　典久から返事はなかった。しかしその日から本人抜きの選挙活動となった。

　そして投票日直前、真代典久は自宅で首を吊った。

「証拠不十分であんたはお咎めなし。嵌められた娘さんは心を病んで、今も施設で療養してるらしい。奥さんもあれ以来、抜け殻みたいになったそうや。雄之くんは独り暮らしで、軽度だが対人恐怖症を患って引きこもってる。一家は離散。唯一の救いは、働かなくても生活できる金があることくらいやろう」

　承知していた。繰り返し繰り返し、「儀式」のたびに室戸から吹き込まれていたからだ。

「どんな気分や？　なんの罪もない人間を奈落に突き落とすっちゅうんは。やっぱ、あんたらみたいな人間にはそういうのが快感なのか？」

そうだった。そう思っていた。いや、深くは考えていなかったのだ。ただのゲームだった。いかに上手く条件を満たし、ハイスコアを叩きだすかという遊び。それに安住は熱中していた。相手を自分と同じく人生を営む人間だと想像する余地はなかった。だからこそ、あんなことが平気でできたのだ。

「その後もあんた、女の子をアイドルでデビューさせるとか吹いてAVに流したり、まあ、ほんと、あっ晴れなくらいの悪党やな」

「それは違う。あの仕事は女の子も合意してた。初めからAVありきだったんだ」

「だからええやろ、か？　その神経が理解できんよ」

黙るほかなかった。安住なりの言い分はあるが、それが世間に通用するわけではない。まして容疑者を取り調べている刑事には。

「それをやめたと思ったら懲りずにタレント事務所か。アイドルの卵を抱くのが癖になったのか？」

「ふざけるな。おれは一度だってそんな真似をしたことはない」

「おいおい。北川副社長を忘れたらかわいそうやろ」

ぐっと歯を食いしばる。

「調べてみたら、あんたんとこに所属してる女の子は揃いも揃ってワケありみたいやな。フーゾク上がりに自己破産経験者、ヤク中やった娘とかレイプ被害者なんてのもいるらしいやないか。そういうのが趣味なんか？」

「うるせえ」

「副社長さんもワケありやな。昔、女の子の売春に関わってたんやって？　似たモン同士、さぞかしウマが合うんだろう」

「留依は関係ねえだろ」

「そうとも言えん。あんたが主犯で、嫁さんが共犯てセンもある」

「てめえ、あんまり無茶苦茶言ってたらこっちも出るとこ出るぞ」

「出たらいい。忘れたか？　こっちは横暴な国家権力なんや。あんたにはとっくに忠告してる。無駄に頑張ればいろんな人に迷惑がかかるぞと」

「……汚ねえことしやがって」

「自分とこのタレントをバラして、それを隠そうって卑怯者がいっぱしの口利くんじゃねえぞ！」

初めて御堂が声を荒らげた。

「さんざん弱いモンを食い散らかした上に、てめえは権利の主張か？　笑わせんなよ。今まで貯め込んだ悪行三昧、きっちり清算させてやるからよ」

御堂の怒りに、駆け引きの様子はなかった。

「どんだけ黙ってても無駄や。もうすぐ村瀬さんを殺害した場所が見つかる。そこに必ず、あんたの毛髪か皮膚の欠片が残っとる。必ずな。今時の科学捜査をなめるなよ。ホースで水浸しにしたって、絶対に残ってるからな」

御堂は椅子に背中を預け、腕を組んだ。

「今日はここまでや」

「――もう帰っていいのか?」

「いい。ただ、あまり外出はするな。ウチの捜査員もだいぶ疲れとる。特に夜はな。あの辺りは静かすぎて、八時を超えたら居眠りしてまうらしい」

ずっしりと重い荷物を持たされた気分で帰宅し、ソファに身を投げた。御堂から突きつけられた自分の過去に、神経がささくれ立っていた。

真代典久の自殺は寝耳に水で、衝撃だった。こんな結末を、当時の安住はまったく想像していなかったのだ。

典久の性格は豪放磊落、我が道を行く熱血漢と誰もが口を揃えていた。どんな相手にも真正面からぶつかり、曲がったことは許さない。そんな男が、あの程度で自ら命を断つとは……。誰の目から見ても、典久の娘が嵌められたのは明らかだった。警察がちゃんと動けば咎められたのは安住のほうに決まっていた。それでも良かったのだ。最終的にどうなろうと彼の当選さえ潰せれば仕事は成功だ。右翼団体の嫌がらせなど政治の世界では日常茶飯事だから、大事にはなるまいと高を括っていた。

小遣いくらいの駄賃で人殺しの汚名を着せられちゃかなわないっすよ――。そう遠山に直談判した。虚勢だった。本当は、自分のしでかした事態に恐怖していた。

山虎志からは足を洗えたが、今度は室戸に付きまとわれるはめになった。

室戸は真代典久に心酔していた。奴が逮捕された二度目の襲撃の時、安住を殴りながら室戸は語った。典久は自分の夢だった、いずれ彼に国政を担わせるのが生甲斐だったのだ、と。そして刑事に両脇を抱えられ連行される壮年の男は、血を流してうずくまる安住を振り返り、言った。

――また来る。

以来、十年にわたり七度、警察の目をかいくぐる生活をしながら、室戸は約束を履行し続けている。途方もない執念だ。

自分はとんでもない罪を犯したのだ、誰かの人生を大きく狂わせたのだ……ある意味、それを気づかせてくれたのは室戸だった。

遺族に詫びよう――。そう思った頃には事件から月日が流れすぎていた。どの面を下げて会いに行けばいいのかわからなかったし、手紙を書くにせよ、今さら言い訳でしかない気もした。なんだかんだと理由をつけて、目を背けてきた。

自分なりに贖罪をしてきたつもりはある。遠山から離れて作ったショーゲキが、まさに安住の想いを反映した会社だった。

けれどこんな自己満足に、どれほどの意味があるのか。

梓が誘拐されたと知った時、自分の中に生じた驚きや彼女の身を案じる気持ちに嘘はないと信じたい。けれど一方で、どこか心の片隅で、やっとこの時が来たと安堵する思いがあったのではないか。ようやく、罪を償える。すべてをなげうって梓を救うと決めたのは、ようするに自分本位の自分都合だったんじゃないか……。

結局おれは、ごまかし続けているんだ。同じ理由で、室戸の報復も受け入れてきた。

ぽっかりとした空白に佇んでいる錯覚に襲われた。たった独りのリビングは寒々しく、まるで檻(おり)のない牢獄だった。檻がないゆえに、出口もないのだ。

梓のことを思った。

つらい過去を背負っていた。明るく健気な振る舞いの裏に、どんな想いを隠していたのか安住にはわからない。わからないが、彼女を幸福にしてやりたかった。たとえ醜い欺瞞(ぎまん)であっても、そう望んでいた。

誰が、殺したんだ?

わっと体温が上がった。拳を握った。内臓を締めつけるほど、身体が強張った。ねじれた葛藤を忘れるほどの、怒りが込み上げた。

深呼吸を一つして、できるだけ冷静に事件について考える。

犯人は安住が、ショーゲキのタレントを決して見捨てないポリシーを知っていたはずだ。でなければ一億の身代金が成立しない。

思い当たる該当者は二人――室戸と留依。

留依を信じ切れなくなっている自分に愕然としながら、それでも安住は考えを進めた。

動機はわからないが、留依が失踪に見せかけて梓を殺したのだとしたら？　彼女の何かを隠している気配も説明がつく。

しかし、動機はともかく、留依が安住に罪を着せようとする理由がわからない。普通に考えて、繰り返し警察に相談すべきだと意見していた彼女をピュワイトと疑うのは筋違いだろう。

ならばやはり、室戸なのか。奴なら当然、安住に七月七日のアリバイがないと知っている。

室戸が、安住を苦しめるために梓を？

いや――、違う。

あまりにも単純な事実を見逃していた。室戸はあの夜、おれを監禁したのだ。それが真実だと、おれは知っている。

これこそが、梓を殺した犯人が室戸でないと信じるに足る根拠だ。

ならば、誰が——。

携帯が震えた。メールの受信を知らせる間抜けな音が響いた。機械的にそれを確認する。留依から帰宅時刻を知らせるメール、あるいはどこかの記者からの取材申し込みだろうと思った。しかし、長い文面はそのどちらとも違った。

午後八時。留依を残してマンションを出た。ジャージにTシャツ、手ぶらという格好だ。熱帯夜が続いていた。日が落ちても、煮える鍋がサウナに変わった程度の違いしかなかった。マンションのそばに停めてある灰色のワゴンに近づく。サイドウインドウを叩くと、それがゆっくりと下りた。

「——何か？」

運転席に座る若い背広の男が不機嫌そうに尋ねてきた。決して、居眠りをしていた様子ではなかった。

「おれが梓の殺害現場に行くのを待ってるんだろ？」

「……なんのことです？」

「悪いが、無駄だ。おれはやってないんだからな」

刑事は答えない。不自然な御堂の饒舌は、安住を証拠隠滅へ促そうという魂胆に違いなかった。

「ちょっと出かける。変に疑われるのも癪だから報告しておこうと思ってな」

「どちらへ？」

「コンビニだ。ここんとこ、久し振りで燃えちまってな。ゴムを切らしたんだ。一緒に行くか？」

刑事はやはり答えず、追い払うように前を向いた。

「十分以内に戻る」

そう告げて安住は歩き出した。角を曲がり早足に変え、しばらく進んでから携帯を取り出す。メールにあった番号にかける。パチンコ店につながった。

「東大阪のタナカを呼び出してもらえますか？」

ほどなく保留のメロディが途切れた。

「もしもし？　安住だ。家を出て歩いてる」

ワゴンの中で刑事が安住の通信を傍受している可能性もメールで指摘されていた。あり得ると思った。

「話とはなんだ？」

安住は、室戸勤の返事を待った。

8

社会福祉法人コミュニケアの事務所は大阪府高槻市にあった。質素なビルの二階の、質素なオフィスで副理事を務める初老の男性と向き合った。

「村瀬さんについてはこないだ、別の刑事さんにお話させてもらってますが？」

「ええ。ただ少し確認がありまして。同じ質問もすると思いますが、どうかご協力をお願いします」

いらぬ詮索をされず、麻生は安堵した。

穏やかな物腰のまま、彼は質問に答えてくれた。

「わたしらの主な活動は、犯罪被害者の社会復帰の援助です。メンタルケアや生活面、仕事、それにお金の世話なんかもしてます」

強姦事件を筆頭に、犯罪被害者が社会からオミットされるケースは少なくない。過失もない人間が、職場にいられなくなったり、外を歩けなくなったりして生活が立ちゆかなくなる。

「基本は大阪府内の警察署や自治体から紹介されてやってきた人らを相手にしてます。たまに県外というのもありますが、まあ近畿から外はないですね」

「こちらで働くには資格などが必要なのでしょうか？」

「法人自体は自治体の認可をもらっています。従業員はまちまちですね。メンタルケアといっても親身に話を聞く程度です。必要ならカウンセラーを紹介するわけです。法律関係については弁護士さんと何人か業務提携させてもらっています」

「村瀬さんにも特別な技能はなかったのですね？」

履歴書にあったのは普通自動車の免許だけだった。

「別にこちらも求めてませんからね。事務仕事も多いし、安い給料でよいと言ってくれるなら歓迎ですよ。あとは心意気さえあれば」

「心意気、ですか」

「こればかりはきちんと見定めます。何せ人の人生に関わる仕事ですからね。それも大半の相談者は不当に傷つき苦しんでいる人たちです。適当な腰かけで務まる仕事ではありません」

穏やかだが、確固とした信念が窺われた。

「村瀬さんにはそれがあったと？」

「そう信じています。実際、彼女の仕事ぶりには大いに感心していました」

「辞めたのはなぜです？」

「それはよくわかりませんでした。この仕事をしていると、いろいろな矛盾にぶち当たります。法律の矛盾、社会制度の矛盾。何より、被害者側の人間が必ずしも善人ではないという矛盾があります」

男は淡々と続ける。

「悪人が犯罪の被害者になることもあるわけです。彼らの中には、それを利用してできるだけ多くの利益を手にしようと考える者もいます」

「そういうのも相手にしなくちゃいかんわけですな」

三溝が感慨深げにもらした。

「そうです。だからある種の割り切りは必要です。刑事さんの仕事も一緒でしょう？」

軍曹は深く頷く。麻生も頭では理解できた。

「高い理想に燃えている人ほど、このギャップにぶつかると嫌気がさすんです。残念ですが、どうしようもない」

「村瀬さんもそうだったんでしょうか」

「それがわからないんです。わたしの知る限り、そういう事案に彼女が携わったことはなかったはずです。まだ三年目で、難しいケースを任せてはいませんでしたから」

「彼女自身は、辞める理由をなんと？」

「自分にしかできないことがある、と」

それがアイドルだというのなら、村瀬は相当に夢見がちな気質の持ち主といえそうだ。

「でも、心意気という意味では変わってなかったと思いますよ。誰かを救いたいという気持ちはね。彼女の場合、きっとあれはトラウマのようなものだったのでしょう」

「トラウマ、ですか？」

「義父から性的暴行を受けた少女の面談を任せたことがあります。その時、村瀬さんは少女の憎悪の言葉を聞いて、取り乱して謝ったんです。何度も何度も。ごめんなさい、ごめんなさい、と。わたしらが駆けつけた時には、逆に相談者の少女からなだめられていました」

「少し過剰ですね」

「行きすぎです。が、無理はないのかもしれない。後で知ったのですが、実は彼女も同じような経験をしていたんです」

「父親からの暴行ですか？」

「いや。村瀬さんには血のつながっていない妹がおりまして、被害者はその子です」

再婚相手の連れ子は村瀬と同い歳だった。父親は、その妹を凌辱していた。

「事に気づいた再婚相手が警察に訴え、父親は逮捕されたそうです。事件は解決しましたが、彼女の中には妹に対する強烈な罪悪感が残ってしまったのでしょう」

両親は離婚し、父親は刑務所へ。村瀬は亡くなっていた実母の実家に預けられる。その後、父親はもちろん、義母とも妹とも一切の連絡を取っていないらしい。育ててくれた祖父母も、彼女が大阪に出てすぐに他界しており、村瀬は文字通り天涯孤独の身だった。

「そんな事情のせいか、村瀬さんは犯罪被害者に対し過度に献身的なところがありました。贖罪（しょくざい）のつもりだったのかもしれません」

実際――と男は続ける。

「犯罪被害者の救済には限界があります。心や身体の問題だけでなく、たとえば金銭の話もそうです。犯罪被害に遭ったことで仕事ができなくなった人間を救うことは容易ではありません。わたしたちにできることなど微々たるものです」

弱々しい笑みの下、膝にのせた拳は固く握られていた。そういうものか、と思いながら麻生は質問を変えた。

「ここで村瀬さんと特に親しかった人などはいませんか」

「前の刑事さんにも聞かれましたが、そういう人はいませんでしたね」

「相談者とも？」

「それはまちまちです。先ほども申しましたが、場合によっては近づきすぎる印象もありました。プライベートまでは存じ上げませんが」

礼を言って腰を上げた。

「気の毒な子ですな。父親の罪に囚われた挙句、最期には自分が犯罪被害者になるなんて、やり切れん。わたしにも娘がおりますから、同情しますよ」

ハンドルを握る三溝の感想に、麻生は実感を持てなかった。気の毒なのは理屈でわかる。けれど三溝が抱いている感情と自分のそれは、似てはいても違うのだろう。

「主任はどう思います？」

「わたしには娘も伴侶もいません」

「違いますよ。村瀬さんが殺害された理由です」

ああ、そっちか――と心の中で納得する。

「安住が犯人でないなら、別の理由があるはずだ。なのに村瀬さんの周囲には親しい人物の影すら見当たらないとくる。これはどうしたもんでしょうな」

三溝の根回しで梅田、難波、京橋といった盛り場で村瀬を知っている人間を探す調査を行っている。正式な捜査ではないから人員も限られていたが、目ぼしい成果はない。

「今日の話でちょっと気になったのは村瀬さんの妹です」前を向いたまま三溝は続けた。「色恋沙汰のほかに動機があるとすれば、この娘が怪しい」

「自分を見殺しにした姉への復讐ですか？」

「たんなる可能性ですが」

信じてはいないのだろう。仮に村瀬に殺意を抱いたとして、それを狂言誘拐に仕立てる理由がない。

「大筋はね、主任の推理で合ってると思うんですよ。ピュワイトは村瀬さんを突発的に殺してしまった。それを隠蔽するために狂言誘拐を画策した。本部と我々の違いは、犯人が安住なのか、安住も被害者なのかってとこだけです」

そして後者であれば、ピュワイトは村瀬の周辺にいるはずだった。

「しかし解せませんな。もし村瀬さんに親しい人間――たとえば恋人がいたなら、そろそろ見つかっていい。本部だって安住との関係を探すために村瀬さんのパソコンや携帯は洗っています。そこになんの痕跡もないのは不思議ですよ」

それは麻生も感じている疑問だった。ここまで接触の跡がないとなれば、その存在を疑うか、ピュワイトは初めから後ろめたい動機で彼女に近づき、自分の存在を隠そうとしているということになりそうだった。

一方で、そこまで遠大な計画であるとも思えない。豊崎の部屋が村瀬殺害後に慌ただしく契約されている点からも、それは不合理だった。

「まあ今夜、ちょいと面白い話が聞けそうだから、それに期待しましょう」

浪速署生活安全課に所属し、誘拐事件で「当たり」を引いた男と会う約束になっていた。

インターチェンジに差し掛かり、レクサスは神戸方面行きの乗り口へ舵を切る。

「こっちでも有意義な時間を過ごせるといいんですがね」

安住が犯人でないという立場をとる以上、ピュワイトが狂言誘拐を起こした動機は二つ考えられる。一つはもちろん、村瀬殺害の隠蔽だ。そしてもう一つ――。

安住正彦への復讐という可能性である。

事件から十一日目の七月二十三日水曜日。行き先は真代雄之の住まいだった。

小綺麗な住宅がゆったりと建ち並ぶ一画に、目的のハイツはあった。二階建の四部屋で一棟、三棟が隣り合っている。外観から察するにファミリー向けの分譲マンションのようだ。洒落たデザインは、コンドミニアムと呼ぶ方が適当だろうか。

二階B号室のチャイムを押すと室内から「どうぞ」という声がした。ノブは簡単に回った。薄暗い玄関に立ち「大阪府警の麻生と申します」と声をかけると「どうぞ」と再び素っ気ない返事がする。目の前のドアの奥からだった。三溝と目配せをし、主人の命令に従う。

リビングに踏み入って、南向きの大きな窓を正面にした右手に、目を奪われた。ずっしりと重量感のある、真っ黒なグランドピアノが鎮座していた。

「趣味です」

声のほうを振り返る。リクライニング式のベッドに青年が座っていた。その背にパソコンのディスプレイが見えた。三台並んでいる。一番端に、冷蔵庫があった。

「こんにちは」

ストレートの黒髪が、眼鏡の半分まで届いていた。白いTシャツから華奢な二の腕が伸びている。下は白いスウェット、裸足。二十五歳の真代雄之は、表情のない顔で訪問者を眺めていた。

「こんにちは」

麻生は機械的にそう返しながら、居心地の悪さを感じていた。

「お茶は出せません。苦手なので」

「構いません。――音楽をされるのですか？」

ピアノとは別に、並んだパソコンの中にシンセサイザーのキーボードが見えた。

「ただの趣味です」

「そうですか」

素っ気ない受け答えの後、居心地の悪さの理由に気づいた。ゆうに二十畳を超えるリビングには、ソファもクッションもない。本棚もテレビもステレオも。三台のパソコンが、それらの役割を果たしているのが察せられた。必要な機能は、すべて雄之の座るリクライニングベッドから届く範囲に集約されている。麻生の立つ場所から雄之まで六メートルほど。その間に横たわるのは、のっぺりとしたフローリングの床と、窓から差し込む陽の光だけだった。この病室のような部屋には、誰かを迎え入れる意志がない――。それが麻生の心を、妙にそわそわとさせた。

「何か？」

と、青年は言った。一瞬、麻生はこの部屋に対する自分の感想を咎められたのかと錯覚した。何も、と返してしまうところだった。

「安住正彦さんのことでお話を伺わせていただきたいのです」

「同じ話を？」

「そうなるかもしれません。確認と思って、ご容赦ください」

「どうぞ」

雄之の言葉には無駄がなかった。呆れるほどの簡潔さだった。簡潔すぎて行間を読まなくては意思の疎通ができないほどだ。誰かを迎え入れる意志がない部屋の主に相応しかった。

「誘拐事件はご存じですね？　安住は今、容疑者として取り調べを受けています」

青年は答えない。自明な確認は、相槌すら必要ないと判断しているようだった。

「安住に最後にお会いしたのはいつですか？」

「一度も」

「まったくですか？」

「はい」

「話をしたことはありますか？」

「ありません」

「何か、やり取りをしたことは？　たとえばメールなどはどうです？」

無言。

「ないんですね？」

「はい」

ロボットでももう少し愛想がある——。麻生は自分の感想を、らしくないと自覚した。指に汗をかいている。

「安住について、あなたは今、どう思ってますか？」

「死ねばいい」

「え？」

「死ねばいい。そう思ってます」

何一つ、感情のこもらない言い草だった。

「それは——、殺してやりたい、というような？」

「死ねばいい。それだけです」

強行犯係の人間が尋ねた時も、真代雄之は安住への嫌悪を隠そうとしなかったという。しかし、ここまで露骨だとは想像していなかった。

「理由は十一年前、あなたのお父様が安住のせいで命を断たれたからですね？」

「はい」

「ご家族も、ご苦労されたと伺っています」

「はい」

まるで、目隠しでバットを振っている気分になった。振れども振れども、一向に手応えがない。球が飛んできているのかさえ疑わしい。

「事件について、何か思うことはありますか？」

「妥当だと思います」

「妥当、とは？」

「彼ならやる。驚かない」

「なるほど。被害者の村瀬梓さんをご存じでしたか？」

「知ってます。ニュースで見ました」

「事件の前は？」

「アイドルは好きです。『いとへん』も好きです」

唐突な告白だった。先回りをされている。

「村瀬さんと面識はありましたか？」

「イベントで握手したことがあります」

わずかに興奮を覚えた。

「いつ頃です？」

「去年の秋頃だったと思います。正確には覚えていません」

「言葉を交わしましたか？」

「がんばって、くらいは言ったと思います」

「その後は？」

「イベントがありませんでした」

「イベント以外ではどうです？　街で見かけたりとか、そういう機会はありましたか？」

「外にはあまり出ません」

「ほかの方法では？　メールや、電話です」

「彼女のアドレスを知りません」

芽生えた興奮が、徐々に困惑に変わっていった。青年が嘘をついているようには見えないが、真実であるかを見極めることもできそうになかった。質問を重ねれば重ねるだけ、核心から遠ざかっていくような気がした。

「室戸勤さんを知っていますね？」

「父の秘書をしていた方です」

「お父様を自殺に追いやったことを恨み安住を暴行し、室戸さんは服役しました。そして出所後、行方不明になっています」

「知っています。昔、警察に訊かれました」

「室戸さんの居場所をですね？」

「はい」

「なんと答えましたか？」

「知りません、と」

「連絡などは？」

「電話もメールもありません」

「安住は、自分が室戸さんに何度も襲われているのだと主張しています。村瀬さんが殺害されたと見られる日も、彼は室戸さんに拉致され、暴行を受けていたそうです」

無言。

「どう思いますか？」

「妥当」

「室戸が、安住を襲うことがですか？」

「はい」

「安住が嘘をついているとは思いませんか？」

「それも妥当です。どちらも」

「何か心当たりはありませんか？」

「ありません」

いつまでたってもボールは前に飛ばなかった。麻生は雄之とのわずか六メートルが、途轍（とてつ）もない距離に感じ、唐突に記憶の扉が開いた。

ためらいもなく虫をちぎり殺していた少年時代の、たった一度の例外を思い出す。中学に上がる直前、実家の部屋に迷い込んだ一匹のモンシロチョウだ。ひらひらと舞うその姿に、麻生は目を奪われ、やがて蝶は麻生の手のひらに止まった——。

「村瀬さんの、どんなとこが気に入ったんですかな？」

三溝だった。我に返った麻生の目に、雄之が初めて見せる、きょとん、としたような顔が映った。

「あまり外に出ないあなたが、わざわざイベントに行って握手したんでしょう？ ルックスですか？ それともキャラクターですか」

「……理由を説明するのは難しいです」

「そうですか。そうでしょうな。人が人を好きになるっちゅうのはそんなもんです」

雄之はわずかに目を細め、三溝を見据えていた。

「ところで、事件の時、どうしてました？　七月十三日ですが」

「家にいました」

「ずっと？」

「たぶん、ほとんど。コンビニには行ったかもしれない。覚えてません」

「七月七日は、覚えてますかな」

「先々週ですか？」

「ええ。月曜の夜です」

「覚えてません。調べておきます」

「ぜひお願いしたいですな。おわかりになったら、こちらへご連絡を」

三溝が名刺を取り出し、六メートルの距離を渡る。

「昨日の聴取はどうでした？　やっぱり同じような質問をされましたか」

「はい、と十七回言いました」

「はい？」

「そう。YESと」

「……数えてたんですか？」

「退屈だったから」

「今日はどうです？　何回言いましたっけ」

「数えてませんでした」

三溝がニヤリとした。その顔を見ていた雄之も、同じように口角を上げた。

「いずれまた、お時間をいただいてもよろしいですかな」

はい、とその表情のまま、青年は言った。


「どう思います？」

車に乗り込むと同時に飛んできた質問に、麻生は質問で返した。

「三溝さんはいかがでしたか」

軍曹は耳を捻り、短く息を吐いてから答えた。

「強行犯の連中がどんな聞き取りをしたのかアホでもわかりましたよ。自分たちに都合のいい、つまりは安住の心証を悪くするための質問だけをしたに決まってます。奴らはそれだけが目的やったんですから無理もないが」

あなたの家族は安住にこんなふうにされたんですね？　安住は他人を不幸にすることになんの躊躇もない男ですか？　自分を守るために平気で人を殺すような人間です

か？

そして雄之は簡潔に返答をした。十七回、はい、と。

「わたしらは違います。真代が安住を嵌めようとしたんちゃうかと疑ってかかった。わたしなんか踏み込みすぎです。アリバイの確認までしたんですからな」

ところが、と三溝がこちらを見る。

「奴はそれについて一言も抗議しなかった。普通、アリバイの確認なんかされたら誰だって不愉快なもんです。身に覚えがないなら特にね。そして、確認されたのが七月十三日だけでなく、なぜ七月七日なのかも尋ねてこなかった」

村瀬の死亡推定日は、事件の一週間以内、としか公表されていない。

「たまたま雄之が、にっくき安住の事務所に所属してるタレントのファンだったというのも、あまりにもあんまりだ」

「安住の事務所に所属していたから興味を持ったという順番なら不自然ではありません。後ろ暗い理由があるなら、きっぱり否定すればよかったはずです」

「調べればわかるからですよ。握手したのを誰かが覚えているかもしれないでしょう？」

「――自分から『いとへん』を持ち出したのも予防線だと？」

「パソコンの履歴を調べられたら村瀬や『いとへん』の検索が明らかになるかもしれ

ない。そうなった時、言い訳が必要です」

　合理だ。

「『いとへん』は本当に好きで、あえて誘拐の目的地に選んだとも考えられますがね」

　わからなかった。ただの先走りという気もした。しかし、あっさり切り捨てられない自分がいる。

「豊崎のマンションを契約した男性は中年です。変装しても雄之では難しい。ショーゲキの社印もあります」

「社印はどうとでもなる。それを元に偽物を作ることもできたはずや」

　雄之に限らず、真犯人がそうした可能性は高い。

「マンションを契約したヒワって野郎は協力者でしょう」

「強引では？」

「無理筋のストーリーに謎の人物はつきものですからな」

　余裕の笑みに麻生は食い下がった。

「真代雄之がピュワイトなら、動機は安住への復讐ですか？　そのために無関係な女性を殺し、切り刻んで誘拐事件に仕立てたというのは、それこそあまりにもあんまりでは？」

「相当イカれてるっちゅうことかもしれんが……たしかにどうも、しっくりきませんな」

笑みを消した横顔に、追い打ちをかける。

「仮に雄之が村瀬さんの『親しい人物』だとして、なのに村瀬さんと親密に連絡をとっていた形跡がまるでない。これはどう説明しますか？」

「もともと安住への復讐のために村瀬さんに近づいたからわざと目立たないようにしていた――、というのはどうです？」

それがなんらかのトラブルで村瀬を殺してしまい、順番が逆転した。

だが、それでもおかしい。

「村瀬さんの側に、関係を秘匿する理由がありません」

「タレントっちゅうのは色恋を隠したがるもんでしょう」

「私物の携帯に番号登録さえしていないのは行きすぎです」

苦笑を浮かべ三溝は両手を挙げた。

「わたしの推理がまだ空想にすぎないのはちゃんとわかってますよ。雄之がピュワイトなら、たんなるアイドルとファンでない、二人の接点を探さにゃならんでしょう」

浪速署の生安が答えを持ってきてくれたらいいんやけど――、と呟きながらレクサスのエンジンをかける。

「主任はどう思います？　雄之ピュワイト説を」

「——論理的に不充分です」

「デカの勘は信じるに値しませんか？」

「勘で逮捕できるなら裁判など不要です」

「厳しいなあ」

三溝の苦笑とともにハイツが遠のいた。

助手席で唇を結ぶ麻生は、白く空疎な部屋に佇む雄之の姿を脳裏に浮かべ、今しがたの自分の言葉と裏腹な想いに囚われていた。

——雄之はきっと、蝶を握り潰している。

それは紛うことない、勘だった。


大阪市内に戻った時、麻生の携帯が震えた。相手は千田だった。

〈貴様ら、何をしている？〉

答えを待たず、上司は早口に捲(まく)し立ててきた。黙って麻生は、鼓膜をビンタするようなその声を聞いた。あの部屋で沈黙していたグランドピアノを力一杯に叩けば、こんな音がするのかもしれない。

9

二度のドタキャンの末、鍋島はようやくキミカとの再会にこぎつけた。これで軍曹に雷を落とされずにすむ。

南堀江（みなみほりえ）にあるカフェからリンゴの職場があるアメリカ村までは目と鼻の先だ。記憶にある風体よりもキミカはやつれて見えた。相変わらずの長袖だった。

「暑くないんか？」

薄い笑みが返ってきた。汗をかくどころか、むしろその顔色は貧血を心配してしまうほど蒼白だった。メンタルが弱ってる、というリンゴの見立てに納得した。

「飯は食うてるんか？　「前会（お）うた時、果物しか食べてないて言うてたやろ」

「あの時は、ダイエット中だったから。今は、もう……」

必要ない――と続くのか。モデル業を営む者の悩みはいつだって体型の維持だ。異様な強迫観念に囚われ拒食症を患う子は珍しくない。

鍋島に限らず、きっと世間が思うよりも多くの男性が少しぽっちゃりしてるくらいの女性に魅力を感じるのではないか。しかしモデルという職業に求められる「品質」は男性の物差しとは別の価値観に基づいている。それはオブジェとして定められた規格に似ている気がした。

「今は食うてるんか？」

不毛な質問なのはわかっていた。生気が感じられないのは、メンタルも身体も同じだ。

「もうっ。取り調べのつもりなん？　ナベちゃん、デリカシーなさすぎ」

付き添いのリンゴが非難した。仕事前だからか、普段浪速署に遊びに来る時よりも「女」を感じさせるメイクであった。

「心配しとんねん。モデルを休むんやったら少しくらい食べても構わんやろ。復帰するならまたダイエットしたらええんや」

「算数みたいにはいきません」

キミカの口調には、あなたにはわからない、という諦めが漂っていた。

「太るのは簡単ですけど、痩せるのは倍の時間がかかるし、それに、疲れます。体質的に太り易いんで、すぐにぶよぶよになります。いったん伸びた皮膚が引き締まるのに半年はかかるし……」

皮膚が伸びるほど太るというのは大げさだし、半年という根拠も不明だ。だがキミカはそう信じて今まで過酷な節制を己に課してきたのだろう。リストカットに通じる自傷行為にも感じられた。

「ほかの事務所に移る気はないんか」

答えはなかった。うつむき、口元に泣き出しそうな笑みを張りつけている。

「怖いんです」

やがてぽつりと、そう言った。

「何が？　将来か」

「それもあります。はっきり言ってわたし、顔もブスだし」

「そうかな。おれならすれ違って振り向くけどな」

スケベ、とリンゴが茶化すが、キミカを和ませることはできなかった。

「わたしくらいなら、そこら中にゴロゴロしてます。昨日、携帯ショップにいた店員さんよりダメです」

重症やな、と鍋島は思った。

「仕事だって、それだけじゃ生活できてなかったし」

「みんなそんなもんやろ。成功するのは一握りや。運もあるしな」

「運は大切だよね。どうしようもないことってあるもん」

リンゴが訳知り顔で言う。案外この子は世の中を知っている。理屈でなく感性で。

「――アズさんみたいに？」

キミカが恐る恐るといったふうに尋ねてきた。期せずして本題に入れた。

「村瀬さんのことやね」

「……わたし、怖くて」

近くで同僚が死んだのだから無理もない。それも殺人だ。おまけに犯人とされているのが事務所の社長とくれば平静ではいられまい。

鍋島が上辺の慰めを言うより先に、キミカは自分の両肩を抱いた。震えていた。

「怖いんです」

大丈夫か？　と真剣に心配した。専門家の力を借りるレベルに見えた。

「わたしのせいかもしれない」

虚を突かれた。動揺を隠し、鍋島は尋ねた。「どういう意味や？」

「……アズさんに、わたし、嫉妬してた」

それからキミカは、切れ切れに村瀬への想いを語った。

村瀬梓は美しかった。ルックスはもちろん、立ち居振る舞いや表情が眩しく映った。決して自分の欲望を表に出さず、周囲に気を遣い、皆から愛されていた。

「全然、打算がないんです。なんていうか、キレイなんです。かなわないって思ってました」

「立場は変わらんやろ。村瀬さんかてほかに仕事をしとった」

「今だけです。すぐにアズさんならどっかの大手に引き抜かれて成功する。そしてわたしは取り残されて、歳をとって、忘れられていく」

強すぎる自己愛が裏返った自己卑下だ。いったん、この回路に搦めとられた者を引き戻すのは容易ではない。少なくとも鍋島の職分からは外れる。

それでも鍋島は職分の範囲で声をかける。

「村瀬さんがああなったのは君のせいではないやろ？」

「死ねばいいのに、って思ってたんです！」

鍋島は黙った。

「死ねばいいのにって……、何度も何度も。あんなにキレイでかわいくて、みんなに愛されて輝いてて……。こんな恵まれた人はわたしの視界から消えてほしいって、ずっと思ってた」

「思ってただけやろう。別に君が村瀬さんを殺してくれと誰かに頼んだわけやない」

その沈黙は不穏だった。何かあったのか？　ただの妄想でない、具体的な何かが。

リンゴもキミカの隣で顔を青くしている。勘のいい娘なのだ。

「――アズさんは、ウチで一番、人気がありました。クライアントにも受けが良かったし、ファンもいました。わたしたちのレベルじゃファンなんてそう簡単につきません。名前も顔も、覚えてもらうことすらできない。通りすがりのマネキンなんです」

自己卑下は無視した。それより村瀬について聞きたい。

「わたしは、それが憎たらしかった。アズさんばっかり、アズさんばっかり。苦しめばいい。そう思いました」

「何か、したんか？」

キミカが涙を浮かべながら告白した。

「わたし、アズさんに届いたファンレターを全部燃やしたんです」

はあ？　腰が砕けそうになった。

「ファンレターって、事務所に届くようなやつか？」

「そうです。それが社長にバレて、わたしは怒られて、アズさんは庇ってくれて、大丈夫って言ってくれて、気にしないって、それでもわたしは、こんな優しいアズさんなんか死んだらいいのにって……」

堰を切ったように嗚咽がもれた。その様を、鍋島は冷めた目で眺めていた。くだらない——。どうしてもそう思ってしまう。被害妄想が転じた加害妄想だ。この子はこの先、ちゃんと生きていけるのだろうか。脱力した意識の片隅で心配した。

「それ、いつの話や」

「……半年くらい前。バレンタインの頃」

鼻水をすすりながらの返答にも心は躍らなかった。それでもいちおう、軍曹に報告するネタにはなる——か？

「警察に、そういう話はしたんか？」

「警察にもマスコミにも、余計なことは喋らなくていいってルイさんが言ってくれたから……」

北川留依のクールな顔が浮かんだ。安住が疑われている限り、頭のいい彼女がこの子たちを野放しにするとは思えない。キミカなら簡単に誘導尋問に引っ掛かる。

「君はそれを守ってるんやな」

頷く。鍋島に話したのは顔見知りだったのと、同席するリンゴへの安心感からだろう。

「ほかのみんなは？」

「わかりませんけど、ルイさんを裏切る人はいないと思います。社長のことも好きだったし……」

ここでも北川留依のカリスマ性を知らされた。タレントを志す人間の大半は「わたしがわたしが」である。義理も人情も打算にすぎない。ショーゲキの所属タレントたちだって多かれ少なかれ野心を抱いていたに違いなく、事務所の悲劇を逆手にとって売名に走っても不思議はない。風評に聞く村瀬梓がレアなのだ。

ところが、驚くほどにそういう話は耳にしなかった。人数が少ないせいもあろうが、嘘でも安住と村瀬の関係を仄(ほの)めかす証言があっていいのに、まったくない。安住への義理立てだけではなく、北川留依の力なのだと鍋島は思った。かつて『グアチャロ』で売春を斡旋してた時も、被害者の女の子たちは北川を守った。彼女は不遇の子たちを手なずける天才なのか。

「村瀬さんに特別親しい人はおらんかったか？　たとえば恋人やが」

「そういう話はぜんぜん。わたしなんかが聞けるはずありません」

再びキミカは村瀬がいかに素晴らしい人間だったかを語り、それに比べ自分がいかに劣った人間かを繰り返した。小一時間、不毛なルーレットが回転するのを辛抱した。赤に落ちれば村瀬への称賛、黒に落ちれば自己卑下。どちらにせよ配当はない。

彼女たちのメンタリティはいつも、他者からの無償の愛を欲し、焦燥のような飢餓感に喘いでいる。純粋な愛に憧れ、最高の自分なら、それを手に入れられると信じている。

無償の愛など、宝くじより得難いのに。

そう気づいた者だけが、このスパイラルから卒業する。自分と世間に折り合いをつけ始める。それは虚しさを伴う成長だ。

価値観の多様化が進んだと謳われる昨今、若い連中の共通価値は金と性だ。金を持ってるか、異性にモテるか。それだけが誰しもに通用する物差しになりつつあると、鍋島は感じていた。

「AVに出ようと思うのはなんでや」

饒舌だったキミカは黙り、それからぼそぼそと答えた。

「ほかにできそうなことないし……。お金くらいないと、生きていけない。やるなら、今の内だから」

もう一つの価値。若さ。しかしそれは失われる。絶対に。彼らは二十歳を「終わってる」と笑い飛ばすことで、自らを追い詰める。

リンゴの視線を感じた。何か言え、とせっついている。

「それは、今の事務所の紹介なんか？　それともほかを通すんか」

答えない。迷っているのだ。だが鍋島にかける言葉はない。少なくともリンゴが期待するような言葉は。

「君が、本気でやりたいならやればいい。おれにそれを止める力はないし、止めようとも思わん」

口を挟みかけたリンゴを制し、鍋島は続けた。

「ただ、やると決まったら制作会社の名前を教えるんや。ろくでもないとこやったら、おれが話をつけたるから」

その瞬間、キミカは泣き出した。ぼろぼろと大粒の涙をとめどなく落とした。慌ててリンゴが友人をなだめ始めた。

伝票を手に立ち上がる。

「焼き肉でも食う気になったら連絡せえ。付き合うたるから」

はたして自分のやり方が、警察官として適正なのかはわからなかった。


軍曹に電話を入れると〈お前、どこに住んどる？〉と問われた。

「住之江ですが」

〈ならそっちに行く。待っとれ〉

何時とも、どことも言われなかった。結局、六時過ぎまで音沙汰はなく、連絡があったのは浪速署を出てすぐのタイミングだった。

〈住之江に美味くて安くて話し込める店があるか？〉

「はあ。美味いかどうかは保証できませんが」

〈ならそこに九時や。おれらが遅れたら先にやっとけ〉

横暴極まれり。しかし体育会系のノリには慣れている。喜多にいわせれば「ぬるま湯」の生安も、警官は警官だ。いったん自宅に帰り、馴染みの鉄板焼き屋に個室を予約した。

紅葉は部屋にいるようだった。中から音楽が漏れている。耳に覚えがあった。ノックしてから中を覗いた。

「飯は？」

「食べた」

娘はベッドに寝転がり雑誌を読み耽っている。高校二年。男手一つでは半グレの心配をしないでもなかったが、今のところその心配は杞憂に見えた。

いつか、紅葉も惑うのだろうか。無償の愛という幻想に。

胸が痛んだ。自分や他人にならばいくらでも訳知り顔で講釈をぶてる。世の中はそういうもんや。ありきたりの生活の中にこそ幸せはあるんや。——だが、娘となると割り切るのが難しい。

宝くじに当たってほしい。無償の愛に、当選してほしい。

「何？」

顔を向けずに不機嫌な声が問うてくる。リンゴのほうが、よほど鍋島に心を開いている。

「これ、『いとへん』やろ」

ぴくっ、と娘の肩が反応した。

「知ってるん？」

「少しだけな。この前、京セラドームでライブしたんやろ」

「詳しいじゃん」

「――ファンなんか？」

「悪い？」

「いや。女の子のファンも多いんか？」

「半々じゃない？　ちょっとだけ、男が多いかな」

「そうか。そういうもんなのか」

「あのさ。何？」

何？　と問われるたび、立ち止まってしまいそうになる。それでも鍋島は続けた。

「お前も、ライブとか行くんか？」

紅葉は答えなかった。

「どうなんや」

「これって、捜査？」

紅葉はやはり鍋島を見ない。

「捜査って、なんでそうなるんや」

「知ってるって。こないだの誘拐でしょ。『いとへん』のライブ会場が現場だったんでしょ」

ところどころ不正確だと言いそうになってやめた。

「人気者になれば、そういうこともあるわな」

「ジュンが可哀想。初めてのライブビューイングやったのに」

演技でない憤慨がこもっていた。熱心なファンらしい。

「ピュワイトなんて、ふざけてる」

「――どういう意味や？」

村瀬の殺害と誘拐は巷でピュワイト事件と呼ばれている。もちろん犯人の名をとったものだ。しかし紅葉の怒りは、ふざけた偽名を名乗る犯人に対してではなく、その名前自体に向けられている気がした。

「ピュワイトやと、まずいんか？」

「そんなんも知らんの？　川野派と松田派のアホが変な噂たててんの。ピュワイトが『いとへん』を狙ったのはジュンのファンやったからやって」

「なんじゃやそりゃ」

まず川野派や松田派がわからなかった。後で調べたところによると、同じファンの中でも派閥があって、それぞれ「推し」が違う者同士の小競り合いも珍しくないのだとか。

「なんでそうなるんや。ジュンって娘が、どうしてピュワイトとつながるんや」

大げさなため息の後、娘は無知な父親に情報を開示してくれた。

「ジュンは伊東純。ジュンは純粋の純。わかんない？」

「さっぱりわからん」

もう一度、ため息をつかれる。

「ピュワイトって、純・伊東でしょ？」

ああ、と膝を打ちそうになった。

ピュア・イトウ。伊東純。

なんともはや。たくましい想像力に脱力だ。

「それでジュンにヒボーチューショーしてる奴らがおるんよ。アホらし」

「それで、お前はライブは行くんか？」

「――行ってたら、何？」

また「何？」か。

「聞いたらダメか？　たんなる親子の会話やろ」

「普段しないくせに」

だから「捜査」か。

「どうなんや。こないだの京セラドームは、行ったんか？」

紅葉は答えなかった。

「紅葉」

「うるさいな。あの人が出てった理由がわかる」

ずきっ、と心に剣が突き刺さった。

「――おれが刑事やから、っちゅうことか？」

紅葉は明らかに読んでいない雑誌のページを苛立たしげにめくり続けている。

「ほな、しゃあないな」

鍋島は娘の部屋を出た。襖を閉ざし、無償の愛、という単語を思い浮かべた。

紅葉が「あの人」と呼ぶ人物は一人しかいない。紅葉の母にして鍋島の妻、史恵だ。

史恵が理由も告げずに出て行ったのはなぜなのか、鍋島は知らない。失踪人などではなく、ちゃんと現在の住まいもわかっている。史恵は実家の徳島にいる。だが会いには行っていない。向こうの両親から「しばらくそっとしておいてくれんか」と懇願され、心が折れた。今では連絡もしていないし、向こうからもない。もう二年。戸籍上はまだ夫婦だ。いずれ離婚届の用紙が送られてくるかもしれない。それか、本人がふらりと戻ってくるか。

前者のほうが確率は高そうだった。その時は、きっと良い人に巡り合ったということだと覚悟している。いや、巡り合ったとは違う。想いを成就させた、というのが正しいか。

史恵の過去を知らされたのは十年も前。紅葉が小学校に入学した年だ。仲人を務めてくれた当時の上司から直々に告げられた。おれの手抜かりやった——と頭を下げられた。背景調査を怠ったことを詫びられた。鍋島は呆然としていた。

史恵には男がいた。鍋島と見合う数年前まで、熱烈に愛し合っていた男だ。地元・徳島で漁師をしていた彼は、飲み屋の喧嘩で人を殺め、逃亡していた。

長くそれが知られなかったのは、史恵と男が不倫関係だったことが大きい。周囲の人間は、まったく二人の仲を知らなかった。十年目に明らかになったのは男の正妻が亡くなったからだ。彼女が隠し持っていた夫からの手紙が見つかり、詫びの文面に史恵のことが書かれていた。

しかし、鍋島はそれを史恵に問わなかった。自分が知っていることも明かしてはいない。仲人の上司にも他言無用と念を押した。世間体を気にしたり出世を望む性格ではなかったし、いい大人が知り合う前の過去に頓着してどうする。そんな寛大な態度を貫いた——つもりだった。

だが、鍋島は刑事だった。生活安全課という「ぬるま湯」であっても、被疑者から真実を引き出すことを生業とする刑事なのだ。視線や言葉の端々に、史恵は疑惑の気配を感じ取っていたのかもしれない。そして無言の圧力に苦しみ、自責に耐え切れなくなったのではないか——そう思うこともある。

一方で、史恵は無償の愛を信じているのかもしれないとも思った。いつか、その男と。そんな浪漫に殉じたのではないか。史恵が出て行ったのが、男が犯した罪の時効成立直後だったことも鍋島の推理を裏打ちした。

史恵と自分をつないでいるのは紅葉と、紙切れでどうとでもなる法律だけだ。

心が落ち込んだ。久しく感じていなかった、忘れようとしていた落胆だった。連れ戻しに行けばいい。何度そう思ったか。しかし、それで史恵は幸せになれるのか。本当に、おれを愛しているのか？　わからなかった。男と女など、しょせんは打算と惰性――。そううそぶくには、自分は臆病すぎた。結局、放置という選択が消去法で残った。

電話が鳴った。

「はい、鍋島」

〈三溝や。すまんが、今夜は無理になった〉

はあ、と気の抜けた返事をした。とっくにその気分ではなくなっていたからありがたかった。

〈ちょいと面倒が起きてな〉

「事件が動いたんですか？」

電話の向こうでため息が聞こえた。

〈もっとタチが悪い。いずれ埋め合わせはする〉

通話が終わり、反射的にアドレスを手繰った。喜多の名を探す。

「そっちで動きがないか？」

〈安住か？　いや、聞いてないで〉

「本部はどうや」

しばし沈黙があった。それから友人は訊き返してきた。

〈軍曹か？〉

「ああ。赤紙が撤回された」

〈赤紙ならあっちに届いたみたいやで〉

「なんやと？」

〈特殊犯係に応援要請っちゅう噂や。任務は防犯カメラの映像から、誘拐騒ぎ当日の安住の行動確認〉

「は？　それを主任と軍曹に？」

新米の若造にさせればいい仕事を？

〈千田課長の鶴の一声。典型的な懲罰配置や〉

目下同じ境遇の男は、どこか楽しそうだった。

10

その日の夕方、安住は留依と連れ立ってマンションを出た。背後に刑事の視線が張りついているのは承知していた。駅までの道すがら、隣を歩く留依の表情は硬かった。昨晩、安住と言い合いになった悶着が尾を引いているのだ。地下鉄で南森町に。その間も留依は黙りこくっていた。

今日の「お出かけ」は御堂にも告げてあった。少し、外の空気を吸いたい――。御堂は渋々了承してくれた。それが演技だと見抜くくらいは、御堂という男をわかってきたつもりだ。内心では、ついにきたか、とでも思っていただろう。

七月二十五日、金曜日。南森町の駅前は凄い人混みだった。沖縄料理の店に入って軽く夕飯をすませた。酒は一杯だけにした。珍しく留依は三杯飲んだ。やけ酒か、と普段見せない感情的な一面を微笑ましく眺めた。同時に、申し訳ないという思いもあった。

店を出ると陽が暮れかけていた。人の数は増え続けている。その流れに従って二人で歩いた。どこかでドンチャンというお囃子が聞こえた。浮かれた雰囲気の中、ぶらぶらと進んだ。途中、留依の手を握った。人前でのスキンシップを嫌う彼女が、今夜ばかりは拒まなかった。

どーん、と音がした。群衆が、その音の出処を探して空を見上げた。夜空に花火が上がっていた。大阪、夏の名物、天神祭の幕開けだった。

歩調はわざとゆっくりにした。尾行の刑事に余計な心労を与えるつもりはなかったし、何より留依との時間を満喫したかった。方角は東を向いていた。京橋、桜ノ宮方面だ。断続的に花火の音が響いた。そのたびに歓声があがった。

歩行者天国になった交差点はタイガースが優勝した時のような人口密度だ。立ち止まらずにゆっくり進んでください！　警備の警官が声を張っていた。無駄だ。これだけの人。そして祭りという治外法権。人々は愉快な暴徒と化していた。警備の一人が、好き勝手に行き交う人群を前にへらへら笑っていた。どうにもならん、と書かれた吹き出しが見えるようだった。

ビルとビルの間で、花火が輪を作った。広がり、落ち、消えていく。そして次の、どーん。味気ないビジネス街で爆ぜる刹那の光は痛快だった。自動車を締め出して、我が物顔で街を歩くのも爽快だった。暑苦しい人混みも華やかさの演出に思えた。

「街を歩きながら眺める花火はいいな。ビールが飲みたくなる」

「飲めばいいじゃない。飲んで、ぐでんぐでんになればいい」

棘があった。不貞腐れた響きが可愛らしい。

「お楽しみはとっておくさ。飲み明かすなら、お前とゆっくりだ」

「……あなたは馬鹿よ」

「そうだな。今おれが考えてることの大半は、どこにお前を連れ出すかだ。城崎はどうだ？　カニを食って、混浴の露天風呂で朝までヤリまくろう」

「歳を考えて」

少しだけ、いつもの調子になった。それが嬉しかった。このまま、いつまでも歩いていたかった。留依と手をつないで、わずらわしいすべてを忘れて。

目的のコンビニが見えた。

「――じゃあ、行く」

留依は何も言わなかった。ただ、安住を見つめる目が、電灯と花火の灯りを複雑に反射していた。

その瞳が、安住を引き止めた。

「一つだけ教えてくれ」

訊くべきか迷っていた問いかけが口をついて出た。

「どうして、アズを辞めさせようと思ったんだ？」

驚く様子も見せず、留依は黙ってその質問を受け止めていた。

梓のピンチヒッターを務めた女の子に確認をとった上で、安住が出した結論だった。突然の代役に彼女が対応できたのは、十日も前からその日の予定を空けておくよう命じられていたからだという。もちろん安住に覚えはなく、留依の手配に違いなかった。

留依は、梓が七月八日の現場に来ないと知っていたのだ。つまり——。

「あのキャスティングを、お前はアズに伝えていなかったんだろ?」

ゆえにドタキャンが発生した。

留依がピュワイトでない以上、嘘のドタキャンを仕組んだ理由は一つしか思いつかなかった。梓の引退を、安住に納得させるためだ。

「どうして、そこまでして——」

タレントを諦めさせようと?

留依はかすかに目を伏せ、すぐにこちらを真っ直ぐ見つめてきた。

「あの子の幸せは、ここにはなかったからよ」

その言葉の意味を、安住は理解できなかった。ただ、さみしげな彼女の声色が、決して梓の不幸せを望んでいたわけでないと信じさせてくれた。

ほかにも訊きたいことはあった。それ以上に、ここで別れる未練があった。

花火が上がる。留依の顔に光が映る。その背後を、人波がゆっくりと流れている。

「必ず戻る」

そう言い残し、安住は留依に背を向けた。コンビニの中に入る。刑事がどれほど警戒してようと、まさか行きずりの店内にもう一つ出口があって、そちらから安住が抜け出すとまでは考えていないだろう。そこに賭けた。

一目散に便所へ向かう。運良く空いていた個室に飛び込み、素早く上着とズボンを脱いだ。服の下にはTシャツと短パンを着込んである。セカンドバッグからキャップを取り出す。脱いだ服とバッグはそのまま便所に置いて、足早に店を出た。

人混みに紛れ、しばらく歩いた。すべて指示の通りだった。尾行を撒けたならこの先、呼び止められるはずである。

と、背中に突起物が押し当てられた。

「そのまま歩け」

歩調を変えないように足を進める。背後に貼りついた人影を振り向きたい衝動を堪えた。どーん、と一際大きい花火の音がした。

「こっちを見るな」

頷き、歩いた。向かう先に大きな橋が見えた。桜宮橋だ。四方八方、見物客であふれている。

「言う通りにする。おれは、あんたをどうにかするつもりはない」

相手は無言だった。値踏みされているのかもしれなかった。

「おれを尾行してた刑事たちの様子は見てたんだろ？　おれを見失って大慌てだったはずだ。演技に見えたか？　あんたをとっ捕まえて『これがおれのアリバイです』なんて言ったところで、シラを切られたら終わりなのはわかってる。その自信があるんだろ？」

返事はない。

「おれはただ、協力してほしいだけだ」

「お前に協力などしない」

室戸勤の、しわがれた声が告げた。

唾を飲み込み、安住は返す。「刑務所に入る前に殺しちまおうと思って呼び出したのか？　それならさすがに抵抗するが」

「調子にのるな。できないとでも思っているのか」

突起物が突きつけられた背筋が凍った。しかし負けてはいられなかった。

「話があると言ってきたのはあんたのほうだ」

「――お前はやってない」

十年ぶり。いや、ほとんど初めての、まともな会話だった。

安住は唇を嚙んだ。

「そうだ。おれはやってない。あんただけがそれを知ってる」

橋が近づいている。牛歩のようにのろまなスピードで群衆は動いていた。どーん、どーん。その度に辺りが明るくなった。

「それを、警察に話してくれると助かる」

「塀の向こうに戻るつもりはない」

「一緒にいたと言ってくれるだけでいい。あんたが不利になるような話はしない」

「断る。お前を助ける真似はしない」

決意がこもっていた。その拒絶に、落胆があった。しかし、当然とも思った。

「だったらなぜ、おれを呼び出した？」

安住に接触するリスクはわかっているはずだ。にもかかわらず室戸はメールを送ってきた。拉致して携帯を奪った時にアドレスを控えてあったのだろう。発信元を隠す工作もしているのだろう。しかしメールでは安住側に文面が残る。個人を特定できる内容でなくとも、危うい手段なのは間違いない。

室戸は答えなかった。背中に貼りついたまま、じっと息を殺していた。

「あんたも、やってない」

安住は言った。

「あんたがアズを殺し、その罪をおれになすりつけようと思うなら、監禁したおれの横にアズの遺体を置いておけばよかったんだ。狂言誘拐の必要なんてない」

逆にいうと、狂言誘拐に監禁は不要なのだ。室戸があの夜に安住を監禁したのは、その時点で彼が梓の殺害を知らなかったことを意味している。

だがピュワイトは、監禁の事実を利用して狂言誘拐を仕組んだ。

なぜ、それが可能だったのか。

「——ヒワは、あんたか？」

安住から尋ねた。助ける以外の目的で安住にコンタクトしてくる理由は一つしか考えられない。真実を話したいのだ。清廉潔白を信条としていた男の、矜持ゆえに。

「……そうだ」

室戸の返事に、ぶるっと心が震えた。

「ウチの社印を用意したのもあんただな？」

答えはないが、政治家の秘書だった室戸に馴染みの職人がいてなんら不思議はない。即日入居が可能な物件も容易に探し当てただろう。

「真代、雄之か」

確認よりも独り言だった。絶対に室戸は頷かない。人生を捧げて仕えた真代典久の遺児を、彼は溺愛していたと聞いている。雄之もそれは織り込み済みで、だからこそ室戸を使った。

復讐。父を自殺に追い込み、一家を破滅に導いた安住への。

「――おれは、理由は聞かされていなかった」

室戸の声に、前を見たまま頷く。

「連絡をとっていたんだな。いつから？　どうやって？」

「……答える必要はない」

出所して行方をくらませてから、二人はなんらかの方法で連絡をとっていた。室戸は共通の敵である安住への報復を、雄之に伝えていたのだろう。

七月七日の監禁も雄之は知っていた。それを利用して安住に殺人の罪をなすりつける計画を練った。室戸を動かし準備を整え、狂言誘拐を決行した。

「雄之は、あんたの行動をどう思ってたんだ？　おれに対するものだ」

答えない。雄之の名を出せば、こいつは口を閉ざすのだ。

「言い方を変える。おれは恨まれているのか？」

「当たり前だ」

今度は即答だった。異議を差し挟む余地などなかった。

「そうか……」

虚しさが胸を満たした。仕方ない――。ずっとそう言い聞かせてきた。自分はそれほどのことをした。その過ちを償うことはできない。人の死は、取り返しがつかない。だが、心のどこかで、時が罪を赦してくれるのじゃないかという期待があった。

仕方ない。だが——。

「だが、アズは関係ない。なぜ、アズを？」

声が震えた。怒りが込み上げていた。雄之が、安住をいたぶる室戸のやり方を手緩いと感じ、強硬手段に出た可能性を考えた。だとしたら、おれは雄之を殺してしまうかもしれない。

殺るならおれを殺ればいい。なぜ、関係のない人間を巻き込んだ？　それがどれだけ醜い行いか、お前は知っているはずなのに……。

室戸の返答はない。さっき、奴は言った。理由は聞かされてなかった——と。

「あんたは、どうしたい？　おれに、何を期待してる？」

どーん、どーん。花火が空に弾けて散った。

「——お前を殺るのは、おれだ」

「じゃあ今すぐそうしたらどうだ？　そして終わりにするんだ。アズを殺した奴に、あんたが償わせろ」

「偉そうなことを言うな」

「あんたはそれを望んでるんじゃないのか？　おれに真犯人を暴けと」

「自惚（うぬぼ）れるな。お前に何ができる？」

橋に差しかかったその時、シャツを引っ張られた。

「お前は、おれから逃げることはできない」

「あんたからじゃない。おれが逃げられないのは、おれの過去だ」

室戸は黙った。立ち止まった一組の中年を、通行人が邪魔くさそうに避けていく。

どーん、どーん。

「彼にも、その過去を背負わせるつもりか？」

「黙れ」

「教えてくれ。おれは、何をすればいい？」

室戸はそれを知っている。それを伝えるために今夜、危険を冒して安住を呼び出したのだ。

「ＩＣレコーダーなんか仕込んじゃいない。そのつもりなら刑事に耳打ちしてる」

昨晩、留依にさんざんっぱら叱られた原因だった。

「頼む。教えてくれ」

室戸の存在を証明せずに、安住のアリバイを証明する。それは完全に矛盾している。室戸にその気がないのであれば、警察は安住を疑い続ける。雄之の思惑通りに。

証明すべきは安住の無実ではなく、雄之の有罪だ。しかしそれを問答無用に提示する、その方法がわからない。

「このままだと真犯人は逃げ切る。これだけコケにしたんだ。警察は強引にでもおれを逮捕するだろう。時間が経てば証拠も消える。時間がないんだ。頼むっ。言ってくれ。おれは何をすればいい？」

どうすれば——。

「終わらせることができるんだ？」

心底からの叫びだった。届いてくれと祈った。祈るほかなかった。身勝手な願いなのはわかっていた。わかっているからこそ、終わらせなくてはならないんだ。

大きな閃光が夜空に花開いた。観客がいっせいに、おおー、と感嘆した。

「——真犯人なら、アリバイがない」

七月七日の夜に。

「だが、ある」

「なんだと？」

「アリバイがある。おれはそれを知っている」

それから室戸は、安住の耳元に囁く。真代雄之のアリバイを。

「——助かりたければ、これを崩せ」

背中の圧力が消えた。闇と群衆に消えた。安住の過去の化身が去った。

安住は頭を切り替えた。室戸と反対の方向へ進む。戻るつもりはない。財布には限界まで札を咥えさせてある。携帯は置き捨てたバッグの中だ。今持っているのはずいぶん前に契約してほったらかしにしてあった社用のもので、アドレスの移し替えは済んでいる。生半可な調べでは、この電話機が事務所からこっそり消えていると気づかれる心配はない。留依が口を割らない限りは。

安住は、このまま逃亡する決心をしていた。

留依に呼びかける。すまない――と。これしか道はないんだ。自分の手で真犯人を突き止め、梓を弔う以外には。

しかしはたして、どれほどの意味が――そんな思いがよぎった。だが、足は止まらなかった。

どーん、どーん。歓声、光、煙。夜の闇に浮かぶのは、刹那の幻だ。弾けて消える、泡沫(うたかた)だ。

それは時に、決して色褪(いろあ)せない記憶に刻まれる。

橋を渡り切り、国道一号線に出る。タクシーを拾って乗り込み、行き先を告げる。

「難波に」

ドアが閉まる間際、室戸が初めて、「また来る」と言わなかったことに思いいたった。

四部

1

久しぶりに臨んだエスカレは予想以上に鬱陶しかった。相手は商品の誇大広告をあげつらい、言葉尻をとらえてはねちねちと言い負かそうとしてくる男性クレーマーだ。

〈だからさ、おれが訊いてるのは一つだけなんだよ。本当に効果はあんのかって。あるって、なんでおたくら言えないのよ〉

「申し訳ございませんが、こちらの商品は医薬品ではございませんので効果・効能というお伝えの仕方はできません。個人差はありますが、わたしどもとしては商品に自信を持ってお薦めさせていただいております」

〈いやいや、ちょっと待ってよ。個人差とか言って逃げないでくれない？　あのＣＭだと絶対痩せるみたいになってるじゃない。ねえ、そう思わない？〉

「そのようにお客様が感じられたのであれば、紛らわしい表現があったのかもしれません。貴重なご意見として承らせていただきます」

〈じゃなくて、なんで『痩せませんでした』って人を映さないの？　ねえ、個人差あるっていうならそれ、ちゃんと紹介しないと駄目じゃないの？〉

「貴重なご意見でございます」

〈いやいやいや。貴重でもなんでもなく、普通のご意見でしょうが。じゃあさ、あのCMは誇大広告だって、そういうことでいいのね？〉

「弊社としてはそのような認識は持っておりませんでしたが、お客様にご納得いただける広告づくりに今後とも努めて参りたいと考えております。貴重なご意見ありがとうございました」

〈あ。あんた、終わらせようとしてない？〉

当たり前や――。直孝は舌打ちをしそうになった。

オペレーターの席に座って腕を組み、機械的な返答をする。「とんでもございません。お客様のお時間をこれ以上いただくのは申し訳ないと思う次第でございます」

目が、天井に吊られたテレビへ向いた。音声はないがライブ字幕で内容が追える。ワイドショウの芸能リポーターが深刻そうな顔で、体調不良を理由に番組収録をキャンセルし続けているアイドルの話題を取り上げていた。『いとへん』の伊東純だ。

音のない画に半歩遅れの字幕が流れる。

『今月になってもう二度目なんですね。所属事務所の発表ですと夏風邪ということなんですが、今、一番売れ時の彼女たちの、伊東さんはセンターですから、これは只事ではないんじゃないか、と騒がれているんですね』

乾（いぬい）という芸能レポーターの解説に司会者が相槌を打つ。

『大人気ですもんね』

『ええ、そうなんです。この間の全国ツアーも大成功で、もうスケジュールは来年まで埋まってるんだそうで。それが突然のキャンセルですから、これは何かあったんじゃないかと』

『ただの風邪でなく？』

『ええ、もっと深刻な』

『異性関係かなんか？』

〈おい、聞いてんのかよっ〉

伺っております、とクレーマーに生返事をしながら、目はテレビから離れない。

〈だいたいなぁ——〉

『いや、それがですね「いとへん」が所属してるパッシングプロモーションというのは、非常に行き届いた管理で有名なんですね。これまでもスキャンダルってほとんどないんです。今回、突然で、それも一番の稼ぎ頭ってことで、業界でも首を傾げる人が多数なんですよ』

『こないだのライブでは、乾さん、あの、例の誘拐騒ぎがありましたよね？』

『そうなんです。関西のアイドルの子が痛ましい結果になってしまったあの事件で、その舞台に選ばれたのが彼女たちのライブビューイングを上映していた劇場だったんですね』

『何か影響があるんでしょうか？　その、メンタル面とかで』

『あるんじゃないかと言われてますね。何せライブ会場がある大阪で遺体が見つかってますし、被害者は同じアイドルだったわけですからね。それと――』

レポーターの背後にあるボードの映像が切り替わった。

『インターネットなどの掲示板ではこんな憶測が囁かれています』

それは誘拐犯の名乗ったピュワイトという名が「ピュア・イトウ＝純・伊東」であることから、今度は伊東純が狙われるのではないかという妄想じみた仮説だった。

『ちょっとこじつけすぎな気もするなあ』

コメンテーターで年配の俳優が映る。

『純ちゃんって幾つなの？　十代？』

『二十三歳ですね。「いとへん」って、最近ではちょっと遅咲きのグループなんですよ』

『じゃあ大丈夫だよ。おれだって、そういう手紙とか、たくさんきたよ。そんなの気にしてたら、このショーバイできないもん』

『いや、仲野さんは男だし』

『関係ない、関係ない。それくらい、覚悟してなくちゃさ』

気がつくと、クレーマーはとっくに電話を切っていた。

ああ、やっちまった。どんな相手であれ、きちんと対応しましたという証拠は残しておく必要がある。キリがなくなり問答無用で切るにせよ「お電話ありがとうございました。失礼させていただきます」と告げなくてはならない。これもアテナのルールだ。

ゆっくり腰を上げ、管理席へ戻ると淵本が声をかけてきた。

「たまには飲みにいかないか?」

「嫁さんにどやされるぞ」

「喧嘩も刺激だよ」

堅物にしては気の利いたジョークやないか。

「考えとくわ」

淵本は諦めたようにデスクのディスプレイへ目を戻した。

惰性でパソコンを起動する。くだらないクレーマーだろうと専用端末で報告伝票をあげなくてはならない。最後のほう、男が何をくっちゃべっていたのか覚えていない。適当にごまかそう。

現在、エニウェアにおける直孝の立場は「処分保留」だ。誘拐事件の時の社則違反と柳への暴言が原因である。かろうじて降格、解雇の憂き目を避けられているが、さして喜びも感じない。

直孝は完全に浮いていた。元々、気難しく粗暴な管理者としてオペレーターからは忌避されていたが、それでも一目置かれていたのはやることだけはきっちりやっていたからだろう。仕事への意欲を失った暴君に付いてくる部下などいない。与えられている仕事はルーティンの事務作業ばかりだ。

この先どうしようか――。文字通り窓際のデスクに座り、宙を眺める。今日の放送管理は小谷が務めている。アテナから現場責任者の許可をもらった彼女は、めきめきと実力をつけ始めていた。

自分がいなくなっても、この職場は回る。

――当たり前やないか。今までだって何人も辞めていった。小谷だって淵本だって、柳だって、辞めたら辞めたで誰かが代わりを務めるだけや。

フロアの天井を見上げたまま、つい先日、会社を訪れた刑事たちとのやり取りを思い出した。彼らの要請で、首実検ならぬ声実検に協力するのは三度目だった。

都合五人分の音声を聴いた。読み上げられた文章がピュワイトの台詞をベースにしているのは明らかで、不自然に数字を読み上げる箇所まであった。ただ一点、この実検の声には不自然な機械の加工はない。

直孝は毎度お馴染みの台詞を繰り返した。——正直、なんとも言いようがないですよ。

話し方やニュアンスはどうです？　会話のプロである下荒地さんにご判断いただきたいんです。

お決まりの応酬だった。しかし、と直孝は思う。直接話せるならまだしも、決められた文章の棒読みに口調も何もあったものじゃない。第一、音声ならすでに警察に提出しているのだ。そっちで聞き比べでもなんでもすればええやないか——。投げやりな不満を心の中で吐き捨てた。

もう一度聴いてくださいと五人の音声がリピートされた。どうですか？　と刑事は身を乗り出すが、直孝はほとんど聞き流していた。どうせ結果は変わらないからだ。

「どれか、覚えのある声はありませんでしたか？」

「……三番目」

「三番目が、どうしました？」

「聞いた感じですね。なんとなく」

「喋り方や雰囲気が？」

「まあ、なんとなくですけど」

「ピュワイトと、似てますか？」

答えなかった。三番目の男の声に聞き覚えがあるのは事実だったが、なんのことはない。彼の声だけが、三回の実検で皆検なのだ。それが何を意味するか、わからないほど馬鹿ではない。

「三番目の声が、一番近いんですね？」

「はあ。まあ……」

「いや、下荒地さん。ありがとうございます。大変参考になりました」

そうですか。よかったですね。つきましては弊社役員にも下荒地が役立った旨、ご報告のほどよろしくお願い致します。当方、柳部長からお役に立てと厳命されておりますゆえ。

くだらねえ――。

つまらない思い出に心が唾を吐いた時、視界にオペレーターの挙手が見えた。

淵本が向かい、電話を代わった。しばらく話してから戻ってくる。

「なんやった？」

「……いつものお爺ちゃんさ」

「ザマちゃんか」

年末くらいから頻繁に電話を寄越すようになった常連のイタズラだった。イタズラといっても悪意があるわけではなく、認知症なのだろう。施設の電話を使い、週に何度かかけてくる。そして「アズサ、アズサ」と繰り返す。

応対を気に入られ、オペレーターを指名してくる者は通常の客にもいるが、普通は代わらない。男のイタズラは男性管理者が担当するルールもある。けれど、ザマ老人だけは違った。梓が出るまでかけ続けてくるし、梓が話をすればその日はもうかけてこない。初めは施設の人間に苦情を伝えるなどして防止に努めたが、無駄だった。やむなく梓に交代を頼むと、彼女は困ったような笑みを浮かべつつ「いいですよ」と頷いた。それが「ザマさんきましたー」で通じるほど常態化してしまっていた。

「どうやって納得させた?」

「村瀬さんは、もういないと言った」

そうか、と返した。

「爺ちゃん、よく納得してくれたな」

「納得してもらうほかないよ」

そうやな、と返した。

「報告伝票をあげろよ」

「わかってる。アテナに着信拒否設定の依頼もするよ」

淵本の暗い顔は、面倒な作業依頼書のせいではないだろう。きっと直孝も同じ表情をしている。

梓はもう、いない。

2

島流しの身にも安住失踪の報は伝わってきた。麻生は曾根崎署のＡＶルームでそれを聞いた。

「今頃、誰かさんは十三階段を上ってる気分でしょうな」

三溝が千田の名を出さなかったのは、部屋に捜査一課の若手がいたからだろう。麻生たちに背を向け黙々と作業に没頭する彼が、助手という名目の監視役なのは明らかだった。

言い渡された任務は、防犯カメラの映像による安住正彦の行動の裏付けだ。事件当日、安住が行った喫茶店や映画館、主要な場所の確認はとっくに強行犯係によって終わっている。麻生らが命じられたのはその間をつなぐ補足で、必要性は低い。期間は終了するまで無期限の休みなし。ようするに嫌がらせだ。

ご丁寧にも長時間にわたる映像が手元にあった。駅構内などは比較的簡単に安住の姿を見つけられたが、難波や阿倍野の地下街、梅田から豊崎への往復は骨が折れた。夥しい数の人の群れから安住を見つけるのは、一昔前に流行った『ウォーリーをさがせ！』のようなものだ。それでも二日間で成果はそれなりにあった。いくつかの場所で安住らしき人物を探し出し、地図に時刻を記す。そのどれもが、安住の証言と一致していた。

「いずれ、刑事の仕事は全部これになるかもしれませんな」

大阪市内におけるカメラのカバー率は相当だと、麻生もあらためて思った。しかし何もかもというわけにはいかない。たとえば阿部野橋『タセット』では出入りだけでなく、安住が席に着いている姿も映っているが、背中だ。画質も粗く、所作もはっきりしない。エニウェアコールにピュワイトからかかってきた四度目の電話の正確な時刻に、安住が携帯を耳にしているかの判断は難しかった。もっとも、最近では骨伝導を使ったイヤホン型の無線通話機などもあるから、単純な動作は重要ではないだろう。せめて口の動きが見えればよかったが、背中越しでは無理な注文だった。

まったくヌケ落ちている映像もある。安住が立ち寄ったと主張する梅田の喫茶店『モアレ』にはカメラはなく、店主は安住を覚えていたが彼がそこで何をしていたのか正確な記憶はない。

もっとも重要な場所も守備範囲外だった。封筒が見つかった靭公園と豊崎のマンションは映画館だけだった。

ョン付近である。結局、梅田界隈で安住が確認されたのは映画館だけだった。

防犯カメラの精査という下っ端仕事の副産物は、蚊帳の外だった麻生らが安住の行動を知れた点だろう。安住の主張は概ね正しく、その正しさは基地局から割り出されるピュワイトの行動とぴったり一致しているという事実の確認にすぎなかったが。

「小山。そっちはどうや？」

三溝が気安く声をかけるが監視役の刑事は答えなかった。小山とて遊んでいるわけではない。彼が見つめる画面は、隙間のない群衆で埋め尽くされていた。

「消えた安住の足取りでしょうな」

気の毒げに三溝が囁いてきた。安住は一昨日の夜、天神祭の最中に行確の刑事を撒いて消えた。コンビニの防犯カメラにはトイレで着替え終えた姿が映っていたが、それを最後に安住の足取りは途絶えた。実家の三重に向かったという情報もあったが、詳しくは届いてきていない。どちらにせよ今、大阪府警は総力を挙げて、そして秘密裏に彼の行方を追っている。

「逮捕状をとって指名手配って動きもあるそうです」

当然だろう。警察が安住を追い込んでいたのは周知の事実だ。これを取り逃がしただけでも大問題だが、万が一、安住が自殺、もしくは自暴自棄になって誰かを傷つけでもしたらおしまいだ。その身柄を押さえるまで、上層部はストレスと抱き合い続ける日々が続く。

「しかし馬鹿なことをしたもんだ。これで安住は完全に黒塗りです」

そう言って腕を組む三溝に、この懲罰仕事への情熱は微塵も感じられなかった。

「まあしかし、ある意味ラッキーかもしれませんな。安住が見つかるまで、上はわたしらのことなんぞかまってる余裕もないでしょうから」

「三溝さん」

「なんです？」

「迷惑をかけました。いずれ、わたしたちは査問にかけられるかもしれません。その時は、わたしの命令だったと仰ってください」

「どういう意味です？」

「義理立ては不要ということです」

年上の部下は鼻で笑う。

「言われなくてもそうします。安住が真犯人だと決まった暁（あかつき）にはね」

主任、と三溝は顔を寄せてきた。蒸し暑い室内で、余計に湿度が上がった気がした。

「わたしはまだ、安住がクロだと納得したわけじゃありませんよ。我々のこの状況が、まさにそれを表してるやないですか」

　千田からの突然の電話で告げられた懲罰配置には理由があった。麻生たちの動きが上に伝わったきっかけは御堂の告げ口などではなく、真代雄之からのクレームだ。麻生訪問の直後、雄之は大阪府警に電話を入れた。『先ほどの麻生警部の質問にお答えします』。取り次いだ捜査一課の担当に、そう切り出したという。そして最後に、このような扱いを受ける覚えはなく、ついては弁護士に相談も検討していると告げた。

「なかなかやりますよ、向こうも。こっちが非公式の捜査と見破って一番痛いやり方を選んできやがった。なめた野郎です」

　三溝の態度には怒りと、それと同じくらいの闘争心がみなぎっていた。

「こっちも反撃といきましょう。まずは上手い言い訳を考えて、この辛気臭い監獄を出ましょうや」

「三溝さん」

　今度は真っ直ぐに部下を見る。

「もうやめましょう」

　軍曹の眉間に皺が寄った。

「何を言ってるんです。奴の反応こそ、やましいところがあるっちゅう証拠やないですか」

「たんに我々が気に食わなかっただけかもしれない。普通はそう考えます」

「しかし――」

「それに。彼にはアリバイがあった」

三溝は麻生を見つめたまま黙った。電話で雄之は以下のように告げたという。

――七月七日のアリバイを思い出したのでご報告します。ぼくはその日、姉のいる施設に一日中いました。昼過ぎに行って、夜は施設が主催する七夕のイベントに参加したんです。翌朝、朝食の時間までそこにいました。施設の人が証言してくれるはずです。

「出まかせに決まってます」

「ここまで言い切っているんです。職員は七日から八日の朝まで、雄之がいたと証言するに違いありません」

「夜中の内に往復したのかもしれない」

「岐阜にある施設からですか？　バイクで片道三時間かけて？」

真代雄之は自動車免許を持っていない。あるのは単車だけだ。

「不可能ではないでしょう」

「不可能でなくとも、不合理です」

村瀬梓殺害は計画的なものではなく、突発的な事故である可能性が高い。すると雄之が、姉を見舞うその夜に村瀬と待ち合わせていたとするのはおかしい。わざわざ好んで岐阜と大阪を往復する理由などない。

「村瀬さんのほうが岐阜に行ったとすればどうです？」

「それなら施設の方から連絡があるはずです。これだけニュースになっているんですから、村瀬さんの顔を知らないとは考えにくい」

「変装してたのかもしれない」

「なんのために？」

答えは返ってこなかった。

「安住は逃げました。それも意図的に。これを犯人性の告白とするのは、いたって常識的です。わたしの勘は外れました」

「主任」

「さあ、仕事をしましょう」

「――それは命令ですか？」

「そうです」

そうですか、と言うや、三溝は机に両足をのせ目をつむった。麻生は部下のボイコットを咎めもせず、安住の姿を映像の中に探し始める。それが今できる唯一合理的な選択だと自分に言い聞かせた。

3

安住は駅のホームに立っていた。

ここに来る途中、ガラスに映る自分を見てこそばゆい気分になった。パッと見、いかにもやり手のコンサルタントだ。こんな格好が意外とさまになるのだという、つまらない発見をした。

逃亡生活二日目の日曜日、午前十時。上下で四万のスーツに三万のビジネスバッグを携え、短髪に刈り、伊達(だて)眼鏡にマスクをした。これでカツラをつければ「ヒワ」になりそうだと苦笑した。

天神祭の夜、難波に着いた安住はまず、量販店でシャツとズボンとキャップを購入した。

警察はすぐにでもコンビニの防犯カメラをあらためるだろう。安住を乗せたタクシーだって探し出すに違いない。難波へ向かったと知られるのは時間の問題だった。

「近鉄は何時まで走ってるかな」桜ノ宮で捕まえた運転手に、安住はそう声をかけていた。「今夜中に実家に帰りたいんだけどね」

故郷はどこです？　三重だよ――。こんな素人考えの撹乱が通じるかはわからなかったが、念のため駅の窓口で名張行きの切符も買った。そして大急ぎで着替え、湊町の高速バス乗り場へ走った。

目的地に着いたのは朝四時半。ファストフードで時間を潰し、スーツを仕立てた。眼鏡、バッグと揃え、デパートのトイレで身に着けた姿は、我ながらなかなかの変身ぶりだった。それでも警官とすれ違うたびに胆が冷えた。

夜は出張のビジネスマンを装ってホテルに泊まった。身分証を出せと言われないようなユースホステルだ。今朝、そこを出て真っ直ぐ駅を目指したのである。

ホテルのテレビを見た限り、安住の逃亡が巷間に広まっている様子はなかった。だが、ホテルやタクシー会社は裏で警察と密につながっている。ホテルの利用に不安はあったが、それなりの身なりに整える必要があったからやむを得ない。運を天に任せるほかなかった。

電車が轟音とともに岐阜駅のホームに突入してくる。風が舞う。飛ぶようにすぎてゆく窓ガラスに、再び自分の姿を見た。「父親のために介護施設を探すエリートサラリーマンの息子」に相応しい男が映っていた。

岐阜県の片田舎にある駅ロータリーに、それらしい車が停まっていた。近寄っていくと案の定、運転席の青年が出てきて尋ねてきた。

「若林様ですか？」

はい、と涼しい顔で安住は答える。

「お待ちしてました。ラファホームの井関と申します」

淡いグリーンのゆったりとした服装だった。職場のユニフォームなのだろう。トヨタのミニバンに乗り込むと、シートベルトを締めながら青年が口を開いた。「少しかかります。お手洗いは大丈夫ですか？」

走り出した車の中で、安住ははつらつとした青年に話しかけた。

「ラファホームは大変な人気だと聞きました」

常駐スタッフによる介護サービスや生活サポートを提供する老人ホームだ。

井関が嫌味なく答える。「最近は入居まで数ヵ月待ちという所は多いですよ」

「ラファホームさんもそうなんですか？」

「そのへんはマネージャーからご案内させていただきますのでご安心ください」

わかりました、と頷いておく。ここまでのところ、自分の演技力に安住は満足していた。

予告通り、車は小一時間ほど走らねばならなかった。迎えを頼んで正解だった。タクシーならば相当な額になっただろう。山道を抜け、すっかり田舎の風景が広がったところで井関が声をあげた。

「見えてきました」小高い丘に建物が見えた。「不便な立地ですが、とても空気がおいしいですよ。それに静かです。わたしどもが提供するのは余生ではなく、静養。それが社是なんです」

「別荘気分ということですか？」

「そう思っていただいて構いません。あくせくした人生の静養です。煩わしいしがらみを捨てて、英気を養っていただきたい。ここでオシマイということではないんです」

かすかに胸が痛んだ。オシマイになった人々の顔がよぎった。

敷地内に入り綺麗に整備された庭を抜け、駐車場に着く。車を降りて建物を眺める。横長の三階建て。ビルやマンションという風情でなく、きちんとデザインされたホテルのようだ。ホワイトベージュの壁は暖かみを湛えている。

「携帯電話の電源は切ってください。ペースメーカーをつけた入居者様もいらっしゃいますので」

素直に従い、建物の中に足を踏み入れる。

ロビーも垢抜けた雰囲気だった。ガラス張りの壁際に置かれたゆったりとしたソファで、老人が数人談笑している。なんとも優雅な日向ぼっこだ。

「ようこそ。マネージャーの山根（やまね）です」

カウンターの奥から現れた痩身の男に名刺を差し出され、安住は照れ笑いを作った。

「すみません。名刺の用意を忘れてしまって」

「ええ、ええ。構いませんよ。さあ、こちらへどうぞ」

足取りもゆったりとしている。意識してそうしているのだろう。静養という社是に説得力があった。

「今日はお仕事の合間か何かですか？」

「出張で大阪におりまして。ついでみたいで申し訳ない」

いえいえ、と始終愛想が良い。応接室に通され、冷たいお茶を頂戴する。

「お住まいはどちらですか？」

「東京です。広告代理店に勤めています」

社名を告げる。実在する会社、そして実在する社員だ。仕事の関係で知り合った男の人生を拝借していた。

「父が兵庫にいるんです。マンションの一人暮らしで、頭はしっかりしてるんですが足が悪くなってしまって、それでいろいろ回ろうと思っているんです」

「なるほど、なるほど」山根が大きく頷く。「いつ頃の入居を希望されておりますか？」

「来年くらいを目途にしたいんですが」

ホテルで考えたストーリーを適当に話すと、相手はやはり、うんうん、と大げさに頷いた。実際に問題を抱えている客にはそれが親身に映るのだろう。

それからビジネスの話になった。入居形態によって初期費用が変わる。ネットの評判通り、高級の部類に入る施設のようだ。どのようなサービスが行われており、逆にどのようなサービスは行えないかの説明もあった。適当に相槌を打っておく。

「ところで、若林様は当施設をご紹介でお知りになったと伺っておりますが」

アポイントの時についた嘘は、スムーズな見学のほかにも必要があった。

「ええ。真代さんです」

ほう、と山根の狐顔が縦に伸びた。

「真代様というと――雄之様からですか」

「いいえ。正確には雄之くんのお父上、典久さんとお付き合いのあった方からなんです」

「お名前を伺っても？」

「それはちょっと。申し訳ないが、別のところを選ぶ可能性もあるので」

ここは曖昧にごまかす。そんな人物など知らないからだ。

「真代さんは、ここの出資者だそうですね？」

正確には運営会社の出資者だ。これを教えてくれたのは室戸だった。典久は死んだが、真代家は未だにオーナー一族である。

「実はわたしも典久さんにお世話になっていた時期があるんです」

「それは、それは」

「雄之くんのことも、ほんの少しですが存じています」

そうでしょう、そうでしょう。

「梢さんのことも」

そこで山根の顔から追従が消えた。

「こちらにおられるそうですね？」

返事はなかった。かすかに探るような顔つきになっている。

「いや、すみません。プライバシーを詮索するつもりはないんです。ただ本当に久しぶりで、ちょっとお顔を見たくなっただけで」

「申し訳ありませんが――」

「わかっています」

柔和な笑みを作ってみせる。オーナーの家族であればこそ、本来高齢者を対象とした施設に、まだ三十を超えたばかりの梢は暮らしているのだ。

「雄之くんも、お姉さんのところによく足を運んでいるそうですね。この間の、七夕の時もいらしてたんでしょ？」

　山根は答えなかった。

「あれ？　違いましたか？　紹介してくれた方がそう仰られていたので、てっきり」

「いえいえ。それはもう、ずいぶん頻繁にお訪ねになられておりますよ」

　少しは安住の嘘を信じ始めたようだ。

「彼は元気でしたか？」

「はい、はい。七夕の時はですね、昼からこちらにいらして、ずっとお姉様とご一緒でございました。それで夜には、ちょっとしたパーティがありまして。雄之様には余興で演奏をしていただいたんです。その腕前に皆、聴き惚れておりました」

「演奏、ですか」

「はい。キーボードを持参くださいましてね。あれはなんという曲なのか、わたしは存じませんでしたが、とても美しい、癒される曲でございました」

「――昔から、お姉さんと二人で習ってましたからね」

　十一年前、真代家について調べた記憶が蘇った。真代家は典久の父が起こした不動産業で財を築いた。典久は次男坊だ。家業は長男が継ぎ、典久は政治の道に進んだ。青春時代はアメフトで汗を流した典久だが、娘と息子に与えた教育は音楽だった。それを格式を持たない成金のコンプレックスだと、当時の安住はせせら笑っていた。

「──大丈夫ですか？」

心配げな山根の声で我に返る。気がつくと目頭が熱く火照っていた。

「すみません。思い出したら、つい」

演技でなかったのが功を奏したのだろう。山根が神妙に口を開いた。

「気の毒なご姉弟です。雄之様はまだしも、梢様はこの十年、まともに口をお開きになりません。ここにいらしてからもしばらくは大変でした。癇癪を起こされることも多うございました」

演技に見えない神妙な顔で続ける。

「雄之様が訪ねてくるようになって奇怪な行動は減りましたが、心はふさぎ込んだままなんです。無理もない。ご自分のせいでお父様が亡くなられたのだと、そう思い込んでらっしゃるんですから。──お母様は、一度も梢様をお見舞いにこられません」

「え？」

「責めているのではないと思います。けれど、責めてしまうかもしれないと思ってらっしゃるのかもしれません。だから、娘さんに会いにこられないのでしょう」

典久と妻は、熱烈な恋愛結婚だった。それも安住は調べた。子煩悩であることも。

そして、利用した。

山根が小さくため息をつく。「実は何年か前、担当の女性スタッフに梢様が突然抱きつかれたことがございます。もの凄い形相で、あの細い身体のどこにそんな力があるのかと思うほどの勢いだったそうです。それから梢様は——」

山根が自分の右肩を指した。

「噛んだのです」

まるで獣のように。

「しっかり痕が残るほどでした。たまたま雄之様がそばにおいでで、なんとか収めてくれたのですが、そうでなかったら……」

言いながら遠い目を宙へ投げた。

「なぜそのような事態になったのか、誰にもわかりませんでした。スタッフの彼女は梢様を献身的にお世話しておりましたし、雄之様とも仲良くやっていたんです」

噛まれた彼女は真代家から見舞金を受け取り、そのまま退職してしまったという。

「梢様が落ち着かれたのは、雄之様が部屋にキーボードを持ち込まれるようになってからです。雄之様の演奏を聴いている時は、とても穏やかなお顔をされているそうです。お二人は、何も語らずとも強い絆で結ばれているのでしょう」

もらい泣きしたように、山根は洟(はな)をすすった。馬鹿にする気にはなれなかった。

「わかりました」

膝を叩き、山根が言う。

「お話をしていただくわけにはいきませんが、梢様の部屋を覗いていってください」

最上階の一番奥の部屋を前にして、安住の鼓動は乱れそうになった。快適な空調に関係なく汗が流れた。

「山根です。失礼しますよ」

ノックの後、園児に声をかけるように呼びかけ、山根がスライド式のドアを開ける。すぐにもう一つ、同じようなドアがあった。

「入ってもよろしいですか？」

カチっと音がした。電動の鍵で、中からリモコン操作で開錠できるのだという。

「ほかの部屋にはないんですが、梢様は若い女性ですから」

その扉を横に引くと、白く薄いヴェールのようなカーテンが視界を遮っていた。慣れた手つきで山根がそれをかわす。

部屋は広かった。面積の話でなく、あまりにも殺風景な室内には、ただの一つとて無駄なものがなかった。窓、カーテン、ベッド、ソファセット。ほとんどそれですべてだった。

梢はソファに座っていた。窓の外を眺めていた。長い髪はしっとりと黒かった。そのか細いシルエットは、この部屋の空虚と溶け合って、一つの空しいオブジェだった。

「――出ましょう」

安住は一言、唸るように絞り出した。一秒でも早く、この場を去りたかった。十一年前、自分が奈落に突き落とした女性がそこにいた。自分のせいで心を壊した女性が。

彼女はまさしく、安住の過去そのものだった。

真代梢は、最初から最後まで、ほんのわずかもこちらを振り返ろうとはしなかった。

「特別な部屋なんですか？」

廊下を進みながら山根に尋ねた。自分の動揺を隠すための問いかけだった。

「まあ、そうです。あのサイズの部屋は普通、ご夫婦で利用されるものですから」

ベッドもダブルサイズだという。

「バスルームにトイレはもちろんですが、キッチンもあります」

「キッチンも？」

「料理が生甲斐という方もおられますので」

高級マンションと遜色（そんしょく）のない設備である。

「本当は、あまり広すぎる部屋はどうかとも思ったんです。失礼を承知で申しますが、心を病んでしまわれた方には適切でないのじゃないかと」

山根の言う通り、あの部屋に満ちていたのは快適さとは無縁の、ただぽっかりとした空白だ。

「ですが、梢様には雄之様がおられますから」

「――かなり頻繁に来られるのですか？」

「週に一度は必ず。二度三度の時もありますし、泊まっていかれる日もあります。掃除や洗濯、お料理も雄之様がなさっているんです」

「雄之くんが？」

「ええ。ご自分でそう仰られまして。自分がやるから、できるだけそっとしておいてほしいと。雄之様の希望で簡易ベッドも設置してますし、冷蔵庫も家庭用の大きなものに替えています」

普段、めったなことで梢は部屋を出ないし、部屋に誰かを入れるのも食事の時だけらしい。それも雄之が来ればなくなる。あの場所は姉弟の繭（まゆ）なのだ。

適当に資料をもらい、安住がラファホームをあとにしたのは正午を過ぎた時刻だった。

「七夕のパーティは楽しかったかい？」

運転手の井関に声をかける。

「ええ。ウチの入居者は元気な方が多いですから。ご家族様も何人かいらっしゃってましたし、音楽の演奏なんかもあって華やいだ感じでしたよ」

「――夜中に抜け出す人とかはいないの？」

「え？」

「いや、セキュリティについて聞きそびれたからさ」

「それは大丈夫です。十時に消灯した後は警報装置が作動しますから、警備の人間が絶対に気づきます」

「侵入も無理なんだ」

無理ですね、と笑顔で断言する。

「七夕の夜みたいに、パーティがあった時も同じ？」

「同じです。あの時は八時に終わって、それからコミュニティルームはしばらく開放してましたけど、消灯はいつも通りでした」

「部屋の窓は？　それくらいで警報が鳴ってたら騒がしくていけないだろ」

「窓にセンサーはありませんけど、人が出入りできる隙間はないです」

ホテルの自殺対策と同じ造りらしい。

「なるほど。ちゃんとしてるね」

はい、と元気の良い返事。

「音楽の演奏って言ってたけど、誰か外から人を呼んだの？」

「そういう場合もありますけど、こないだは入居者のご家族様ですね」

「ここで八時に終わって帰ろうと思ったら大変だな」

「その方なら泊まっていかれましたよ」

「――朝までいた？」

「はい。帰りに挨拶しましたから」

「送っていかなかったの？」

「バイクで来られていたんです。渋いSRで。お荷物も、演奏に使ったキーボードだけでしたから大丈夫と仰られていました」

「ふうん」

「余程、ご入居者様のことが大切なのでしょう。あの週は連日のようにいらしてましたね」

「七夕の後も？」

「はい。お見かけしました」

聞けば八日火曜の朝に帰った雄之は、水、木、金、とラファホームを訪れたらしい。雄之の、あまりに強い梢への想いに、押し潰されそうになる。

いいところでしょう？　うん、いいところだね、ありがとうございます——。

そんな会話をしながら、安住は後部座席に背中を埋めた。ひどく疲れていた。ここに来たことを後悔していた。

おれの過去は、生きている——。静養などというポジティブさとはかけ離れた佇まいで。

収穫はたった一つ。真代雄之のアリバイは強固だという事実だけだった。

独りになると、途端に行き先を見失った。広々とした田舎の駅前には商店街もなく、無機質なロータリーのほかにはコンビニくらいが生活感を匂わせていた。それから交番。安住は改札とコンビニと交番が作る三角形の中心で、立ち尽くした。

自らの手で真犯人を突き止める。真代雄之をピュワイトとして警察に突き出す。そのために無謀な逃亡を決行したが、これといった勝算があったわけではない。材料といえば室戸勤からもたらされた雄之のアリバイだけで、それが揺るぎないと確認されてしまった以上、打つ手がなくなった。残るはもう、直接雄之に直接問い詰めるくらいだ。

それは危険だ。自分の身も危うくなるし、雄之と相対し、自分が本当の殺人者になってしまう恐れもあった。

梢の背中が目に浮かんだ。清潔で広すぎる部屋に佇む女性は、一切の寄る辺を失って漂う凧のようだった。置き忘れられた人形に見えた。安住がどれほど謝罪しようと、その場で腹を掻っ捌こうと、彼女の失われたものは戻ってこない。

そう思うと、安住の足は動かなかった。どこかへ行かなくてはならない。逃げるにせよ、追うにせよ、諦めるにせよ、ここにいても仕方がない。けれど、どうしようがあるのか。梓は死んだ。真代典久も死んだ。時間は過ぎ、誰もあの時に戻ることはできない。

しかし自分は、のうのうと生きている。留依というパートナーを得て、肉を食い酒を飲み、笑ったりもしている。苦労は絶えないが、恵まれた生活だ。そのすべてを返上したとしても、やはり梢の心を取り戻せはしないだろう。

罪を償うとは、何を指すのか。

ぼんやりと青空を眺めていたら、身体から見えない粒子が漏れていくような気がした。どこにも行けないような気がした。ここは牢獄だ。檻のない牢獄なのだ。ここに居ると気づいた人間は、もう二度とここから外に出ることがかなわないという、完全無比の牢獄だ。

あるいは——真代雄之の罪を背負うことが自分に許されたただ一つの贖罪なのかも

しれない。梢の姿を見て、真剣にその可能性を検討する自分がいた。檻のない牢獄から逃れるには、檻のある牢獄に行くほかない……。

一歩、踏み出そうとした時、携帯が鳴った。この番号を知るのは留依だけだ。しかし留依からの着信ではなかった。もしこれが警察からの連絡だったら、それが留依の意志であり、もしくはもっと大きなものの意志なのだろう。その時は、大人しく従おう――。

「はい、安住」

〈よう。元気か?〉

遠山郁だった。

4

六時になって、麻生は身支度を始めた。これで帰れるわけではなく、府警本部に戻り形ばかりの業務報告をしなくてはならない。

「お疲れ様です」

声をかけた相手は無言だった。同じ部屋に詰めて四日間、小山との会話は成立していない。

「帰らないのですか？」

行きかけた足を止め、問うてみる。まだ二十歳を超えたばかりの青年はじっとモニターを眺めている。コマの落ちた、カクカクとした動画がスローモーションで流れている。

「阿部野ですね？」

反応なし。

「急ぎなら手伝いますが」

「……ポイント稼ぎですか？」

さすがに苦笑した。警察という縦社会で、二つ以上も階級が違う若造に投げつけられる台詞ではない。それが今、自分の置かれた立場なのだ。

「作業の遅れはわたしの責任でもあります」

「こっちは強行犯の仕事ですから」

「同じ大阪府警の仕事です」

小山は振り向きもしない。

「ここで一番役職が高いのはわたしです。必然、わたしが責任を負うことになります」

「部下の統率もできないんじゃ、仕方ないでしょ」

ため息をつきたくなった。小山の言い草にではなく、その事実にだ。

今日、三溝は曾根崎署に現れなかった。府警にも確認したが出勤しておらず、欠勤連絡もない。携帯に電話をしてもとってもらえない。

「三溝さんの件を報告するつもりですか？」

応えない小山の背中を見つめる。

「あなたも捜査一課なら、彼の世話になったことがあるんじゃないですか」

「黙ってろってんですか？」

「わたしに一任してほしいとお願いしているんです」

「同じじゃないっすか」

予想以上に頑固だ。若さゆえの潔癖か、怖いもの知らずか。どちらにしても、強行犯向きの性格だろう。

「おれは去年からの配属です。警部補のことはほとんど知りません」

そこまで考えた人事か。三溝と千田が犬猿の仲なのは確からしい。

「ならば命令します。三溝警部補の処置はわたしに任せてください」

「おれは警部の部下じゃないです」

「言い方を変えます。今日、三溝警部補がここに来なかったのはわたしの命令でした」

言って、麻生は扉へ向かう。

「……報告しますよ」

「それがあなたの仕事です」

部屋を出た。

タクシーを止める気になれず、府警本部まで歩いた。徒歩だと三十分はかかる。無駄な時間だが、不思議と気にならなかった。疲れた、と柄にもなく思った。一日中モニターとにらめっこで目を酷使し、肩も凝った。しかしそれだけではないだろう。

なぜ、あんなことを言ったのか。三溝は組織から与えられた命令を無視して無断欠勤をした。公務員としての義務を放棄した。理由がわからない以上、麻生はそれを上に伝え、処分を任せなくてはならない。それが麻生の義務だ。

なのに麻生は三溝を庇った。本人が取るべき責任を勝手に背負った。らしくない。

大阪に赴任して二年、彼に支えてもらった恩情だろうか。違うと思う。三溝の仕事として麻生に仕えたのだし、麻生にしても彼を優秀な部下以上に扱ったためしはない。これまでもそうだった。いかなる時も、麻生が重視するのは合理であって情ではない。まして正義じゃない。

自分の生活の糧として与えられた仕事をまっとうする。そこには怒りも、大げさな使命感もない。ある意味で警察官は、粛々と任務をこなし、市井（しせい）から法廷へと被疑者を運ぶ作業員にすぎない。裁くのは検事であり弁護士であり、裁判官だ。どれほどの怒りを抱き、義憤に駆られ被疑者を逮捕したところで、量刑を決めるのは別の誰かだ。それでいいと思っている。だからこそ務まる。もしも警官が、罪を決め、罰を決める仕事なら、自分は不適格だろう。

そう、不適格だ。自分に今、その烙印が押されようとしている。罪や罰を与える決裁者としてではなく、現場作業員として。

府警庁舎、捜査一課のフロアは閑散としていた。時刻は八時過ぎ。デスクに座り、報告書をまとめる。それを終え、作りかけのファイルを開いた。誘拐事件の報告書だ。

時系列に沿った経緯が箇条書きで書き連ねられていた。別のシートには何時何分に誰がどの駅に向かい、何を使ってどこを目指したのか、幾らかかったのか、それが百人分、漏れなく並んでいる。間に合わなかった者、間に合って次に行かされた者……。

あとは文章にまとめ、報告書の体裁を整えればいい。このままここでやってしまおうか——そう思った時、キーボードに伸びた手が止まった。

画面を見つめ、止まった指が唇へ動いた。視線は、輸送役1番の行から離れなかった。

香川県、ゆめタウン、四時まで。

本町から目的地のショッピングモールまで、1番の捜査員は覆面パトカーで高速道路を走ったとある。行楽シーズンの日曜日ということもあり、所々で渋滞に捕まって到着時刻に遅れた。

しかし——と麻生は唇をなでた。

これは、渋滞でなければ間に合ったのか？

麻生は難波から出る高速バスの所要時間を調べた。三時間はゆうに超す。無理だ。やはり、このミッションは端っから成功しようがなかったのだ。

遅れた者ならばほかにも大勢いる。合計十一人が、ピュワイトの指示を果たせなかった。ざっと調べると、その内少なくとも五人、1番、5番、6番、10番、24番は、仮に好条件が揃っていても到着時刻より前に目的地に着くのは難しそうだった。わざと、そのような設定をしたのだろうか。アウトを出して警察を焦らせようと企んだのか……。

だがそれなら、1番の輸送役が含まれている理由がわからない。1番だけではない。到着不可能な輸送役は、若い番号に目立っている。

不合理だった。ピュワイトの命令は、少なくとも初めの一斉送信の指示は予約プログラムを使ったものだ。輸送役の人数を確認してから手打ちしていたはずはない。もしも警察が、十人しか輸送役を集めなかったらどうするつもりだったのだ？　二十人でも、四分の一の脱落が決まっている。わざわざ若い番号の者たちに無理なミッションを与え、誰一人間に合わなかった時、どうするつもりだったのだ？

だから奴は、金よりも、百人の輸送役を喜んだのか……？

取り違えている感触がした。誘拐の目的が金でなく、殺人の罪を安住になすりつける狂言なのだとしても、この収まりの悪さは拭えない。

「麻生」

思考を遮る声のほうへ顔を向けると、入り口にでっぷりとした白髪（しらが）の男が立っていた。後ろに控えるお付きの人間に「先に行ってろ」と告げてから、手招きしてくる。

麻生は足早に彼のもとへ向かい、一礼した。

「何してんだ、お前は」

人気（ひとけ）のない廊下で、高野刑事部長が不機嫌そうに言った。

「本日の捜査結果をまとめておりました」

「馬鹿。そんなこと訊いてんじゃない。なぜ報告書をあげない？」

「狂言誘拐のですか」

当たり前だ、と言わんばかりに睨みつけてくる。

「あんなもん、さっさと終わらせてしまえ」

即答できなかった。はい、と言うつもりが違う台詞が口をついた。

「事件はまだ終わっていません」

高野の顔に朱が差した。

「誘拐は終わっただろう？　千田の奴がうるさくてかなわん。警務まで巻き込んで、おれの監督不行き届きだと喚きたがってんだ。あの野郎、安住に逃げられて、首が回らなくなったら何しでかすかわかったもんじゃねえ」

吐き捨てる様子に焦燥が滲んでいた。安住逃亡は当然、刑事部長の責任でもある。

「安住の逮捕状を請求するんですか？」

そうしなければ指名手配できない。おそらく小山が、夜通しで作業を続けなくてはならない理由もそこにあるのではないか。

しかし高野は、質問に答えず言った。

「これ以上、面倒を増やすな」

黙る麻生に、形相が変わる。

「お前、おれの顔に泥を塗る気か」

麻生は答えなかった。

「交番に戻りたいのか？」

わずかに身体が強張った。

「明日中に、報告書を出せ。いいな？」

「部長」

「あ？」

半身を反った高野に告げる。

「誘拐事件は終わってません」

「ふざけてんのか」

いいえ、と麻生は返した。

「誘拐事件はピュワイト事件です。ピュワイトを捕まえるまで、わたしは報告書を作れません」

「お前、まさか身代金の輸送に使った経費を気にしてんのか」

馬鹿が、と吐く。「あんなもん、どうとでも書きようがあるだろが。事実、誘拐騒ぎの過程で殺人事件が露呈したんだ。あの状況で、最善でなくとも次善の手だったのは間違いない。渡邊や千田がどう言おうと関係あるか」

自分の命令で麻生が決断したことなどきれいに忘れ去っているらしい。

「それとも何か？　恥をかきたくないってのか？　ん？」

「そういうわけでは――」

「だろうな。おれがお前を買ってるのは、くだらんメンツで動かないからだ。お前は損得で動く。だからいい」

身体の強張りが、少し増す。

「いずれ、お前は警務に異動させてやる。それまで大人しくしてろ」

高野が去っても、しばらく麻生は突っ立ったままだった。

官舎へはタクシーを使った。高野の言葉が耳に残っていた。警務に異動させてやる――。

現場最前線の刑事部とは違い、組織運営を任された警務部は文字通り役所仕事に近い。人事や予算を握っている部署などは絶大な権力を持っている。客観的に分析しても、麻生に向いた職場だろう。

だいたいどこの都道府県でも、刑事部と警務部は水が合わないのが通例だ。刑事は現場に出ない警務を軽蔑（けいべつ）し、警務は組織をないがしろにしがちな刑事の浪漫を小馬鹿にする。この縦割りを崩そうという気運はあるが、そう簡単ではない。互いが互いの粗を探しては足を引っ張り合う。民間企業でもありそうな光景が、日本の治安維持を任された組織でも日常茶飯に見られるのだ。

高野が麻生を警務部に異動させたがっているのも、縦割り解消といった綺麗事ではない。表向きは刑事と警務の融和を謳い、その実、麻生に課せられるであろう使命は諜報活動、つまりスパイだ。

警務とてそれは承知だろうから、麻生は間違いなく孤立する。それに耐えるメンタルがあると高野は見抜いているのだ。正しい見立てだと思う。きっと自分はそんな環境でも平然と業務をこなし、密命に暗躍するに違いない。それが仕事と割り切って。

不思議だ。刑事は向かないと思い続けていたのに、いざそこから離れる可能性を提示されてみると、何かすっきりしないしこりを感じる。

ともかく高野の命を果たさねばならない。落ち目の暴君であっても上司は上司、仕事は仕事。今夜、徹夜して狂言誘拐の報告書をまとめる。体裁だけは整ったお役所論文を。

——誘拐事件は終わってません。

どうしてあんなことを言ってしまったのだろう。いくつかの疑問は残っているにせよ、誘拐事件は終わっている。被害者は死亡し、身代金百万を紛失。経費二百万少々。重要参考人として安住正彦の身柄を拘束。そして彼は逃亡している。状況は明白に、安住の犯人性を示している。

——自分は、何をそんなにこだわっているのか。

窓の外を見る。中央大通に、眺めて楽しい夜景などない。ただただ、コンクリートの影が連なっているだけだ。

三溝はどうしているのだろう、とよぎった。馬鹿なことを考えていなければいいが。早晩、彼とのコンビも解消となるだろうが、この件でこれ以上迷惑をかけたくないというのは自分の本音のようだった。

ふと、やり残していた仕事を思い出した。今となってはどうでもいいことかもしれない。だが、やっておかねばならない気がした。消えないしこりを取り除くために。

「すみません」

運転手に声をかけ、行き先を変える。五分の遅刻を見過ごされた66番の男のもとへ。

「住之江に」

5

大阪府北部、指定の駅に降り立った時、辺りはまだかろうじて明るさを残していた。買い物客と帰宅のサラリーマンがごった返す商店街の中で待ち人を探していると、背中を軽く叩かれた。

「安住さんですね？」

身なりの整った男だった。変装が一目で見抜かれたことに驚きながら頷くと、こちらへ、と促された。路上に停まる個人タクシーの座席に並んで座るや、行き先も聞かぬまま運転手は車を発進させた。ほんのわずかの時間で残った夕暮れが去り、夜が包んでいた。

「こいつも郁さんに世話になったことがあるんです。今日のことは死んでも口にしません」

五十代くらいの運転手はまったく反応しなかった。この会話も「存在しない」というわけだ。

背広の男は安住より若く、一見、まっとうな会社員にしか見えない。

「よく、おれだとわかったな」

「昔、そういう仕事をしてましたんでね」

ただのアウトローでない雰囲気に、想像は容易(たやす)かった。おそらくは、元刑事。

「いろいろあって、今は郁さんに飯を食わせてもらってます。あなたの後輩ですよ」

安住は答えなかった。遠山郁の元で働いていた自分を誇る気持ちと恥じる気持ちには、未だに決着をつけられないでいる。

「郁さんはなんて？」

岐阜県の駅で突然の電話を寄越した遠山は、まず安住の現在地を確認した。正直に答えてから「この番号をどこで?」と尋ねると相手は、おれに調べられないことがあると思ってんのか? と笑い、何考えてんだか知らねえが一回顔を見せろ、と命じてきた。用件は聞いていないが予想はついた。

男が言う。

「おれは来ないほうに賭けたんですがね。一万、持っていかれました」

「そりゃ悪いことをしたな」

「金持ちに金を渡すほど理不尽なことはないですよ」

冗談を口にしながらも、男の表情は硬い。素なのかもしれないし、何かの暗示なのかもしれない。もはや、どちらでもいい。自分は素直に命令に従い、ここに座っている。今さらじたばたしたところでどうにもならない。いや、すでに何もかも、どうにもならないのだ。

「なぜ、逃げなかったんです?」

「郁さんから? 逃げる方法があるなら教えてくれ」

「おれなら警察に駆け込みます」

「刑務所で不慮の事故が起こるだけだ。結果が変わらないなら筋を通すほうがマシさ」

「甘く見てませんか？」

ふっ、と自嘲がもれた。たしかに自分は甘い。遠山郁が、まだどこかで自分を庇護してくれる可能性を捨て切っていない。

「今すぐ忠告に従ったらどうなる？」

「どうにも。痛い時間が長くなるか、すぐに終わるかです」

男の右手はずっと背広の腰に隠れたままだ。握られているのがナイフかピストルか、二頭立てレースである。

終わる、か。ふいに室戸のことを思った。

なぜ、奴は終わらせなかったのか。また来る——と言い続けたのか。おれが死ねば、すべては終わるのだろうか？


暗闇にうっすらと浮かぶのは果樹園だろうか。大方この場所もタクシー運転手と同じくワケ有りなのだ。畦道（あぜみち）を歩く。背広男は拳銃を隠しもせず、安住の背中に向けていた。きっとナイフも持っている。

加工場の前に門番が立っていた。こちらは見るからにヤンチャな若者で、こうも敵意剝き出しの視線を浴びては、ご苦労さん、という軽口も出ない。

ドアをくぐり、暗く埃っぽい場内を黙って進む。その先にサディスティックに笑う裁判長が鎮座していた。

「よう」

サングラスの向こうから、青い瞳が真っ直ぐに射貫いてくる。

「座れよ」

遠山郁の前に一人掛けのソファが置いてあった。黒革の、まるで社長が腰を埋めるそれが、ただのソファでなくマッサージチェアであると気づいた。両足がすっぽり包まれるタイプだ。

「ありがたい待遇ですね。ここんとこ、まともに休めなかったから体中ガタがいってたんです」

「そうか。ちょいと窮屈だが、座り心地は悪くないぜ」

なるほど、心地いい。柔らかな座面に、背面部はしっとりと吸いつくようだ。一瞬で眠りに落ちそうになる。ガチャガチャと締めつける拘束具さえなければ。

「電気椅子に様変わりですね」

「生憎、そこまでの改良はしてねえんだ。お望みなら、ほかの道具を使うことになる」

「お手数おかけします」

クク、と遠山が笑った。

「悟りでも開いちまったの？　それともまだ、おれの優しさを信じてるのか？」

「悟りのほうが近いかもしれません。疲れましたよ。どうやらドン詰まりみたいです」

「投げやりなのか潔いのか、はっきりしねえな」

「どっちでも同じです。とにかく、疲れました」

ふうん、と珍しいものでも見るように遠山は安住を睨め回した。

「なんでこうなったかわかるか？」

「逃げたからでしょ？」

「そうだ。なぜ、おれに相談しなかった？」

「郁さんには関係ない」

「関係ない？　おれだって危ない橋を渡ってる。だろ？」

一時的ではあれ、隠し金を用立ててくれたのだ。

「おかげで痛い腹を突つかれてるよ。二課や税務署を黙らせるのに、くだらん労力と出費が必要になる。あいつら、自分の点数になるなら口実はなんだっていいのさ。お前が逃げた途端、飛んで来やがったぜ」

匿ってるんじゃないのか？　と。安住の行動は遠山を叩きたい者たちに立派な大義名分を与えたのだ。それがわかっていたからこそ、安住は遠山を頼らなかった。だが、それが言い訳になる世界ではない。

「恩を仇で返すって、こういう時に使う言葉だよな」

「――ですね」

鼻が曲がるような痛みに襲われた。隣に立つ、背広の男の裏拳が見事にヒットして、血があふれた。本当に折れたのかもしれなかった。

「世の中、いろんなことを言う奴がいるよな。犯罪者にも人権があるとか、暴力を暴力で抑え込むのは野蛮だとか。もうちょっとマシなのになると、暴力の連鎖を断ち切るのが大切だ、とかな」

遠山は楽しそうに言葉を継いでいく。

「おかげ様でおれみたいな半グレでも市民として扱ってもらえるわけだ。突然お巡りに射殺されることもないし、捕まったって死刑にゃあならねえだろう。たとえおれの商売のせいで、何人自殺していようとな」

思うんだが、と遠山は続けた。

「おれらみたいな存在はさ、きっと大多数の人間の『自分はいい人間でいたい』って考えに支えられてるんだよ。奴らがいい人間でいてくれる限り、おれは最悪の状況にはなかなかならねえ。そして奴らを食い物にし続けて、まあ、幸せに暮らしていくのさ。なるほどたしかに奴ら、『いい人間』だよ」

ペッ、と口に流れ込む血液を吐いた。頭の芯がジンジンと揺れていた。

「けど、おれたちは違うよな。基本的におれらはハムラビ信者だからさ、目には目を、歯には歯をってのが教義なわけだ。暴力の連鎖を穏やかに断ち切ろうなんて感性はないんだよ。おれたちの考えはこうだ。文句のある奴は全部まとめて片づけちまえ」

「……郁さんが合衆国大統領じゃなくて良かったですよ」

ハハ、という陽気な笑い声が返ってきた。

「だからおれはさ、おれを虚仮にした奴を笑って許すわけにはいかんのよ。相応の報復をしなくちゃな。じゃないと、おれらの世界では暴力の連鎖が生まれちまう。わかる？　この皮肉」

すっと遠山の顔から表情が消えた。

「安住。お前、殺ったのか？」

笑みのない声だった。腹の底に響くような。

「殺っちゃいませんよ」

「ならどうして逃げた？」

「このままじゃ、おれは逮捕されて有罪になっちまう。だから――」

「真犯人を捕まえようとした？」

荒い息のまま頷く。

「おかげでおれは迷惑を被った。さて、どうしたもんかねえ」

すると、今度は顎に痛みが走った。下の歯が、ぐらっと揺れた。

「その、真犯人て誰？」

安住は答えようとして、やめた。

「あ？　何？　ここで黙っちゃったらお前、嘘つきだって告白してるみてえなもんだぞ」

次は右頬に拳。ゲホッ、と血が滴った。

「言えよ。真犯人、誰？」

額に掌底（しょうてい）をくらう。脳が揺れる。水をかけられた。意識が落ちる寸前で引き戻される。

「次は指いくか？」

それでも安住は黙った。今、遠山は自分を救おうとしている。遠山の面子（メンツ）と安住の命を同時に助けるには、安住が遠山に嘘をついていない証明が必要だ。そのために、彼は真犯人を知り、そいつを追い詰めるつもりなのだ。安住がされているような方法で。有無を言わせぬ暴力によって。

安住は口を開いた。声を出そうとした。だが、それをやめて唇を噛んだ。

指が折れた。メキメキと骨伝導で伝わる音で、左手の小指がひん曲がったのがわかった。があああ、という叫びが我慢の臨界を超えて弾けた。

「元気じゃねえか。心配すんな。半径五キロ以上、ここにゃあ人間様は住んでねえから」

続いて中指。人差し指の爪に鋭利な痛み。声にもならない。脳髄に直接針を突き立てられたような電流だ。また水をかけられる。

「わからねえな。なんのために黙るのよ。お前を嵌めた真犯人をおれが見つけて解決してやるって言ってんだぜ？　何が問題よ？」

「……郁さんには、関係ない」

「だから関係なくねえだろ。そいつのやったことが回り回っておれに被害を与えてんだ。おれは当事者だろ」

「おれですよ。郁さんにとっての当事者は、おれだけだ」

太腿に何かが突き刺さった。それがなんであるのか、涙でもうよく見えない。

「安住。お前、勘違いしてるよ。物事はな、シンプルが一番なんだ。やったらやり返されるし、やられたらやり返す。そうしないからいろんなもんがこんがらがって誰にも解けなくなるのさ。何が悪かったか、何が原因なのか、たどってもたどっても、まやかしに行き着いちまう。何一つ解決されないまま、次のまやかしが生まれる」

「だったら！　だったらあの時、おれは殺されるべきだったでしょっ！」

ありったけの声で叫んだ。痛みを忘れるために、逃げるために。

「あの時、室戸はおれを殺せば良かった。それで全部終わってた。そうじゃないんですか？　そしたら郁さんは、どうしました？　室戸を殺したでしょ？　室戸が殺されて、雄之はどうしますか？　梢はおれが死んで、救われましたか？　何が解決するってんだ。どこがシンプルなんだっ」

喉に手刀が食い込む。息が詰まって、意識が飛びそうになる。

「そのストーリーは室戸を始末して終わりだろ。穏便に行方不明になってもらって、それでオシマイだ。丸く収まってんじゃねえか。雄之って、あんな小僧に何ができるんだ。梢？　知るかよ。それともお前も『いい人教』か？」

喘ぎながら、安住は言う。

「――でも、おれは生きてる」

室戸が殺さなかったから。また来る――と約束したから。

「気づけよ。そんな薄っぺらいこだわりが、暴力の連鎖を生んでんだって」

遠山を見つめる。遠山も、安住を見つめていた。

「お前がいつおれに助けを求めてくるか、おれは待ってたんだぜ。室戸なんて三日で見つけて、四日目には消してやれたんだ。けどお前はそうしなかった。おれを使わなかった。どうやってケリをつけるつもりなのかと思ってたら、未だにだらだら付き合ってやがる。何がしたいんだ？　マゾなのか？　え？　室戸にボコられて、まさかそれで罪滅ぼしのつもりだったんじゃねえだろうな？」

　涙にかすんだ遠山の影が唾を吐いた。

「くだらねえんだよ。復讐だ、贖罪だ。温い自己満足の挙句がこのざまだ。そんなんで、おれから卒業？　笑わせんじゃねえぞ」

　苛立たしげに、遠山は短い髪を掻き毟(むし)った。

「なあ、安住」

　青い瞳が、こちらを見据えてくる。

「もう一度、おれと一緒にやらねえか？」

　言葉が出なかった。甘酸っぱいものが込み上げてきた。

「このままだとショーゲキも終わりだ。黒い仕事が嫌だってんなら、それでもいい。お前にできる雑用ならいくらでもある。おれが、きっちり面倒見てやる。お前も、北川も」

　心がとろけそうになる。遠山の目には、そんな力がある。

「だからおれに一言、頼む、と言えよ。そしたらお前は仲間だ。仲間なら、おれが泥をかぶることに問題はねえ」

唾を飲み込む。頷きそうになる。お願いします、終わらせてください——と。

「言え、安住。おれに、犯人の名前を」

真代雄之——。喉元まで、その名が込み上げた。もう一度、唾を飲む。その唾液は鉄の味がした。

「——そうかい」

遠山が呟いた。天を仰ぎながら立ち上がり、安住の顔を覗き込んできた。感情の欠片すら消え去った表情で告げる。

「だったらお前がどうにかしてみろ。三日くれてやる。証拠がないとか、そういう面倒はいらねえ。警察に突き出せないなら、殺せ」

じゃなきゃ——。

「お前が庇ってる真犯人を、おれは北川留依だと見なすぜ？」

安住が声を出すより先に、鉄板の入った安全靴が腹に食い込んだ。そして横から手が首に絡みつき圧を加え、意識が遠のいた。

6

時刻は零時を回りかけていた。鍋島道夫から指定された店は国道沿いにある小さな飲み処で、暖簾をくぐった先のカウンターに客はいなかった。

「待ち合わせなのですが」

上、とごま塩頭の大将に素っ気なく教えられ、麻生は階段を上った。奥のテーブル席に、たった一人の客がいた。小柄で、頭がだいぶ薄くなった中年は酒を口にしていた。

「遅くなりました」

「いや、先にやってて申し訳ないです」

手にした煙草をもみ消し立ち上がろうとする鍋島を制する。テーブルの上にはモツ煮込みをおさめた小鉢と瓶ビールがあった。

「飲みますか？　それともお車で？」

「お気遣いなく。下戸なんです」

ああ、ともらしてから鍋島は大声で大将を呼んだ。

「不便な店ですみません。今夜は女将(おかみ)さんがいないそうで枝豆も切らしとる。飲み処じゃ一番ショートみたいなもんなのにね」

面倒臭そうにやって来た大将にジンジャーエールを注文する。それから鍋島がつまみをオーダーした。

「今週末はどうすんの？」大将が鍋島に訊いた。「永田、来るそうやで」

「やめてくれ、上司の前で。飲み物だけ早めに頼むよ」

そりゃ失礼、と親父さんは背を向けた。

「なんの話です？」

「いや、まあ、その、ボートですよ。住之江競艇。贔屓のレーサーがいるんです」

「熱心なんですね」

「あの大将ほどじゃあないです」

ジンジャーエールはすぐにやってきた。それとお通し。

「味は期待しないでください。ここの売りは女将さんの腕なんで」

時間も倍はかかります、と鍋島は付け足す。

どこかほっとする男だと感じた。培った年季だろうか。それともこういうやり取りに慰みを覚えるほど、今の自分は消耗しているのか。

「あらためて、ですが。鍋島巡査部長です」

「麻生警部です。このたびは無理な願いを聞いていただき感謝します」

「とんでもない。わたしも、いわば乗りかかった船っちゅうやつで。お役に立てるかはわからんですが」

やりにくそうだった。突然、畑違いの上官に呼び出されたのだから無理もないだろう。三溝だったら容易に相手の心をほぐし、口を滑らかにしたかもしれない。自分にそれはできない。せめて酒の力に期待するくらいだ。

「どうぞ、構わず飲んでください」

「はあ」

居心地が悪そうだった。酒が飲めないのを不便だと初めて思った。

束の間、沈黙が漂った。一瞬、自分がなんの用でこの中年刑事に会いに来たのか見失いそうになった。

「村瀬さんの件ですね？」

部下に気を遣わせるなど、なんと無能な上司なのか。

「ちょっとしたツテで彼女と同じ事務所の女の子から話を聞けました。びっくりするほど取るに足らん内容ですが」

キミカというモデルから仕入れた情報を聞く。彼の言う通り、捜査に役立つものではなさそうだ。電話で充分だったと思い始めた時、鍋島がおもむろに告白した。

「実はわたし、北川とは以前にやり取りをしたことがあるんですわ」

「ショーゲキの副社長の？」

「ええ。安住の女です」

『グアチャロ』というクラブで起こった売春斡旋について、鍋島は手短に語った。

「あの女については、ちょいと気になってます。なんというか……、手強い」

ただの印象論に聞こえた。本人もそれを自覚しているのか、言葉を重ねる真似はしなかった。

誠実で、慎重な男だと思った。そんな彼がこの数日、自分の得た情報を急いで報告してこなかったのだ。それがすべてだった。

寝る間を惜しんで書き上げなくてはならない報告書を抱えている身なのに、こんなところで油を売っているのはらしくない。無駄なことをしたと思って、つい、ため息をこぼしてしまう。

ようやく料理が運ばれてきて、席を立つつもりがそうもいかなくなった。さすがにここで切り上げては失礼すぎる。

「ここのピリ辛きゅうりは絶品です。漬けてるのが女将さんだから保証します」

そうですか、と小皿に載せ、そのまま箸を置いた。

「やはり、期待には応えられなかったようですな」

「いえ。もともと無茶なお願いだっただけです。鍋島さんはよく動いてくれました」

お世辞ではなかったが、本人の顔から渋面は消えなかった。

「もう一杯いただいても?」

「どうぞ。本当に、気遣いは無用です」

では、とグラスを空け、手酌で注ぐ。

「実際のとこ、安住はクロなんでしょうか？」

「現状はそうとしか言いようがありません」

そうですか、と歯切れが悪い。

「何か、気になることが？」

「いや。そういうんとちゃいますが。まあ、ちょっと」

「なんです？」

自分でも意外なほど気になった。

「……わたしは、安住を取り押さえる現場に居合わせました。あの時、あいつは慟哭してた。あれが演技だったなら、奴は役者になるべきでしょう」

「逮捕を覚悟して、では？」

「まあ……、そうなんでしょうが」

話にならない。論理的な証拠どころか、情況証拠にすら満たない。

だがなぜか、麻生は彼の意見を聞いてみたくなった。ほんの気紛れ、ただの時間潰し。いや、本当は、誰かに自分の考えを話したかっただけなのかもしれない。

「わたしも最近まで、同じように考えていました」

それから麻生は、鍋島に向かって喋り続けた。誘拐事件の真の目的が村瀬梓の殺害を隠蔽するためだったと推理し、ピュワイトが安住に罪を着せるために狂言誘拐を企んだ可能性があること。安住に恨みを持つ真代雄之との面会、そして手痛いしっぺ返し。ついさっき気づいたピュワイトの輸送役への不合理な指示まで、自分が知る情報を包み隠さず明かした。それを鍋島は、相槌とともに食い入るように聞いていた。酒の減りはピタリと止まった。

「大将、お冷！」

一段落ついて、鍋島が叫んだ。腰の重たい大将がやって来るまで、彼は一言も発せず宙を見つめていた。そして水を一口含み「奇妙ですな」と呟いた。

「たしかに若い番号が間に合わない設定というのは変です。最初の目的地に五分遅刻したわたしがお咎めなしだったのは『当たり』やったからでしょうか？」

「そうとは限りません。二つ目の目的地を告げられずに待機していたメンバーの中には、鍋島さんと同じく六時半に『ブルク７』に間に合う場所にいた者がいました。鍋島さんが無理だった場合は別の誰かを向かわせたのでしょう」

「そこは臨機応変ってわけですね。すると五分の遅刻を見過ごされた理由がわからなくなりますが」

「必要がなかったからでしょう。ピュワイトの目的は、アウトを出して警察にプレッシャーをかけることだったはずです。そのために被害者の耳を切ってみせた」

「ちゃんと言うことを聞くように、ですか」

「もっと言えば、最終的に安住正彦を犯人として逮捕させるために、です」

自分の思考に頷きながら、やはり収まりの悪さが残った。核心からずれている気がしてならない。

鍋島が話題を変える。

「安住が嵌められたのだとしたら、真代の息子が一番怪しい。けど、真代には七月七日のアリバイがあるっちゅうことですね」

「はい。逆説的ですが、このアリバイは雄之がピュワイトであればなおのこと、曖昧なものではないと推測されます。おそらくは鉄壁」

「岐阜の施設ですか。軍曹は村瀬さんのほうがそこに行ったと考えていたんですね？」

「そうです。しかし、だとしたら村瀬さんがいたことを施設の誰かが証言しているはずです」

「それで、変装ですか」

「理由がありません」

七月七日の村瀬梓の足取りは摑めていない。エニウェアで着ていた服は自宅にあったので一度は帰宅しているはずだ。しかしその後はまったく不明。目撃証言すら出てこない理由を彼女の変装のせいとするのは暴論ではないが、だとしても、雄之がいた岐阜の施設に行ったというのは強引すぎる。

「村瀬は同僚と別れ自宅に戻り、その後すぐに拉致されたと見るのが普通でしょう」

その相手が安住でも、名の知れぬピュワイトでも。

「おまけに、村瀬と雄之をつなぐ線もないわけですか」

「そうです。村瀬には雄之どころか、親密な異性、友人、家族まで、深いやりとりをしていた者が一向に見つかっていません」

ブログを開設していた様子もないし、SNSの利用もない。今時の若者、それもタレント業を営む者としてはかなり閉鎖的だ。

ふうむ、と中年刑事は唸った。その姿に、麻生は後悔した。いたずらに捜査情報を明かしただけだ。関係のない人間を巻き込むほどしっかりとしたロジックでもないのに。

「鍋島さん、もう忘れてください。たぶんわたしは少し混乱しているんです」

「しかし――」

「この件はこれで終わりです。後は安住が一日も早く確保されるのを待つことにします」

「警部。一つ、伺ってもよろしいですか？」

「なんです？」

「一番最初に、安住が真犯人でないと感じた理由を覚えていらっしゃいますか？」

黙る麻生に、鍋島はすっかり冷えたモツをつまむ。答えが出るまで待つという意思表示に見えた。

なぜ、安住が犯人でないと思ったのか。それはもう、何度となく自問してきた謎だった。たんなる勘と切り捨ててしまうには抵抗があった。自分はそんなものを認めていない。信じるのは、論理だけだ。

そう考えると、何かがちぐはぐしているのだ。あらゆる状況が安住犯人説を補強している。なのに部分部分ではいちいち整合性に欠ける。逆にピュワイトという真犯人が安住を嵌めたのだとしてみると、意外なことに、細かな点は整合していく。ところが今度は大きな部分で——犯人は誰か、という点で、道が途絶えてしまう。なぜだ？どこがおかしい？

「——一杯、もらっても良いですか？」

え？と驚く鍋島を横目に、麻生はコップにビールを注いだ。そして一息に飲んだ。熱い息を吐き出す。一瞬で吐きそうになる。幸い腹は空っぽで、無様を晒す心配だけはない。

「正直に言います。——勘です」

鍋島は笑いもせず、じっと麻生を見つめてきた。

「正確には最初の最初、事件発生を知って安住に電話をした時です。あの時、安住は村瀬梓の安否を本当に心配していた。そう感じたんです」

我ながら情けなかった。論理も糞もない、今まで散々小馬鹿にしてきた印象論こそが、麻生の違和感の根底にあったのだ。

「わたしもピュワイトとコールセンターの人間とのやり取りを聞いていた。違う、と思った。安住と話し、ピュワイトの声を聞き、わたしの中で二人はつながらなかった」

誘拐事件が収束するまで、安住が現場で確保されたと耳にするまで、そんな想像は一ミリだって浮かばなかったのだ。

「安住が犯人だとすれば無駄が多すぎます。わざとアウトを出した理由はなんですか？　劇場であなたを襲う必要があったでしょうか？　その足でマンションに戻る理由は？」

「自分が嵌められたと主張する偽装だったのでは？」

「なのにマンションの保証人はショーゲキですよ？　無茶苦茶じゃないか！」

自分の火照った体温が忌々しい。こんなのは麻生善治に相応しくない。そうは思うが、止まらなかった。

「防犯カメラのある店で時間を潰していた理由は？　店員に覚えられるような声をあ

げたのは？　犯人を過大評価しているだけかもしれません。けれどピュワイトは巧みにSNSを使い、コールセンターを利用し、緻密に計画を遂行していたはずなんだ。そうとしか思えない。それが肝心なところで馬鹿丸出しだ。こんな矛盾が成立するんですか？　わたしには、わからない」

かろうじて突っ伏すのは堪えた。だが、視界は揺れていた。

白い部屋の主が浮かんだ。わずか六メートル先で佇む真代雄之の淡白な仮面を見つめて、麻生は自分の少年時代を思い出した。手の平に止まったモンシロチョウを、このまま握りつぶしてしまったなら——と想像し、恐怖を覚えた日のことを。

「警部」

鍋島の声に顔を上げる。

「わたしには十年くらい前から、絶対に守ろうと思ってる掟（おきて）があるんです」

「掟？」

「そう。時代劇みたいやけどね。それは、人を信じようってことです。わたしらの仕事、疑ってなんぼの商売ですが、わたしはまず、信じようと決めてる。信じるのとね、疑うのは矛盾しないんですよ」

鍋島は訥々（とつとつ）とした調子で続けた。

「警部は安住を疑っている。そして、ピュワイトも疑っている。だから噛み合わなさに悩んでおられる。信じてみたらどうです？　安住を信じて、ピュワイトの野郎も信じるんです。安住は本当に村瀬さんの命を心配していた。ピュワイトはつまらないミスを犯す間抜けやない。そしたら答えは簡単だ」

「——捜査は難しくなるでしょうけれど」

「そう。けど、信じるほかないでしょう。誤りやったとしても、誤りと信じ切れるようになるまで」

通り一遍の説教臭はなかった。彼は彼なりに、何かを信じたがっているのではないか。これも論理では説明できない直感だった。

「ところで、警部。学生の頃なんかに、誰かのファンでしたか？」

「え？」

あまりに唐突な質問で頭が回らなかった。

「たとえば野球選手とか、アイドルとか」

「……どういうお話ですか？」

「いやあ、ウチの娘がなんの因果か『いとへん』のファンやったんです。あの、劇場でかかってた子たちの」

ライブビューイングをしていたアイドルグループだ。

「自分はどうやったかなと思いましてね。人並みにテレビも見てたし、可愛い女の子も大好きでしたが、ファンというほどやない。それで、ついさっきまでピンとこなかったのかもしれません」

　狂った頭が正常に戻りつつあるのを感じた。彼は今、事件の話をしている。何かに気づいて、それを口にしようとしている。ただの勘だったが、確信できた。

「わたしが『いとへん』の熱烈なファンで、彼女らに何かを伝えたいと思ったとします。どういう方法があるか。ライブに行くなりするしかないのか。今時は握手会なんてのもあるらしいですが――」

　それでも、と鍋島も前のめりになった。

「一番に思いつくのは、ファンレターやないですか」

　麻生は無意識に唾を飲んだ。

「村瀬梓の、それは確認しておられますか？」

　電撃が走った。村瀬と犯人の隠れた交流。それがもしも手紙なのだとしたら。携帯やパソコンに履歴がないのは当然だ。

「捜査本部は安住犯人説で固まっておられたでしょう？　そこらへん、ヌケがあるのかもしれません」

　事務所の社長が所属タレントにファンレターを書くなどあり得ない。ならば熱心な捜査が及んでいなくとも不思議はない。

「――それが雄之と村瀬さんをつないでいたと？」

「それはわかりません。ですがもし、真代雄之が安住への復讐を胸に秘めていたなら、安住を調べるうちに村瀬を知り、なんらかのコンタクトを取った可能性はあるかもしれません」

ある。充分にあり得る。

アルコールとともに、心の霧が晴れていく。

「鍋島さん。感謝します」

「とんでもない。けど、ほんの少しでもお役に立てたなら、わたしからも一つお願いがあります」

畏まって、鍋島は頭を下げた。

「一度でいい。わたしに、北川留依を聴取する機会をいただきたい」

わたしは――と刑事は続ける。

「彼女を見極めたい」

呼んだタクシーを待つ間、麻生は三溝に電話をかけた。数回のコールで留守電につながった。

「麻生です。もう一度、雄之を洗います。期限はわたしの気が済むまで。それと今、少しだけお酒を飲んでます。ピリ辛きゅうりはお薦めです」

電話を切り、タクシーが到着するまでに折り返しがあった。

〈どうです？　大人の味は〉

「苦くて不味い」

そうでしょう、と三溝は愉快気だった。

7

耳に梓の声が残っていた。

午後七時。住まいの高槻から阪急電車を使って梅田に着いた。鬱陶しいほどの人波だ。紀伊國屋書店の前、大型液晶テレビの映像にふと足が止まった。化粧品のＣＭが流れていた。しにし、ぼーっと眺めた。特に理由があったわけではない。何となく立ち止まり、明後日の方角を見て佇む。ここ最近、そんな自分によく会う。まるっきり変質者だ、と直孝は思った。

踵を返し、待ち合わせの場所へ歩を進める。気晴らしに友だちに声をかけ、飲みに誘ったのだ。

今日は勤務の途中で早退を申し出た。「大事にしろよ」と淵本に見送られ、帰宅した。仕事も生活も将来も、何もかも億劫だった。ハイツの部屋で待ってくれている人もいない。最後に恋人を持ったのは五年も前になる。

万年床に座って冷凍パスタを食らい、惰性で布団のシーツを剝がし、洗濯機に放り込んだ。中身はベランダに干した。それから社販で購入したクリーナーでフローリングを拭いていった。高温の蒸気を噴き出す電動モップは他部署で扱う売れ筋商品だ。しかしどうも効きが悪い。床の様子は、ヘッドを滑らせた前と後で特に変化がない。しばらくして、一昨日の夜にも掃除したばかりだと気づいた。ゴミも出している。風呂も便所も、キッチンも。やることはなくなった。布団を干してしまったから、落ち着いて座る場所もない。

テレビをつけた。すべてのチャンネルを回し、うんざりした。どこもかしこもCMばかりだ。CMが終わるとグルメ評論家が、行列のできる店の行列をすっ飛ばして飯を食っていた。面白くもない。もとよりスポーツくらいしか興味もない。せめてお笑いでもやっていないかとザッピングして、見慣れた番組に行き当たった。アテナの化粧品を紹介するインフォマーシャル、三十分の長尺放送だ。ぼーっとそれを眺めた。

オールインワンで肌にハリと潤いを与える云々。モニターの見え透いた感想。初回特別価格、三〇％オフの煽り。男の直孝には商品の魅力はまったくわからない。しかし地方ローカルの三十分でもびっくりするくらいの呼量がある。オペレーター百人が一時間に捌ける件数は五〇〇件ほど。実際の伝票は三〇〇件に届くかどうか。実稼働はせいぜい七、八十人だから、三〇〇に届けば御の字だ。つらつらとそんな計算をしてしまう癖は会社を辞めてもしばらく抜けないだろう。

そう言えば事件の日、センターの成績はどうやったっけ。直孝はそれを確認していなかった。最後の電話を待っている時、クライアントの反応を聞かされただけだ。

どうでもいいか。

そう思ってフローリングの床に寝転んだ。天井を見上げたまま、頭の中で梓の声を再生した。仕事中、手持無沙汰をいいことに過去の通話録音を拾い聞きしたのだ。

〈お電話代わりました、村瀬です〉

トレーナーとして電話を受けることの少ない梓が一番最近、常連のザマ老人を相手にした音声だった。

〈ああ、アズサ、アズサ〉

〈どうしたんですか？　また施設の人に怒られますよ〉

梓が優しく諫める。迷惑な雰囲気以上に、労りが感じられる。

〈アズサ、すまんかった。すまんかった〉

〈もういいのよ。もう大丈夫。大丈夫よ〉


明らかに意識が混濁している老人の言葉を包み込むようにあやしている。

〈ほら、もう電話を切ってちょうだい。また、今度ね〉

〈ああ、アズサ、アズサ、会いたい。会って、謝りたい〉

〈そうね。今度ね〉


通話が終わる。

虚しい気分になった。それは梓の声を、久しぶりに聞いた感傷よりも、梓の声そのものの切なさにあった。

妄執に囚われているであろう老人に対する梓の声色は優しく、しかし哀しく響いていた。それが営業トーンでないことは、はっきりわかった。

思えば——、おれは梓のことを何も知らない。

高校時代に剣道部で汗を流した面々とともに居酒屋の一席を占領し、ジョッキを空けまくった。

懐かしい三人の相貌は相変わらずで、皆、直孝も昔のままだと言った。少し太ったと笑う男が、だいぶ丸くなっていたくらいが大きな変化だった。

「で？　どうやったんや、あの事件の時は」

当然、そんな話題になった。直孝も酒の勢いで舌が回った。

「そりゃあ大変やった。犯人の野郎との交渉役に抜擢されてな。冷や汗かきまくりや」

興味津々の目が向けられた。

「おれもいちおう接客のプロやけどな、あんなん無理やで。警察もいいようにやられてた感じやったしな。コールセンターじゃあ頭のおかしい電話のあしらいは決まってる。『お声が聞こえませんのでこちらから失礼させていただきます』や。それが通じるんやったら楽勝やってんけどな」

「そんなん、おれでもいけるわ」

どんどん、ビールがなくなっていく。

「テレビで見たけど可愛いかったもんな、あの子。いやあ、ほんと、残念や」

「お前が残念がってどうすんねん」

直孝の突っ込みに友人が笑う。

「だって、お前とくっつくチャンスもあってんやろ？」

ないない、と直孝も笑った。

「お前こそどうなんや。彼女、何年目や？」

え、もう子供おるんか、二歳やっちゅうねん、マジかよ、お前に似とるなんて悲惨やな……。

「次いくか？」

「勘弁してくれ。飲みすぎや」

元気な友人たちと別れ駅へ向かおうとして、気がつくとよくわからない場所にいた。民家が並ぶ夜道を街灯がぽつぽつと、スポットライトのように照らしている。異様なほどの静けさだった。

本当に飲みすぎた。店を出る前から悪寒が消えない。視界も揺れている。どこで道を間違えたのか。駅は遠ざかる一方だ。倒れそうになるのを堪え、手近の電信柱にもたれかかる。そのまま嘔吐した。すっかり胃が空っぽになった。苦しみは一瞬で、収まると楽になった。

天を仰ぐと、電灯に羽虫が集っていた。その中に、キラキラと光る大きな蛾が混じっていた。

梓が初めて会社に来た時、真っ先にその大きな耳に目がいった。蝶の羽のようだと思った。それから透き通るような肌、細く長い首、どこか物哀しげな瞳。

そんな部分は思い出せたが、全体はぼやけていた。昼間に聞いたばかりの声も、遠く耳鳴りのようにこだまするだけだった。

事件から二週間ほど。最後に会ったのはさらに前。二年ほどの付き合いで、顔を合わせていたのは何時間になるのだろう。適切な距離を保ち、決してこちらに勘違いさせない振る舞いはもどかしかった。笑う時、彼女はいつも困ったような雰囲気があった。それがどうしてなのか、直孝は永遠に知ることができない。しょせんは、他人だった。

もう一度、梓の顔を思い浮かべてみるが、さっきよりも像はぼやけていた。最後に交わした言葉がなんであったかも、よく覚えていない。たぶん「お疲れ様」だ。

こうして忘れていく。過去になっていく。

おれは生きていて、梓は死んだ。

おれの人生は、何も変わらない。仕事を辞めようと思いながら、本音では今さら知らない職に就くつもりなどなく、きっと、時間が経てば前のように癇癪を起こして投書をくらう、仕事だけは真面目な管理者として歳を重ねていくのだろう。やがて結婚もし、子の親にもなるかもしれない。事件のことなど、ちょっとした武勇伝に脚色して酒の肴にするのだ。

人生は続いていく。

夜空はどこまでも高かった。静けさは、一向に変わらない。街灯の下から、跳ねまわる虫たちを眺めている。

やることはやった。

不格好だったかもしれないが、出来る限りを。何も、恥じることなどないのだ……。

なのになんだ、このモヤモヤは？

電柱を蹴りあげた。拳を叩きつけた。痛かった。それでももう一度殴った。額をコンクリートの柱に当てた。

――回線を絞るのはどうだ？

突然、あの日の声がフラッシュバックした。

淵本の声だ。受け付けの電話機を制限できないかという打診に、無理や、と断る自分の返答が続く。

——駄目か？　と淵本はなおも訊いてきた。何が？　と思った。現場責任者として、業務に著しい支障をきたすであろう提案は、到底受け入れられなかった。

あの時——おれは、梓のことを考えていたか？　彼女を救うことを、第一に考えていたか？

制御不能な感情が、拳を打ちつけさせた。悶（もだ）えるように、両手で顔を覆（おお）わせた。蹲（うずくま）った。

結果は何も変わらなかっただろう。たとえ会社員の義務をかなぐり捨て、警察の要望に従っていても、梓はとっくに死んでいたのだ。だが、それでも、あの時、すべきだったのではないか？　一パーセントでも、それ以下でも、梓を救うために。

——おれは知ってる。刑事が持ってきた音声サンプルの中にピュワイトはいない。毎回エントリーされていた皆勤の男も、違う。棒読みの朗読、加工のない声、演技の可能性……。すべてを考慮しても、揺るがない。四度、ピュワイトと向かい合い、敗れ続けた自分だからこそ、わかるのだ。

知っていたくせに、ごまかしていた。面倒だったから。そのほうが都合がよかったから。

——いつまで、畳の上で寝そべったままでいるつもりや？

直孝は立ち上がり、走り出した。大通りへ向い、タクシーを捕まえる。行き先はエニウェアコールが入った本町セントラルタワー。

このモヤモヤを断ち切るために、いい加減、第五試合を始めなくてはならない。

8

けたたましい音に目を覚ます。安住は拘束の解かれたマッサージチェアに座ったまで、傷には応急処置が施されていた。わずかに差し込んでいる陽の光に、夜が終わったことを知った。

うるさく鳴り続ける携帯を取り出し、耳に当てる。

〈今、大丈夫?〉

留依だった。

〈遠山さんから連絡はあった? あなたの力になってくれるというから番号を教えたんだけど、心配になって〉

「大丈夫。大丈夫だ」

〈本当に?〉

本当かと言われれば嘘ではないし、嘘だと言われれば本当でもない——ぼんやりとした頭で、ふざけた返事を考えていると、股ぐらに刺さったものに気づいて息が止まった。

——さあ、どうする？

遠山の、試すような声がする。

「……留依。今、どこだ？」

〈どこって、マンションに決まってるでしょ。あなたこそどこにいるの？〉

「——車が要る。刑事に気づかれずに、持ってくる方法があるか？」

〈考えてみる〉でも、と声が続く。〈条件がある〉

「条件？」

〈あなたの無事を確認させて〉

強い口調だった。絶対に譲らないという意志が滲んでいた。同じ調子で留依は続ける。

〈どこに行けばいい？〉

どこに？

ここがどこなのかすら安住にはわからない。けれど、行かねばならない場所は決まっていた。

「また連絡する」

一方的に電話を切って、チェアから身体を浮かす。蹴られたアバラが軋んで、そのまま前のめりに倒れ込んだ。かばった左手に強烈な痛みが走った。呼吸のたびに鼻骨が悲鳴をあげるし、太腿の傷も深い。だが、行かねばならない。自分ではなく留依を守るために、おれは真代雄之に会わねばならない。

シートに突き立てられたナイフを、安住は睨み、そして抜いた。

五部

1

昨晩の一席を思い出すと恥ずかしさで顔面が発火しそうになった。なぜあんな偉そうな説教を垂れてしまったのか。言い訳にできるほど酒を飲んだわけでもない。ならば年下の上司に、それもおそらくは何かの壁にブチ当たり、もがき、苦悩しているエリートに、ちょっと先輩面をしたかったのだろうか。詰まらない人生訓めいたものを披露し、悦に入りたかったのか。

鍋島の自己嫌悪を断ち切るように、南海電車がホームに滑り込んできた。

七月二十八日月曜日は、からっからに晴れ渡った真夏日だった。

住ノ江から新今宮までの十五分は、冷房に身を縮めそうになる時間とちょうど重なる。解放されればされたで、今度は人混みと体臭に息が詰まるのだが、これぱかりは文句を言えた義理ではない。自分だって汗と口臭をまき散らす人混みの一員という自覚くらいはある。

浪速署に着いて生安の部屋に向かい、真っ直ぐ課長のデスクへ歩を進めた。その勢いに課長が驚いた顔を見せた。

「課長。急ぎの用事がありますか？」

「なんで？」

「ちょっと外に出たいんです」

「外ってどこよ？」

「調べものをしたくて」

「何を調べんの？」

「まあ、それはいろいろで」

「サボりか？」

「だったらわざわざ断りませんよ」

そらそうか、ともらしてから訊いてくる。「面倒事？」

「とんでもない。過去の事件でほんの少し、見返しておきたいことがあるんです」

「署内じゃ駄目なんか？」

「ええ。人にも会いたいんで」

「面倒事？」

課長は繰り返した。惚（とぼ）けた顔をしているが頭は回っている。そんな男なのだ。

「何かあったら呼び出してくれて構いません。飛んで戻ります」

ふうん、と課長は視線を外した。

「五時までに帰って、全部報告せえよ」

はい、と一礼し足早に出口へ向かった。


中之島(なかのしま)図書館の見事な意匠は立ち止まって眺めるには最高だが、中に入るには少しばかり勇気が要る。重要文化財に指定された建物は大正浪漫(たいしょう)そのもので、外観はルネッサンス様式、内装はバロックだそうだが、無学の中年には落ち着かない空間という感想が相応しい。場違い感に身を細めながらハリウッド映画に出てきそうな大階段を上り、二階のベンチを目指した。すでに待ち合わせの男がそこにいた。

隣に腰掛け、頭を下げる。「お待たせしたようで」

男は無言のまま、ちらりと鍋島を見やってくる。

「手帳をお見せしたほうがいいですか？」

「必要ありません」

どうやらこの府警本部の刑事は、鍋島の顔を調べてからやって来たらしい。

「正直、いい気分やない」

禿頭の刑事は前を見たまま吐き捨てた。

「申し訳ない。大変な時に、大事なもんを」

「あなたが謝ることちゃいます。逆らえないおれが悪いんや」

「ウチの課長も軍曹には逆らえんままのようです」

そしてわたしも――と付け足す。昨晩、麻生と別れた一時間後に、鍋島は三溝軍曹から勅命を言い渡され、ここにいるのだ。

御堂一が口元を歪ませて、お気の毒に、と言ってから続けた。

「おれが逆らえないのは大本営のほうですがね」

手にしていたＡ４の茶封筒を席に置き、立ち上がる。

「気分が悪いのは、あなたに先に気づかれちまったからです」

正面を向き、力強い眼差しで見つめてくる。

「そいつが本線やったら、おれにも連絡をください」

「必ず」

そう返すと、御堂は真っ直ぐに歩き出した。ピンと伸びた逞しい背中は、この建物に負けぬほど堂々としていた。

閲覧室に場所を移し、目立たない席に陣取った。茶封筒の中から紙片を取り出す。分厚く重なった紙の束を一枚一枚めくっていく。村瀬梓に届けられた、ファンレターのコピーだった。

この中に、ピュワイトと村瀬をつなぐ糸が隠れている――。

手紙はすべて村瀬梓の部屋から見つかっていた。一通につき一枚のコピーとなっていて、中には長文で用紙二枚にわたるものもあった。ざっと数えると五十通ほど。村瀬がタレント活動を始めたのは一昨年の冬、一番古い手紙は昨年三月の消印だ。鍋島に業界の目安はわからないが、キミカの話を聞く限り比較的順調にファンを獲得していたようだ。十通近く送ってきている人物もいるが、大半は一回きりだ。

ファンレターを介して村瀬とピュワイトはコミュニケーションを取っていたのではないかというのが鍋島の推理だ。村瀬のパソコンや携帯からそれらしい記録が見つかっていないことを考えると、たった一回のやり取りとは考えにくい。鍋島はとりあえず、一回きりの手紙を脇にのけた。

次の条件は、手紙は一方通行ではない点だ。実際に会うところまでいった以上、村瀬から返信をしているはずだ。文通が成立していたのなら、住所が記載されていなくてはならない。そこに真代雄之のものがあれば――。

そう簡単にはいかなかった。差出人の住所が載った封筒の中には真代の文字も、神戸の住所もなかった。がっかりしかけた時、それをもって真代がシロとはならないと気づいた。手紙の中に返信用封筒を忍ばせる方法があるからだ。

すると封筒の住所も額面通りには受け取れない。結局、文面からピュワイトを推測するほかなかった。

まずリピーターの束を読み終え、脇にのけた一見の手紙たちに目を通す。どちらにもピンとくるものはなかった。一見の手紙は茶封筒に戻した。

もう一度リピーターに戻る。この中に、本当にピュワイトがいるのかどうかもわからないが、とにかく「いる」と仮定して読み解いていくしかない。

名前——といってもハンドルネームのようなものが多い——と文面から女性を省く。ピュワイトは男だ。少なくとも真代は。それらを弾こうとして、はたと手が止まる。性別を偽っている可能性がよぎったのだ。ふう、と息を吐いた。眉間をほぐす。安易な道は安易な答えにしかたどり着かない。昔、先輩から教えられた戒めの言葉だった。

気合を入れ直し、コピーの文字と向き合った。真っ先に除外したのはもっとも多くの手紙を寄越していた、よしひこ。熱烈なファンであるのは、素人の鍋島にもわかった。一回の手紙の分量もちょっとした報告書並みだ。村瀬の美しさを称揚し自分の想いを書き綴っているのだが、やや病的な雰囲気がある。呼び出されて出向きたくなる相手ではないだろう。その程度の分別は村瀬に備わっていと信じたい。

逆に格式ばった文体で、まるで法人相手の営業書面というものもあった。必ず時候の挨拶に始まり「お身体ご自愛くださいませ」で結んでいる。正反対の砕けた調子で「！」や顔文字も多く含まれているものたちは、おそらくは若い。だが、「おそらく」どまりだ。

鍋島は候補をメイ、オズ、橋本順一、太陽の四人に絞った。理由は明白で、この四人だけが村瀬の返信を受け取ったと察せられる内容になっていたからだ。文面も、よしひこのように一方的なものではなく、変に格式ばってもおらず、メール感覚の手軽さでもない、いわゆる文通の体をなしていると感じられた。

メイは女性らしく、ファッションや美容、三通目では恋の話で盛り上がっている様子が窺えた。『アズは身も心も捧げることのできる恋をしたいと思いませんか？』

オズはアイドル論を展開し、ダイエットが身体に与える影響を専門用語を交えて論じたりしている。頭でっかちの印象はあるが、賢そうな印象だ。

橋本順一はオズに似て博識で饒舌だ。少しばかり露悪的な部分もあるが、それが魅力的と言えなくもない。随所にユーモアもあって好感が持てる。

太陽は詩人気取りだった。文面に何ヵ所も短いフレーズが記されていて『いつかアズの歌に使ってくれたら嬉しいな』と添えられたりしている。鍋島などからすると鼻白むが、こういう世界に生きる女性なら、興味を覚えても不思議はないのかもしれない。何より、村瀬からも詩の返答があったことを匂わせる文章もあった。

ここで鍋島は行き詰まった。可能性があるとすれば四人。それはだいぶ期待値の高い倍率に思えたが、決定打に欠ける。競艇の六分の一よりも少ない四択だが、これは小金が増えたり消えたりする暇潰しギャンブルではない。

安易な道は、か。言い聞かせ、再度文字を追った。それから何度目かの精読を経ても、答えにたどり着くことはできなかった。どの手紙にも、村瀬を呼び出すような匂いはこれっぽっちもなく、七夕の話題はおろか、岐阜のギの字もない。二時を過ぎ、いよいよ「外れか」と思い始めた。しょせんは畑違いの中年の思いつきだったようだ。

これで振り出しに戻ったわけではない。一つの可能性を潰せたのだ。安住をピュワイトと決め打ちしている捜査本部はプライベートのメールや通話履歴は洗っていても、タレント村瀬梓の窓口は重視していないはずだ。そこにピュワイトが隠れている可能性は依然としてある。

それにしても、と鍋島は思った。可能性はあるにせよ、その方法は限られているように思えた。せいぜい事務所のHPにメッセージを送る程度ではないのか。

村瀬はブログやSNSを利用していない。ピュワイトとのやり取りどうこう以前に、はたしてタレントとしてやる気があったのかすら疑わしい。たとえばキミカは、それらを使って宣伝や告知をしていたという。

「あっ」

思わず声がもれた。重大な見落としに気づいて自分の額を殴る。キミカが言っていたではないか。村瀬に届いた手紙を燃やしたと。同じことを、村瀬自身がしていたら――。

ピュワイトからの手紙は、なんらかの事情で本人によって処分されているのかもしれない。

2

さすがに瞼が重かった。一睡もできぬまま、官舎から連れ出されたのがつい先ほど。運転席に座る三溝の肌には艶がある。同じく不眠のはずなのに、ファーストフードの朝食を勢いよく頬張る姿は生気が漲って(みなぎって)いた。

「食べないんですか？」

「吐いてもいいなら」

「そりゃ困る。ローンが残ってるんで」

愛車のハンドルを愛おしそうに撫でる年上の部下は上機嫌だった。

「しがない公務員には不釣り合いでしょう？　月賦(げっぷ)の額を知った嫁は猛反対でした

よ。娘たちからも罵詈雑言です。でも押し切りました。刑事になると決めた時からの夢やったんでね。親父が馬鹿みたいに憧れてた車で、いつかカーチェイスでもして派手に大破させてやりたくてね」

ところが――。

「いざ乗ってもうたら、どうにも愛着が湧いちまった。休みの日の洗車は、今じゃ数少ない憩いの時間です。引退したら、きっと土足厳禁にするでしょうね」

楽しげな雑談を聞き流しながら、麻生は水っぽいコーヒーを啜り、膝に置いたノートパソコンを叩く。高野に命じられた報告書はまだ完成していなかった。今日中に仕上げて提出しなくては本当に自分の将来はなくなる。それがわかっているのになぜ、自分はこの車に乗っているのか――。昨晩、久しぶりに飲んだビールのせいだとしたら、もう二度と口にすまい。

「少し寝たらどうです？　今さら慌てたって、知れてますでしょ」

軍曹の無責任な発言は、的を射ているだけに耳が痛かった。本当なら朝一で本部に報告書を提出し、その足で曾根崎警察署のＡＶルームに出向かなくてはいけないのだ。名神高速を目指すレクサスの助手席に収まっている時点で、レースの結果は見えている。

「それに、どうせそいつは全面的に書き直しです」

ふう、とため息がもれた。そう信じていればこそ、麻生はこの状況に抗っていない。ピュワイト事件の真相を独力で明らかにするという暴挙に。

「三溝さん。どうしてそこまで楽観的になれるのです？　もしこれが勇み足だとしたら、わたしだけでなくあなたの立場だってただではすみませんよ」

「でしょうな。まあ、その時はできる限り主任に押しつけさせてもらいますが」

悪戯っ子のような口調に、悪意は感じられなかった。あるいはこの男、すべて自分でおっ被るつもりなのではないかとさえ思わせる。

「一蓮托生（いちれんたくしょう）ですよ」

「わかってますって。でも主任と違って、わたしは失うもんが少ないから気楽です」

「家族がいらっしゃるじゃないですか。この車のローンだって」

くく、と三溝ははしゃいだように笑う。

「ええ、その通り。二番目と三番目も大学に行きたいとぬかしてやがるし、金はいくらあっても足りません」

一発当てて、金一封を得ようというのか？　それにしてはリスクと天秤（てんびん）が合っていない。

「でも、いざとなりゃあどうとでもなる。警察に居場所がなくなってもしがみつけばいいし、いよいよとなったらほかの仕事をするまでです」

そんな簡単な話ではあるまい。軍曹として幅をきかせてきた男が茶汲み仕事に満足できるはずもないし、警察を退職したとなれば社会的に詮索を免れない。恵まれた転職は難しいだろう。じっと見つめる麻生の視線に応えるように、三溝は続けた。

「下荒地に、わたしが言った台詞を覚えてますか？　どんな事件に巻き込まれようと、生きてる限り、人生は続く。同じことです」

「普通は、その続いていく人生をより快適に過ごすことに腐心するものです」

「合理的ですね。わたしは古いタイプの人間ですからな。なかなか割り切れない」

レクサスが名神のインターチェンジへ快調に登っていく。

「あの言葉には補足があるんです。たしかにどんな出来事があろうとも命があれば人生は続く。せやったら前を向いて生きていくほうが余程いい。でも、それにもいつか終わりがくる。死です」

ＥＴＣの門が開いて、高速に進入する。

「死について、主任は考えたことがありますか？」

「学生の頃はそれなりに。ですが、わたしに哲学のセンスはないようです」

「結構。それくらいがちょうどいい。わたしの嫁は看護師です。若い時から数え切れない人たちの死を見てきました。捜査一課の刑事よりもたくさんのね」

結婚で退職したが、子供たちが成長し最近復職したのだという。

「今は介護関係のとこにいます。やはりそこでも、毎日のように誰かが死んでいくんです。幸福な最期もあれば、悔恨に満ちたものもあるし、孤独な臨終もあります。何より我々は、突然の死というものから逃げられん。今、この車が火を噴いて、わたしらの命を奪う可能性もある」

「心臓麻痺だってあり得ますからね」

「そう。若いからと言って油断は禁物ですよ」

ニヤリと笑う。

「まあ、だが心配したってしょうがない。その時が来れば、その時は来る。ねえ。そんなもんでしょう」

法定速度ぎりぎりでレクサスは走る。危うさの欠片もない、安定した走りだった。

「こんな仕事ですからね、わたしも何度か危い目に遭いました。主任くらいの歳の頃は特にあれこれ考えなかったが、何年か前に撃たれましてね」

チンピラとの追っかけっこの末、腹に被弾した。すぐに救急車に乗せられ、幸いにも大事はなかった。捜査一課の大御所が特殊犯係に回された背景にはそんな事情も働いたのかもしれないと麻生は思った。

「情けない話、救急車で運ばれていく途中でね、もう駄目か、と思いました。それでその時、初めていろいろ考えたんです。このまま死ぬとして、心残りはあるかってね。嫁や子供たち。親はもうくたばってるから大丈夫。いろいろ考えて、よし、ええやろう。そう結論が出ました」

「死んでもいい、と？」

「ええ、そうです。嫁も娘たちもしっかりしてます。わたしは軍曹などと呼ばれてますが、とんでもない。家に帰れば三等兵です。彼女らは心配ない。おれがいなくなっても元気にやってくれるやろう。それから自分の人生を柄にもなく振り返ってみたんです。恥ずかしい失敗や取り返したい時間はいくらでもある。あるが、けど、ええか、と思えた。全部ひっくるめて、おれという人間の人生やと納得できた。手前味噌で申し訳ないが、これはかなり幸福な人生と言えるんやないですか？」

「羨(うらや)ましい限りです」

本音だった。三溝の語り口には説得力がある。

「わたしはね、あの快感が忘れられないんです」

えっ？と麻生は相手を見た。快感という言葉が、文脈に当てはまらなかった。

ハンドルを握る三溝が穏やかな表情で説明を加える。

「満足な死、っちゅうんでしょうか。傍から見たら不幸な結末です。殉職は、決して最高とは言えん。けど当人は、満更でもなかった。よく頑張った、と思えた。それはね、案外気持ちのいいものでした。次、もしも死が唐突に訪れた時、唐突でなくとも目の前に迫って来た時、同じような安心感を味わいたい」

　三溝がはっきりと言い切った。

「過去は過去でしかない。けど死の間際では、過去がすべてや。最期の最期に振り返るんが嘘っぱちだらけの過去なんて、嫌ですよ」

　先輩刑事の死生観を、麻生は共有できそうもなかった。きっと自分は、避け難い死を目前にしても、「ああ、そうか」と呟くだけだ。

「そんなわけで、主任。申し訳ないがあなたに付き合ってもらうのは、わたしの素晴らしい最期のためなんです」

「ならば、仕方ないですね」

　自然と、そんな言葉を返した。三溝は満足そうに笑っている。気がつくと眠気が飛んでいた。麻生の中にはまだ「これが自分の生き方だ」という矜持はない。ゆえに世の中のルーティンに従う道を選んでいる。

　けれど、三溝のためならば。この中年が最期の最期に穏やかな死を迎えるためだというならば、悪くない。

　麻生は冷めたコーヒーを飲み干し、ノートパソコンを閉じた。

　防犯カメラのチェック作業をボイコットした三溝は不貞腐れて遊んでいたわけでは

なく、彼なりの捜査を続けていた。

「施設の名前はラファホームといいましてね。真代家がやってる不動産会社がオーナー企業として名を連ねているんです」

「つまり雄之も、ということですか？」

「直接ではありませんがね。その縁で、真代梢は特別にあそこに住んでるってわけです」

老人ホームの一室に、まだ三十代の梢は暮らしているのだ。入居は三年前とのこと。

「母親がいる施設も、真代不動産の息がかかっているようです」

療養所という名目だが実態は精神病院に近いようだ。元は梢も、京都にあるそこに居たそうだが、上手く環境に馴染めなかった。

「京都で梢を世話してた看護師の女性に会えましてね。彼女が言うには、まあ、なかなか難儀な娘やったようです」

まず母親とのコミュニケーションが著しく不良だった。互いが互いを避け、最後には会話もなくなっていたのだという。

「母親のほうはずいぶん前から衰弱が進んでいて、一人じゃまともに歩くこともできなくなっていたようです。梢は歳も若いし、精神面はともかく、肉体的にはそれほど問題はなかった。けど、それだけに面倒やったみたいですな」

「というと?」

「癇癪です。よく暴れていたそうです」

こういった施設の良し悪しを語るのは難しい。施設に入ることで結果的に症状が進行するという弊害もあるからだ。社会との断絶は、人間の生活力を奪う危険を孕む。

「担当看護師も梢に相当やられたそうです。彼女は癇癪を起こすと嚙みついてくるんだそうで」

「激しいですね」

「ええ。でも普段は大人しかった。お人形さんみたいやったそうです。それが何が引き金なのか、突然暴力的になるんだとか」

「ラファホームに移ってからはどうだったんでしょう?」

「それを今から聞きに行くんですよ」

そうだった。我ながら焦りすぎだ。

三溝が取ったアポイントは午後三時だ。予想外の事故でもない限り充分に間に合う。

「向こうにはなんと説明したんです?」

「とある事件の関係者の足取り捜査だと言ってあります。警戒されるとやりにくいし、知りたいのは雄之だけではないですからね。あの日、七夕の夜にやってきた全員を調べなくてはならんでしょう」

雄之のアリバイが確固としていたなら、来訪者の中に村瀬梓がいなくてはならない。でなければ雄之に村瀬は殺せない。

「しかし、謎は残りますね。村瀬さんがラファホームに居たのだとして、なぜ変装していたのか」

「そもそもなんのためにラファホームに行ったのか、もですな」

まさか雄之に殺されるためではあるまい。

「その辺り、生安の野郎が何か摑んでくれるといいんですが」

村瀬と雄之をつなぐ糸を解明できなければ、すべては徒労に終わるのだ。

その時、三溝の舌打ちが聞こえた。頭上の電光掲示板が事故による渋滞を知らせていた。

3

正午を回った時刻、淀川に架かる十三大橋の中央に安住は立っていた。全長六百八十メートルに及ぶアーチ橋の左手には十三の、右手には梅田の街並みが見える。目の前を濃いエンジ色の阪急電車が大阪梅田方面へ下っていく。

遠山に置き捨てられた場所は兵庫県の田舎だった。最寄りの駅まで、道に迷いながら小一時間歩かねばならなかった。見つけたのは幸いにも無人駅で、人の目を気にする心配だけはなかった。

ＪＲ尼崎駅で東西線に乗り換え新福島駅へ。駅から歩いて十三大橋に着き、しばし待ちぼうけをくらっているところであった。

懐に忍ばせたナイフの切っ先に触れる。

留依を守るため雄之に自白させ、罪を認めさせねばならない。警察に出頭し無罪を主張するというもっとも常識的な道はすでに遅い。真実が明らかになるまでの時間を遠山が待ってくれるはずもなく、遠からず留依の身に危険が及ぶだろう。

雄之にはアリバイがある。七月七日、岐阜にいた彼が大阪で梓を殺害することはできない。そこを謎にしたままでいくら説得しようと、雄之が罪を認めるとは思えなかった。

結局、暴力に頼るのか。彼を拉致し、監禁し、拷問し、白状させる？　できるのか？　おれに。

すべきなのか？　おれは。

梢の姿を思い出す。世界から置き去りにされた佇まい。雄之だけが、そんな姉の世話をしている。その弟を、彼女から奪えというのか。

もう一つ、選択肢はあった。今すぐこの欄干を飛び越えてしまうのだ。おれが死ねば、遠山の報復も雄之の復讐も、全部終わる。

誘われるように身を乗り出し、しかし決心はつかなかった。──死にたくない。己の意気地のなさにへたり込みそうになりながら、心の底から雄之に問いかけた。

なぜ、殺ったんだ？

お前が殺すべきは、おれじゃないか。

なのに、なぜ、梓を。

ふと安住の頭に、もしかして彼女ならその理由に心当たりがあるのでは……、という思いがよぎった。

携帯電話が震えた。

〈無事に来られた？〉

電話の背後で強い風が吹いていて、留依の声は聞き取りにくかった。

「橋の中央にいる汚いスーツの男が見えないか？」

〈まだ遠すぎる。でも、元気なのね？〉

言葉を返せなかった。全身の傷は室戸にやられた時よりもひどい。代わりに安住は訊いた。

「お前こそ、大丈夫なのか？」

雄之に会い、そして真相を聞き出すには車が必要だった。頼れるのは留依しかおらず、しかし安住が姿をくらませた以上、留依に刑事が張りついているのは明らかだ。

〈あなたは勝手にいなくなったことにしてる。信じてはいないだろうけど、強制的に拘束されるまではいってない〉

安住の時と同様、泳がせているのだ。

〈だから今頃、慌てているでしょうね〉

淀川の向こうから、一隻の船がやって来る。その舳先（へさき）に、すらりとした人影が立っている。

留依はショーゲキ社員の車で福島の船着き場に降り、チャーターしたプライベートクルーザーに乗船したという。船は淀川を横切って、神戸を目指している。こんな陽動作戦を思いつくのは、いったいどんな思考回路なのかと安住は感心し、呆れた。

「警察はおれなんかより、お前を逮捕すべきだったと後悔しているだろうな」

〈このあと事情聴取されるでしょうけど、マリッジブルーだとでも言っておく〉

留依の平淡な言い草に、安住は笑みを浮かべた。

それを引っ込めて、近づいてくるクルーザーに立つ女に話しかけた。

「質問してもいいか？」

〈手足のように使っておいて、詰問までするつもりなの？〉

「お前が隠していることを知るためにな」

留依の返事はなかった。ゆっくりと、その姿が大きくなってくる。

「アズがタレントを辞めるのをおれに納得させたくて、お前は嘘のドタキャンを仕組んだ。引退はアズの意志じゃなく、お前の勝手な判断だ」

梓に強い決心があれば小細工など必要なかったはずだ。

〈――何が言いたいの？〉

「もし、おれが室戸に監禁されていなかったらどうするつもりだった？」

再び留依は黙り込んだ。ぼぼぼ、というエンジンの音が近づいてくる。

「撮影現場に現れなかった時点で、おれはアズに電話をしたはずだ。ドタキャンの理由を問い質すためにな」

内緒のドタキャンと知れば、安住は留依の嘘を責め、引退にも頑として反対しただろう。

「事後報告だったから、おれはお前の言い分を信じた。梓は辞めたがっているんだと、なんとなく納得してしまったんだ」

しかし、それは結果論にすぎない。

「あの夜の襲撃を、お前に予想できたはずはない。室戸と通じていない限りは」

留依のことだから、いろんなパターンを想定し安住を説得する方法を用意していたのだろう。その中でもやはり、梓と連絡が取れなくなるのが一番効果的だった。

「梓が、電話に出ない自信があったんだろ？」

たとえ安住が監禁などされず、その場ですぐに電話をしても、つながらないと。

「やっぱりお前は知っていたんだ。梓がどこへ行ったのか、誰と会っていたのか」

だからこそ一週間もの音信不通に平然としていられた。

「梓が会いに行っていたのは、雄之だったんだな？」

クルーザーは目と鼻の先に迫ってきていた。それでも留依の表情はまだ遠い。

〈わたしは――〉留依が答える。〈そんな人は知らない。本当よ〉

「だが場所は知っていた。岐阜の施設だ」

施設の性格上、電話が使えない場所。

「梓から電話が使えない場所と聞いていたんだろ？　だから勘違いをした」

――警察に、病院のことは話したの？

五日ぶりに帰宅したベッドの上で、留依がもらした不可思議な言葉だ。彼女は梓の行き先を病院と思い込み、試したのだ。本当に安住が、梓の行方を知らないかどうかを。

「なぜ、梓はラファホームに行ったんだ？　どうして誰もそれを証言しないんだ？

雄之との関係を、警察が突き止められないのはなぜなんだ？」

そして二人はどうやって出会ったのだ？

〈あなたこそ、推理小説を書いたら？〉

「本当のことを言ってくれ！　お前は何を隠しているんだ？　何を守っているんだ？」

留依は答えない。留依を乗せた船が、十三大橋に差し掛かる。安住の真下に、留依が近づく。それでも九十メートルの距離が、二人の間に立ちはだかっている。

「頼む。知っていることを話してくれ。おれは、お前を失いたくない」

留依が目を閉じるのがわかった。息を吸う気配が伝わってきた。白い波が尾を引いていた。

〈梓は――〉

留依が明かす梓の秘密に、安住は驚き、そしてパズルが一つはまる感覚を覚えた。

だから奴は、日曜日に狂言誘拐を決行したのか？

銀行もやっていない、身代金を用意させるには不都合な日を、あえて選んだ……。

ピースは埋まったが、全体像はまだ見えない。

〈これが、わたしの知ってる全部よ〉

「どうしておれを信じる？」

え？ と見上げる表情から頑なな仮面が消え失せていた。

「室戸に襲われたのは、おれと奴だけの真実だ。それを、どうして信じられる？」

室戸の襲撃など嘘で、安住が梓に関係を迫って逆上し殺してしまったというストーリーだってあり得るのだ。だからこそ留依は安住を試した。

なのに今、彼女は安住を信じている。安住が嘘をついていない証拠などどこにもないのに。

船が橋の陰に飛び込む刹那、答えが返ってきた。

〈裏切られてもいいと思っているからよ〉

通話は打ち切られた。

安住は留依の残像を振り払い、梅田方向に歩き出す。全身の痛みを噛みしめながら進む。留依を乗せてきたショーゲキ社員の車がパチンコ店の駐車場に停めてある。鍵はトランクの下に貼り付いているはずだ。留依が警察の注意を引いているうちに、そこを目指す。

雄之と会える確率がもっとも高いであろう場所に向かうため。

岐阜県、ラファホームへ行くために。

決意は固まった。ナイフに手を当て、心の中で呟く。

おれは、留依を守る――。

しかしその方法が、本当に彼女を幸せにするのだろうか？

4

手紙とのにらめっこを切り上げて、鍋島は中之島を離れた。結局、手紙の文面、封筒に記された住所、どこからもピュワイト、そして真代雄之の影は感じ取れなかった。

環状線で福島から今宮に向かう電車の中で、鍋島はもう一度考えをまとめようとした。考えというよりはまだ、明らかにすべき問題は何かという段階だ。

大前提として「安住正彦は真犯人ではない」という点から始めなくてはならない。ならば真犯人、ピュワイトはどのような人物か。村瀬について詳しく知る人物である。これは彼女の遺体が見つかったマンションの契約にショーゲキの社印が用いられていた点からも明らかだ。そして同時に、安住に恨みを抱く人間である可能性が高い。これも社印の件が裏打ちしている。

さっそく、一つ疑問が見つかった。

ピュワイトが村瀬を殺したのは、安住を嵌めるためだったのか？　それとも村瀬を殺してしまったから安住を嵌めることにしたのか。

麻生の話を聞く限り、誘拐事件は村瀬の死が発端となり、急ぎ足で準備されたように思える。マンションの部屋もそうだし、バスタブや冷凍庫も、村瀬が消えた後に購入されていた。するとすべてが予定通りの犯行だったとは言い難い。

村瀬梓の殺害は突発的な事故で、それを一週間足らずで安住正彦になすりつける計画として組み立てたのならば、やはりピュワイトには初めから安住の顔が念頭にあったのだろう。この点も、安住へ恨みを抱いている者という犯人像には無理がない。つまりピュワイトが村瀬に近づいた動機は、やはり安住にあるのだ。安住への復讐心を秘め、村瀬にコンタクトを取った。それが村瀬殺害というアクシデントでひっくり返り、順序がおかしくなった。

次の疑問は、どうやってピュワイトは村瀬とやり取りしていたのかだ。これを鍋島はファンレターと推理したが、今のところ確たる証拠はない。

もう一つ。村瀬はどこで殺されたのか。

捜査本部が安住逮捕に踏み切れない一番の理由だ。村瀬殺害の具体性が、これっぽっちも浮上していない。

仮にピュワイトが真代だとして、彼には七夕の日のアリバイがある。姉が暮らす岐阜の施設にいたという。これが真実なら、少なくとも真代は大阪で村瀬を殺せない。村瀬が岐阜に出向かなくてはならない。ところがそういった情報はどこからも出てきていない。あれだけテレビで報道されているのだから日本全国、村瀬を見た者がいれば電話の一つくらいあるはずなのに。

それに対する麻生たちの回答はこうだ。村瀬は変装していたのではないか。だから誰も気づかずにいるのではないか。

これが四つ目の疑問だ。なぜ、村瀬にその必要があったのか。そんなことをしてまで岐阜に行った理由はなんだったのか。真代に会いに行ったなら、それはそのまま、「どうやって真代は村瀬と連絡を取っていたのか」という疑問に重なる。

おれたちは、まったく的外れな道を進んどるんやないか？

急に、鍋島はそんな疑惑を抱いてしまった。

ため息をついた時、電車は弁天町に着いた。乗客が入れ替わる。集団が扉を出て、四方に散らばる。それがすめば待ち人たちの塊が逆流し、狭い車内でそれぞれの場所を目指す。

――まるであの時のおれたちやな。

狂言誘拐で急遽集められた鍋島たちは、本町のセントラルタワーを飛び出して方々の土地にばら撒かれた。

あれはなんの意味があったんやろう……。

なぜ、百人の輸送役が必要だったのか。まだ営利目的と疑っていた時からの疑問だった。ピュワイトは頭のイカれた異常者で、人の命をなんとも思わないサディストの愉快犯――。それくらいしか説明がつかなかった。殺人を隠蔽するための狂言誘拐とわかって逆に納得したくらいだ。納得して、そのままにしていた。深く考えていなかった。

だがこうして冷静に振り返ってみると、おかしい。ピュワイトの目的は村瀬梓を殺害した罪を安住になすりつけることだ。殺害が事故だったとすれば、ピュワイト自身は行き当たりばったりの異常者とは言い切れなくなる。

ならばどうして、あんな演出が必要だったのだ？　百人の捜査員をてんでに動かした意味は？

もやもやとした疑問が答えになる前に、電車は今宮に着いてしまった。

浪速署とは逆に歩く。ＪＲの駅でいえば難波のほうが近いが、乗り換えが面倒で歩いた。時刻は二時を迎えようとしていた。歩きながら電話をする。麻生ではなく、今から会いに行く男の携帯だ。不機嫌な声が、しょうがないわねえ、としなを作った。

『グアチャロ』までもう十五分かかった。

店には崎中一人だった。ドアには「準備中」の札が垂れている。

「あたしはあんたのイロじゃないのよ」

「物騒なこと言わんでくれ。友達やないか」

もう、とオネエは拗ねてみせた。

「お代金はいただくからね」

「あんたの分もか？」

「チャージもよ」

と、中年はビールを美味そうに飲んだ。くそ、見せつけやがって。さすがに飲むわけにはいかない。ジンジャーエールを頼むと「自分でやりなさいよ」とくる。オーナーを前にカウンターの中に立つとはあべこべだ。

「言っとくけど、あの人のことなら答えないわよ」

「安住か？」

つん、とそっぽを向く。

「そうつんけんしなさんな。おれは安住をどうにかしようなんて思っちゃいないんやから」

どうだか、と取り合ってくれない。

「それより、被害者の村瀬さんについて教えてほしいんや」

「そんなのあたしが知るはずないじゃない」

「耳に入ってくる話もあるやろ。あんたくらい顔が広いと」

おだて作戦はほんの少しだけ功を奏した。

「そりゃあ、ちょっとはね。でもちょっとだけよ」

「ちょっとでいいよ。もう一杯飲むか？」

「じゃあモスコミュール」

「そんなの作れん。ビールにしてくれ」

ヘボ、と手厳しい。

「何が知りたいのよ」

「村瀬さんがショーゲキに入った経緯を教えてくれ」

「あたしが知るはずないじゃない」

「崎中。時間がないんや。あんたと乳繰り合っとる場合やない。ショーゲキとは長いんやろ」

「何を――」

「おい。おれは生安の刑事やぞ。調べようと思えばある程度はどうにでもなる。安住んとこのタレントを、北川以外にもあんた何人も紹介しとるやろ。それからアフターケアの手伝いも」

唇を尖らせそっぽを向く崎中に鍋島は重ねた。

「キミカに声をかけとるAV会社の社長はあんたの店の常連やろ。もっとも新地のオカマバーのほうやけど」

ニューハーフよ、と不貞腐れたように崎中は吐いた。

「それが何か問題なの？　ＡＶは犯罪？」

「犯罪じゃないよ。別におれはそれが悪いとも言うてない。あんたのことや。無理強いなんかせんて信じてるよ」

ふう、と息をつき、そして観念したように崎中が口を開いた。

「たしかにショーゲキには何人も紹介してる。あたしが仲良くなるくらいだから、まあ、それなりに脛に傷があったりする子たちよ。安住さんくらいね。そういう子にちゃんとした仕事を回そうとしてくれるのは。それにアフターもね、しっかりやってくれてたし。こっちも安心して良さそうな子を紹介してたの」

「北川留依の時みたくか？」

まあね、とビールを飲む。

「村瀬さんは？」

「あの子はあたしじゃない。紹介もなく自分からやってきたそうよ」

「彼女に一番くわしいのは誰や？」

「そりゃあ……留依でしょうね」

北川留依。やはり避けては通れないのか。

「北川はよく来るのか？」

「お店には来ないってば。たまに電話で話すくらい」

「村瀬さんについて、何か言うてたか？」

「いい子が入ったって。もしかしたら化けるかもしれないって」

「タレントとしてか？」

「ほかに何があんのよ」

そりゃそうだ。

「村瀬さんにも膣に傷があるんか？」

「――複雑なのよ」

崎中が語った内容は鍋島も心得ていた。麻生から教えられたものと寸分違わない。村瀬梓は母親を亡くし、再婚相手の娘を実の父親が凌辱していた過去を背負っているそ。

「そういうことをする時、父親は彼女を押し入れに入れたそうよ。それから音楽をかけたんだって」

「音楽？」

「そう。子供があげる悲鳴を隠すために、大音量でね。でも、押し入れのアズちゃんには全部聞こえてた。父親がかけたＣＤの曲も、妹さんの悲鳴もね。まるで自分の身代わりに義妹がヤラれてる。そんな罪悪感がこびりついてるのね」

気が滅入りそうになる。吐き気すら覚えるほどだった。

しかし——。

「それがどうしてタレント活動になるんや？　彼女は元々、犯罪被害者支援の団体にいたんやろ？」

「あんた、全部知ってんじゃない」

舌が回りすぎた。

「揚げ足取らんでくれ。そこらへん、北川はなんて言うてたんや？」

「詳しくは知らないわよ。でも、アズちゃんは熱心てわけじゃなかったみたい。留依もそこは気にかけてた。彼女、何がしたいんだろう、って」

「何がしたかったんや？」

「留依がわからないのにあたしがわかると思う？」

思わない。

「わたしに似たとこがある、とも留依は言ってたわ」

「北川もタレントっちゅう柄ちゃうよな。彼女こそ何がしたかったんや？」

「だ、か、ら。あたしにわかると——」

思わない。

請われてもう一杯、ビールを出してやる。

「刑事をここまでコキ使って、もう少しなんかないんか？」

「勝手ばっか。そういえば最近になって留依はアズちゃんの話をしなくなったわね」

「最近？」

「去年の冬くらい？　覚えてないわよ」

まあ、仕方がないか。「ほかは？」

「あんたドS？　そうねえ。アズちゃんは自分の活動とは違って研究熱心だったらしいわ」

「研究って、ボイストレーニングとかか？」

「詳しいじゃない」

「生安なめんなよ」

「オヤジのくせに」憎まれ口を叩きつつ続ける。「でもそういうんじゃなくて。お芝居でもなくね。演出とか振付とか、事務所の運営とか、そういうプロデュースに興味があったみたい」

村瀬はタレントではなく裏方に回ろうとしていたのか。なるほど、北川留依と似ているが、事件に関わる情報とは思えない。

潮時か、と思った時、オカマ中年がとんでもないことを言い出した。

「大好きだったみたいよ。『いとへん』が」

『グアチャロ』を飛び出して御堂に電話をした。なんですか？　という言葉も待たずに捲し立てる。

「村瀬の、彼女の部屋にＤＶＤは？」

〈ＤＶＤ？〉

「『いとへん』の」

〈――ちょっと待ってください〉

しばらくして声が戻ってきた。

〈あります。発売されてるのは全部みたいです。といっても三枚ほどらしいですが〉

「テレビは？」

〈テレビ？〉

「ええ。今時のやつはハードディスクに録り溜めできるでしょう？」

〈――鍋島さん、いったい……〉

「お願いします。調べてもらえませんか？」

わかりました、という御堂の声にも緊張があった。言いようのない確信に鍋島は震えた。

この直感が正しければ、事件はもう一度、その風景を変えるかもしれなかった。

5

約束の時間を大きく超えてやって来た訪問者を、山根というマネージャーは事務的に出迎えてくれた。その顔には隠せない不安と疑心が覗いていた。

「ご家族様には入館の際、家族カードの提示をお願いしております。これを機械に通して管理しているんです」

「職員や業者なんかはどうしてるんです？」

「関係者通用口が別にございます」

「そこを通れば一般来訪者も出入りできますか？　たとえば、そのカードの記録を残さずに」

あからさまな渋面が麻生に向けられた。

「それはありません。通用口は二十四時間、窓口の者がおります。防犯カメラもあります。こういう施設ですから、そのへんのセキュリティは万全にしてあります」

徘徊老人などの無断外出を防ぐためであろう。

「そもそも、ご家族様がそのような方法で出入りなされる理由はありませんよ」

仮面がはがれ、不安の素顔になった山根に三溝が答える。

「そうとばかりは言えんでしょ。ここは一般の特養に比べてもずいぶん高級に見える。つまり入居老人はそれなりに富裕層ってことや。遺言状の書き換え問題だとか、まあ、そういう後ろめたい動機で訪れる者が皆無と決めつけるのは危険や」

そんな、と顔面蒼白のマネージャーは目を丸くした。

「単純に可能性の話です。別に、お宅様が後ろ暗いというわけやない」

「だったら……」

何しに来たんです？ という顔だ。

「ともかく入退館はコンピューターでちゃんと管理しております。しかるべき書類があれば、開示することもやぶさかではございません」

令状を持って来い、か。

「まあ、まあ。そう尖らんでください。我々だっていたずらにプライバシーをほじくるつもりはないんです。ただ、必要なことを可能な範囲で教えていただきたいだけでね。——家族でない来訪者はどうしてるんです？ 入居者の友人とかは」

「それは事前に予約をいただくか、本人様の了解を得た上でゲストカードを貸出しいたします。どちらの場合でも入館時に身分証の確認をさせていただきます」

「身元不明の何者かが入り込むことは難しいと？」

「もちろんです」

ふうむ、と三溝は腰に手を当ててから尋ねた。

「七月七日の来館データを見せてもらえませんか？」

それは、と山根は口ごもる。当然だろう。

三溝がぐいっと迫る。

「無理なら書類を持ってあらためさせてもらいますが、どうでしょうな。そんな大事にする必要があるのかどうか。わたしでは判断できませんが」

蛇に睨まれたカエルのようなものだ。少しだけ目の前の男が気の毒になった。

「少々お待ちを」

「できれば入居者リストもお願いしたいですな」

「刑事さん──」

「他言はしません。一切」

肩を落としたマネージャーは面会室を出ていった。

「いい所だ」

窓の外を眺めながら三溝がもらした。山根のいる前で言えばいいのに、とかすめた。

「こんな快適な場所で余生を過ごせるなら、悪くありませんな」

「三溝さんには無縁なのでは？」

「シュワルツェネッガーだって老人になりますよ」

無邪気な笑みだった。

中庭では、数人の老人が行き交っていた。のんびりとした歩調で、穏やかな表情を浮かべている。その中に一人、ベンチに座って口を半開きにし、呆けたように宙を見つめている男がいた。

人生の終わりを間近に、彼の脳裏に浮かんでいるものはなんだろう——。

それが決して、微笑ましい思い出に見えないのは、男の相貌から生気が感じられず、この場所が推奨する静養とはかけ離れた佇まいに思われたからだ。まるで囚人。そう思わずにいられない。

道中聞かされた三溝の説法が頭にこびりついているのか。麻生はそれを振り払う。

しばらくして山根がノートパソコンを手に戻って来た。

「これが七月七日のデータです」

三溝と二人、小さなディスプレイを覗き込む。日付、時刻、その横にＩＤナンバー、そして入館、退館の文字。

「真代雄之さんは、どれですかな」

山根が息をのんだ。

「山根さん。本当に大事になりますよ？」

「ど、どういう意味です？」

「そのままです。脅しでもないし、はったりでもない。ただ、ここで協力をいただけるなら、わたしたちもあなた方の力になろうとするでしょう」

もはや仮面は彼方に消え去った。山根は汗を垂れ流しながら、かすかに震えている。

「……雄之様は、これです」

山根がＩＤをクリックすると、画面一杯に雄之の個人データが表示された。

真代雄之、二十五歳。兵庫県神戸市の住所。属性、入居者家族。対象入居者、真代梢。

その下に入退館履歴が連なっている。

「かなりの頻度ですな」

「週に一度は必ずいらっしゃいます。泊まっていかれることもあります」

「なるほど。七月七日もそうですな。退館は翌日八日になってる」

七月七日、十三時半に来館し、退館は翌日午前十時だ。

「この日は七夕の催しがあったそうですな」

「はい。そのために雄之様はいらっしゃいました。イベントで演奏を披露してくださって」

「キーボードで？」と、麻生は尋ねた。

「そうです。ご自宅からわざわざ持っていらして」

「よくあるんですか、そういうことは」

「梢様のためにキーボードを持ち込まれるのは多いです。みなさまの前で演奏というのは初めてだったはずです。大変好評でした。中には周囲をはばからず涙を流してらっしゃるご夫婦様もいらっしゃいました」

村瀬殺害の夜が人前での初めての演奏……たまたま偶然？

「その日、真代さんに何かお変わりはありませんでしたか」

「特に、これといっては」

「ささいなことでも構いません。思い出してみてください」

麻生の勢いに気圧されながら山根は首を捻った。

「そういえば、夜中にロビーに降りて来られて、ビニール袋を所望されました」

「ビニール袋？」

「はい。入居者のご家族様からお土産をもらったとかで」

「──その時、彼の様子はどうでしたか？ 慌てていたり、動揺していたりは？」

「さあ。気づきませんでしたが。シャワーを浴びた後だったようです。髪が濡れてましたから」

唇に指が触れる。一つの仮説が浮かぶ。

「夜中にどこかへ出掛けるというのは可能ですかな？」

三溝の問いの答えはノーだった。閉館以降、痕跡も残さずに外に出て戻ってくることはできないという。

「従業員出口だけでなく、ロビーにも二十四時間、当番の者がおりますから」

ほかから無理やり出入りしようとすれば警報が鳴る。全システムを意図的にダウンさせぬ限りはどうにもできない。

「九日から十一日まで、毎日のようにいらしてますね」

麻生はディスプレイを指さす。

「え？　ああ、そうですね」

「何か事情が？」

「特別思い当たりません。梢様の体調も平常だったはずですし。雄之様が連続でいらっしゃるのはは珍しくもありませんが」

「それにしても七夕には泊まりで、そこからさらに三日連続というのは多すぎではないですか？　七夕の日も含めれば週四です」

「そうですね。それはまあ、たしかに」

山根は首を傾げる。何が問題なのかピンときていないのだろう。その時、ふいに思いついたという調子で声をあげた。「言われると、すごく短い滞在時間ですね」

「どういうことです？」

食いついた麻生に、山根がディスプレイを指差す。

「この三日間。長くても五時間くらいで退館されています。雄之様は本当にお姉様想いの方です。来訪時はだいたい閉館間際までこちらにおられるのが普通ですから」

並ぶ数字をじっと見つめる。なるほど九日から十一日までの三日間の滞在は短時間である。最初の二日は午前にきて夕方前に退館している。十一日は昼過ぎにやって来て小一時間で帰っている。

「神戸からですと距離もありますから、いらしたら長居されるのです」

「普段、彼はここで何を？」

「何と言われましても……。梢様の部屋におられるのが常です。梢様はあまり外にも出たがりません。お部屋で演奏などをされていたのでしょう」

なのに問題の三日間は短時間でホームを去っている。

「準備中だったから、でしょうな」

十三日の、狂言誘拐の準備だ。

「だとすれば、なぜここに来ていたのかがわかりません」

「事情があったのでしょう」

つまり、神戸から岐阜のラファホームに訪れるのもまた計画に必要だったのだ。

「もう一度、七日の来訪者を見せてください」

雄之の画面から全体の履歴に戻る。

目をこらして、それに見入ったまま尋ねた。

「雄之さんを除いて全部で十二人。この中で、一風変わった方はおられませんでしたか？」

「どういう意味です？」

「あまり見かけないとか、珍しいとか、怪しいとか」

「怪しいって……。そんな方がいらしたら入館させておりません」

まあまあ、と三溝がなだめる。

「何せ年に一度のイベントでしょう？　最近はハロウィンの仮装とか、ほら、あれ、なんちゅうんですか」

「コスプレですか？」

「そう。そういう方はおられなかったですか？」

「目立ってというのは……」

「単純に、顔を隠していたというような人は？」

麻生の質問に、え？　と山根はあんぐりとした。

「サングラス。マスク。帽子。どうです？」

「いや、そこまでは記憶に……」

「防犯カメラなんかは？」

「一週間毎の上書きですから……」

「この中で、その後に再訪されていない方はいますか？」

矢継ぎ早の詰問に山根が目を泳がせ始めた。

「山根さん。非常に重要なことなんです」

「しかし――」

「これを」

麻生は一枚の写真を差し出した。

「ご存じですね？」

「ええ。あの、誘拐で――」

そこまで言って山根は、正確に刑事たちの思惑にたどり着いたようだった。

「まさか……」

「他言は無用で願います」

「雄之様が関わっていると？」

「それを調べています。そもそも被害者の彼女がここに居たのではないか、と我々は考えているんです」

「ま、待ってください。わたしもテレビくらい見ます。被害者の方のお顔は知ってます。ほかの従業員だって、入居者様もです。誰もそれを気づかないというのはいくらなんでも」

「ですから、変装、仮装の有無を伺いました」

でも、と混乱しながらマネージャーは続けた。

「たしか、彼女のお名前は――」

「村瀬梓です」

「そのようなお名前の方はこちらに入居されておりません。ご家族様のリストにも……」

ノートを操作しながら、

「……おりません。あの日はゲストもいらしてませんし、ありえません」

「業者やスタッフには？」

「ご冗談でしょう？　いるわけないじゃないですか」

村瀬梓は家族リストにいない。ゲストにもいなかった。すると可能性は二つ。誰かを装ったか、名前を偽って登録しているか。

しかし、なぜそこまでする必要があるのか。麻生は、自分の望むストーリーに無理やり現実を当て嵌めようとしている危惧を抱き始めた。

その時、軍曹が唐突に言った。

「ザマという苗字はどうです？」

「え？」

「座間伸也（しんや）。座るのザに間のマ。伸びるシンにナリです」

三溝が発した名を、麻生は知らなかった。

「座間様なら、おりますが」

「年齢は？」

尖ったダミ声が、マネージャーに向かう。

「五十三歳となってますが……」

「ずいぶん若い。何か特殊な事情が？」

山根は唇を結んだ。

「入居はいつからです？」

「……昨年、末ですが」

「最近の話ですな。ご家族の方が、七月七日にいらしてますか」

「……はい」

「名は？」

「座間、玲奈様です」

「入居者との間柄は？」

「奥様、です」

「年齢は？」

「三十、九歳となっていますが……」

「お顔を覚えてらっしゃいますか」

「いえ……あまり来られる方ではなくて……」

「では、二十代の女性がそれらしい年齢に見える化粧をして、家族カードを手に、座間玲奈を名乗ったら、疑いますか？」

山根が泣きそうな顔になった。

「入館時にはカードのチェックをしてると仰ってましたが、退館の時も必ずそうしてましたか？」

「え？」

「家族なら、家族カードをぶら提げているわけでしょう？　そのまま散歩のように外に出て帰宅しても気づかないことがある。違いますか？」

「それは――」

「もしも、座間玲奈と名乗る誰かが家族カードでこの施設に入館し退館していないなら。あなたたちはどうします？　わざわざ電話をかけたりするんですか？」

山根は完全に言葉を失っていた。

唖然とした顔に三溝が重ねる。

「座間さんのお部屋は何階です？　もしかして梢さんの近くではないですか」

「お、お隣りです」

「もう一つ。座間さんが入居するのに、誰かの紹介などがありましたか」

口をぱくつかせる男へ、三溝がとどめの圧をかけた。

「山根さん。わたしから言いましょうか？　それは、真代さんですね？」

「ちょ、ちょっと失礼」山根が逃げるように応接室を飛び出していった。

「三溝さん」

「ああ、すみません。ちょいと急ぎすぎたかも知れませんな」

そんなことはどうでもいい。

「座間伸也とは誰です？」

もう一度、三溝は「申し訳ない」と謝った。

「隠すつもりはなかったんですがね。ここに来るまで、それがどれだけ重要な情報かわからずにいたもんで」

サボタージュの間に調べましてね、と頭をかいてから三溝は説明した。

「座間伸也は鳥取出身の男です。事件を起こして服役し、出所後は不遇の生活を送っていたらしい。路上生活者です。それが何年か前に保護され福祉関係の施設に世話になっていた。精神疾患も患っていて、まともな生活は望めない状態だったようですな。それが去年、突然引き取り手が現れて、そこを退去した」

「奥様ですか？」

「いいえ。奥さんは実在しますが、もう十年以上前に亡くなっています」

「え？」

「引き取り手は娘です。ここの登録に死んだ母親の名を使ったのは不自然さを消すためでしょう。雄之の後押しがあったんだ。厳しい審査もなかったはずです」

この時点で、麻生には三溝が告げる答えが予想できた。その予想に、背筋が凍った。

「座間伸也は、村瀬梓の実父です。再婚相手の娘を犯して、縁の切れた父親なんです」

その時、山中の施設に不釣り合いなクラクションの音がして、麻生は反射的に外を見た。陽が傾き始めていた。

ベンチに座っていたあの老人はもうそこにいなかった。

その後、戻って来た山根からいくつか確認を取ってラファホームを出た。かろうじて明るさを残した山道でレクサスが急ブレーキを踏んだのは駐車場から出て間もなく、側道と主道の分岐点だった。

道端に、まるで投げ出されたようにバイクが倒れていた。

「SRですな」

「雄之のバイクでは？」

頷いた三溝とともに辺りを見渡すが人影はない。傍に、バッグに入ったキーボードが投げ捨ててあるばかりだ。

視線が、乾いた地面に残るタイヤの跡に向けられた。その先に森のアーチに囲われた道が続いている。行き先ははっきりとしない。

「行ってみましょう」

レクサスを脇に停め、二人で山を登った。瞬く間に視界が闇に閉ざされていった。

季節を忘れさせる冷えた風が吹いた。

なんの装備もなくこれ以上は危険かと思い始めた頃、

「こっちのようです」

三溝が指した獣道（けものみち）の入り口は、明らかに何者かが無理やりに侵入した様子が窺えた。

「いったん、戻りましょうか？」

視界は真夏の午後七時ではあり得ない暗がりによって阻まれていた。それは異様な静けさと相まって、本能的な恐怖を煽るに充分だった。しかし軍曹は首を横に振る。

「状況の確認は必須でしょう」

雄之のバイクが残されているのに本人はいない。事故があったのだとして、救急車がきた形跡もない。疑うべくもなく、事件の気配が濃厚だった。

「こういう時、刑事は不便ですな」

腰に手を当て笑う。交番巡査でもなければ常日頃から武器を携帯しているわけでもない。もちろん、ペンライトも。

しばらく無言で歩を進めた。ザクッ、ザクッ、という足音だけは隠しようもなかった。自分が予想以上に緊張し、それ以上に落ち着いているのを自覚した。

思えばゲリラ戦のような現場に踏み入るのは初めてだ。不意を突くのは大抵こちら側だった。入念に捜査を進め、証拠を固め、安全を確保した上で逮捕状を携え、乗り込む。だが今は、そのすべてが不確かだ。何が起こっているのかすら判然としないまま、法律も権威も通用しない剝き出しの自然の中を丸裸で進んでいる。なのに三溝の背中を見ていると、この道は誤っていないのだと感じることができた。

「あれは……」

不意に、その背が止まった。麻生も目を見張った。バサッと何かが羽ばたく音がして、思わず周囲を見渡す。

「マーチか」

三溝が呟いて、闇に浮かぶ車両に近づいていく。不思議なもので、この森の中で見る四輪車は鉄の塊と呼ぶのが相応しいと麻生は思った。エンジンは切られ、ライトも点いていない。それこそがこの場所では正しいあり方のように感じられた。ただそこにぽつねんと置かれた物質へじりじりとにじり寄っていく。ほどなく軍曹の緊張が解けた。その理由はすぐにわかった。中に誰もいないのだ。

「ここら辺に自殺の名所でもあるんですかな」

軽口はすぐに消えた。手にかけたドアは簡単に開き、中を覗いた三溝がかっちり動きを止めた。

「どうしたんです？」

「これを」

麻生も中を見る。助手席のシートが濡れていた。

「血です。乾き切ってない」

再び、頭上で何かが羽ばたいた。

6

午後四時に直孝は会社に着いた。

頭が痛くて仕方がなかった。昨晩、しこたま酒を飲んだ後に会社へ向かい、明け方までずっと通話録音を聞いていたせいだ。

「シモチさん、どうしたんすか？」

直孝を迎えた深夜のアルバイト管理者で、金髪のベーシスト今村（いまむら）だった。ぬぼっとした風体であまり表情を変えない男だが、それでも驚きが一目でわかった。何せ直孝は私服で、酒臭く、おまけに拳は真っ赤な血が滲んでいる有様だったのだから。

「相変わらずのマッキンキンやな」

ごまかすように言って、直孝はさも当たり前のように自分のデスクへ向かった。社則にうるさい我が社も、深夜帯のドレスコードは自由だ。

時刻は午前零時に迫っていた。エニウェアでは二十一時から翌九時までが夜勤の稼働時間とされている。オペレーターは十名に満たない人数で、若い奴からセカンドワークの中年までおり、昼間に比べると男性の比率が高い。

「シモチさん」

今度は小谷だ。昼に見かけなかったのは夜勤シフトの振休だったからか。

「忘れものですか？」

「ちょっとな。早退して、明日休みやし、やっておきたいことがあるの忘れてたんや」

明らかに疑った目を向けてくる。

「出勤ちゃう。作業したいだけや。ええやろ？」

「サービス残業は禁止ですよ」

「別に残業やない。私用や」

「それならもっと駄目です」

「すぐ帰るよ」

反論を封殺し、通話録音のシステムを立ち上げる。

直孝の考えはこうだ。

七月十三日、ピュワイトはわざとCMのタイミングでエニウェアに電話を入れてきた。つまり、こちらが慌ただしくしている時だ。余裕を奪い、主導権を渡さないつもりだったに違いない。

だがCMラッシュの日であったことを知っているのはコールセンター関係者に限ら

れる。仮にピュワイトが梓からそれを聞いていたのだとしても、正確な時間まではわからなかっただろう。

ピュワイトはずっとテレビを見ていたのか？　今時は携帯でもテレビが見られる。たんなる偶然の可能性もある。しかし偶然じゃなければどうなるか。事前に確認していたとしたらどうか。どこに確認する？　当然、コールセンターじゃないか？　げんにピュワイトは犯行の前に通話録音システムを利用して指示を吹き込んでいる。ならば、それ以外に奴がウチに電話をかけている可能性はゼロなのだろうか？

直孝は、七月八日から七月十二日までの全通話録音を確認するつもりでいた。

一日平均三〇〇〇コールほどだ。五日間の総入電数は一万を超える。正気の沙汰じゃない。だが、わき上がった熱に抗うつもりはなかった。この作業がたとえ徒労だったとしても、やらなければならない。

耳にイヤホンをつけ、マウスを操作した——。

しょせんは素人の思いつき。無為に終わった作業を振り返り、どうしても後ろ向きな考えになってしまう。

日付の変わる時刻から朝五時まで、およそ一五〇〇件をひたすらに聞き続けた。そのせいでアテナのオープニングトークが耳鳴りのようにこびりついている。しかしに心が折れそうだった。

「当たり」はなかった。残り約一万三五〇〇件。まだ一割弱を消化したにすぎないのに心が折れそうだった。

ピュワイトは男だと決め打ちし、女性客は問答無用で飛ばしている。この二者択一が間違いなら根本がひっくり返る。初めは自信を持っていた声の聞き分けも、今は不安しかない。自分はボイスチェンジャー越しに数分の会話をしただけなのだ。

昨晩の収穫はわずか三件。男性客で、放送確認を目的とした入電の確率は五〇〇分の一だった。それもすぐに違うと判断できるものばかりだ。年配すぎたり、放送の確認が七月十三日でなかったり。

わざわざ数日後の放送を確認するなんて通常はほぼあり得ない。だから七月十三日を指定してきた人間がいれば当たりの確率はかなり高い。

――本当にそうか？　客の中には奥さんや母親に見せたいから特定の日にちを選んで放送を確認したがる者もいる。十三日は日曜日だから、確率も上がる。

キリがねえ。無謀は初めからわかってたことやないか。

自分にそう言い聞かせながら、直孝はエレベーターに乗り込んだ。

今日中に一万件の通録チェックを終わらせるためには夜勤に紛れるだけでは時間が足りない。休憩室へ向かおうとして、喫煙室に方向を変える。ここなら自動販売機もあるし、Cチームの社員に喫煙者はいない。まずはゆっくり休日出勤の言い訳を考えたかった。

ところがドアをくぐると、思わぬ顔があった。

「シモチじゃないか」

煙をくゆらせていた淵本が、心底驚いた顔で直孝を迎えた。

「どうした？　今日は休みだろ？」

ああ、と生返事で濁す。すぐに出ていくのも変だ。何か適当に声をかけなくてはと思いながら、とりあえず缶コーヒーを買った。我ながらぎこちない動作だった。

「お前、吸うんやな」

「やめてたんだけどな。最近つい手が伸びてな」

「やめたって、どのくらい？」

「二年だよ。嫁がうるさくてさ。でも、まあ、台無しだ。有名なジョークがあるだろ？　『禁煙は簡単だ。わたしはもう百回もしてる』」

笑えなかった。

「なんだよ。面白くないのはおれのせいじゃないぞ」

気がつくと、まるで対決するように向き合ってしまっていた。

「淵本。ちょっと作業をするけど、見逃してくれ」

「作業って？」

「ちょっとな」

淵本の顔に明らかな不審が浮かんだ。

直孝は息を吸って、それから言った。

「おれは、梓が好きやった」

淵本が目を丸くした。

「だから頼む」

返事を待たずに背を向け、喫煙室を出る。迷いは消えた。唯一、たしかな答えはそれだった。

おれは、好きやった女を殺したクソ野郎をやっつけたいんや。

フロアに行くと案の定、奇異な顔をされた。構わずに、いつもの席に向かう。

「おい。お前、何しに来たんや」

柳が寄って来た。いつも午後にはどこぞへいなくなるくせに、こういう時だけ間が悪い。

「ちょっと明日の準備を」

「ウチはサービス出勤禁止やぞ」

「サボりすぎたんで、取り戻しておかないと」

「休みのたびに前日出勤なんかさせられるか。お前、主任やぞ。上がそんなんじゃ下がやりにくくなるやろ」

「勘弁してください。今日だけ」

「あかん。帰れ」

小柄な身体の小麦色の顔を見据える。ごちゃごちゃごちゃごちゃ――。

「頼みます。どうしても、今日やっておかないと駄目なんです」

睨み合った。猛禽類(もうきんるい)の目に、あからさまな怒りが浮かぶが、こっちだって一歩も引く気はなかった。

「認めん。――やるなら、おれの目の届かないとこでやれ」

どかどかと、いかった肩を揺らしながら去っていく背中に「はよ帰れ」と毒づいた。

周りの目も気にはならなかった。やるべきことは決まっている。無駄だろうがなんだろうが、とにかくやるのだ。隅のデスクに座り、パソコンを起動した。

三時間ほど作業を続け、さすがに身体に凝りを覚えた。伸びをして首を回す。ようやく七月八日の夜間分が終わり、九日の九時に到達したところだった。すでに五〇〇件は聞いている。女性や年配の客は無視して飛ばした。自分なら絶対にわかる。変声機を通していなくとも、そいつがピュワイトならば、わかる。ほとんど祈りのように自分に言い聞かせていた。

立ち上がり、フロアを出る。休憩室でコーヒーを購入した。窓際の席に座り、一息ついた。

ピュワイトは十一日に指示を吹き込んでいる。ならばその時点で犯行の計画は完成していたと考えていいのではないか？　だとすれば事実上、残りは二日半だ。

そう考え、少しだけ気が楽になり、すぐさまうんざりした。なんの根拠もない。ピュワイトがコールセンターに放送確認の電話をしているというのは直孝の推理——どころかただの希望だ。

またもや心が折れそうになった。金にもならない作業は、いったい誰のためなのだ。なんのためなのだ。なんの意味が……。考えれば考えるほど、虚しさに染まりそうになる。

ふー、と大きく息を吐いた。

通話録音のすべてを聞く。そう決めたんや。ならば、やれ。意味があるとかないとか、そんなことは後で考えろ。問題は一点だけ。自分が納得できるかや。

席に戻った時、時刻は七時過ぎだった。どう考えても、一晩では終わりそうもなばいい。明日は昼からの出勤だ。勤務は夜九時まで。ぶっ通しで朝まで残るか。そうすれば目途が立つ。

「手伝おうか？」

驚いて顔を向けると淵本が立っていた。

「何しとんねん、お前」

「お前に言われたくない。お前のほうこそはるかに怪しい」

そらそうだ、と思いつつ言い返す。

「帰れよ。水増し残業はサービス残業よりタチが悪い」

「おれにできることだってあるだろ」

「ふざけんな」

「ふざけてない。大真面目だ」

「部長にどやされるぞ」

「もうどやされた。さっきまで一緒に飯を食ってたんだ。会社に戻ると伝えたら小麦色が赤に変わったよ。お前のこと、心配してるんだ」

「……おれと部長は冷戦中って忘れたか？」

「お前こそ忘れてる。部長がどんな人間かを」

「融通のきかん頑固もんやろ？　面倒事を避けるために、梓を見捨てようとしやがった」

「本気で言ってるのか？　あの人がそんな人間だと、お前、本当に思ってるのか？」

うるさい。それくらいわかってる。面倒見のいい親分肌の上司を、心から嫌いになったことなどない。

「シモチ。事件のことを調べてるんだろ？」

淵本が顔を寄せてきた。

「部長はこうなるのが嫌だったんだよ。お前やおれたちが、あの事件に深く関わってしまうのが」

その通りだろう。あの場面で、素人である直孝たちが矢面に立って益など一つもない。実際、自分は交渉役をやるはめになり、完全に足を引っ張った。会社を守るため——それは柳にとって従業員を守ることと同義なのだ。

「でも部長も見誤った。おれとお前は、どうしたって囚われただろうから」

淵本の顔を見た。健康そうだった頬がこけていた。目が充血していた。昨日今日の疲れではないのは一目瞭然だった。

「お前を手伝うと言ったおれに、部長がなんて返したと思う？　サービス残業は認めない。だが、親睦なら知ったことじゃない」

それともう一つ——。

「やるなら気の済むまで、とことんやれ」

「ちくしょう、浪花節かよ」

「おれは嫌いじゃないよ、浪花節」

おれもそうや。

「何をしたらいい？」

覗き込んでくる淵本を見つめ返す。伝わってくるものがあった。この男もまた、闘わなくては前に進めないのだと。お節介の理由は、それで充分だ。

7

ぴりっと背筋が伸びるような緊張を覚えた。慣れない府警本部の相談室のせいかと思ったが、よくよく考えると二週間前、自分はここに座っていたのを鍋島は思い出した。もっとも、座り位置は逆だったが。

足音がした。ドアが開く。御堂一は鍋島に鋭く目配せを寄越し、身体をよけた。捜査一課主任の背後に立つ、長身の女性がこちらを見つめてきた。惚れ惚れするプロポーションに清廉（せいれん）な顔立ち。だが瞳には、何者にも侵し難いカーテンを垂らしている。

北川留依は、表情を変えぬまま鍋島の前に座った。

「もしよければ、二人で話がしたいんやけど」

御堂と、北川の背後に付き添っていた女性警官が驚きの表情を見せた。

聴取の相手が女性ならばしかるべき配慮は必要だ。それでも鍋島は、北川留依の真っ直ぐな瞳に尋ねた。

「どうやろ。あなたの了解があれば、やけど」

「結構です」

「ドアを閉めても？」

「ええ」

鍋島さん、と釘を刺してくる御堂に北川留依の冷たい声が応じる。

「大丈夫です。何かあればお呼びします」

「しかし――」

「わざわざ出向いてきた協力者が希望してるんです。あなた方に断る理由があるんですか？」

振り向きもしない北川留依の物言いに、みるみると坊主頭に憤怒の表情が浮かんだ。

「外にいます。何かあったら呼んでください」

感情を自制した御堂に感心する反面、鍋島は苦笑を我慢できなかった。

「相変わらず、気の強い人や。神戸へのクルージングは快適でしたか」

「どこかでお会いしました？」

「五年ほど前に。こんなジジイは忘れてしまったやろうけど」

「冗談です。忘れるわけないでしょう、鍋島さん」

その節はどうも、と告げる響きには小気味よい皮肉が漂っていた。

「あの頃よりお綺麗になられた」

「最近じゃそういうのもセクハラになるそうですよ」

「この歳で懲戒免職では格好がつきません。勘弁してやってください」

わずかに、相手の口元が緩んだ。

「順番が逆になってしまいましたが、お忙しいところ、突然お呼び立てして申し訳ない」

「平気です。おかげ様で開店休業中ですから」

「気苦労が多いでしょう」

「ええ。ですからこれは旅行の続き、気晴らしのようなものです」

不敵だった。

「で。ご用件は？」

窓から差し込む光は、白から赤に急速に色づき始めていた。オレンジに照らされる北川留依の肌は一層、透き通って見えた。

「実は、村瀬さんのことでいくつか確認させてほしいんです」

「必要なことは全部お話ししました」

「北川さん。ご承知かもしれんが、事態はなかなかややこしくなっとります。あなたには些細と思われることが、事件の解決に役立つかもしれんのです。どうかご協力願いたい。旦那さんのためにも」

「わたしは独身です」

「奇遇ですな。わたしも似たようなもんです」

温めの冷笑が返ってきた。

「今さら何を喋らせたいんです？」

「単刀直入に伺います。村瀬さんはなぜタレントになろうとしたんでしょう？」

笑みが消えた。

「鍋島さんはなぜ、刑事に？」

「わたし？　そうやな。これといった取り柄もなく、頭も良くない。特にやりたいこともなかったし、そんな人間が手っ取り早く安定した収入を求めた結果でしょうな。つまらん答えですが」

「大抵、そんなものですよ」

「村瀬さんはどうやったんです？」

「そんなものです」

苛立ちよりも、懐かしさが込み上げてきた。五年前、まだ二十歳そこそこだった小娘にも、今と同じようにあしらわれたのだ。

あの時、相手は被疑者だった。今は要注意人物とはいえ善意の一般市民だ。立場は逆転しているが、それでもこちらに分があると鍋島は思う。

「『いとへん』をご存じですか？」

「彼女たちを知らない業界人を国内で探すのは難しいです」

返答に淀みはなかった。しかし、一拍半、台詞の前に間があったのを鍋島は見逃さなかった。自分は正しい道を歩いているのだと確信した。

「村瀬さんは、だいぶ熱心に彼女たちを研究していたと聞きました」

「誰に？」

「それは言えません。言えませんが、彼女の部屋に『いとへん』のＤＶＤが三枚。これは市販されてる全部らしい。それにテレビのＨＤに彼女らが出てる番組がようさん録り溜めてありました」

「今をときめくアイドルです。研究するのは当然でしょう」

「村瀬さん自身の活動とはちょっと距離があるように感じますな。モデルもテレビも、彼女はそれほど熱心でなかったと、これは業界関係者の証言ですが」

「無責任がこの業界に必要な才能です。ワイドショウをご覧になればわかります」

「彼女、何がしたくてタレントになったんでしょうか」

北川留依の表情は変わらない。身体のどこにも変化はない。ただ、透明な肌に微かな赤みが差した気がする。

「有名になりたい。お金が欲しい。どうやろう。そんな感じがしないんです。村瀬さんが本当にやりたがっていたのは裏方やったと言う人もいます」

「それは、そうかもしれません。あの子は、誰かを支えたがっていました」

「たとえば誰をです？」

「誰、ということはないでしょう。強いて言えば、困っている人、虐げられている人」

「慈善家っちゅうことですか？」

「さあ。その言葉の意味がわたしにはよくわかりません」

ふむ、と今度は鍋島が間を空けた。北川留依を観察する。揺らぎは微塵も見当たらない。

「安住さんにも、似たような部分があったようですな」

ゆっくりと鍋島は続けた。

「彼は売れなかった女の子たちのアフターケアに熱心やったんでしょ？　むしろ、そっちが本業やないかという声もありました」

「聞いた、らしい、言っていた。残念ですが、わたしはそんな話、聞いたことも、言われたことも、らしいことも、すべて覚えがありません」

「あなたも似ている、とわたしは感じている」

北川留依がわずかに目を細める。

「違いますか」

微かな吐息。諦めたようなそれは、防衛ラインを下げることの決断に聞こえた。

「彼は、わたしよりもはるかに楽天家です」

「つまり？」

「タレントになれなかった子の第二の人生なんて、そう簡単に用意できるものではありません。コンサートで浴びるスポットライトとオフィスの電灯には落差がありすぎる」

「それでＡＶですか？」

ようやく、表情に明らかな色が浮かんだ。不快、という色が。

「わたしのとこに相談にきた娘がいました。タレントを諦めてＡＶに出ようか悩んどる。斡旋したのはあなたでしょう？」

「その子がそう言ったんですか」

「違います。彼女はただ、『グアチャロ』に足を運んだだけや。そこで声をかけられた。でも、全部を仕切っていたのは、あなただ」

「証拠が？」

「ありませんし、必要ないでしょう。相手は成人や。別に犯罪ってわけでもない」

キミカに確認を取っていた。北川から、『グアチャロ』の崎中に相談してみたら？とアドバイスされたことを彼女は認めた。

「わたしはね、世間の倫理を振りかざすつもりはありません。ＡＶが悪とも思わない。ただ、傷ついて弱った女の子の背中を迷わず押せる、あなたの真意が知りたい」

「そんな大げさなもの、ありません」

じっ、と彼女を見つめた。北川も見返してきた。迷いは寸分もない目で。

「事件に関係のある話とも思えません。それともこれは行政指導というやつ？」

「まさか。とんでもない。けども、無関係な話をしてるわけでもないんですわ」

「手短にお願いできませんか。外のお仲間を呼んだほうがいい？」

「それはご自由に。続けても？」

沈黙を肯定と解釈し、鍋島は口を開く。

「村瀬さんに恋人はおられませんでしたか？」

「知りません」

「仲の良い友人は？」

「知りません」

「プライベートで頻繁に会うような方は？　家族や、前の職場の同僚でもいいんやけど」

「同じ質問は飽きるほど訊かれて、何度も答えました」

知りません。

「あなたが知らない誰かがいてもおかしくない？」

「でしょうね。まったく心当たりはないですけど」

「そこがおかしい」

鍋島は人差し指を向けた。あえて芝居がかった仕草で北川に迫る。

「あなたの人心掌握は痛いほど知ってます。五年前もそうやった。あなたは完璧に女の子たちの心を摑み、コントロールしていた。わたしは、あなたのその力を疑っていない。ショーゲキにしても同じです。目立ちたがり屋のタレントの卵たちが、誰一人この事件を利用しようとしていない。さすがです」

指をおろし、彼女を見据える。

「なのに村瀬さんについてはまったく、知らぬ存ぜぬや。そんなことがあるかい

――、とわたしは思ってます」

「勝手な思い込みです」

「かもしれない。でも、わたしはとりあえず信じることにしとるんですよ」

今度の吐息は、諦めでなく呆れか。

「村瀬さんの家庭の事情は警察も知っとります。あなたもそれは承知でしょう。なのに何を隠すのか。なぜオープンにしてくれへんのか。わたしにはそこがわからんのです」

彼女の細められた目が、睨むような鋭さを帯びた。

「調べたらわかりますよ。『いとへん』の伊東純が、村瀬さんの血の繋がらない妹やってことは」

沈黙が訪れた。一秒、二秒……。短く長い空白が冷笑に砕かれるまで、鍋島は息ができなかった。

「それが、何か?」

ふう、と息を吐き出し、鍋島は天を仰いだ。

「村瀬さんがタレントになったのは、かつて自分が守れなかった妹さんを、いつかサポートしたいという気持ちからやった。そういうことやね?」

彼女はそれに答えない。それも肯定と受け取る。

『いとへん』がスターダムを上り始めた頃、村瀬は前職の福祉法人を辞めている。テレビに映る妹を見て村瀬が何を思ったか、鍋島にはわからない。けれどきっと、その姿を祝福しただろう。同時に、彼女を過去から守らなくては、と思いもしたのではないか。

しかし大っぴらに会いには行けなかった。自分の存在は義妹の過去そのものだ。隠した傷がほじくり返されたら、世間は好奇の目で純をいたぶるに違いない。守りたい、が、守りようがない。アンビバレンツな感情が、村瀬に中途半端なタレント活動をさせていた理由だったのだろう。

「伊東純と、村瀬さんは連絡をとっていたんですか？」

「刑事さんは知らないでしょうけど『いとへん』の所属するパッシングプロモーションはタレントの管理では有名なとこですよ？」

「方法はある。たとえばファンレターで当人同士にしかわからないやり取りもできた。違いますか？」

村瀬は実父の犯罪行為が明らかになった後、母方の祖父母に育てられた。村瀬姓に変わったのだ。伊東純もまた、同様に母親の姓に戻したはずだ。一時期だけ二人が共有した名は、互いの存在を認め合う暗号でもあった。

座間。純を凌辱していた村瀬の実父の苗字だ。座間梓の名で手紙が届いたら、純はどうしただろう。燃やして、なかったことにするだろうか。それとも、返事を書いただろうか。

北川留依が質問を投げつけてくる。「伊東純が事件に関わっているとでもいうんですか？」

「そこまでは思ってません。彼女は当日、ライブの準備で大忙しやったでしょう。ぶらりと外に出られたはずもない。少なくとも六時の電話をエニウェアにはかけられない。誘拐事件については真っ白ですわ」

「なら、殺害したのが彼女だと？」

「どう思います？」

「馬鹿げてる」

「けど可能性はある。彼女が犯人なら、安住さんは無実っちゅうことや」

北川が目を細めた。この上なく冷たい唇はぴったりと閉ざされている。朱に染まり、黒が濃くなりつつある室内で、彼女だけが透明な膜に覆われているようだった。

「——安心してください。国民的アイドルの彼女は七夕の日、東京のラジオ局で生放送に出演してます」

彼女の表情は動かなかった。

「犯人に心当たりはありませんか？」

「室戸勤だと、わたしはずっと思っていました」

即答だった。

「村瀬さんについて、安住さんはどこまでご存じやったんです？」

「境遇だけ。純や父親のことを、最近まで彼は知りませんでした」

「では、あなたは何をどこまで知っておられるんです？　そしてなんで、それを警察に話してくれんかったんです？」

「話しても意味がないからです。今までの話で、犯人逮捕に役立つ情報がありました？」

五年前の取り調べの時も、彼女はこんなとりつくしまのない顔をしていた。あの時、そこに鍋島は北川留依の反抗心を読み取った。だが五年後の彼女には、もう一つ別の感情が潜んでいる。

「あなた、優しい人になったね」

見つめ返してくる瞳が、わずかに開いた。

「五年前とは違う。わたしはそう思う。村瀬さんは亡くなってしまっているのに、なんで二人の関係を隠しとったんか。理由は一つしかないでしょう。あなたは伊東純を守ろうとしてるんや。村瀬さんがしたように、村瀬さんの遺志を継いで、伊東純を過去のスキャンダルから遠ざけてあげようと」

けどね——。

「それが本当に、伊東純の幸せになるんやろか」

北川が睨んでくる。

「少なくともあなたは彼女に、彼女の過去ではなく、村瀬梓の今までを、伝えてあげなくちゃいかんのやないですか？」

五年前の北川留依なら「無意味だ」と断じただろう。あの時の彼女は前だけを向いていた。売春を、女の子たちが最大の利益を得られる手段と割り切り、斡旋していた。しかし今なら——。

やがて真っ直ぐな瞳が閉じ、そして、長いため息が吐き出された。

「わたしは、アズが誰とどこで会っていたのか、正確には知りませんでした」

鍋島は頷く。それを知っていたなら、彼女は警察に話しただろう。

「去年の秋頃、梓から行方不明だった父親が見つかって引き取りを頼まれていると相談を受けたんです。病院に入れたいけどお金がかかると、彼女は悩んでいた。純との関係を知ったのもその時です。わたしは言いました。見捨てなさい、と」

この女は、そんな台詞を、こんな暖かな表情で言うのか。

「アズは頷かなかった。年末くらいに、親戚の助けで入院できたと聞きました。嘘だというのはすぐにわかりました。頼れる親戚がいるなら、初めからわたしに相談などしません」

「そのことを安住さんには？」

「教えていないし、訊くこともできませんでした」

「どうして？」

その問いかけに、北川留依は鍋島に向けた視線を外し、ぽつりともらした。

「怖かったから、かな」

自嘲のような、あるいは拗ねた少女の笑みで言う。

「だってわたし、アズを援助した誰かが、安住だと思っていたんです」

だから村瀬の死を知ってからも、警察に明かせなかった。安住への疑惑を深めてしまうと思ったからだ。安住が犯人でない以上、彼は嘘をついていない。であれば室戸が犯人と信じるのは自然だった。犯人が室戸なら、伊東純の過去の暴露につながる座間の存在を、いたずらに明かす必要はないと判断した。

「父親の相談をされた頃から、よくないと思い始めました。父親の世話をしながら純の影を追ってタレントを続ける。そんな生活で摩耗していくアズの未来がはっきり見えた。まずは中途半端なタレント業を辞めさせようと思いました。ほかの事務所に移ってからでは間に合わないし、アズを説得できても安住が引き止めてしまう。だから彼を諦めさせるきっかけを用意したんです」

七夕の日に父親がいる施設へ行き、しばらく過ごすつもりだと梓本人から聞いていた。それを利用し嘘のドタキャンを仕組んだ。

「アズは馬鹿だったんです。過去に囚われ『今』を犠牲にしていた。そういうの嫌いなんです、わたし。『今』は、未来のために犠牲にすべきでしょう？」

北川が、すっと笑みをなくした。

「鍋島さん。『グアチャロ』の時、あなたはわたしを疑っていた」

「今もです。女の子たちを直接客と引き合わせてたのはペコやったけど、女の子たちの了承を取りつけてたのはあなたや」

「そう。わたしです」

あっさりと、女は認めた。

「ようやっと認めてくれましたか。まあ、今さら捕まえることもできんけど」

「別に、あの時認めても良かった」

「なら、なんであんなに粘ったんです？」

「あなたに腹が立っていたから」

「わたしに？」

「そう。あの時のあなたは、売春を汚れた仕事だと決めつけていた。違う？」

答えようがなかった。そうかもしれないし、そうじゃないかもしれない。今となってはなんとも言いようがない。ただ、たしかに自分は未成年者の弱みにつけ込むやり方に怒りを感じていただろう。

「売春ではなく、汚かったんはあんたのやり口や」

「それが腹立たしかった。取り柄もなく、頭も良くなかったあなたが警官になって、身体を張ってお金を稼いだように、女の子たちは彼女たちの才能を活かしてお金を稼ごうとしてただけ。あの子たちとあなたと、どう違う？」

「それは詭弁や」

「法律だって詭弁じゃない？　あの時、あそこで売春をしてた女の子たちがどれだけ追い詰められていたか、あなたは知ってる？　意志と目的をもって、自分の人生をやり直すために選んだ決断を踏みにじったのだと知ってる？　あの後、彼女たちがどんな人生を歩んだか、あなたは知っているの？」

　喉の奥で、言葉がつっかえている。ぶつけたい言葉は無数にありそうで、しかし北川留依の瞳の前に、それは尻込みをしている。

「お金だけの話じゃない。彼女たちは未来が遠すぎて『今』に窒息していた。たとえば十年、死んだように生きるなら、たった一年、すべてをなげうったほうがいい。わたしは、未来のために今を犠牲にすることを否定しない」

「――せやけど、減る」

北川の目がぴたりと止まった。

「犠牲にした『今』の重みで、何かが、減る。違うか？」

鍋島は身を乗り出した。

「安住さんかてそうやろ？　過去に囚われ『今』を犠牲にしながらもがいとる。あんたがそんな彼と連れ添っとるのはなんでや？　安住さんが犯人でないと、あなたが信じ切れるんは、彼の生き方をそばで見てきたからとちゃうんですか」

ふっ、と北川は笑った。それは涼しげで、哀しげな、けれど爽やかな笑みだった。

「一つだけ教えてあげる。アズは伊東純に手紙は書いたけど、会ってはいないそうよ。返事もなかったとわたしに言っていた。それから安住は――本当の馬鹿なのよ」

その瞳に嘲笑は欠片も見て取れなかった。

「もう一つだけ教えてくれ」

無言の笑みが鍋島を促してくる。

「『グアチャロ』の女の子たちは――、あの後、どうなったんや？」

その笑みのまま、彼女は言う。

「考え続けなさい。永遠に」

北川留依は立ち上がり、部屋を出ていった。

8

阪神高速道を安住はショーゲキの社員が所有するくたびれたマーチで走った。吹田JCTをくぐって、名神高速に入り、岐阜羽島ICを目指す。片道五千円ほどの料金で、ガソリン代も考えると往復で一万を超える。

ラファホームの職員によると七夕の週、雄之は三度、四度とこの往復を繰り返している。父親が自殺してなお、人並み以上の経済状況にあるのは疑いもない。

なのになぜ、梓を殺すにいたったのか。なぜ、父の死を乗り越え、未来を生きようとしなかったのか。過去にこだわり、最悪の道を走り出してしまったんだ？

それを甘えと断じるのは、あるいは第三者ならば可能だし、妥当かもしれない。この世の中で唯一、それを口にすることが許されないのが、ほかでもない安住だった。

梢もまた、心を殺したままだ。

再び迷いが生じた。

本当に、おれは雄之を追い詰めるのか？　追い詰めて、それでも彼が罪を認めない場合、このナイフを使うのか？　梓を弔うため。留依を守るため。

そんなことをするくらいなら、やはりこのアクセルを全開に、ハンドルを手放し、ブレーキを放棄すべきではないのか。おれが死ねば、何もかも清算されるのではないか。

本当に、おれが死ねば終わるのか？

答えは出ない。痛みに耐えながら、ラファホームへの道を走った。

山道を登り、ラファホームの建物が見えてきた。敷地内の駐車場にガードマンはおらず、手入れの行き届いた中庭が広がっている。幾人かの老人が散歩をしていた。晴天だった。

ぐるりと一周させるが単車は見当たらない。

いったん敷地内を出て、山道へ戻る。麓（ふもと）から延びる舗装道路は途中でラファホームにつながる一本道と枝分かれしていた。その分岐点に着いても、バイクとすれ違うことはなかった。

ハンドルを登りの方向へ切る。雄之にこちらの存在を気づかせたくはない。不意をついて拘束し、問い質す。具体的なプランもない出たとこ勝負だ。

ちょうどいい塩梅で横道があった。その先は都合よく遊び場になっていた。通りすぎてからバックでマーチを進入させる。位置を調整し、停めた。運転席からでも山を行き来する車両が見通せる。生い茂る野生林がブラインドになって、向こうからはさほど目立たないだろう。エンジンを切ると、一気に静けさが満ちた。

あとは雄之が、今日ここに来るという可能性に賭けるだけだ。

犯行を認めなかったらどうする？　視線を車道に固定したまま、安住は考えた。

認めさせなくてはならない。言い逃れができないように、追い詰めなくてはならない。

ナイフの力も借りるだろう。だが、それを実際に使用したくはない。

苦笑がもれた。遠山の言葉を思い出す。いい人間でいたいだけなのだ――という言葉を。

遠山の元で働いていた頃の安住は立派な小悪人だった。手前勝手な言いがかりをつけてはターゲットを責め上げ、殴る蹴るだって幾度となく繰り返した。真代典久の死は転機となったが、安住が知らないだけで、自分の行いが誰かの不幸や死の遠因になったこともあるに違いない。

今さら倫理を語れる身ではない。だったら雄之を殺すことに、どんな障害がある？　しかも今回は、こっちだって抜き差しならない状況なのだ。ゲームのように他人を蹴落とすのとはわけが違う。

ドン、とハンドルを殴る。痛みが走る。息を吐く。

いい人間でいたい。そうじゃない。そうかもしれない。

結局は保身なのかもしれない。贖罪を気取ってショーゲキを営んでいたのも、すべてはごまかしだ。

思考はぐるぐると巡った。山を登って来る車両は皆無だった。

——今は雄之を自白させる方法を考えろ。

雄之にはアリバイがある。七夕の日にラファホームにいたというアリバイだ。そのカラクリを雄之は簡単に吐くだろうか。梓との関係を認めるだろうか。安住のカードはほとんど一つだけ。ヒワは自分であると認めた室戸の証言だ。だが肝心の室戸は消えている。でたらめと言い返されたら打つ手がない。

森は静けさの中に閉じていた。

結局、暴力しかないのだろうか。暴力を駆使して、口を割らせるしかないのか。太腿に刃を突き立て、殴り、鼻を折る。指を落とし、耳を落とす……。

耳。

切り落とされた、梓の耳。

安住は身体を起こした。車道に固定されていた視線が宙に向いた。

それは盲点ともいえる矛盾だった。

雄之の目的は、安住を苦しめることだ。梓を奪い、殺し、その罪をなすりつける。狂言誘拐を演じさせ、なぶる。

梓の耳が切り落とされたとなれば、安住は平静でいられなかっただろう。無様に慌てふためいたに違いない。雄之の望み通りに。

だが、おれはそれを知らなかった、、、、、。

あの誘拐劇の最中、梓の耳が切り落とされた事実を安住は知らされていない。教えてくれたのは御堂だ。チャンスはいくらでもあったはずなのに、雄之はそれを安住に告げなかった。

梓は、バラバラにされ、バスタブに放り込まれていた。

バラバラにするついでに耳も切り落としたのか？　脅しの相手はおれではなく、捜査にあたっていた警察だったのか？　計画を遂行させるために、おれには必要以上の刺激を与えないようにしたのか？

筋は通るが……。

再び、安住は視線を車道に向けた。あらためて、雄之を捕える決心がついた。

――おれは、真相を知りたい。

数時間後、山道を車両がやってきた。時刻は二時前。安住に興奮はなかった。それは雄之のSRではなく、型落ちのレクサスだった。

それから一時間以上、ラファホームにやってくる者はいなかった。右手に握ったナイフの、その鮮烈な切っ先にふれ、安住は集中力を保った。

排気音が耳を打ち、思わず身体を起こした。息をのんだ。坂になった山道をSRが登ってくる。

反射的に安住は、マーチのエンジンをかけた。

クラクションを鳴らすと、真代雄之はバイクを止め、顔をこちらに向けた。マーチを乱暴に滑り込ませると、SRの前輪と車体がバッティングした。雄之がよろけ、バイクが横倒しになった。肩に提げていた縦長のバッグが落ちた。間髪を入れず車を降り、安住は雄之の肩に手を回して喉元にナイフを当てた。

「乗れ」

ナイフを突きつけ、運転席側から助手席へ行くよう促す。雄之はほんのわずか安住を見つめ、指示に従った。雄之が座るのを確認してから安住も車内に戻り、そしてマーチを勢いよくバックした。いったん待ち伏せしていた遊び場に車体を入れ、それから山頂を目指した。すべてとっさの判断だった。

ナイフを痛む左手に持ち替え、助手席の雄之に向けたまま、ともかく上を目指す。ついさっきまで、のどかな自然の風景だった場所が無数の生と死を抱えた獰猛(どうもう)な牢獄に変わった。

雄之は一言も発しなかった。恐怖のせいではない気がした。勝手な印象にすぎない。なぜなら安住は、まともに雄之を見ることができずにいたのだから。

脇道に方向を変え、しばらく獣道を走った。道らしき道が途絶えた所でマーチを停めた。暗い。冷える。夏がどこかへ去ったようだ。だが静けさだけは、変わらずに確固としていた。

「初めまして」

声のほうを見ると、雄之は真っ直ぐ前を向き、口元に笑みすら浮かべていた。初めて直視した真代雄之は、殴れば折れてしまいそうな骨格で、肌は病的に青白かった。

「いや、二度目ですね、安住さん」

記憶が蘇った。阿部野橋の『タセット』で安住の来店と同時に席を立ち上がった青年――。

力を込めて言い放つ。

「今度は逃げられないぞ」

ふっ、という冷笑が答える。「取っ組み合う気はないです」

「脅しだと思ってるのか？」

ナイフを頬に当てる。

「まさか。ぼくの知らない事情もあるんでしょう？　その怪我はメイクにしてはリアルだ」

「だったら調子に乗るんじゃない。訊かれたことだけに答えろ」

再び、青年に冷笑が浮かぶ。

「何がおかしい？」

「嬉しいんです。もしかしたらあなたとは会えないかもしれない。そう思ってましたから」

「お前の計画ではか？」

答えは返ってこなかった。

「梓を殺して、狂言誘拐に仕立て、おれにその罪を被せようとした。そうだな？」

「…………」

「室戸に協力させたんだろ？　え？」

「…………」

「おれが憎かったのか？」

笑みの消えた無表情に問いを重ねる。

「どうして、梓を殺した？」

「…………」

「どうして、バラバラにした？　なんで、あんな残酷なことができた？」

「…………」

「答えろ！　ぶっ殺すぞ！」

頬から喉元に、ナイフを移動する。危うく、刃を当てそうになった。震えている。安住の左手が。

「殺してみますか？」

「なんだと？」

「そうすれば、ゲームはぼくの勝ちです。あなたを正真正銘の殺人者にできる。キド・プロ・クオがようやく果たされる」

「何を言ってる？」

「物々交換です。世界の厳然とした法則です。何かを与え、何かを得る。同じように、何かを犯したなら、何かを背負わなくちゃならない」

雄之が静かに続ける。

「あなたは人殺しだ。それなのに、あなたは罪と罰の物々交換から逃げた」

「――それが理由なのか？」

雄之の冷めた横顔に投げかける。

「それが梓を殺した理由なのかっ！」

「ぼくがあなたに殺されて、彼女との物々交換は果たされる。同時に、あなたは罪人となって、過去の罪との物々交換が果たされる。考えようによっては、これは本当の意味でフェアな取引かもしれない」

「ふざけるな！」

右の拳が雄之の顔面に伸びた。青年は頭をがくっと仰け反らせ、鼻から真っ赤な血を流した。目尻に涙が浮かんでいた。そんな弱々しい姿にもかかわらず、表情だけは冷めていた。

「どうやって梓を呼び出した？」

「なんのことです？」

「ラファホームに梓を呼びつけたんだろ？　七夕の夜だ」

「それを証明するものが何かあるんですか？」

「お前自身が証拠だろうがっ」

「無茶苦茶だ。前近代的な自白尊重主義です」

「この野郎」

喉を摑む。締め上げる。一瞬で、雄之の顔面が蒼白になる。口元が揺れる。なのに目が、目だけが深い水の底から、安住を覗き込んでくるのだ。

「答えろ！　梓とお前はどういう関係だったんだ！」

しかし雄之は答えない。喉を締め上げてるせいで答えられないのではない。答える意志がないのだ。それは彼の目を見ていれば明らかだった。

「なんでだ？　おれが憎かったんだろう？　おれに罪を償わせたかったんだろう？　だったら、おれを殺ればいい。なんで、梓を！」

昴ぶりに力が増した。雄之の身体が、ガクガクと揺れ始めた。本能が、安住の右手を摑ませた。なのに、やはり、その目は。

「くそっ！」

雄之を解放し、ハンドルを殴る。何度も何度も、殴りつける。横では雄之が咳き込んでいた。もはや安住はナイフも向けていない。反撃されるかもしれない。どうでもよかった。ただただ、哀しく、悔しかった。涙があふれてくる。繰り返し、ハンドルを殴りつける。いったい、何をどこでどう間違ったのか。答えは簡単なようで、永遠に不明にも思われた。

「安住さん」

掠れた声が囁きかけてきた。

「良かったですね。被害者になれて」

「……なんだと？」

辺りは暗い闇が、幕のように降りていた。黒く染まった真代雄之が、淡々と喋り続けた。

「被害者はいつだって正義です。あなたは被害者になることで免罪される。これからのあなたは自由だ。仮に刑務所に入っても、あなたの苦しみはなくなりますよ。だってあなたは加害者という過去を被害者という今で上書きできたんだから。村瀬梓に感謝するといい。おれのために死んでくれてありがとう。そしてぼくにも。おれのために、復讐してくれてありがとう。村瀬を殺してくれて、ありがとう」
次の瞬間、安住はナイフを振り上げた。

9

最寄りの警察署からの応援を待つ時間で、麻生の携帯は二度震えた。
〈届いてるはずの報告書が見当たらないんだが、どういうつもりだ？〉
高野刑事部長の声には抑え切れない怒りがこもっていた。
〈曾根崎警察署にも出勤していないそうだな〉
麻生は答えなかった。
〈すぐに戻って来るか、二度と戻って来ないか、どっちか選べ〉
「申し訳ありません。緊急事態に遭遇してしまい、今は動けません」
〈おれの命令は緊急事態じゃないと思ってるのか？〉

冷えた風が頬を撫でて通りすぎていく。

〈緊急事態とはなんだ？〉

「放置車両の中に、まだ新しい血痕を確認しました。現場を保存しつつ、応援を待っているところです」

〈貴様一人でか？〉

高野が決めつけたように言ってくる。

〈三溝がいるんだな〉

当の先輩刑事はマーチの鼻先に立って周囲に注意深く視線を投げていた。もちろん、こちらの会話も耳に入っているだろう。

〈場所はどこだ？〉

「……岐阜です」

ため息の次に、怒声が響いた。

〈なぜそんな所にいるんだ！〉

麻生は黙った。ここで経緯を説明している暇はないし、それはきっと、無駄だ。

〈そんなもん所轄に任せてさっさと戻って来い！〉

「できません。場所が場所で、応援の到着にはもうしばらくかかりそうです」

〈三溝だけおいておれのとこに顔を出せ。お望み通り引導を渡してやる〉

「それは明日にでも」

今度は相手が絶句した。当然だろう。刑事部長という権力者の呼び出しを軽視する発言は、確実に非常識だ。

〈麻生。もう一度だけ言う。腹を据えて答えろ。今すぐ戻って来い。最後のチャンスだ〉

麻生の理性が囁く。高野の言い分は正しい。ここに麻生が残る絶対的な理由はなく、状況説明は三溝に任せ、所轄署の捜査員に引き継げばいい。ここは自分たちの持ち場でないし、何が起こっているのかすら判然としていないのだ。少なくとも大阪府警捜査一課特殊犯係の人間が必要とされる場面ではない。

かなり心証を悪くしたとはいえ、麻生は高野にとって捨てるには惜しい駒だろう。刑事部から警務部に送り込むスパイとして、その資質を買ってくれている。利害だけで成立する政治の世界は、自分の天職という気もする。悪い話ではない。というよりもこの先、警察組織で生きていくのに刑事部長に逆らったという歴史は完璧なる汚点としてついて回るに違いないのだから、どう考えても合理的な選択肢は一つだった。

「わかりました。できるだけ早く、顔を出します」

〈そうしろ。貴様のためにな〉

電話は切れた。

三溝が寄ってきて、レクサスのキーを差し出してくる。

「事故だけは気をつけてください」

「三溝さん」

「世渡りだって必要です。恥じることじゃない」

「恥じてなどいません。ですが、遠慮しておきます。わたしは運転が下手です。三溝さんの愛車を運転する自信がありません」

「しかし所轄署の車でとなればかなり時間をとられちまいますよ」

「まあ、仕方ないですね」

「主任？」

「できるだけ早く顔を出せばいい。できるだけ早く、、、、、、です」

麻生の真意を解した三溝が呆れた顔を浮かべた。

「正気ですか？」

「わかりません。ただ、わたしは今、ここでやるべきことがある。それだけのことです」

本当にそうなのか。わからない。単なる予感だし、もしかしたら気紛れの反抗心にすぎない気もする。この気紛れが、自分の人生に与える損害は莫大だろう。先のことを考えると正直、うんざりもした。何度となく今夜のことを振り返り、後悔するはめになるかもしれない。

しかしここで引き返すのは、それ以上の傷となって麻生善治の人生に刻まれてしまうだろう。

「困ったら全部三溝さんのせいにします」

「ぜひそうしてください」

「冗談ですよ」

「こっちだって冗談です」

二人で声を殺して笑った。その時、二番目の電話が鳴った。浪速署の刑事、鍋島だった。

〈遅くなりましたが、いくつかご報告を〉

そう切り出した鍋島が捜査の結果を報告した。村瀬に届いたファンレターから雄之との接点は見つからなかったこと。そして誘拐事件で現場に選ばれた『いとへん』メンバー、伊東純が村瀬の義理の妹であったこと。

「本当ですか？」

〈間違いありません。御堂主任にお願いして鳥取県警にも確認を取りました。伊東の所属している事務所は『自分たちは知らない』と言い張ってるそうですが〉

「村瀬さんの実父は雄之の姉と同じ施設に入ってます」

今度は向こうが驚いた。

〈これでつながりましたな〉

「いや。だとしても雄之と村瀬さんの個人的な接点がわかりません。この施設はほかと比べても高級な部類です。村瀬さんのようなアルバイトで生計を立てていた若者に払える金額じゃありません。おそらくは雄之が援助をしているのでしょうが、なぜそうなったのかが不明です」

〈遅くまで歩き回った甲斐がありました〉

「え？」

〈村瀬さんがかつて働いていた社会福祉法人コミュニケアに行ってきたんです。プライバシーもあるんではっきりとは答えてくれませんでしたが、犯罪被害者の支援をしているこの団体に、真代梢は通っていた時期があるようです〉

ようやくすべてが絵になった。隠された関係性が露わになり、点が線になった。

〈想像ですが、そこで二人は出会った。そして彼女が安住の事務所でタレント活動をしていることを知り、接触したのでしょう〉

「多額の金を援助してまで、父親を世話した理由は？」

〈端っから安住への復讐を考えて、彼女を利用するつもりだったのかもしれません〉

筋は通る。だが、疑問も生まれる。最大の疑問が。

「やはり、安住への復讐のためだけに、雄之は村瀬さんを殺したのでしょうか？」

鍋島の答えはなかった。沈黙の時間が過ぎた。だが麻生は待った。

〈警部。バラバラにしたのは、なんでやと思いますか？〉

「え？」

〈真代が村瀬さんをバラバラにした理由です。バラバラにしたのに、遺体は一ヵ所に揃っていました。警察にプレッシャーをかけるなら、耳だけで足りたはずです〉

その通りだ。

〈これは古いタイプの刑事の戯言（ざれごと）として聞き流してください。わたしは、あれに何か理由がある気がします。遺体は一ヵ所にあったのに、バラバラにしなくてはいけない理由です。労力とリスクをかけて、そんなことをした理由が、真代にはあったんやないでしょうか〉

「合理的な理由、ですね？」

その答えを、麻生はすでに持っていた。だがはたして、鍋島の感じている疑問の回答としてそれが充分なのかはわからなかった。

〈ただの勘です。麻生警部〉

「なんです？」

〈安住を、よろしく頼みます。奴が犯人でもそうでなくても、わたしは安住と話をし

てみたい〉

わかりました——と通話を終えたところでヘッドライトに照らされた。覆面パトカーが一台やって来て手前で止まり、三人の男が車を降りた。

「県警の衣笠と申します。こっちは阿部。それとこちらはホームの夜間警備員の方です」

制帽を目深にかぶった体格のよい中年が軽く会釈を寄越してくる。

「彼によると、ホームに部外者や怪我人が来た様子はなかったとのことです」

それから衣笠はマーチの血痕を確認し顔色を変えた。

「山狩りになるかな……。応援を呼びましょう。お二人はどうされます？」

「ライトを借りられるか？　先に奥を見てきたい」

三溝の言葉に衣笠が困惑を浮かべる。

「しかし——」

「応援が来るまで待ってる余裕はない。見ろ」

ライトの光に浮かぶ地面に、血痕が確認できた。森の奥へ、点々とそれは続いていた。

「まだ間に合うかもしれん。手遅れになったら責任問題や」

脅迫するような勢いで、軍曹が衣笠を見下ろした。

現場に二人の県警職員を残し、麻生と三溝は森を進んだ。暗闇の中に一筋の光を照射し、かろうじて行き先を見定める。

「どうやら賭けに勝ったようですな」

低く囁くように、三溝が言った。

「父親の自殺で心を痛めていた梢はコミュニケアに通っていた。そこで村瀬さんと出会った。姉の面倒を見ていたのはもっぱら雄之ですから、二人に面識が生まれる機会はあったでしょう」

その後、義妹の伊東純がタレントをしていると知り、村瀬はショーゲキに入った。

「村瀬さんの活動を知った雄之は彼女にコンタクトを取った。復讐に利用できると考え、村瀬さんの父親をラファホームに入居させる。七夕の夜、村瀬さんは実父に会うため母親になりすましホームに出向いていたのですな。身分を偽ったのは、父親の存在を周囲に知られたくなかったからでしょう。何かの偶然で彼の存在が明るみに出て、妹に迷惑がかかる可能性まで危惧していたのかもしれません」

血痕は揺れながら、しかし真っ直ぐに深みへと二人を誘っていく。

「しかし七夕の夜、トラブルが起こった。雄之は村瀬さんを殺してしまう。それを安住に押しつける計画を思いつく」

「殺害現場は、梢の部屋ですね？」

「そうでしょうな。座間の部屋は隣です。行き来は容易だったでしょう。おそらくバラしたのも」

その後シャワーを浴び、ビニール袋をもらいに行った。切断した遺体を包むために。

麻生があとを引き継ぐ。

「七夕の日から誘拐事件までの間、雄之がホームを頻繁に訪れていたのは、切断した遺体を持ち去るためだった」

両腕、両足、胴体を半分に、そして頭部。雄之は短時間の訪問を繰り返し、七つに分けた村瀬の肉体を運んだ。

この推理を裏付ける情報は山根から聞いていた。事件の数日後、雄之の要望で梢の部屋を業者が徹底的にクリーニングしているのだ。遺体を保管していたと思しき大型の冷蔵庫も処分済み。どこまで跡を追えるのか、証拠が残っているのか、現段階ではわからない。

「残ってる謎は、ヒワという男が何者か。そして雄之と村瀬の間に、どんなトラブルが発生したのか、ですな」

さすがに想像が及ばなかった。特に後者は考えるだけ無駄だろう。なのになぜか、もっとも重要なピースに思えてならない。

それは警察官として、何より麻生善治という人間として、理解に苦しみ、理解を放棄したもの。合理を超えた、殺意。

なぜ、人は損得を忘れ他人を殺すのか。

三溝が語った概略には、ここがすっぽりと抜け落ちている。もしかしたらこの先も、本当の意味でそれは埋められないのかもしれない。どちらにせよ実行犯として誰かは捕まり、裁判によって裁かれ、所定の罰則が科せられる。すべては合理のもとに。

それを潔く受け入れる気になれないのは、今、事件の中枢に分け入っている興奮がもたらす一時の迷いなのだろうか。それとも……。

ふいに、麻生の脳裏に鍋島の言葉がよぎった。

――バラバラにしたのは、なんでやと思いますか？

――労力とリスクをかけて、そんなことをした理由が、真代にはあったんじゃないでしょうか。

――遺体は一ヵ所にあったのに、バラバラにしなくてはいけない理由です。

それを麻生は、村瀬の遺体を大阪に持ち帰るためと推理した。間違いではないはずだ。それは間違いではないが……。

その時、雷に打たれたように、ずっと抱え続けていた疑問が蘇った。

なぜ、一億という大金が必要だったのか。

なぜ、百人という輸送役が必要だったのか。

なぜ、わざと遅れる時刻設定を課したのか。

そして、なぜ――誘拐事件に見せかけたのだ？

もちろん、罪を安住になすりつけるためだ。もっとも大きな理由はそれだろう。

だが、ほかにはないのか？　ほかに何か、バラバラと、誘拐とをつなぐ、まだ自分たちが届いていない、真実……。

「くそ」

三溝が小さく呟いた。夜の森は暗く、懐中電灯の明りは闇に吸い込まれてか細い。道なき道だ。何度、複雑に隆起する木の根に足を取られそうになったことか。

この広大な迷宮の中から、雄之を見つけられるのか。彼の、素顔を――。

その時、何かが聞こえた。

「しっ」

三溝に従い立ち止まり、聞き耳を立てる。

これは――音楽だ。

「こっちや」

走り出した三溝の後を、麻生も駆けた。小さなメロディへ、どんどんどんどん近づいていく。

そして、

「やめろ！」

という怒号が響いた。

視界の先で男が三人、こちらを見るのがわかった。

10

二人で分担しても、思いのほか作業は進まなかった。直孝が九日分を聞き終え、淵本が十日の半分を済ませたところで一息入れることにした。

「耳がおかしくなりそうだよ」

「おれのはとっくにイカれとる」

「執念だな」

淵本の言葉に皮肉はなかった。

「残り二日分か。今日中には無理そうだな」

「それでもだいぶ助かったわ。おれが明日、終わらせる」

柳の言葉に感化されたわけじゃないが、こうなったら退くに退けない。ほとんど無駄だとわかっていても、キリまではやろうと決めていた。しかしどうやら、完全な自己満足に終わりそうな気配は濃厚で、さすがに疲労を感じる。

男性客の問い合わせはいくつかあった。むしろ直孝が一人で聞き遂げた二日間よりも数は多かった。それゆえに時間も食ったわけだが、結局、これと思えるものには出会えていない。

淵本も疲労を隠せないでいた。しかし音をあげるようなことは一切口にしなかった。

椅子の背もたれに身体を預けた姿勢で、淵本が尋ねてきた。

「仮に音声が見つかったとして、どうする?」

「そら、かけるやろ。深夜だろうが明け方だろうがかまうもんか。かけて、もし出やがったら言ってやる。『お前は終わりや。これは冗談とちゃうぞ』ってな」

子供のような台詞に微笑んでから、その笑みを消して淵本は言う。

「でもどのみち、事前にかけてきてるかどうかは賭けか」

まあな、としか返しようがなかった。

「初めはともかく、二度目三度目はこっちも警戒してるから忙しかろうと関係ないし。それにCMの正確な時間はおれたちだってわかってなかった。ピュワイトにはピュワイトの都合があったはずだから、わざわざオンタイムに合わせて計画を変えるのは考えにくい」

「つまり、おれがしてるのは万馬券クラスの大穴狙いってことやな」

「おれたち、だ」

苦笑を返す。

と、淵本が真顔でうつむいた。

「どうしたんや？」

「いや……。なあ、シモチ。お前、学生の頃とかあだ名はなんだった？」

「あだ名？　なんや、急に」

「シモアラチと聞いて、すぐにシモチってなるかな？」

「……さあな。割とありがちと思うけどな」

「ありがちじゃない苗字のあだ名としては、か？」

ほっといてくれ。

「おれだったらシモと呼ぶな」

「学生ん頃はそうやったわ。シモチってのは柳のおっさんに命名されたんや」

やっぱりそうか、と呟いてから同僚は言った。

「あの時、最初の電話の時、ピュワイトはお前をシモチって呼んでなかったか？」

「え？」

「ほら。『シモアラチ？　変な名前だ』って言ってから」

覚えていた。それで直孝はイタズラの印象を強くしたのだ。

「でも、最初の時はたしか、シモチとは言うてなかったと思うけど」

「どこかで言ってるはずなんだけどな」

ピュワイトの音声は警察の要請で削除されている。捜査の都合などと言っていたが、従業員から流出するのを防ぐためだろう。

「二度目の会話を覚えてるか？」

「ああ。突然、一億とか百人とか言われて、正直パニクった」

「誰でもそうなるよ」

「慰めはいらん。お前の考えを話せよ」

うん、と言ってから淵本が話し始めた。

「ピュワイトは誘拐の交渉をわざわざコールセンターに電話してきた。こんなやり方、おれは聞いたことがない」

「少なくともテレビドラマで見たことはないな」

「だろ？　その理由はなんだと思う？」

「梓には頼れる家族がおらんかったからやろ」

でなければ職場にかける理由などない。お互い困るだけだ。事実、エニウェアは身代金の立替を断った。

「そう。でももう一つ理由が考えられるんじゃないか？　つまり、お前のような素人を交渉役にして、自分の都合のいいように物事を進めようとした」

「ありがたくて涙が出るわ。おれも途中からそう感じてたけどな」

「うん。でもさ、最初の電話の時、馬鹿正直にエスカレしなかったらどうなってた？」

え？　と直孝は思わず身体を前のめりにした。

「だって男が突然、とにかく上に代われ、だぞ。イタズラ扱いして切ってしまうところもあるんじゃないかな」

「今時、そんなコールセンターないやろ」

「それはおれたちの常識だよ。一般の人なら、そういう可能性を考えるんじゃないか？　特に誘拐の窓口にしようとしてる奴なら慎重になるはずだ」

理屈はわかったが、行き着く先が見えない。

「今考えると、最初の入電はかなり危ういよ。問答無用で上に代われだぞ？　奴にとっておれたちを窓口にするのは絶対に必要だったはずなんだ。なのにあのやり方じゃまともに受け取られない可能性が高すぎる」

「自信があったってことか？」

「そう。おれたちはああいう入電でも相手にする。上に代われと言われれば代わる。だろ？」

それがアテナの意向なのだ。いや、クライアントにかかわらず、下請けコールセンターとはそういうものだ。しかし淵本の言う通り、部外者の感覚ではあまりに乱暴だと思うのではないか。

その時、記憶の底から「シモチ」という聞き慣れた響きが這い出てきた。

「思い出した。三度目の電話や。たしかにシモチと呼ばれた」

――おい、小学生でもわかる日本語だよ、シモチさん。

「シモチって呼び方もそうだけど、シモアラチって名前を一発で覚えたのも解せなくないか？」

下荒地という変な名は、客から「え？」と言われる頻度では断トツだ。それを奴はからかうように「変な名前だ」と即座に反応した。

奴は――と淵本がこちらを向いた。

「お前の名前を知っていたんじゃないかな」

「梓に聞いていたってのか？」

「そうかもしれないが、そうじゃない可能性もある。お前の名前を知っていて、なおかつ乱暴な口調でもおれたちとコンタクトが取れる自信が奴にはあった」

すとん、と腹に何かが落ちた気がした。

「……まさか――」

「そう。奴は、事前に予行演習をしてたんじゃないか？　村瀬さんが亡くなった七日から事件の前までの間で、ウチがイタズラやクレーマーの入電にどんな対応をするのか確かめるために」

そして――。

「きっと、その時エスカレしたのは、お前だったんだ」

初めから名前を知っていた。一度聞いたことのある名前だから聞き返さなかったし、驚かなかった。

「エスカレ案件はイタズラでも何でも全部、報告伝票にする決まりだ。納品データを見ればすぐに絞り込める。お前が手抜きしてなければ」

「アホか。おれは仕事だけは真面目が取り柄の男やぞ」

二人で同時に立ち上がり、納品端末へ駆けた。

11

自宅に着いた時、時刻は十時を回ろうとしていた。リビングに紅葉の姿はなかった。部屋をノックする気にもなれなかった。御堂に許可をもらって持ち帰ったファンレターのコピーを居間のちゃぶ台に置いて一息つく。今日の捜査を踏まえ、事件をまとめようとノートを取り出すが、思考は回らなかった。手元にあるのは鍋島が目星をつけた四人分の手紙だ。真代と村瀬の関係が明らかになった今、もはやこれは無用の長物かもしれない。そう思い始めるや、身体がずっしりと重たくなった。ともかく風呂に入りたい。

湯船に浸かり、最後に訪ねた社会福祉法人コミュニケアの副理事とのやり取りを思い返した。

コミュニケアを訪ねようと思い立ったのは、北川留依との面談を経て村瀬梓をもっと知りたいと思ったからだ。突然の訪問にもかかわらず、副理事は快く鍋島を迎えてくれた。鍋島とて、まさかそこで真代梢にたどり着くとは予想していなかった。

「村瀬さんの父親から乱暴を受けていた妹さんが今どうしているか、ご存じですか？」

鍋島の質問に、初老の男は暗い顔をしてみせた。その表情から、男がすべて承知だと窺い知れた。

「他言はいたしません。それは今、テレビで活躍しているタレントの方ではないですか？」

肯定も否定もせぬまま、彼は口を開いた。

「一度、相談をされたことがあります。妹さんの現状を知った村瀬さんはショックを受けていました。決して悪い意味ではなく、喜ばしいこととしてです。同時に、非常な不安に襲われていました。いつか、彼女の過去が暴かれ、社会から謂れなき中傷に晒されるのではないかと。それから間もなくです。彼女がここを辞めると言い出したのは」

村瀬の上司だった男は初め、村瀬がこのまま世捨て人のように世俗から身を隠そうと考えているのではないかと心配した。活躍する妹から身を遠ざけることで、彼女を守ろうとしているのではないかと。

しかし、村瀬もまたタレント活動を始めたと知って、ある考えにたどり着いた。

「彼女はもしもの時に、自分こそが性被害に遭った当人だと名乗り出るつもりだったのではないかと思えるんです」

わざわざタレントになりつつ、決して有名になろうとやっきでなかった村瀬の矛盾した姿勢は、その隠された思惑と一致していた。いつか妹の力になってあげたい。そしていざとなれば、自分が泥を被って矢面に立つ。

「彼女がそんな考えを持ったのは、ある相談者がきっかけではなかったかと思います」

その人物こそが、真代梢だった。

「父親を自分のせいで自殺に追い込んでしまったと思い込み、彼女はとても複雑な感情に支配されていました。自分の犯した間違いを償う機会が永遠に失われたことへの後悔と怒りが混じった、一言では言い表しようのない感情です。村瀬さんは親身に話を聞き、そして自分の境遇も話したそうです。ところが良かれと思った行動は、その方には逆効果だった。『償えるくせに償わないあなたは最低だ。こんな自己満足をしてる暇があるならその人の前で死ねばいい』。そのようなことを言われたそうです」

やるせない会話だった。どちらも本当の意味で、自分が悪かったわけではないのだ。二人とも被害者に違いない。だが罪の意識に苛まれ、その折り合いをつけられずにもがいていた。片方は償うべき相手を失い、片方は償い方がわからないまま。

虚しい。そんな想いが心を閉ざしかけた時、慌てて目を開けた。思わず眠り、そのまま溺死体に化けるところだった。

タオルで身体を拭きながら、妻のことを考えた。

罪というならば、いったいどちらが償うべきで、どちらが償われる側なのか。過去を隠していた史恵か、その過去を無意識に詮索していた自分か。史恵が逃亡している殺人犯と不倫の関係にあったのだと知った時、もしもそれを問い質し、真正面からぶつけ合っていたなら、今の二人はどうなっていただろうか。史恵は鍋島に謝ることで、鍋島はそれを許すことで、凹凸は綺麗に埋まったのではないか。

しかし自分は、償わせようとは考えなかった。なかったことにした。それが優しさなのだと考えていた。

今となれば、償う機会を史恵から奪ったのはほかならぬ鍋島だったのかもしれない。償わせるという優しさがあるなんて、鍋島は考えたこともなかった。

鏡に映るだらしない中年を思わず眺めてしまう。貧相な身体に収まっているのは、同様に貧相な心ではないか。表面的な道徳や人の良さこそが最良と信じて疑わない浅薄な男だ。

北川留依はそんな鍋島を断じた。

考え続けなさい――と。

寝巻を身に着け居間に戻ると、紅葉がいた。広げっぱなしのノートを眺めている。

「コラ。勝手に見たらあかん。捜査資料やぞ」

「勝手に広げてるほうが悪くない？」

たしかに。

「これが犯人？」

紅葉が一通の手紙を手にした。

「……なんでそう思うんや？」

「だって、これ、犯人の名前でしょ？」

ノートに走り書きした「真代雄之」の文字を指す。

「お前、このこと、どっかで喋ったらあかんぞ」

「わかってるってば。うっさいな」

不貞腐れる娘に向き合い、尋ねる。

「どうしてその手紙がこいつのやと思うんや？」

「だって雄之って、オズじゃん」

はあ？　と鍋島は首を捻る。たしかにオズの文面はファンレターに似つかわしくないワード文書だし、封筒に署名もない。おそらく返信用封筒を中に忍ばせていたのだろう。怪しさでいえば抜きん出ていたが内容も他愛なく、確信を持てるほどではなかった。

最後の手紙は昨年十一月の消印だ。村瀬の実父がラファホームに入る前。仮に四通目で身分を明かしたのだとして、それを村瀬が処分している可能性はある。以降の二人は、定期的にラファホームで直接顔を合わせていた――そんな説明もできなくはない。

だが、あくまでこれは、この手紙が「当たり」だったとしての仮説にすぎない。

「おれにはそんな確信はもてんぞ。説明してみい」

「何、その命令口調」

「いや、悪い。気づいたことがあるなら、教えてくれ」

今度は「気持ち悪い」とか言いながら、紅葉はペンを手にした。

「この『雄』って字、オって読むでしょ？」

「まあ、そうやけど」

「で、『之』はこう」

ペンを走らせる娘の後ろで鍋島は呻いた。なんてこった。頭の固いオッサンでは何十年かかっても、こんなふざけた暗号は解けやしない。

オ之——OZ。

「ラクショーだよ」

娘は、得意気にそう締め括った。

12

振り下ろしかけたナイフが、身を守る雄之の腕の寸前で止まった。その刹那、いったい何が自分の激情を躊躇わせたのか、安住にはわからなかった。

そんな逡巡も、次の瞬間、雄之の行動によって掻き消された。

固まった安住の手を掴み、雄之はそれを真下に引いた。迷いの欠片もない、予め決められた段取りのような動きだった。ぴっ、と鮮血が視界で弾け、安住はあっけにとられた。身を守ろうとしていた雄之の腕に、一筋の亀裂が生じていた。鮮血はそこからあふれるように流れ出ていた。

「ば、馬鹿野郎！」

掴まれたままだった左手を振り払い、自らの意志で己を傷つけた青年に叫んだ。

赤く塗れた左腕を抱きかかえた雄之は苦悶の表情を浮かべながら、嗤った。

「これで正当防衛です」

思考が止まり、そして戦慄した。彼の右手がジーパンのポケットをまさぐるのがわかった。とっさに両手で顔面を守る。突き出されたナイフが左腕に突き刺さる。焼けるような痛みが走る。

「殺してやる」

呟くような呪詛に、汗が冷えた。ドアに背中を預け、両足を持ち上げ、遮二無二蹴りまくった。呼吸が乱れた。自分が手にしたナイフのことなど忘れていた。

両足をバタつかせながら、必死にドアを開け、背中から外に転げ落ちる。夜の底に転倒した気分だった。パニックと地面に激突した衝撃で、上手く起き上がれなかった。のっそりと、雄之が顔を出す。

「また逃げるの？　今度は何年？」

暗がりに、雄之の表情はなぜかはっきりと認識できた。冷め切ったような、呆れたような、諦めたような、その顔を正確に言語化することはできそうになかった。ただ、ナイフの冷たさだけは確かだった。

「うおおお！」

見境なく叫び、腑抜けになった身体にカツを入れる。四つん這いになりながら、逃げた。森の奥に駆ける。手足の動きはバラバラで、つんのめるのをどうにか堪え、ともかく逃げた。後ろを振り返ることもしなかった。闘おうとも思わなかった。ただただ、涙と涎と汗をまき散らし、逃げた。

雄之が追ってくる。おれの罪と罰が、おれに止めを刺すために。それはおれの過去だ。逃げようのない、永遠の看守であり、死刑執行人なのだ。

奥へ奥へ。眩暈がした。暗闇がぐるぐる回る。それでも逃げた。この先に、間違いなく赦しはなく、どこまで行っても檻のない牢は続いていて、出口はない。

どれだけ進んだだろうか。かろうじてつなぎとめていた糸が突然切れて、安住は崩れるように倒れ込んだ。木の幹に抱きつき、矢継ぎ早に熱い息を吐いた。涙がとめどない。いったいこれがなんの涙か、もはやわからない。

ざく、ざく、と枯葉を踏み散らす音が迫ってくる。一定のリズムで近づいてくる。

カウントダウンのように、正確な間隔で、大きくはっきりと、耳に届く。

幹にもたれたまま、振り返った。

「無様ですね。安住さん」

「……ああ。疲れたよ」

自然とそんな言葉がもれた。きっと本心だ。おれの罪は、ここで終わる——。恐怖の何分の一かの安堵を覚えなかったといえば嘘になる。

「全部、計画通りなのか？」

「まさか。あなたがぼくを襲うことまで予定するのは無理です。今のこの状況は幸運の賜物(たまもの)ですよ」

「そのナイフは、護身用ってわけか？」

「物騒な世の中ですから。それに、こういう場面を十年、夢見てきましたしね」

大きく息を吸い、吐いた。お前の願いは叶う。それを祝福してやりたいというふざけた気持ちすらわいた。

「最後に少しだけ教えてくれ」

安住を見下ろしたままの雄之に尋ねる。

「お前は、おれに復讐するために、梓を殺したのか？」

だとしたら——。

「おれはお前を許さん」

「許さない？　どうぞお好きに。あの世から呪いますか？　霊にでもなって？　ぼくの父が、あなたの枕元に立ったことがあるんですか？　できるならやってみてください。懺悔でもなんでもしましょう。そしてもう一度、殺してやるよ」

「……檻のない牢獄だ」

「は？」

「お前はおれを殺しても、罪には問われないかもしれない。だけどな、お前をその牢獄に閉じ込める言葉が、おれにはある。だから答えろ。梓を殺したのはなぜだ？　バラバラにしたのは、なぜなんだ？　答えろ！」

揺れた。それまで不気味なほどにのっぺりとしていた雄之の顔が、確かに揺れていた。それは闇が見せたさざ波のような錯覚だったかもしれないが、安住にはそう感じ取れた。

「……室戸は知ってるのか？」

安住は声を絞り出した。

「お前が関係のない人間を巻き込んでおれに復讐しているのを、室戸は知ってるのか？　豊崎のマンションを契約したヒワという中年は奴だろう？　ショーゲキの社印を用意したのも。奴はおれに会いにきたんだ。痛めつけるためじゃない。お前の凶行に戸惑って、止めるためにだ」

見下ろす雄之を、安住は見据えた。

「答えてくれ。答えてくれたら、おれはお前が望む言葉を吐く。お前がおれという過去に囚われなくていいような、そんな言葉を言ってやる。お前の親父は負け犬なんだ、と。お前も、お前のお袋も姉ちゃんも、弱いから食われただけなんだって、そう言ってやる。弱いから負けて、死んだ馬鹿だってな。どうだ？　おれの口からそう言ってほしいだろう？　殺しやすくなるだろう？　だから答えてくれ。お前は、なんでおれでなく、梓を殺したんだ？」

風が止んでいた。月は隠れていた。静寂が満ちていた。時間が息をのんでいる。ただ、二人の鼓動が、時が続くことを暗示している。

「――あんたに復讐するために決まってる」

皮肉な笑みが、沈黙を破った。

「村瀬は、世界中の不幸を背負ったみたいな陰気臭い女だった。誰かのために苦しむことが贖罪になると思い込んでた。同じように罪滅ぼしを気取ってる勘違い野郎が芸能事務所をしてるって教えてやったら、まさかそこでタレント活動を始めるとはね。面白半分で手紙を書いたら返事が届いて、何通かやり取りした後、イベントに会いに行って名乗ったんだ。姉さんのいるラファホームに誘ったらのこのこやって来やがったよ」

月に数回会うようになり、やがて梓から父親を引き取るかどうかの悩みを打ち明けられた。

「村瀬はその存在が世の中に知られるのをひどく嫌がってた。利用できると思った。いつか、あんたに復讐する時にね。それでホームに入れてやることにしたんだ」

雄之は薄笑いを浮かべたまま機械的に続ける。

「いわば、人質。それからはぼくの言うことはなんでも聞いてくれるようになった。なんでもね」

「……どうやって連絡をとっていたんだ？」

「あのプリペイドさ。あれは、ぼくが村瀬にあげたやつだ」

安住の体温は下がり、心の奥底は熱かった。憎しみや怒りともいいようのない、それはおそらく、哀しみに一番近い温度だった。

「話は終わりだ。あんたの言葉なんてどうでもいい。ぼくを呪うだって？　やれるもんならやってみてよ」

「雄之――」

青年がナイフを振り上げる。

「本当に、すまなかった」

青年が、静止した。

安住は目をつむった。時間が流れた。何も起こらなかった。まるで自分が過ごしてきた十年間を凝縮したような空白だと感じた。

「……なんで、今さら、そんなことを」

声に、平静を演じる必死さが漂っていた。

安住は黙って待った。もはや最後の言葉はこぼれた。もう、自分に言うべきことはない。

「ふざけんなよ、安住！　今さら、なんだってんだ！　お前のせいで、お前のせいでおれたちはっ」

終わる。そして、続く。自分は消え去り、代わりに雄之が囚われる。この、檻のない牢に。

残念だという想いがあった。梓の死、北川留依の未来、室戸勤の生き方、雄之やその家族の行く末。しかしもう、どうしようもない。どうしようがあるのだ？

おれは降りる——。

ただ、できるなら、お前はこの牢獄を一秒でも早く去るがいい。この空虚な牢から、おれはその手段を見つけられなかったが、どうにかして……。

最期の時に胸を満たす無力感こそ、おれが受け入れるべき罰なのか。

「——梓はっ！」

その叫びに、目を見開いた。雄之の、苦渋に満ちた顔があった。歯を食いしばり、必死に何かを飲み込もうとしている顔が。

安住の脳裏に、白いバスタブが思い出された。梓がおさめられた「棺」だ。

どうしてわざわざ、雄之はあんなものを用意したのか。

バラバラにした遺体なんてフローリングの床に放り投げておけばよかったのに、危険を冒して、室戸を使いバスタブを注文した。

ああ……そうか。

室戸はお前の計画を知らなかったのに「儀式」の時、『いとへん』のラジオを流した。「会えないか？」と訊いてきた。あれは、お前の希望だったんだな。そしてお前は、身代金が集められない可能性を無視してまで、日曜日に狂言誘拐を決行した。『いとへん』のライブビューイングに合わせて。

雄之、お前は梓を——。

「安住ぃ！」

雄之がナイフを振りかぶる。今にもそれが、自分に振り下ろされようとしている。この暗闇の中で、その刃だけが輝いている。

「駄目だ」

我知らず、声がもれた。ナイフの切っ先を転がるようにかわした。雄之の燃えるような瞳が安住を見た。

「やめろ、雄之」

なおも雄之はナイフを振るう。それをすんでのところでかわす。尻もちをついた状態で、土にまみれ、汗を流し、涎を垂らしながら。

「いつまで逃げる気だ！」

罵声を浴びせられても、手足をばたつかせて、逃げなくてはならない。ついさっきまでの諦観は跡形もなく消えていた。どんなに無様で卑怯で醜くとも――そのほうが楽なのだとしても――おれは、殺されてはいけない。

「おれを、殺すな」

「黙れ！」

雄之が覆いかぶさってきて、馬乗りになった。両手で握ったナイフが顔面に飛んでくる。とっさに手首を摑んで堪えた。雄之の左腕から飛び散った血液が顔にかかった。自分の腕から滴る血も混じった。

「諦めろ、安住」

ぎりぎりとのしかかる雄之の体重に、必死に抗った。諦めるわけにはいかなかった。潔く死を迎え入れるわけにはいかなかった。絶対に、雄之にだけはおれを殺させるわけにはいかない。世界中でおれだけは、それを許してはならないのだ。

ナイフを挟んだ拮抗の狭間で、雄之と見つめ合った。その顔は歪んでいた。幾重にも表情は折り重なって、もう、それが憎しみなのか痛みなのかもわからない。

駄目か――。筋肉が力を失っていく。何一つ終わらせることのできない死が、迫っている。

その時、音楽が響いた。

雄之の目が大きく見開かれた。驚きが彼の全身を駆け巡っているのがわかった。

「たけ、ゆき……」

「黙れ」

音楽は鳴り続ける。雄之のポケットの携帯電話から。どのくらい、その状態で対峙していただろう。やがて、雄之の顔が歪む。ナイフにこめられた力が――。

「やめろ!」

怒号が響いた。暗闇の奥から。

「やめろ!」

左手を見ると、背広姿の二人組が駆け寄って来る。それを確認した雄之から、力が抜けていく。すっ、と立ち上がり背筋を正す。

「真代雄之と安住正彦だな?」

年嵩の中年が尋ねてくる。

「手にしてるものをこちらに寄越せ」

棒立ちの雄之が、ぽとり、とナイフを手放した。

「真代。お前のバイクとキーボードは回収してる。キーボードの中から、村瀬梓のDNAを検出してみたほうがいいか？」

ふっ、と自嘲の笑み。

「遺っているでしょうね。最初、首と一緒にそれを運んだから」

来い、と中年が雄之の腕を摑む。

「大丈夫ですか？」

もう一人の、若い刑事が安住を覗き込んできた。

「すぐに救急車を呼びます」

「刑事さん。おれが先に襲ったんです。彼は正当防衛だ」

「安住」

雄之が振り返り、安住を見下ろす。

「あんた、言ったたな。なぜ、自分でなく梓だったんだって。それならこっちだって訊きたい。なぜ、あの時、ぼくじゃなく姉さんだった？」

その目が、訴えかけるように安住を見つめていた。

「ぼくはもうずっと、それを考えていた。姉さんはあの夜、あんたの罠で人を撥ねたと思い込んだ夜、興奮してぼくに言ったんだ。『今日、助けてもらった』って」

がっと熱の塊が込み上げてきた。今、白い部屋に佇む女は、安住を信じたのだ。本当に、善意の人間が自分の味方になってくれたと、疑わなかったのだ。

おれは、それを踏みにじった。取り返しのつかないいくつもを奪った。

雄之のポケットから、電子音が奏でるピアノのメロディが流れ続けている。着メロに似つかわしくない音楽は美しかった。最後に事務所で梓に会った時、梓が口ずさんでいたメロディだった。

中年刑事が青年に向かって尋ねるように小首を傾げ、雄之が呟く。

「七夕の夜、彼女の前で弾いた曲です」

夜空を見上げた雄之の口から、ほのかな吐息がもれた。

「フランツ・リスト。愛の夢、第三番」

夜の森に響く調べに、安住の嗚咽が伴奏した。

エピローグ

1

七月三十日、水曜日、午前十一時過ぎ。喫煙ルームの窓際に腰掛け、直孝は大きく息を吐いた。一睡もしていなかった。それどころかもう半日以上、会社に居続けている。そして驚くことに、一時間後には三日ぶりの出勤時刻が迫っているのだ。ベトベトのシャツで過ごす九時間を思うと、瞬きすら億劫だった。

「お疲れだな」

やってきた淵本の顎にも、十九時間で育った無精髭が目立っていた。

「尊敬するわ。おれの代わりに今から仕事ができそうな雰囲気や」

「冗談言うな。もう無理だよ」

つられて直孝も笑った。煙草を取り出し火を点けながら、淵本が言う。

「刑事さんによると、犯人の男は村瀬さんの殺害を認めてるそうだ」

報告伝票から直孝のエスカレーション案件を探すのは一瞬だった。その中から若い男性の音声を確認するのに十分もかからなかった。その番号に電話をかけた。延々と続くコールは、結局直孝に第五試合を始めさせてはくれなかったが、ほとんど直後に、折り返しの電話がかかってきた。三溝という柔道耳のダミ声は覚えていた。

それから淵本と二人、訪れた刑事を相手に事情説明をさせられた。帰宅も許されたが、面倒だったので一段落するまで付き合うことにしたのが失敗だった。待たされ、呼ばれ、また待たされ。間に仮眠を挟み、帰るタイミングを失ってしまった。

そしてついさっき、何度目かの事情説明にてお役御免となったのだ。

「無駄骨といえば、これほど立派な無駄骨もないもんや」

「そうでもないだろう。立派な状況証拠だと褒めてくれてたぞ」

「自供してんやろ？　適当なおべっかやないか。刑事の愛想じゃ風呂にも入れん」

まあな、と淵本は可笑しそうに煙を吐く。

「なあ、シモチ」

「なんや」

「おれも村瀬さんが好きだった」

「……お前、嫁さんおるやないか」

「いる。嫁のことも大好きだ。でも、そうなっちまうのは仕方ないだろ？」

寂しげな笑みが直孝を見つめ、その向こうを見つめていた。

「無駄だったかもしれないけど、おれは良かったと思ってる。事件からずっと、いや、事件の時から、おれはお前が羨ましかった。村瀬さんのために、何かをしてるお前が」

「……おれはお前が羨ましい。これから家に帰って寝られるんやからな」

だな、と笑う淵本の声を聞きながら思った。

――そうか。おれは失恋したんやな。

紫煙の立ち込める部屋に、眩しい明りが差し込み、容赦なく汗を奪っていく。涙を思い出す暇もないほどに、今日は暑い。

「ピュワイトがあの時、電話に出たらなんて言うつもりだった？」

「さあな。でもきっと、お電話ありがとうございます、とは言わんかったやろうな」

「言ったら殴ってたよ」

立ち上がり、同僚に背を向ける。

「お仕事してくるわ」

「何か欲しいものでもあるか？　買ってくるぞ」

「なら、靴下を頼む」

片手をあげ、真っ直ぐ前に歩いた。

2

寝る暇はどこにもなかった。

雄之の身柄を拘束し、安住とともに病院へ連れていき、様々な手続きと説明、マスコミ対策から捜査本部を始めとする関係各所への電話連絡に一秒とて休む時間などなかった。大阪から飛んできた御堂に説明が終わった時には朝日が顔を出していた。それで解放されるはずもなく、三溝とともに忙殺される時間は続いた。

高野刑事部長から電話があったのは午後三時。病室で行われている雄之の聴取を御堂に任せ、麻生は廊下に出た。

〈よくやった。大手柄じゃないか〉

刑事部長はご機嫌麗(うるわ)しい声で労ってくれた。

〈千田の野郎、今朝の会議で縮こまってやがった。犯人に嵌められて、見当違いに被害者を長期間拘束しやがったんだからな。来期の人事が楽しみだ〉

「部長」

〈報告書のことなら心配するな。こっちで上手くやっておく。お前は帰ってゆっくり休め〉

「いえ。しばらく残ります」

〈あ？　まだ何かあるのか？〉

「はい。いろいろと」

　しばし、高野は沈黙した。麻生の声から、決して従順でない響きを嗅ぎ取るくらいの能力は、刑事部長なら持っている。

〈貴様、何を考えてる？〉

「ご安心ください。ちゃんとケリをつけたいだけです。戻ります。できるだけ早く」

　では、と言って電話を切る。

　事件解決の立役者のこの程度の反抗に目くじらを立てていては、やはり刑事部のトップはやっていけまい。自分がおそろしく楽観的にそう感じていることに、麻生は驚いた。仮に懲罰措置をとられたところで、意志は揺るぎそうもなかった。雄之と安住に、とことん付き合う。事件の全容が明らかになるまで。

「主任」

　三溝が身体を揺らしながら近寄ってきた。さすがに眠そうな顔をしている。

「生安の鍋島が突き止めた手紙ですがね、村瀬さん以外の指紋があるようです。これが雄之のものとなれば、あらかた外堀は埋まりますな」

　すでにエニウェアに録音されていた音声が、雄之のそれと声紋鑑定にかけられている。遠からず、キーボードに残った村瀬のＤＮＡも検出されるだろう。

「安住からも面白い話が聞けました。村瀬さんと雄之の関係です」

安住の聴取は三溝が行っていた。だいたい素直に事情を話しているようだが、いくつかの点については濁（にご）している。

「あいつの怪我についてですがね、本人が言うには、自殺しようと試みて傷つけたんだとか。ふざけた話や。そんな人間が雄之を襲おうとするかっちゅうねん」

安住が何者かを庇っているのは明白だ。そしてその人物の目星もついている。が、追及したところで無駄だろう。

「もう一つ。ヒワについてです。安住はヒワについては、まったく見当がつかんと言ってます」

「雄之は、ヒワは自分だと言ってます」

「いくらなんでも雄之が四十の中年に化けるのは無理や」

「でしょうね」

けれど本人たちがそう言い張る限り、そこを崩すのは難しいと麻生は感じていた。雄之は自分が捕まることを大事と思っていない節がある。聴取にも素直に応じている。

三溝が続ける。

「あとは、三人目の男がどこに消えたか、ですな」

森の中に安住と雄之を見つけた時、たしかにあそこにはもう一人、誰かがいた。暗闇に隠れ、顔も定かではない三番目の人物が。

そいつは三溝が叫ぶと同時に姿を消し、その後の捜査でも見つかっていない。

「それから最新情報ですがね。ラファホームで働いていた夜間警備員と連絡が取れんくなったそうです。名前はトムラキンイチというんですが、昨晩、県警の刑事と一緒に来てたあいつですよ」

がっしりとした体つきを思い出す。顔は制帽のせいで見えなかった。

「わたしらの後で森の中に入って、そのまま消えたらしい。調べてみるとこいつ、七夕の日から九日まで有休をとっていたんだそうです。そしてその翌日も体調不良で欠勤してやがる。ついでに安住の消えた天神祭の日もね。匂いますでしょ?」

ヒワだ。あそこで、雄之の協力者は働いていたのだ。

「何か?」

黙りこくったままの麻生に、三溝が尋ねてきた。

「気になることがあります。キーボードです」

「キーボード?」

「ええ。雄之は村瀬を殺し首を切断して、キーボードのバッグに入れて大阪に持ち帰った」

「そうです。その後はバッグだけ持ってきたんでしょうが、初日はそうもいきませんからな」

「それがどれだけ危険かはわかってたはずです。なのに彼は、バッグもキーボードも処分していなかった」

「そこまで考えてなかったからでは？」

「梢の部屋はクリーニングしたのにですか？」

三溝の反論はなかった。

「もう一つ。遺体をバラバラにした理由は、本当に持ち運びのためだけだったのでしょうか」

「ほかに理由がありますか？」

「誘拐に見せかけた理由は？」

先輩刑事は肩をすくめる。

「主任。何を考えとるんです？」

「空想です。論理ではない、ただの空想なんです。誘拐事件という現在進行形の犯罪の中だからこそ目立たない行為があります。一億という大金だから、百人もの輸送役は自然だった」

金が目的でないのに、一億を必要とした理由だ。そして、百人が必要だった理由は——。

「百人が目的地に移動するからこそ、遅れる者がいても不思議はなかった」

1番の輸送役が無理な時刻設定をされた理由。雄之には、輸送役の誰かが到着時刻に遅れてもらう必要があったのだ。

「そうでなければ——村瀬梓の、耳が切り落とせない」

バラバラにされた遺体で、唯一行方不明の部位。

三溝が、はっきりと息をのんだ。

「誘拐という状況、バラバラ殺人という結果に紛れて、それはわたしたちの意識から遠ざけられてしまっていました。偽装誘拐にしたのも、遺体をバラバラにしたのも、本当は、ごく自然に村瀬の耳を切り落とすためだったんじゃないでしょうか」

「待ってください。そんなことをする理由こそわからんです。村瀬はもう殺しちまってるんだ。首を落とそうが耳を落とそうが、何も変わらんでしょう？」

「そこに隠したい何かがあったとしたら」

麻生は三溝を真っ直ぐに見た。

「たとえば——、歯型」

真代梢は、錯乱すると噛みつく癖があったという。

はたして、村瀬を本当に殺害したのは誰だったのだ？　計画的でない犯行が起こった理由は？　真代雄之と村瀬梓は、本当に利用する者とされる者の関係だったのか？

七夕の夜、雄之はラファホームの皆の前で演奏をしたという。観客の中には、涙を流していた夫婦もいたらしい。

夫婦。それは実は、親子だったのではないか。変装した村瀬梓と、座間伸也ではなかったのか。

二人の涙の理由を、麻生は永遠に知ることはないだろう。ただ雄之が、その時、自分の音楽を届けたかったのは、村瀬梓だったのではないか。

梢は、それに気づいてしまったのではないか。父親を失い、母親に捨てられ、唯一頼るべき者が、自分のためだけにメロディを奏でていた弟が、その音楽を別の女性のために弾いているのだと……。心を病んだ孤独な姉が、最愛の弟が奪われる危機を直感したのだとしたら。

雄之は村瀬梓を殺害してからシャワーを浴びたのではなく、彼がシャワーを浴びている最中に、犯行が行われたのならば。

そして、もしも、すべてが明るみになった時、身を挺して姉を守るためにこそ、最大の証拠を隠し持っていたとは考えられないだろうか？

耳を切り取ったことに意識を向けないためなら、遺体を粉みじんにしてしまうという選択もあったはずだ。跡形もなく、ぐちゃぐちゃに。

しかし雄之は、そうしなかった。バラバラにはしたが、それ以上の醜い姿にはしなかった。――できなかった。

柄にもなく想像する。息絶えたモンシロチョウを手のひらに載せ、歯を食いしばる雄之の姿を。美しい羽をちぎる、指の震えを。

「……証拠がありますか？」

「まったく。だからこれは、刑事の勘です」

それでも自分は、降りる気になれない。いけるところまで、いってみるしかない。間違いだったとしても、敗れ去るのだとしても、いつの日か、この時を振り返り、せめて苦笑いを浮かべるくらいはしたいから。

「自分の勘と心中できるようになったら一人前です」

「出世はできないでしょうけど」

「なあに。そんなに悪かないですよ、良くできた嫁さんさえいりゃあね。今度いい子を紹介します」

肩を叩かれた。悪い気はしなかった。

「そうと決まればもうひと頑張りして、上手い酒でも飲みましょう」

なるほど、あながちそれは、無駄ではないかもしれない。

3

紅葉と二人で出掛けるのはいつ以来だろう。もしかしたら初めてかもしれない。その栄えある最初の場所が競艇場というのは、いささか風情(ふぜい)がなさすぎだと、鍋島は自嘲した。

けれど紅葉とて、こんな無骨な父親にイタリアンの店など期待していまい。ぶつくさ文句を言いながら、娘は素直についてきた。

住之江ボートのシティーナイター初日だった。百円の入場料を払って会場内に足を踏み入れた時には中盤レースが終わっていた。夕刻が過ぎ、辺りは暗さを増していた。重賞がかかったシリーズでもないから客はまばらだ。屋外のスタンドに座ってホルモン焼きを差し出すと、紅葉はうんざりとため息をつき、しかし旨そうに食べた。

「それ、母さんも好きやったんや」

へえ、という声が返ってきた。

「券、買ってるの？」

「うん？　いや。おれが今日買うんは、次の次だけや」

「なんで？」

「贔屓の選手がおるんや。永田いうてな。ごっつ男前やねんぞ」

暇潰しついでに会場内に貼り出されている選手一覧に向かう。隣の娘ははしゃいで見えた。まあ、ギャンブルに嵌まることはないだろうが、ちょっとだけ不安を覚える。

「これや」

「わ。ほんと、男前」

「おまけに走りも豪快や。こう、スタートでぐいっと前に出てな、ずばっと切り込むんが気持ちええんよ」

「ふーん」

「なんや？」

「定年になったらギャンブルに狂っちゃいそうで不安」

くっ、と笑えた。自分はともかく、紅葉は大丈夫だ。そう思えた。

「ねえ。どうやってコースとか決まるの？」

素人の質問に答えながら席に戻る。いつの間にか場内はライトアップがされている。のんびりとした中に、祭りの雰囲気が漂い始めていた。

「赤が勝ちそう」

「じゃあ、おれは青の四号艇や」

　こんな適当な予想をされたのでは選手がかわいそうだが、親子のコミュニケーションのためだ、許してくれよ。

　昼間は怒濤の忙しさだった。ほとんどの時間を府警本部と曾根崎警察署で過ごし、あらかた事情説明が終わると浪速署の課長に呼び出されお説教と、もう一度説明と、最後に労いをもらった。「生安の根性みせたやないか」。自分のわがままが課長の鼻を高くしたなら喜ばしい。ついでに一つ、告白した。「で？」と言われ「それだけです」と答えた。

　それから喜多に電話した。

〈よう、英雄〉

　そんなやっかみ半分の祝福を受けた後で、言った。

「今、一つ告白をしてきた」

〈あ？　女にか？〉

「やったらお前にだけは言わん。――実は、誘拐事件の時な、おれは命令に背いたんや。梅田の劇場で、黙って座っとけ言われたのにな、つい、立ってしもうた。ライブビューイングの画面に娘が映った気がしてな」

〈……で？〉

「課長と同じ反応かい。それがどうしても言い出せんくてな。誘拐っちゅう一大事の任務の最中、そんな理由でヘマしたとなったら、恥ずかしいやろう？」

　相槌は返ってこなかった。

「でもな。やっぱり言わな気がすめへんかってん。お前や課長からすれば、どうでもええやろうけど、おれの気はすめへん。なあ、そういうことってあるやろう？」

〈――何が言いたいんや〉

「別に。ただ、おれはお前がどんだけ優秀な奴か知っとるから。お前とだけは取っ組み合いで勝てる気がせん。刑事としても、お前を尊敬しとる」

　返事はなかった。なくてもいい。伝えたかっただけだから。

「まあ、そういうこっちゃ」

　それで通話を終えた。

　あの日、狂言誘拐の時、喜多が奪われた百万の行方は未だにわかっていない。

　それはきっと、友人にとってどうしても必要なものだったに違いない。それがあれば今が救われる。そんな金だったのだろう。

　だが、今は救われても、明日はどうか。その明日は。続いていく、無限の明日の、一点のシミになりはしないか。

　――考え続けなさい。永遠に。

「買わんの？」

なっていた。

気がつくと永田が出るレースはすでに周回展示を終え、本番レースを待つばかりと
「おお、危ない。五枠か。不利やなあ」

「なんで？」

「さっき説明したやんか」

知らんし、と不満を口にしながらも紅葉はあれこれと嘴を挟んでくる。一着を永田とし、二着は二点、紅葉に選ばせた。それぞれ千円購入。ついでにビールを買い足す。

レース五分前のアナウンスが流れる。風景はすっかり夜に様変わり、水面に反射するライトが静かな興奮を掻き立てる。

「なあ、紅葉」

「何よ」

「あの日、お前『いとへん』のライブに行っとったやろ？——母さんと」

娘は答えなかった。黙って父親と同じ風景を見つめていた。

「いつか、三人で行こか」

ボートがスタート位置に並ぶ。ファンファーレが鳴る。

「考えとく」

言って娘は立ち上がる。

六艇がスタート位置につく。枠番通りの並びだ。大時計の針が回る。秒針が進み出す。各艇が、各々のペースでエンジンを吹かす。走り出す。

「ながたあ！」

紅葉が叫ぶ。会場に響く大声で。

「ほら、立って」

マジか、と思いながら、鍋島も立って叫んだ。

「ながたあ、根性見せえ！」

六筋の波が線を描き、曲となり、その先の未来に突っ込んでいった。

4

いつの間にか意識を失って、目覚めると日付が変わっていた。あてがわれた個室には、柔らかな光が満ちていた。カーテンがさらさらと揺れていた。

ぼんやりとした意識のまま、昨日のことを思い返す。長いような短いような、判断のつかない一日だった。

一日という括りに、あまり意味がない気がした。昨日は一昨日の夜から続いていたし、一昨日の夜だって、朝から昼から続いていた。その朝だって……。

寝返りを打とうとして、腕が痛んだ。真代雄之に刺された左腕だった。腱に傷はありません、あなたは幸運です。医者はそんなふうに言っていた。

ふと視界の隅を横切るものがあった。真っ白な蝶だった。一匹の羽虫は、安住の目前を踊るように舞った。誘われるように、身体を起こす。しばらくその羽ばたきを眺めた。どこへ行こうとしているのか、どこへも行けないのか、ここに居たいのか……。おもむろに手を伸ばすが、かすめもできずに逃げられた。

枕元のテーブルで、携帯が震えた。今のところ安住は被害者の扱いで、雄之への暴行は不問に付されている。

ディスプレイは非通知だった。遠山郁の顔が浮かんだ。

「もしもし」

応答はなかった。もう一度、もしもし、と呼びかけるが沈黙が続いた。

目の前では蝶が、せわしなく飛び続けている。歓喜なのか、悶えているのか。

「室戸さん」

呼びかけた。確信などなかった。人違いでもよかった。ただ、蝶を見ていたら室戸に話しかけたくなったのだ。

「おれは、嬉しかった。あの時、天神祭の夜、あんたがおれを呼び出してくれて、おれは嬉しかった。あんただけは、おれが無実だと知っていただろ？　だから、嬉しかった」

返ってくる言葉はなかった。それでいい。おれは、あなたに伝えたいだけだから。

「それに、あの時、雄之を止めてくれたよな」

夜の森で、二度響いた「やめろ」の声の最初は、あれはあなただったんだろ？

「嬉しかった。自分の命を救ってくれたことじゃない。あんたが、雄之を救ってくれたことが、おれは嬉しかったんだ」

蝶は、休みもせずに跳ね続けている。

室戸には、罪を自分がかぶるという選択もあったはずだ。あの男ならば、そうしても不思議はない。

だが、刑事が現れた瞬間に彼が選んだのは、逃走だった。

我が身可愛さであるとは思わない。

彼の決断は、雄之を檻のない牢獄に入れてしまわないためのものだ。

「室戸さん。おれは、心からあんたに感謝してる。だから――、またいつか、必ず、会いに来てくれ」

〈――調子にのるな〉

通話が終わった。無音の携帯を見つめた。

「あら、起きてらしたんですか?」

年配の看護師がやってきて笑った。手に花束を抱えている。

「何時間くらい寝てました、おれ」

「もうぐっすりでしたよ。このまま起きないんじゃないかって心配になるくらい」

「そうですか」

「これは弁護士の先生からのお見舞いですよ」

サイドボードに置かれた花束に手紙が差し込まれていた。抜き取って、開いてみる。懐かしい字が飛び込んでくる。

『卒業おめでとう』

遠山郁の、似合わない達筆だった。

「それと、受付にお連れ様がいらしてますよ」

留依には昨晩、記憶にある最後の時間、電話をした。彼女によるとパッシングプロモーションから連絡があり、伊東純が会いたいと言ってきているらしい。

用件は?　と問うと「アズと、彼女の父親のことでしょ」とだけ留依は答えた。血の繋がらない姉妹は、ようやく再会することになる。もしかしたら雄之が、狂言誘拐に『いとへん』のライブを選んだ目的が果たされるのかもしれなかった。

梓は七夕の夜、どうしてラファホームに行ったのだろう。雄之と会うためならば、変装までして岐阜の施設に行く必要などない。雄之だけではなく、梢、そして自分の父親に会うためだったに違いない。

——アズ。お前は彼を、お前に罪を背負わせた父親を、赦すことができたのか？

十一年前に犯した自分の罪が、巡り巡って梓の命を奪った。誰が否定しようと、その想いから逃れられはしないだろう。

罪を償うとは、何を指すのか。

赦しとはなんなのか、終わりはどこにあるのか。

安住にわかるはずもない。

だが決して、それは物々交換ではないのだ。

「慌てて立ったらいけませんよ」

注意に従い、ゆっくりスリッパに足を通す。

死んだように眠っていた男は、起きた。起きて、今は便所に行きたいし、腹だって空いている。留依に会って、強く抱き締めたいと思っている。

生きている。

——郁さん。おれはあなたからは卒業できても、自分の過去からは卒業できません。おれはこの檻のない牢で生き続けていくんです。

大きく伸びをしてぐるりと部屋の中を見渡すと、いつの間にか蝶は、幻のように消えていた。

解説

大矢博子（文芸評論家）

たとえば天藤真『大誘拐』（創元推理文庫）、岡嶋二人『99％の誘拐』（講談社文庫）や『あした天気にしておくれ』（同）、法月綸太郎『一の悲劇』（祥伝社ノン・ポシェット）、連城三紀彦『人間動物園』（双葉文庫）などなど、誘拐ものにはミステリ史に残るような名作が多い。黒澤明監督による映画『天国と地獄』も、原作はエド・マクベインの〈87分署シリーズ〉のひとつ『キングの身代金』（ハヤカワ・ミステリ文庫）である。

誘拐ものの面白さは、警察と犯人の駆け引きが生む頭脳戦と、被害者の命を救えるのかというタイムリミット的サスペンスにある。特に作家がその粋を凝らすのは、脅迫相手へのアプローチと身代金受け渡しだ。

昭和のテレビドラマでは新聞の活字を切り貼りした脅迫状や、被害者宅の電話に逆探知のための機械をつなげるなどが定番だったが、ミステリ作家たちはそんなクリシエを良しとしない。一九七八年に書かれた『大誘拐』では犯人との連絡にテレビの生放送が使われ、一九八八年の『99％の誘拐』では犯人が当時最新のコンピュータ技術を駆使した。『キングの身代金』では日本では一般化されていなかった自動車電話を使っていたため、黒澤明は代わりに特急こだま（一九六三年の映画のため、まだ新幹線は走っていない）の列車内電話を登場させた。

つまり、犯人からの連絡や身代金受け渡しには、その時代ならではの最先端のアイディアが詰まっているのである。

そしてここに、まさに最先端の誘拐ミステリが誕生した。呉勝浩『ロスト』だ。

物語の始まりは、大阪にある通信販売のコールセンターだ。テレビCMが流れた直後、殺到する電話の中に「責任者を出せ」というものがあった。クレームかと思い電話に出た社員にその声はこう告げる。「ムラセアズサを預かっている」

誘拐されたのはそのコールセンターで働いていたアルバイトの村瀬梓。三日前から無断欠勤が続いており、上司も気になっていたところだった。しかも犯人は、警察に通報した方がいい、でないと村瀬は死ぬことになる——と言う。

通販のコールセンターを利用するという連絡の取り方に、まず興味を惹かれた。このあと犯人は、コールセンターという場所の特徴を実にうまく利用して指示を送ってくるのである。著者の呉氏はコールセンターでの勤務経験があると聞いたが、なるほど、内情をよく知っているがゆえのアイディアだと膝を打った。

しかも工夫はそれだけではない。犯人は身代金の一億円を百万円ずつ、百人の警察官に持たせるよう要求する。そしてなんと、その百人をSNSにグループ登録させ、SNSで指示を送るのだ。その百万円を持って、ある者は京都の清水寺に午後二時半まで、またある者は千葉の中山競馬場に最終レース出走まで、と全員に異なる行き先とタイムリミットを伝える。百万円を日本中に散らばらせ、しかもそれを運ぶのは警察官と来た。いったい犯人は何がしたいのか？

いやはや、よくぞこんなこと考えついたな！　なんともわくわくする設定ではないか。コールセンターにSNS、まさに二〇一〇年代の誘拐小説と言っていい。

だが。

本書の本当の読みどころは、この先にある。

ここまで凝りに凝った最先端の誘拐ドラマを作ったにもかかわらず、このくだりは比較的早い段階に一応の決着を見せるのだ。その後で物語は大きく動く。決してこの現代的誘拐劇が本書のメインではないのである。

本書の序盤から、コールセンターの場面と並行して、梓が所属する芸能事務所の社長・安住の物語が語られる。彼はここ十年のうちに三度、室戸という男に拷問まがいの目に遭(あ)わされているらしいのだが、それを「儀式」と呼び、受け入れざるを得ない事情があるようだ。その安住のもとにも、村瀬梓を誘拐したという連絡が入る。身代金は一億円。そしてこちらには、警察には届けるなという指示があった。

つまり本書の誘拐は二重構造なのである。これがコールセンター側の動きとどう絡んで行くか、というのが大きな読みどころであり、この誘拐事件の核だ。

物語が進むにつれて、突拍子(とっぴょうし)もないように思えた誘拐事件の真の意味が、次第にわかってくる。そして二重構造になることで、この犯罪計画が細部にわたって実によく計算されていること、そして序盤からかなり綿密に伏線が張られていたことに驚くだろう。

だがこれは、実はかなり危険な賭けでもあったはずだ。コールセンターとSNSを使った誘拐があまりに斬新で魅力的だったために、それを仕掛けのひとつにとどめ、そこから異なる展開に持って行くという手法は、見ようによっては梯子(はしご)をはずされた感がある。ありていに言えば、もったいない、のである。この誘拐だけで風呂敷を畳んだ方が、もしかしたら謎解きミステリとしての完成度は高かったかもしれない。

けれど呉勝浩はそうしなかった。それは、この誘拐の先の物語にこそ、本書のテーマとなる彼の思いが込められているからである。

そのテーマとは、〈贖罪(しょくざい)〉だ。

本書では安住だけではなく、コールセンターの管理職、警察側など、複数のサイドストーリーが語られる。また、捜査が進む過程で明らかになる、主要人物の物語もある。中には誘拐事件に関係のない個人的な話も多いが、それらには共通点がある。人は過去を抱えて生きている、後悔を抱えて生きている、という厳然たる事実だ。

梓のために何かできたのではないか、と悔やむ上司。別居中の妻のことをどこまで理解していたのかと考える刑事。人間らしい感情が欠落していることを自覚している主任刑事。安住の恋人や、安住を襲う謎の男についても、同様だ。さらに言えば――被害者も犯人も、それぞれ皆、変えることのできない過去を抱えている。

変えることができないのなら、どうするのか。受け入れるのか。それとも未来を変えるために戦うのか。それは可能なのか。終わってしまった出来事を、償うことはできるのか。何をすれば償いになるのか。

コールセンターで犯人との窓口になっていた社員がストレスに耐えきれず、上司に向かって暴言を吐いたとき、刑事が彼に言った言葉が象徴的だ。

「どんな悲惨な事件も、それで何もかも終わりというわけやない。事件の後も、あなたの人生は続くんです」

この場面だけみれば、後のことを考えて会社での立場が悪くなるようなことをするな、という意味にとれる。だが実際はそれだけの意味ではないことが後にわかる。何があっても、どんな辛(つら)い事件があっても、そこで話が終わるわけではない。人生は生きている限り続く。続くということは、事件の記憶を抱えてその先の人生を生きていかねばならないということであり、その覚悟を持たねばならないということなのだ。

謎めいた誘拐事件は、すべてこのテーマに帰結する。

過去を乗り越えようとする足掻(あが)き。過去を償おうとする覚悟。過去から目を逸(そ)らそうとする言い訳。償う側はどうすれば償えるのかわからず、赦(ゆる)す側はその赦しどころがわからない。そんな迷いの中で、人は生きているのだと、生きていかねばならないのだと、本書は伝えているのだ。

どうかひとりひとりの過去を、そしてその過去に対する戦いを、じっくり味わっていただきたい。

ミステリファンが前のめりになるようなトリッキーな誘拐事件で幕を開ける本書は、そんな過去を抱く人々の悲鳴と彷徨(ほうこう)と、そして救済の物語なのである。

呉勝浩は二〇一五年、『道徳の時間』（講談社文庫）で第六十一回江戸川乱歩(えどがわらんぽ)賞を受賞してデビュー。受賞第一作の本書は刊行直後から話題を呼び、大藪春彦(おおやぶはるひこ)賞の候補になるなど、高く評価された。

以降、呉勝浩はトリッキーな作品の中に重厚な社会的メッセージを込めていく。三作目『蜃気楼の犬』（講談社）――私はこれをとても高く評価しているのだが――は本格ミステリと警察捜査小説を融合させた連作短編集で、正義とは何かを追求した作品だ。また『白い衝動』（同）は犯罪者や犯罪予備軍と共存する地域のあり方を問いかけている。『ライオン・ブルー』（KADOKAWA）は過去の傷に囚われていた青年が、警察官として地域や人を〈守る〉ことの意味を見出す物語だ。

もともと大学で映画を学び、自主制作も手がけたという映画青年なだけあって、どの作品もとても映像的なのが特徴。眼前に絵が浮かぶような臨場感や、じっくり見せる場面とスピーディに展開する場面のバランスが絶妙なのも、著者の強みだろう。

技術とテーマ、その両方を兼ね備えた呉作品は、一作ごとに力を増している。その出発点は、デビュー作ではなく、プロ作家として初めて書いた本書『ロスト』にこそあった、と私は考えている。

巧さという点では『蜃気楼の犬』や『白い衝動』の方が上だ。本書はまだ若書きで荒削りな部分も確かにある。しかしそれを飲み込ませる熱があるのだ。これを書くんだ、という熱。この熱こそ、作家に必要なものなのだから。

どうかその熱を受け取っていただきたい。そしてこの後の、一作ごとに進化する呉勝浩を、ぜひ追いかけていただきたい。呉勝浩は追いかけるに足る作家である。

本書は二〇一五年一二月、小社より単行本として刊行されたものです。

|著者|呉 勝浩　1981年青森県生まれ。大阪芸術大学映像学科卒業。現在、大阪府大阪市在住。2015年、『道徳の時間』で、第61回江戸川乱歩賞を受賞し、デビュー。'18年『白い衝動』で第20回大藪春彦賞、'20年『スワン』で第41回吉川英治文学新人賞及び第73回日本推理作家協会賞を受賞。'22年『爆弾』が第167回直木三十五賞候補に、また同作は「このミステリーがすごい！ 2023年版」国内編及び「ミステリが読みたい！ 2023年版」国内篇で1位に選ばれた。他の著作に『蜃気楼の犬』『ライオン・ブルー』『マトリョーシカ・ブラッド』『バッドビート』『おれたちの歌をうたえ』などがある。

ロスト
呉 勝浩（ご かつひろ）

2018年1月16日第1刷発行
2022年12月13日第2刷発行

講談社文庫
定価はカバーに表示してあります

発行者――鈴木章一
発行所――株式会社 講談社
東京都文京区音羽2-12-21 〒112-8001
電話 出版（03）5395-3510
　　 販売（03）5395-5817
　　 業務（03）5395-3615
Printed in Japan

KODANSHA

デザイン―菊地信義
本文データ制作―講談社デジタル製作
印刷―――株式会社KPSプロダクツ
製本―――加藤製本株式会社

ISBN978-4-06-293846-4

講談社文庫刊行の辞

二十一世紀の到来を目睫に望みながら、われわれはいま、人類史上かつて例を見ない巨大な転換期をむかえようとしている。

世界も、日本も、激動の予兆に対する期待とおののきを内に蔵して、未知の時代に歩み入ろうとしている。このときにあたり、創業の人野間清治の「ナショナル・エデュケイター」への志を現代に甦らせようと意図して、われわれはここに古今の文芸作品はいうまでもなく、ひろく人文・社会・自然の諸科学から東西の名著を網羅する、新しい綜合文庫の発刊を決意した。

激動の転換期はまた断絶の時代である。われわれは戦後二十五年間の出版文化のありかたへの深い反省をこめて、この断絶の時代にあえて人間的な持続を求めようとする。いたずらに浮薄な商業主義のあだ花を追い求めることなく、長期にわたって良書に生命をあたえようとつとめるところにしか、今後の出版文化の真の繁栄はあり得ないと信じるからである。

同時にわれわれはこの綜合文庫の刊行を通じて、人文・社会・自然の諸科学が、結局人間の学にほかならないことを立証しようと願っている。かつて知識とは、「汝自身を知る」ことにつきていた。現代社会の瑣末な情報の氾濫のなかから、力強い知識の源泉を掘り起し、技術文明のただなかに、生きた人間の姿を復活させること。それこそわれわれの切なる希求である。

われわれは権威に盲従せず、俗流に媚びることなく、渾然一体となって日本の「草の根」をかたちづくる若く新しい世代の人々に、心をこめてこの新しい綜合文庫をおくり届けたい。それは知識の泉であるとともに感受性のふるさとであり、もっとも有機的に組織され、社会に開かれた万人のための大学をめざしている。大方の支援と協力を衷心より切望してやまない。

一九七一年七月

野間省一

講談社文庫　目録

2022年 9月15日現在